Ihren Gatten, den zähen Zahnklempner, würde Elisabeth am liebsten umtauschen. Seine Mama würde ihn auch bestimmt zurücknehmen – aber ob sie für die drei Ehejahre Schadensersatz zahlt? Solche Gedankenspielereien bringen Elisabeth auf die Idee, sich einen Mann für gewisse Stunden zu suchen. Einen gestandenen One-night-stand, den Mann für eine Nacht. Oder für einen Sommer. Oder überhaupt? Auf jeden Fall soll es mal wieder richtig prickeln!
Während Elisabeth die Kleinanzeigen des ›City Journals‹ nach potentiellen Lovern durchforstet, rettet der ahnungslose Gatte tagsüber seine Patienten vor dem Zahnverfall und parkt sich abends vor der Glotze ein, um dem Sendeschluß entgegenzudösen. Nicht nur diverse Exemplare der Spezies Mann kreuzen Elisabeths Weg, auch ein unvermuteter Karrieresprung bahnt sich an. Gemeinsam mit ihrer Freundin Bea entwickelt sie einen völlig innovativen Tampon-Werbespot, den sich der Tamponhersteller, die Verdita GmbH, prompt begeistert an Land zieht und der alsbald im Fernsehen Furore macht.
Alles im Strumpf? Schön wär's! Dummerweise entpuppen sich die Männer, die Elisabeth auftut, als Mamasöhnchen oder Mimöschen, als Machos oder Monster. Als sie kurz vorm Aufgeben mit einer dicken Herbstgrippe daniederliegt, läßt sie die Annonce eines wahren Prachtexemplars schlagartig gesunden. Sie macht sich auf zu ihrem letzten blind date...
Witzig und mit einem gehörigen Schuß Selbstironie schildert die Autorin das Lebensgefühl der Frauen von heute, die zwischen Küche und Karriere, Ehe und Ekstase hin- und hergerissen sind.

Jil Karoly, geboren 1958, studierte Literatur- und Medienwissenschaften. Sie arbeitet als freie Autorin und Texterin.

Jil Karoly

Ein Mann für eine Nacht

Roman

Fischer Taschenbuch Verlag

Die Frau in der Gesellschaft
Herausgegeben von Ingeborg Mues

Originalausgabe
Veröffentlicht im Fischer Taschenbuch Verlag GmbH,
Frankfurt am Main, Juli 1996

Gesamtherstellung: Clausen & Bosse, Leck
Printed in Germany
ISBN 3-596-13276-2

Gedruckt auf chlor- und säurefreiem Papier

Inhalt

Dem besten Robert von allen. Dem immer neue
Macho-Sprüche einfielen, wenn sie mir ausgingen.
Was mir im nachhinein schwer zu denken gibt.
Meiner besten und einzigen Schwägerin.
Meinen Freundinnen. Ohne die meine Welt
um vieles ärmer wäre.
Meinen Männerfreunden. Ohne die meine Welt
komplikationsloser wäre. Aber auch langweiliger.
Meinen Katern, die ausnahmsweise so kooperativ waren,
mir nicht sämtliche Manuskriptseiten
durcheinanderzuwuseln.

Ehemänner sind die schlechteren Liebhaber

Alle außer mir trugen Hängerchen oder Latzhosen und saßen anständig – Rücken rein, Bauch raus – auf ihren Stühlen. Ein Vertreter der Spezies Mann hockte verklemmt neben einer Brünetten in Babyrosa und wagte nicht, aufzuschauen. Ich suchte mir ein freies Plätzchen am Fenster.

Immer wenn ich im Wartezimmer meines Gynäkologen saß, beschlich mich das Gefühl, der einzige bevölkerungspolitische Blindgänger der Stadt zu sein. Kaum getraute ich mich, die prächtig schwellenden Bäuche der anwesenden Damen mit Blikken zu streifen. Wohingegen diese mich in der Regel mitleidig anstarrten. Wahrscheinlich fragten sie sich, welcher meiner Eileiter verklebt sei. Der linke? Der rechte? Oder ob mein Ehemann – falls ich einen hatte – wohl zeugungsunfähig sei.

Praxis Dr. Schallemacher. Geschmackvolle Stiche mit Jagdmotiven an den Wänden, anthrazitfarbene Ledersesselchen mit chromblitzendem Gestänge. Schneeweißer Teppichboden. Meine Phantasie schlug Purzelbäume. Was machten die, wenn hier mal eine niederkam? Den Teppichboden konnten sie dann komplett rausreißen!

Aber bei Schallemacher kam frau nicht einfach nieder. Schließlich war er der Stargynäkologe der Stadt. Seine Patientinnen gebaren pünktlich zum vereinbarten Termin, werktags zwischen acht und fünf, nie am Wochenende. Und zwar ausnahmslos rosige Prachtexemplare. In der Anmeldung hingen ungefähr zweitausend Fotos solcher Wonneproppen, um einem sogleich eine Kostprobe des Schallemacherschen Könnens vor Augen zu führen.

Ich grapschte mir »Friederike«, eine der wenigen Frauenzeitschriften, die auf dem Glastischchen neben mir herumlagen. Die

Frauenzeitschriften waren nicht sehr zerlesen. Meine Geschlechtsgenossinnen hier im Wartezimmer hatten scheint's andere Sorgen als die Pflege für gestreßtes Haar oder Haut-Repair mittels Fruchtsäure-Fluids. Um mir die Zeit zu vertreiben, versuchte ich mich an dem Kreuzworträtsel. Etwa nach der Hälfte gab ich auf. Wer zum Teufel dachte sich so was aus? Den Menschen wollte ich sehen, dem auf Anhieb warme Wüstenwinde aus der Sahara oder afrikanische Marderarten einfielen. Der finnische Name eines schwedischen Sees – oder umgekehrt? – war ja mittlerweile jedem geläufig, aber ein tropisches Nutzholz wollte mir beileibe nicht einfallen. Ich fing an, auf dem Kugelschreiber herumzukauen.

Die Hochschwangere zwei Stühlchen weiter erlag einem akuten Anfall von Mitteilungsdrang.

»Bei mir isset in drei Wochen soweit«, erzählte sie mir ungefragt. »Wird 'n Junge, der Sie-wissen-schon is im Ultraschall genau zu sehen!«

Normalerweise juckt mich der Sie-wissen-schon im Ultraschall nicht, in natura ist er mir lieber. Aber um nicht teilnahmslos zu wirken, rang ich mir ein »Ach, wie entzückend!« ab, still hoffend, damit den Konventionen Genüge getan zu haben.

Doch der Redefluß meiner prallen Nachbarin war nicht mehr zu stoppen.

»Sie sinn doch noch jung«, sprach sie zu mir, und jede einzelne Silbe des Sätzchens troff vor Trost. »Warten Sie nur ab, vielleicht klapptet ja bald!«

Ei, Gott behüte! Genau um das zu verhindern, war ich ja hier. Und gar so jung war ich auch nicht mehr. Zweiunddreißig, um ehrlich zu sein. Seit fast drei Jahren war ich nun mit dem raffigen Robert verheiratet, ohne daß sich Nachwuchs eingestellt hätte. Und das vielgepriesene Eheglück ließ ebenfalls auf sich warten. Ja, wo blieb es denn? Statt dessen war Robert nie da, und wenn er da war, fläzte er sich in seinem Lieblingssessel und guckte Fußball oder Autorennen. Neuerdings sogar Boxen! Und wenn er denn so einige Stündchen dem Sendeschluß entgegengedöst hatte – unterstützt von dem einen oder anderen Fläschchen Bier, versteht sich! –, war leider auch bei ihm Sendeschluß.

Am liebsten hätte ich ihn umgetauscht. Bitte schön, dieses Auslaufmodell paßt mir nicht mehr! Seine Mama würde ihn auch bestimmt zurücknehmen. Aber ob sie mir für die drei Jahre Schadensersatz zahlen würde?
Kein Wunder, daß ich bei den Bettgeschichten meiner mehr oder minder ledigen Freundinnen die Ohren spitzte! Die Mädels erlebten wenigstens was, während ich unter dem Joch der Ehe schmorte. Eine Affäre jagte die andere. Männer gab's wie Sand am Meer.
Frühlingsgefühlschwanger hatte ich mich dazu durchgerungen, mir einen Mann zu beschaffen. Einen gestandenen One-nightstand. Einen Mann für eine Nacht. Oder für einen Sommer? Oder für überhaupt? Prickeln sollte es jedenfalls mal wieder, aber hallo! Man gab sich ja auch nicht mit abgestandenem Champagner zufrieden. Dafür nahm ich es sogar in Kauf, meine kostbare Zeit in Schallemachers Wartezimmer zu vertrödeln. Kerle hin, Kerle her. Vorbeugen war besser als Nachsehen.

Die Frau gegenüber strickte an einem Strampelhöschen. Flink huschten ihre Nadeln hin und her. Ich wühlte gelangweilt die Zeitschriften durch. Außer den Frauenzeitschriften fand ich bloß ein zerfleddertes Exemplar von »Wickel den Wicht«, das mich noch nicht mal peripher zu fesseln vermochte.
Unter dem Informationsheft der AOK, das sich über Röteln und Rotz beim Kleinkind erging, wurde ich fündig. Jawoll, hier war sie! Die einzig wahre Lektüre für die nichtschwangere Frau! Begeistert riß ich ein Exemplar von »Keiler und Köter« an mich. Dr. Schallemacher, der alte Hobbykiller, hatte die Zeitschrift offenbar im Abonnement.
Unter dem Titel »Revieralltag« erfuhr ich eine ganze Menge über das einheimische Wild. Mit grenzenlosem Staunen stellte ich fest, daß Kiebitze tarnfarbige Eier legen (welcher Vogel tut das nicht?) und daß das Rehwild sehr frühzeitig in der Deckung untertaucht (an seiner Stelle würde ich nicht anders handeln!). Daher – so hieß es überzeugend – bereite es dem Waidmann besondere Schwierigkeiten, es zu überlisten. Also abzuknallen,

sinnierte ich. Warum nannten sie das Kind nicht beim Namen?
Die Zeitschrift legte Schallemacher wohl für die verhinderten Jägersleut aus, die ihre Frauen zum Ultraschall brachten. Die Rubrik »Fragen zur Jagdpraxis« fesselte mich besonders. Endlich fand ich Antworten auf alle Fragen, die ich noch nie zu stellen gewagt hatte. Welche Jagdart auf Hasen ist in einem Gelände zwischen Bundesstraße und Bahnkörper ratsam? In welcher Falle läßt sich der Fuchs am besten fangen? Kann man im Oktober die Geschlechter der Ringeltauben unterscheiden? Genau das wollte ich schon immer wissen. Die Info-Doppelseite war reich bebildert. Links oben guckte ein pelziger Fuchsschwanz aus einem zahnzackigen Fangeisen, darunter suchte ein bärbeißiger Typ im grünen Lodendreß mit der Flinte im Anschlag eine Böschung nach Hasen ab. Rechts oben glotzten mich die Ringeltauben an, während auf dem Bild daneben mehrere Gestalten mit ihren Hunden übers brackige Moor schlichen. Wie sie in dem Nebel vorankamen, war mir ein Rätsel.
Gerade als ich zu dem Artikel über die Nachteile der Kamtschatka-Schweißbracke bei der Fasanenjagd gekommen war, riß mich die Stimme der Sprechstundenhilfe aus der spannenden Lektüre.
»Elisabeth Litzenberg!« brüllte sie so dynamisch ins weitläufige Wartezimmer, daß es widerhallte.
Ich sprang auf, wobei ich meinen Kugelschreiber beinahe ins Gesicht der gegenübersitzenden Schwangeren katapultiert hätte, ihn jedoch im allerletzten Moment abfing und einsteckte. Nachdem ich meine Handtasche und anderen Kleinkram eilends an mich gerafft hatte, stolperte ich hochroten Kopfes hinter der Frau in Weiß her. Sie war mir schon meterweit vorausgeeilt. Ich wußte bislang gar nicht, daß man in Birkenstock-Latschen so schnell laufen kann.
»Hier rein!« Ihr ausgestreckter Zeigefinger verwies mich in die Abgeschiedenheit des Sprechzimmers, wo die angestrebte Keimfreiheit von zwei kränkelnden Topfpflanzen, die auf der Fensterbank vor sich hin kümmerten, empfindlich gestört wurde. Auch hier war alles in Weiß gehalten. Schade nur, daß es Schallema-

cher ganz offensichtlich nicht gelang, seine Helferinnen zu motivieren, das Grünzeug zu gießen. Vielleicht sollte er sie mal übertariflich bezahlen.
»Ach, Frau Litzenberg – guten Tag!« Schallemacher schwebte zur Tür herein, eine Augenweide für alle Damen jenseits des Klimakteriums. Braungebrannt, silbergrau meliert, gestutzter Oberlippenschnauz. Kurzum, der fleischgewordene Frauenarzt aus der Vorabendserie. Er sah so gar nicht nach »Keiler und Köter« aus, eher nach Golfplatz. Aber bei Männern konnte man bekanntlich nie wissen.
Bei Frauen meines Alters schaltete Schallemacher automatisch auf väterlich um.
»Na, wo fehlt's uns denn? Haben wir Probleme?«
Tja, Schallemacher, ich weiß nicht, ob du Probleme hast – aber ich hab ein gewaltiges. Ich langweile mich zu Tode mit dem raffigen Robert und will liebend gern fremdgehen, wenn auch schlechten Gewissens.
Hab ich schon von meinem gestrengen ÜBER-ICH erzählt? Das Muttern zum Verwechseln ähnlich sieht – kleinkarierte Kittelschürze, biederbraune Hausschlappen, Kopp voller Lockenwickler, Schrubber in der Hand – und in meiner guten Hirnstube wohnt? Und von meinem lasziven ES, das aussieht wie Madonna live auf der Bühne – ein klassischer Vamp in schwarzen Netzstrümpfen, sündigroten Pumps, blondierte Wallematte, Zigarette im Mundwinkel – und in meiner kleinsten Hirnkammer haust?
Im Moment hatten sie sich wieder in der Wolle. Wie so oft! Muttern galoppierte mit dem Staubtuch durch die gute Stube und schrie aus Leibeskräften gegen mein Begehr an, Madonna stampfte mit einem netzbestrumpften Bein auf, zertrat mit dem Absatz ihres Pumps eine Kippe und stemmte energisch die Hände in die Hüften.
Und zwecks dieses Behufes sitze ich vor deinem Schreibtisch, Schalli, denn ich will, daß du mir die Pille verschreibst, die ich seit meiner Heirat nicht mehr nehme, und zwar dalli.
Bevor Madonna womöglich umdisponiert und Muttern die Oberhand gewinnt...

Schallemacher war sich wie immer seiner Mission voll bewußt. »Ja, wollen Sie denn keine Kinder?«
Es schien sich um eine rein rhetorische Frage zu handeln, denn er fackelte nicht lange und zückte den Rezeptblock. Als ich schon dachte, drum herum zu kommen, fiel ihm prompt ein, daß er noch eine Unterleibsuntersuchung mit abrechnen könnte. Schließlich galt es, die nächste Jagdreise auf schottische Sauen zu finanzieren, die er in »Keiler und Köter« rot eingekreist hatte. So hievte ich meinen nackten Hintern denkbar unelegant auf den Gynäkologenstuhl. Während Schallemacher in meinen Eingeweiden herumnestelte, versuchte ich krampfhaft, den blauen Fleck an meinem rechten Oberschenkel zu verbergen. Gott sei Dank hielt er sich in der Praxis keinen kläffenden Jagddackel, der sich dank seiner angewölften Wildheit in meinen Allerwertesten hätte verbeißen können.

Als ich aus der Rosen-Apotheke kam, die sich günstigerweise im Erdgeschoß des Ärztehauses befand, goß es wie aus Eimern. Noch vor zwei Stunden war eitel Sonnenschein gewesen. Ja, die alten Bauernregeln kamen nicht von ungefähr! Der April machte halt, was er wollte. Leider auch der Bus. Er fuhr mir vor der Nase weg, natürlich nicht ohne mir einen Schwall Wasser auf meine frischgewaschenen Levis zu spritzen. Im Normalfall hätte ich nun meiner schlechten Laune freien Lauf gelassen, sprich, lauthals geschimpft, ein paar unschuldige Passanten angerempelt, mir bei Schlingsrunter, der beliebten Imbißkette, aus Frust einen Bigschling reingezogen und mich zu Hause mit einem netten Roman und meinem Wärmfläschchen ins Bett verkrümelt.
Fiel aber alles flach, weil ich ein Date mit meiner Freundin Bea hatte. Ausgerechnet im alternativ angehauchten Soli-Café, für das ich mal wieder nicht alternativ genug angezogen war.
Bea war die Outfit-Frage offenbar egal. In moosgrünen Designerjeans lümmelte sie auf einem Holzhöckerchen, handmade vom Ökoschreiner. Was sie nicht zu würdigen wußte.
»Diese Biester«, schimpfte sie, »ruinieren mir komplett die Hose!« Mit spitzen Fingern pulte sie etliche Holzsplitter aus dem Stoff ihrer Jeans.

»Deine Sorgen möcht ich haben!« Seufzend ließ ich mich auf den nächststehenden Fünfziger-Jahre-Sessel fallen. Sein Blümchenbezug roch muffig und hing in Fetzen runter. Vom langen Fußmarsch war meine Kehle völlig ausgetrocknet. Ich nahm ein kleines Schlückchen von Beas Nicaragua-Soli-Kaffee und hoffte, die Aufmerksamkeit der Bedienung irgendwann erregen zu können.

»Da kannste lange warten!« schnaubte Bea. »Die hat das Temperament einer Valium zehn – eine geschlagene halbe Stunde hab ich schon hier gesessen, bis die endlich mal angetrabt kam!«

Um die lauwarme, durchsichtige Plörre, die hier unter Kaffee lief, riß ich mich sowieso nicht. Ich beugte mich vor und senkte meine Stimme, weil im Sessel gegenüber ein weißhaariger Altlinker so tat, als ob er in der »Taz« lesen würde. Aber ich wußte, daß er sich danach verzehrte, unser Gespräch zu belauschen.

»Beatrice«, raunte ich, ihren vollen Namen gebrauchend, weil es sich um eine todernste Angelegenheit handelte, »stell dir vor: Ich hab's getan!«

»Boh! Du bist fremdgegangen?« Ihre braunen Augen nahmen die Größe von Wagenrädern an.

»Nee, aber ich hab die nötigen Vorkehrungen getroffen!«

Bea kriegte sich nicht mehr ein, als ich ihr meinen Besuch bei Schallemacher beichtete. In den letzten Jahren, wenn ich bei unseren vertrauten Frauengesprächen immer so anständig getan hatte *(wie Muttern mir befahl!)* und doch ach so gerne Unanständiges getan hätte *(wie Madonna es wollte!)*, hatte mir Bea den Spitznamen Miß Elly verpaßt. Jawoll, ich mußte es zugeben: Ehrpusselig wie J.R.'s Mom schlurfte ich durchs schnöde Leben. Vor drei Wochen war ich volltrunken genug gewesen, um mich bei Bea bitterlich über Roberts Macho-Gehabe zu beklagen. Seither schreckte sie auch nicht davor zurück, mich Sue Ellen zu nennen. Das Schlimme war: Sie hatte recht. Eine Monsterwohnung im dritten Stock eines vornehmen Jugendstilhauses war meine Southfork Ranch und Robert mein J.R.! Fehlte nur noch der Cowboyhut. Und ich dusselige Kuh vertat dort meine besten Frauenjahre!

Eigentlich schrie der Anlaß nach Champagner.
»Haben die hier so was?« fragte ich Bea.
»Nö, gewiß nicht – höchstens Met!« frozzelte sie und schnippte mit Zeigefinger und Daumen nach der Bedienung. »Hoffentlich macht sich diese Henna-Schlampe bald mal auf die selbstgestrickten Socken... Weißt du noch«, fragte sie dann, »wie du in deinen wilden vorrobertlichen Jahren immer gesungen hast: Wir saufen den Met, bis uns keiner mehr steht?«
Sie wollte sich schier ausschütten vor Lachen. Bevor ich mich genieren konnte und Bea wieder einen Grund hatte, mich vor allen Leuten Miß Elly zu nennen, orderte ich eine Flasche des besten verfügbaren Alternativ-Riesling-Sektes, möglichst staubtrocken und prickelnd.

Natürlich konnte ich nicht den lieben langen Nachmittag im Café vertrödeln. Bea, die freie Fotografin war, hatte einen wichtigen Termin. Für das »Tageblatt« mußte sie den Oberbürgermeister dabei fotografieren, wie er den Grundstein zum neuen Kulturzentrum legte, sich dabei mit Ruhm und Beton bekleckerte und hernach – Häppchen in sich hineinschlingend – mit vollem Mund vollmundige Reden schwang.
Eigentlich war Bea Werbefotografin. Ihr stand der Sinn nach nichts anderem, als pausbackige, polierte Äpfel auf Silberschalen zu arrangieren, abzulichten und die Fotos für teures Geld an den Silberschalenhersteller zu verscherbeln. Gab aber leider nicht so viele davon. Und der ersehnte Mega-Auftrag der Kosmetikbranche oder eines aalglatten Modezaren stand bislang nicht ins Haus. So mußte sie ihr Leben auf zweifelhaften Veranstaltungen mit den Honoratioren und der selbsternannten Hautevolee der Stadt und einem Haufen ungewaschener Pressefritzen verplempern. Und ich mußte Lebensmittel einkaufen, um dem gefräßigen Gatten heute abend was Gescheites auf den Tisch zu stellen.
Bei Feinkost-Behrens erstand ich grüne Nudeln, ein Pfund Tomaten und Lachs. Nachdem ich meine Einkäufe völlig unökologisch in einer Plastiktüte mit dem Schriftzug »Behrens gibt sein Bestes« verstaut hatte, schlenderte ich heimwärts.

Nicht umsonst nannte ich meinen Gatten den raffigen Robert. Denn er hatte es geschafft: Immerhin besaß er zwei Sportwagen sowie eine schicke blonde Gattin. Ganz zu schweigen von der Beletage-Wohnung – läppische hundertachtzig Quadratmeter – mit Blick auf den Stadtpark.

Im Treppenhaus stieß ich mit Frau von Koransky zusammen, die wie immer nichts Besseres zu tun hatte, als aus ihrer Erdgeschoßwohnung zu flattern und wie eine Krähe um die Ecke zu spähen. Auf ihrem Grabstein würde einmal stehen »Tratsch war ihr Leben«. Am liebsten guckte Frau von Koransky die Todes-, Heirats- und Geburtsanzeigen im »Tageblatt« durch und fahndete nach Bekannten, damit sie beim nächsten nachmittäglichen Kaffeeklatsch mit ihren Freundinnen infomäßig auf dem neuesten Stand war. Außerdem frönte sie heimlich, aber leidenschaftlich der Lektüre von Arztromanen, weil sie für Ärzte aller Art eine Schwäche hatte. Unter anderem auch für Robert, der Zahnklempner war und sie an ihren zweiten – verstorbenen? vergifteten? – Mann erinnerte, der auch Zahnarzt gewesen war und ihr einen Batzen Geld sowie einen Bungalow auf Mallorca vererbt hatte.

»Frau Litzenberg – Sie sind aber spät dran!« rief sie ganz empört. »Da müssen Sie sich aber beeilen, wenn Sie noch etwas kochen wollen.«

Sie starrte auf meine Behrens-Plastiktüte. Klar würde ich mich beeilen, damit der Zahnklempner nachher was zum Kauen hatte.

»Haben Sie schon mitgekriegt, daß Herr Doktor Glasbruch wieder solo ist?«

Die Sensationsgier stand ihr ins Gesicht geschrieben. Glasbruch wohnte unterm Dach und hörte gern klassische Musik, am liebsten die »Vier Jahreszeiten« von Vivaldi. Von Beruf war er Orthopäde. Von Familienstand war er ledig mit wechselnden Partnerinnen, die seine Wohnung selten länger als sechs Wochen frequentierten. Was für Frau von Koransky eine Herausforderung ersten Ranges war, da sie ihn liebend gern verkuppeln wollte.

»Wieso – hat ihn die Psychologin sitzengelassen?« fragte ich mit Unschuldsblick. Klar war sie stiftengegangen! Blitzschnell mußte sie geschnallt haben, daß Glasbruch erstens einen Waschzwang und zweitens nicht alle Tassen im Schrank hatte. Ganz zu schweigen von seiner übertriebenen Geltungssucht.

»Mir tut der Mann leid«, stammelte Frau von Koransky, »so gutaussehend und tüchtig, aber meist allein.«

»Das ist ein schweres Los«, heuchelte ich Zustimmung und dachte, daß ich meinen gutaussehenden, tüchtigen Gatten auch am liebsten sitzenlassen würde.

Statt dessen stellte ich mich an den Herd unserer Einbauküche und köchelte mit Hilfestellung des dreihundert Seiten starken Wälzers »Cuisine im Griff« ein mehrgängiges Menü. Der Wälzer war ein Geburtstagsgeschenk meiner Schwiegermutter Hildegard. Nach meinen Wünschen hatte sie mich wohl gefragt, sie aber nicht berücksichtigt. In Anbetracht der Tatsache, daß das leibliche Wohl ihres Jüngsten in meinen unerfahrenen Händen lag, hatte sie mir das Kochbuch aufs Auge gedrückt, statt mich mit irgendeinem Firlefanz wie Parfum oder Frauenromanen zu beglücken. Davon hatte ihr Berti schließlich nichts zu beißen.

Der Schlüssel drehte sich im Türschloß.

»Darling, I'm back!« tönte es vernehmlich im siebzehn Meter langen Flur.

Ein Poltern – Robert schmiß seine Lederslipper in die grobe Richtung des Schuhregals, wo noch etwa drei Dutzend Paar Schuhe darauf warteten, von mir geputzt zu werden. Robert war nämlich Schuhfetischist. Alle seine Schuhe pflegte er in, auf, unter und neben unserem einzigen Schuhregal zu deponieren. Und zwar dreckig und speckig, wie sie waren. Schließlich hatte Robert eine Frau mit zwei gesunden Händen und genug Intellekt, die Gebrauchsanweisung für ein Lederpflegemittel zu kapieren. Meine fünf Paar Schuhe standen unterm Kleiderschrank. Robert putzte aus Prinzip keine Schuhe. Einen Vorstoß meinerseits in diese Richtung hatte er vor zwei Jahren mit dem Hinweis abgeschmettert, Schuheputzen sei anerkanntermaßen Frauenarbeit.

Ein Rascheln – nun folgte die Jacke, die ich nach den Gesetzen der Wahrscheinlichkeit später auf irgendeinem Stuhl oder einer Kommode zusammengeknautscht wiederfinden würde. Erwähnte ich schon, daß mich Robert nicht nur für den Zustand seiner Schuhe, sondern auch für den Zustand seiner Kleidung verantwortlich machte? Was er abends auszog, schmiß er als verknäulten Klumpen auf den Boden seiner Bude. Auf diese Unsitte angesprochen, wies er jeglichen Zusammenhang zwischen dem Klamottenberg und seiner Person weit von sich. Außerdem hatte seine Mama sich nie darüber beklagt! Kein Kommentar.

»Give me a kiss – hm, was riecht das gut!« Er stand neben mir und spitzte das Mündchen.

Nachdem ich ihm die rechte Wange hingehalten hatte, verzog er sich mit dem »Tageblatt« ins Eßzimmer.

Als ich Anstalten machte, das Essen aufzutragen, nahm er am Kopfende unseres Marmortisches Platz und griff in Vorfreude auf die zu erwartende Mahlzeit zu seinen Eßwerkzeugen.

Schwungvoll servierte ich als Vorspeise Tomatencremesuppe surprise. Die Überraschung bestand darin, daß ich es nicht geschafft hatte, die Tomaten zu schälen. Folglich schwammen ihre Häutchen in der Suppe. Robert zerkrümelte ein Baguette und führte sich das Süppchen zu. Dann fing er an zu mekkern.

»Bei Luigi ist die Pelle immer ab«, stellte er sachkundig fest. Luigi war sein Leib- und Magenitaliener. »Wo hast du denn das Baguette gekauft? Frisch ist das aber nicht!«

Sein Teller war leer, und bevor ich mich wehren konnte, fiel er über meinen Suppenrest her.

Beim zweiten Gang – grüne Nudeln mit Lachs – erzählte er mir von seinem Tagwerk.

»Heute war die Hölle los!« Schmatz-schmatz. »Ausgerechnet, wenn eine Helferin krank ist, kommen ständig Notfallpatienten. Mann, der eine hatte eine Gingivitis, die konnte sich echt sehen lassen. Konnte vor Schmerzen kaum noch futtern!«

Robert hingegen futterte unverdrossen weiter. Mir blieben beinahe die Bissen im Hals stecken. Ich war geneigt anzunehmen, daß ich meine ranke Figur nicht zuletzt dem Tatbestand verdankte, daß der Gatte beim Essen stets Storys über die Maulfäule seiner Patienten zum besten gab.

»Kannst du in der Apotheke Aquadest für mich holen? Ach ja, und der Jaguar müßte in die Waschstraße!« Robert nahm einen Schluck Flaschenbier. »Der hat es mal wieder nötig.«
Nötig hätte ich es auch mal wieder. Aber klar, der Jaguar ging vor.
Nach dem Obstsalat, den ich als Nachspeise zusammengeschnippelt hatte, trank Robert einen doppelten Fernet und verlangte nach einem Kaffee. Während ich in der Küche geistesabwesend Kaffeepulver in die Filtertüte füllte, hörte ich ihn ins Bad gehen. Der Zahnklempner pflegte nach den Mahlzeiten mit Hingabe sein Gebiß zu scheuern. Anschließend schlurfte er ins Wohnzimmer, wo sein Lieblingssessel unter seinem Gewicht aufstöhnte.
Ich schleppte das abgegessene Geschirr in die Küche und stapelte es in der Spülmaschine. In Gedanken versunken machte ich den Herd sauber.
Robert war nicht immer so gewesen – das konnte nicht sein! Das hätte ich gemerkt! Vom schlanken und frisch promovierten Jungzahnarzt, der mich mit Komplimenten überschüttete, der vor Aufmerksamkeit strotzte, der Charme aus jedem Knopfloch versprühte, war er zu einem männlichen Monster mutiert. Zu einem knallharten Karrierehengst, der seine dreißig Paar Schuhe und seine zwei Schlitten jederzeit seiner Ehefrau vorzog. Der sie gegen einen dritten Schlitten bedenkenlos eingetauscht hätte. Zu einem freßsüchtigen Fettwanst. Zu einem bequemen Besserwisser. Zu einem fernsehsüchtigen Flaschenbiertrinker. Zu einem mäkelnden Macho. Die Reihe ließe sich endlos fortsetzen, sinnierte ich, aber eigentlich reichte eine einzige Formulierung: zu einem Ehemann. Ehemänner waren einfach die schlechteren Liebhaber.
Von fern nahm ich Fernsehgeräusche wahr. Kaum hatte Robert sich endlich entschlossen, nicht mehr herumzuzappen, ertönte die monotone Leier einer beliebten Krimiserie.
»Bring mir mal 'n Bier, Baby!«
»Oh yes, Sugar!« flötete ich und angelte eine kalte Flasche aus dem Kühlschrank. Beim Trinken war er nicht so anspruchsvoll wie beim Essen. Einige Minuten später hörte ich ihn vernehmlich

schnarchen. Gott sei Dank nicht auf englisch! Seit Robert seine anglophile Phase hatte, wünschte ich sehnlich, er würde sie voll ausleben und zu seinen horse-gesichtigen friends auf die Insel ziehen. Möglichst, bevor ich reif für ebendiese war.

Gerade als ich es mir auf meinem Sofa bequem gemacht hatte, klingelte das Telefon.

»Ja, Litzenberg?«

»Kind, daß du es aber auch immer so lange läuten läßt!« Muttis Stimme klang vorwurfsvoll.

Ich schwieg und harrte der Dinge, die da kommen mußten.

»Eigentlich wollte ich dich nur daran erinnern, daß Tante Erna am Sonntag Geburtstag hat.«

Eigentlich ist eigentlich gar kein richtiges Wort, dachte ich. Mutti räusperte sich.

»Oh, danke, prima – hätte ich glatt vergessen!«

Sollte heißen, Mist, daß du anrufst, denn sonst hätte ich es mit gutem Gewissen vergessen können. So nicht mehr.

Muttern lärmte im Hintergrund: Tante Erna ist deine Patentante und hat nie an nützlichen Geschenken und unnützen Ratschlägen gespart! Du mußt auf jeden Fall zu ihrem Geburtstag antanzen!

»Du mußt auf jeden Fall zu ihrem Geburtstag vorbeischauen«, sagte Mutti. Hätte sie »antanzen« gesagt, hätte ich morgen als erstes einen Psychoanalytiker aufgesucht. »Immerhin hat sie dir zur Hochzeit die Kristallgläser geschenkt und außerdem...«

Bevor sie sämtliche Vorzüge Tante Ernas runterrattern konnte, brach ich die Litanei ab.

»Du, Mutti, ich hab was zu lesen«, äußerte ich vage. »Und am Sonntag kriegen wir Besuch. Aber ganz sicher rufe ich Tante Erna an!«

Mutti gab sich damit zufrieden, und ich warf mich wieder auf das Sofa. Im Moment hatte ich wirklich andere Sorgen als ausgerechnet Tante Ernas Geburtstag. Ich brauchte einen Mann. Aber woher nehmen, wenn nicht stehlen?

Meine erste Idee war der Kontaktanzeigenmarkt des »City Journals« gewesen. Über diesen machte ich mich jetzt her, um das

Angebot an Männern zu sondieren. Leider entsprach das, was ich las, nicht ganz meinen Erwartungen.

»Attraktiver Boy, 27, 57 kg, sucht unausgelastete Sie für unmoralisches Angebot.«

Zu jung, zu leicht. Nicht meine Gewichtsklasse. Wenn man ein Schwergewicht wie den rundlichen Robert gewöhnt war, waren siebenundfünfzig Kilo einfach nicht mehr griffig genug. Obwohl ich diesen paar Kilos unmoralische Angebote in Hülle und Fülle machen könnte...! Ich ließ meine Augen über die nächsten Annoncen schweifen.

»Back in town! Wild old man wieder auf der Suche. Frau, bitte melden, auch wenn du sonst nie auf Kontaktanzeigen schreibst!«

Meine Güte, noch ein Anglophiler! Nee, danke. Außerdem: Wenn ein Mann schon freiwillig zugab, alt zu sein, war er wohl in Wirklichkeit der Bahre nahe. Oder doch nicht? Vielleicht alte Schule, Handkuß und Türaufhalten, gutsituiert? Das wäre eine Erwägung wert.

»Überaus attraktiver Er, Bodybuilding-gestählt, sucht niveauvolle Frau für erotische Stunde. 100% Diskretion.«

Hoppla! Im Bizeps tausend Watt, und oben brennt kein Birnchen! Und der sucht eine Frau mit Niveau? Irgendwas konnte da nicht stimmen. Und eine erotische Stunde war mir echt zu wenig. Ich wollte gefälligst nach Strich und Faden angeschmachtet werden, bevor ich irgendwelchen Ansinnen bezüglich einer erotischen Stunde nachkam! Und überhaupt: Die Idee, das Unaussprechliche auf eine Stunde zu begrenzen, konnte wahrlich nur von einem Mann stammen.

»Vögeln soll man dreimal täglich... frisches Wasser geben. Wenn du genauso denkst wie ich, solltest du dich melden. Sportliche Amazone bevorzugt.«

Mir blieb die Luft weg. Abgestandener ging's wohl nimmer, du sportlicher Tierfreund! Zornig blätterte ich um.

Muttern schluchzte auf und schrie schrubberschwingend: Laß die Finger davon! Die denken alle nur an das eine, und womöglich sind sie ungewaschen oder haben Aids, ganz zu schweigen von Syphilis und Sackratten! Madonna zwang mich jedoch dazu, weiterzulesen, zumal auch ich nicht gerade an das andere dachte.

»Sympathischer Typ, 34, dunkelhaarig, kreativer Individualist, liebt trockenen Humor und ebensolche Weine genauso wie das Prickeln von Champagner. Auf der Suche nach einer selbstbewußten blonden Frau mit Charisma. BmB.«

Na, wer sagt's denn! Und ich hatte bereits befürchtet, selbst eine Annonce aufgeben zu müssen. Aber treffender konnte man mich nicht beschreiben. Dieser Mann verlangte nach mir! Das war so sicher wie das Amen in der Kirche. Ihm würde ich eine Zuschrift gönnen! Schon allein, weil er dunkelhaarig war. Robert hatte eine Haarfarbe wie dreckiges Ruhrwasser, da hatte ich mich lange dran sattgesehen.

Aber zuvor mußte ich mich noch mit meiner Freundin Corry kurzschließen, die anerkanntermaßen als Kontaktanzeigenprofi galt. Ich wußte nämlich nicht, was »BmB« bedeutete. Hoffentlich keinen Schweinkram.

Bitte mit Bild

Die Nacht hatte sich mitsamt ihren Regenschauern verzogen und einem strahlend schönen Morgen Platz gemacht. Robert war in aller Herrgottsfrühe in seine Praxis aufgebrochen, um die Kauwerkzeuge seiner Mitmenschen aus den Klauen des kariösen Zerfalls zu reißen. Mich riß er zuvor aus dem Schlaf, um mit odolfrischem Atem ein »Good morning, Darling!« auf meine geschlossenen Augenlider zu hauchen.

Ich quälte mich aus dem Bett, frühstückte drei Toastbrote mit Orangenmarmelade und hängte mich ans Telefon, um endlich mit Corry eine Verabredung zu treffen. Seit drei Wochen hatte ich immer mal probiert, sie zu erreichen, erwischte aber nur ihren unleidlichen Anrufbeantworter. Diesmal war sie daheim, und wir machten aus, uns nachher im Freibad zu treffen.

Ich saugte Roberts teuren Teppichboden und befestigte den frischgepflanzten Knöterich auf dem Balkon an seiner Rankhilfe, damit er nicht vom rechten Weg abkam. Das Holzspalier hatte ich mit gewaltigen Hammerschlägen eigenhändig an die widerspenstige Wand genagelt. Dann packte ich meine Badesachen.
Der ungewöhnlich heiße Maitag hatte noch mehr Menschen ins Freibad gelockt. Die Liegewiese quoll fast über vor Rentnern und Studenten, darunter tummelten sich ein paar Arbeitslose und sonstige Tagesfreizeitler. So auch Corry. Hingegossen wie eine Rubensfigur schmachtete sie auf ihrer Badematte der Sonne entgegen. Als mein Schatten auf sie fiel, schreckte sie hoch, allerdings nicht ohne zuvor geistesgegenwärtig eine beringte Hand vors Dekolleté zu pressen.
»Huch!« entfuhr es ihr.
»Ich bin's nur!«
»Wobei die Betonung auf nur liegt!« seufzte sie herablassend und rollte mit den Augen. Leider war ich nicht Don Johnson, sollte das heißen. Aber der würde sich mit seinem Ferrari Testarossa wohl kaum in unsere Gefilde verirren.
Corry war seit Jahren auf der Suche nach DEM Mann. Und da DER Mann nicht ihren Weg kreuzte, vertrieb sie sich die Wartezeit mit allen anderen Männern, die ihr in die Quere kamen. Eine beträchtliche Anzahl, die sie zu einem Großteil aus den Kontaktanzeigen des »City Journals« rekrutierte.
Ich kickte meine Ledersandaletten von den Füßen, streifte die Jeans runter und knöpfte die Bluse auf. Beiläufig spähte ich dabei in alle Himmelsrichtungen, erblickte aber kein bemerkenswertes männliches Exemplar, was allerdings auch an meiner Kurzsichtigkeit liegen konnte.
»Na – machst du wieder Schlangenaugen?« lästerte Corry. »Gib's auf, davon kriegst du nur Falten. Geh lieber mal zum Augenarzt!«
Beinahe hätte ich gekontert: Und du auf die Schlankheitsfarm! Aber ich verkniff es mir in letzter Minute, da ich auf ihren Ratschlag angewiesen war.
Sie steckte sich eine Zigarette in ihre Zigarettenspitze, ließ ein kleines silbernes Feuerzeug aufblitzen und blies ein zierliches

Rauchwölkchen aus ihren burgunderrot angemalten Lippen in die linde Luft.
»What's the matter? Problems mit Bob?« Ganz offensichtlich teilte sie die lästige Leidenschaft meines Gatten, in unsere ach so farblose Muttersprache englische Brocken einzustreuen, wo es nur eben ging.
»Keine außer den üblichen!« Ohne Umschweife verklickerte ich ihr mein Vorhaben und fragte sie, was »BmB« heiße.
»Bitte mit Bild«, stöhnte Corry. »Mein Gott, bist du wirklich so unbeleckt?«
Logo, erstens bin ich blond und zweitens Miß Elly.
Corry drückte ihre Kippe aus und wälzte ihre schätzungsweise hundertsechzig Pfund auf die Seite. Alabasterweiße Busenhaut quoll aus dem gewagten Ausschnitt ihres ebenfalls burgunderroten Einteilers. Daneben kam ich mir vor wie ein Biafra-Kind. Oder wie Schneewittchen, kein Arsch und kein Tittchen.
Außerdem hatte ich kein Bild parat. Abgesehen von einigen Schnappschüssen, auf denen ich aussah, als hätte ich gerade in eine Zitrone gebissen oder vier Wochen die Haare nicht gewaschen. Es würde mir nichts anderes übrigbleiben, als ein paar Mark in einen Fotografen zu investieren.
Während ich meinen Gedanken nachhing, plauderte Corry ein bißchen aus der Schule. Nein, den »wild old man« von der Kontaktanzeige kannte sie noch nicht, zeigte auch auffallend wenig Interesse. Corry stand im wesentlichen auf ausgehungerte Altlinke. Die waren ihr Spezialgebiet, solange Don Johnson nicht hier einlief. Vorzugsweise mußten sie schmächtig sein und ein graues Zöpfchen haben, sich im zirka vierzigsten Semester eines geisteswissenschaftlichen Studiums befinden und dementsprechend intellektuell daherschwätzen. Und für Vollschlanke schwärmen. Erst dann kamen sie in die engere Auswahl.
Mein Gatte, der Erzkapitalist mit flottem Haarschnitt, saniertem Gebiß und schwarzem Porsche konnte vor ihren smaragdgrünen Augen keine Gnade finden. Gern mokierte sie sich über sein abgeschlossenes Hochschulstudium und den »Dr. med. dent.« vor seinem Mutz-Litzenberg. In besonders ungnädigen

Momenten behauptete sie, Robert habe mich nur geheiratet, um einen besonders schönen Doppelnamen abzukriegen, weil »Dr. Mutz« für sich genommen nach Schmutz klinge und alles in allem kein empfehlenswerter Nachname für einen Zahnarzt sei. Insgeheim, so vermutete ich, könnte ihr Don Johnson samt sämtlichen Altlinken dieser Welt gestohlen bleiben, wenn es ihr gelingen würde, einen Promovierten einzufangen. Am besten einen angesehenen Arzt in den besten Jahren, der ihr was bieten konnte. Eigentlich stand sie nämlich auf Ärzte, denn sie war Krankenschwester.

Am nächsten Morgen, als ich mich für den Fotografen durchstylen wollte, bemerkte ich zu meinem Entsetzen, daß sich an meinem Kinn ein dicker Pickel breitmachte. So konnte ich auf keinen Fall ein Foto von mir schießen lassen.

Nie hätte ich geahnt, daß die Ausführung meines Plans auf so viele Widrigkeiten stoßen würde. Ich überschminkte den Pickel, tarnte mich mit einer Sonnenbrille und fuhr endlich mit Roberts rotzgrünem Jaguar – er nannte die Farbe British racing green – in die Waschstraße. Obwohl ich in Waschstraßen immer klaustrophob wurde, stand ich es irgendwie durch. Auf dem Rückweg hielt ich bei meiner Lieblingsapotheke und kaufte eine Tube Dermaquick, die vielbeworbene Pickelcreme.

Zu Hause angekommen, klebte ich den Pickel mit Hansaplast zu, damit ich ihn nicht sehen mußte. Meinen Frust wandelte ich in Energie um und putzte Roberts Schuhe. Manche stanken ganz erbärmlich nach Schweißfüßen. Ich holte sein Achselspray aus dem Bad und sprühte eine Überdosis in die Turnschuhe. Das konnte Robert zwar nicht leiden, aber schließlich hatte ich sie ja ständig vor der Nase und nicht er. Weil ich gerade dabei war, nähte ich auch gleich ein paar Knöpfe an und bürstete Roberts Jacken ab. Leider neigte er zu trockener Kopfhaut mit Schuppenbildung.

Da ich mich in meinem Zustand sowieso nicht auf die Straße traute, beschloß ich, ausnahmsweise auch mal wieder an meine eigene Karriere zu denken. Undenkbar, als Hausfrau zu verkommen! Das hieße, Perlen vor die Säue schmeißen. Meine Talente lagen auf anderen Gebieten. Schließlich war ich vielseitig begabt.

Nach ein paar Semestern Germanistik hatte ich in etlichen Kneipen gezapft, bis ich einen Platz als Volontärin beim »City Journal« ergattern konnte. Nach dem zweijährigen Volontariat war nirgends eine Stelle für eine Redakteurin frei gewesen. Außer in der Sportabteilung des »Tageblattes«. Doch für Fußballberichterstattung wollten sie keine Frau einstellen. Erzähl mir keiner was von Chancengleichheit! Als ob eine Frau nicht auch sehen würde, wenn der Ball im Tor ist. Aber die verantwortlichen Herren Chefredakteure hatten mich buchstäblich in die Abseitsfalle laufen lassen und mir – nach einem Foul meinerseits, das in einer durchaus angebrachten spitzen Bemerkung bestand – die rote Karte gezeigt. Platzverweis, Libero Litzenberg!
Erst aus purer Langeweile, dann aus brennender Neugier beschäftigte ich mich mit Psychologie, besuchte die Vorlesungen an der Uni und las Sigmund Freud von Anfang bis Ende. Besonders gut hatten mir seine Abhandlungen über das ÜBER-ICH und das ES gefallen. Kopf und Bauch, Kontrollinstanz und Triebinstanz: Klar wie Kloßbrühe! Endlich hatten die beiden Stimmen, die sich in mir stritten, einen Namen.
Bis zu meiner Eheschließung mit dem raffigen Robert lebte ich von einem aufgelösten Bausparvertrag und einem Teilzeitjob als Sekretärin bei einem verschrobenen Vermögensberater. Nebenher verdiente ich manchmal einen Batzen Geld, wenn es Bea gelungen war, mich erfolgreich als Werbetexterin anzupreisen.

So widmete ich mich nun den Nachmittag über dem Studium des Fachblattes »Werbe wirksam«. Hoffentlich konnte Bea bald wieder was für mich an Land ziehen. Dann hätte ich guten Grund, die hausfraulichen Sklavenarbeiten liegenzulassen.
Als mein Sklaventreiber am Abend heimkam, war er allerbester Laune. Weder mäkelte er an den Pellkartoffeln und dem Heringssalat herum – was Besseres war mir trotz »Cuisine im Griff« nicht eingefallen –, noch parkte er sich vor der Glotze ein. Das konnte nur bedeuten, daß er andere Pläne hegte.

»Gehst du heute noch weg?« fragte ich ihn.
»Dietrich und Julia haben uns eingeladen, hast du das vergessen?«
Ach je. Natürlich. Jetzt fiel's mir wieder ein. Wahrscheinlich hatte ich es verdrängt, denn Dietrich und Julia waren für mich knallrote Tücher. Außerdem würde ich nie begreifen, was Robert an ihnen fand. Dietrich hatte in grauer Vorzeit mit ihm Zahnmedizin studiert, aber das Studium nach acht Semestern abgebrochen und sein Hobby, das Autoschrauben, zum Beruf gemacht. Ich konnte mich des Gefühls nie erwehren, daß Robert Dietrich brauchte, um sich stets vor Augen zu führen, wovor das Schicksal ihn gnädig bewahrt hatte, indem es einen Zahnarzt aus ihm machte. Dietrich fungierte als sein alternativer Gegenpol. Julia war eine arbeits- und leidenschaftslose Biologin und zur Zeit auf dem absoluten Ökotrip.
Mit einem Wort: Mir stand ein interessanter Abend bevor. Einen Moment lang überlegte ich, ob ich meine Migräne nehmen sollte – der Kinnpickel! –, verwarf den Gedanken aber sofort. Ein gemeinsamer Abend mit Robert ohne Glotze war einfach zu selten. Die Chance wollte ich nicht ungenutzt verstreichen lassen. Ich riß den Streifen Hansaplast vom Kinn und überschminkte den Pickel mit Elfi Wirdnix, so gut es eben ging.

Zwecks körperlicher Ertüchtigung fuhren wir mit dem Rad. Erst quer durch die Stadt, dann über Land. Robert raste mit seinem blitzschnellen Bike voraus, der funkelnagelneue Gelsattel paßte sich seinem ausladenden Hintern haargenau an. Ich zockelte auf dem alten geerbten Drahtesel hinterher.
In den Schrebergärten, die wir passierten, herrschte ein reges Treiben. Hier und da stieg uns der Geruch eines kokelnden Grillfeuers in die Nase; beleibte Männer in Shorts und Unterhemd standen an den Zäunen und tranken Flaschenbier, während sich ihre Frauen mit Hacke und Schippe abmühten. Ab und zu fiel ein Schwarm Mücken über uns her, den wir gemeinsam verfluchten. Ein einsamer Jogger kam uns entgegen. Zwei Hobbyangler ärgerten sich darüber, daß Robert seine Fahrradklingel ausgerechnet dann ausprobieren mußte, als wir an ihnen vorbeifuhren. Sie

fluchten lautstark und drohten uns mit Fäusten und Angelruten.

»Hi!« schrie uns Julia schon von weitem entgegen. Sie und Dietrich hockten auf ihrer Gartenbank und tranken höchstselbst gekelterten Apfelwein vom vergangenen Jahr. Der Garten sah aus wie eine Mischung aus Biotop und Sperrmüllhalde. Im halbhohen Gras rostete ein veralteter Kühlschrank vor sich hin. Julia benutzte ihn als Depot für Samentütchen und anderes Gartengelümps. Obendrauf stand ein windschiefes Windlicht. Ein paar Meter weiter lagen ein paar alte Autoreifen.
»Hi!« schrie Robert und parkte sein Fahrrad am abblätternden Putz der Hauswand. Er schloß es mit einem Zahlenschloß ab. Meinen Drahtesel schmiß er achtlos in einen Brennesselbusch.
»Sind deine Autos kaputt?« fragte Julia spöttisch.
Roberts Autos waren ihr ein Dorn im Auge. Natürlich war sie Mitglied einer Carsharing-Gruppe. Dietrich hingegen hätte gerne mehr Autos gehabt als den fast zugewachsenen Bus, der altersschwach am Gartenzaun lehnte und an dem er schon seit Menschengedenken schweißte und schraubte.
»Nee«, erwiderte ich, »die sind uns bloß zu schade, um damit zu euch zu fahren.«
Worauf ich einen bitterbösen Robert-Blick erntete.
Wir saßen im Grünen und tranken und rauchten. In der Dämmerung kam ein einsamer Igel angewackelt und wühlte sich durch die verfaulenden Holzlatten in Julias Komposthaufen. Dietrich erzählte mir zum x-tenmal von der Blinddarmoperation, die er als Knäblein klein hatte erdulden müssen. Ich vermutete, daß sie das traumatischste Ereignis seiner Kinderzeit gewesen war, und fragte ihn, ob er davon alpträume.
Währenddessen redete Julia unentwegt auf Robert ein.
»Wenn du nämlich jetzt Papiertüten in den Biomüll schmeißt...«, schnappte ich auf.
Sieh an, sie war also bei ihrem Lieblingsthema gelandet. Und Robert, der alte Heuchler, tat, als ob ihn nichts brennender interessieren könnte als Kompost. Dabei plierte er Julia an, als wäre sie die Offenbarung.

»Stell dir vor«, fuhr sie fort, »gestern war ich beim Zahnarzt. Der will mir den Zahn hier oben plombieren – mit Amalgam!« Empört riß sie den Mund auf und fuhr sich mit dem Zeigefinger an einen linken hinteren Backenzahn. »Dabei weiß doch jedes Kind, daß Amalgam Quecksilber freisetzt und eine schleichende Vergiftung bewirkt!«
Beifallheischend starrte sie in Roberts Blauaugen. Er starrte in ihren geöffneten Rachen. Ganz augenscheinlich lauerte sie darauf, daß er sie in seine Praxis lockte. Aber da war sie schief gewickelt! Robert behandelte nach Möglichkeit keine Freunde des Hauses.
So glaubte ich meinen Ohren nicht zu trauen, als ich ihn säuseln hörte: »Am besten kommst du morgen abend in der Praxis vorbei, nach der Sprechstunde, dann guck ich mir den Kerl mal an!«
Ach! Und ich konnte stundenlag mit dem Essen auf ihn warten, was? Schweigsam radelten wir heimwärts.

Auf dem Anrufbeantworter war eine Nachricht meines Exfreundes Lutz. Er stotterte sich einen ab: Nächsten Freitag sei er in der Stadt, ob wir uns treffen könnten? Lutz war der einzige Mann in meinem Umfeld, bei dem Robert rot sah. Nicht daß er in Lutz einen Konkurrenten vermutete, der meine Tugend ins Wanken bringen könnte – weit gefehlt! Aber er hielt Lutz für den langweiligsten Menschen auf Gottes weiter Erde. Und deswegen und weil er seine anglophile Phase hatte, nannte er ihn Lionel Longweeler. Was er besonders witzig fand und womit er mich jedesmal, wenn Lutz sich meldete, aufzog.
»By the way«, pflegte er anzumerken, »wie hast du es nur mit dem ausgehalten!« Wobei er das »dem« abfällig dehnte.
Lutz war kein Geringerer als Roberts unmittelbarer Vorgänger. Mit ihm hatte ich zusammengelebt, bevor ich Robert in der Kinoschlange kennenlernte. Wir standen an für »Die Reifeprüfung« mit Dustin Hoffman. Der Streifen lief im Sommerfestival vom Cinema, und ich wollte ihn mir noch mal angucken, obwohl ich ihn schon in- und auswendig kannte. Robert auch. Nach dem Film lauerte er mir am Ausgang auf und lud mich auf

ein Bier ein. Er hakte mich unter und summte den ganzen Abend Melodien von Simon & Garfunkel. So romantisch hatte es angefangen. Seinerzeit. Ich durfte gar nicht dran denken.
Grinsend schleppte sich Robert ins Bett, nachdem er sein Gebiß vor dem Spiegel gebleckt und es mit Zahnseide und -bürste malträtiert hatte. Mittlerweile reagierte ich echt allergisch auf das Geräusch der elektrischen Zahnbürste. Und Robert schummelte im Gegensatz zu mir nie. Er ließ die Borsten kreisen, bis das kleine Lichtchen an der Zahnbürste ausging. Ich trug dick Gesichtslotion auf und betupfte den Kinnpickel mit einer extragroßen Portion Dermaquick. Und hoffte auf ein Wunder. Obwohl ich eigentlich wissen müßte, daß Werbespots alles versprechen und nichts halten. Genau wie Männer.

Sollte sich jemals jemand um meine Meinung scheren, würde ich das Loblied dieser Pickelcreme anstimmen! Welch fröhliches Erwachen! Am nächsten Morgen hatte ich zwar einen tierischen Muskelkater vom vielen Radfahren, aber mein Kinn glich einem rosigen Pfirsich vorm Pflücken, und ich wusch mir sofort die Haare, um die Gunst der Stunde zu nutzen. Ich wollte die Künste von Tony, dem Starfotografen, in Anspruch nehmen. Bea hatte sowieso keine Zeit, mich zu fotografieren, weil sie momentan als Messehosteß jobbte.
Der Maestro selbst rückte mich ins rechte Licht. Auf meinen Vorschlag, einen Weichzeichner einzusetzen und die Scheinwerfer ein paar Watt runterzuschrauben, ging er nicht ein. Offenbar hatte er meine Stirnfalten völlig übersehen oder beschlossen, sie zu ignorieren und mich realitätsgetreu abzubilden. Oder mir war es ausnahmsweise doch gelungen, sie mit dem duftig gefönten Pony optimal zu kaschieren.
»Cheeeeese!« brüllte Tony, und ich verzog meine Mundwinkel.
Als Robert am Abend verdächtig spät aus der Praxis heimkehrte und nicht einmal bemerkte, daß der Eintopf aus der Dose kam, wurde ich stutzig. Hatte ihm Julia etwa mehr gezeigt als ihren kranken Backenzahn? Hatte sie ihm etwa mehr entgegengereckt als ihren knochigen Kiefer?

Doch meine gute Laune war durch nichts zu erschüttern. Ich holte meine Bilder ab und war hochzufrieden. Eine Haut wie Samt und Seide, von Falten keine Spur – und ein absolut charismatisches Lächeln. Ich würde die Bilder ins Sidestep mitnehmen, wo ich mich mit Lutz verabredet hatte.

Das Sidestep war früher mal eine typische Studentenkneipe gewesen. Damals hatte es noch Latinum geheißen. Dann wechselte mehrfach der Besitzer, und mittlerweile hatte es sich zur Szenekneipe gemausert. Oder zur Aufreißerkneipe, wie Bea immer frotzelte und wie der neue Name versprach. Halogenlämpchen hingen von der apricotfarbenen Decke, alte Bilder und Spiegel – Relikte der Studentenkneipenzeit – zierten die Wände. Eine lange Theke schlängelte sich durch den Raum. Dunkle Flecke auf den Fliesen zeugten davon, daß so mancher Raucher auf den Aschenbecher verzichtet hatte.
Als ich eintraf, war die Kneipe leer, aber der provisorische kleine Biergarten schon beinahe überfüllt. Mühsam kämpfte ich mich durch den Mittelgang, umrundete einen Typen, der mir ratlos mit seinem Pils im Wege stand, und schob mich auf der Suche nach Lutz durch die Bankreihen. Unter einem zusammengeklappten Sonnenschirm reckte sich mir ein magerer Arm entgegen.
»Hallo, hier sitz ich!« rief Lutz freudig erregt.
Auf dem Bänkchen gegenüber war kein Platz frei, so quetschte ich mich neben ihn. Er gab mir einen feuchten Schmatz auf die Wange, der nicht nach Odol roch, sondern nach Knoblauch. Was mich annodazumal immer immens gestört hatte, mir aber jetzt beinahe sympathisch war.
»Warst du heute schon beim Griechen?« fragte ich.
»Kurz – ich hab mir ein Pitta Gyros reingezogen. Merkt man das?«
»Man vielleicht nicht. Aber als Zahnarztgattin hab ich ein Gespür dafür entwickelt!«
»Wie geht's dem dicklichen Dentisten?«
Was Robert konnte, konnte Lutz schon lange. Zum Glück ahnte er nichts von Lionel Longweeler, sonst hätte er sich vielleicht einen schlimmeren Spitznamen für Robert ausgedacht.

Da ich nicht die Absicht hatte, Lionel, äh, pardon, Lutz in die delikate Problematik meiner noch jungen Ehe einzuweihen, ließ ich mich zu einem »Bestens!« herab. Das war ich Robert schuldig.

Lutz war Diplomingenieur, hielt sich für kompetent in allen Lebenslagen und technisch hochbegabt. Sein Standardspruch war: »Dem Ingeniör is nix zu schwör.« Seine Leidenschaft waren lange Unterhosen. Seine Schwäche war Angorawäsche. Auch im Sommer trug er stets ein Leibchen, um seine empfindlichen Nieren zu schützen. Er setzte sich nie auf kalte Steine, weil auch sein Hintern extrem empfindlich war. Ständig befürchtete er den hinterhältigen Angriff rezidivierender Hämorrhoiden. Wo er ging und stand, trug er ein Sortiment Taschentücher bei sich, für den Fall, daß eine Grippeepidemie hereinbrach. Wenn er nicht gerade junk food in sich hineinschlang, lebte er von Zwieback und Kamillentee und von dem weißen Zeug, das nach Zahnpasta schmeckt und gut gegen alle möglichen Magenkrankheiten ist. Nach dem Genuß eines Glases Rotwein litt er an einer gewaltigen Gastritis, und der Anblick von fettem Fleisch ging ihm an die Galle. Einmal im Jahr hatte er einen Furunkel am Steißbein.

Mein Entschluß, mich nach drei gemeinsam verbrachten Jahren von Lutz zu trennen, war – abgesehen davon, daß sein Hypochondertum allmählich pathologische Ausmaße annahm – weniger Roberts Erscheinen in der Kinoschlange zuzuschreiben als dem Schicksal eines dickfelligen Katers namens Fat Boy. Fat Boy war graugetigert, hochbetagt und eben fett. In einer Nacht- und Nebelaktion hatte ich ihn auf einer vierspurigen Verkehrsstraße vorm frühzeitigen Tod durch eine Kollision mit einem Kadett bewahrt und ihn mit nach Hause geschleift. Obwohl Lutz mich auf Knien anflehte, seiner angegriffenen Gesundheit zuliebe den Kater ins Tierheim zu schaffen oder auszusetzen, war ich hart wie Kruppstahl geblieben und hatte Fat Boy bei uns einquartiert. Ich liebte ihn heiß und innig, auf jeden Fall liebte ich ihn mehr als Lutz. Dessen Katzenhaarallergie ich hartnäckig ignorierte.

Vor dem Balkönchen unserer kleinen, aber feinen Zweizimmerwohnung stand ein knorziger Apfelbaum. Auf den ausladendsten seiner Äste sprang der Kater rasend gern und machte sich von dort aus auf, alle Vögel zu jagen, die er mit seinen trüben Augen noch erkennen konnte. Lutz, nicht nur technisch begabt, sondern auch sonnenhungrig wie einer, der zwanzig Jahre in Fuhlsbüttel abgesessen hat, mäkelte am Ast herum. Er verdecke ihm die Sonne, und außerdem würden die Blätter im Herbst auf unseren Balkon fallen. Dann müßte man sie wieder wegsaugen. Ich verbot Lutz unter Androhung der Todesstrafe, am Ast zu sägen.

Als ich eines schönen Samstags außer Haus weilte, nahte die Chance, auf die Lutz gewartet hatte. Er lieh sich beim Nachbarn eine Säge und eliminierte den Ast mitsamt dem Blattwerk. Am nächsten Tag, als Fat Boy wieder draufspringen wollte, sprang er ins Leere. Fast blind, war er offenbar immer aus purer Gewohnheit losgesprungen. Er trug einen doppelten Oberschenkelhalsbruch davon und mußte vom Tierarzt eingeschläfert werden. Am liebsten hätte ich Lutz gleich mit einschläfern lassen. Diese Tragödie gab unserer Beziehung den Todesstoß. Noch heute hatte ich einen Riesenkloß im Hals, wenn ich an Fat Boy dachte. Er war mein erster und einziger Kater gewesen.

Der Katzenkiller musterte mich skeptisch. Ich lächelte ihn trotz der unseligen Erinnerung gewinnend an und verlangte nach einer zweiten Cola, die er prompt herbeischaffte.

»Weißt du noch, wie du unseren Eierkocher reparieren wolltest? Und ihn vollends ruiniert hast?«

Es gibt nichts Gemeineres, als Exlovern die Vielzahl ihrer Verfehlungen unter die Nase zu reiben. Und nichts Erhebenderes.

Lutz fuhr sich durchs krause braune Haar. Ich stellte fest, daß sich zwei Geheimratsecken in die Pracht fraßen. Der Zahn der Zeit nagte an ihm, kein Zweifel.

»Und ob. Du hast tagelang nix gekocht. Und als ich dann die Grippe kriegte, hast du mir kein Kamillendampfbad gemacht!«

Das klang vorwurfsvoll. Sollte er noch immer nicht verwunden haben, daß ich seine hypochondrischen Anfälle nie ernst genommen hatte? Immerhin war er der einzige Mann in meinem Leben

gewesen, der vorgab, an Schnupfen zu sterben. Niemals davor und danach mußte ich einem Mann derart viele Dampfbäder und Wadenwickel machen.
Zu fortgeschrittener Stunde zückte ich die Fotos und hielt sie Lutz unter die lange Nase.
»Schau mal.«
»Bist du das?« Ein bißchen schwer von Begriff war er immer schon gewesen.
»Wer sonst – Claudia Schiffer?«
»Brauchst du einen neuen Ausweis? Oder willst du dich irgendwo bewerben?«
Bewerben – das reizte mich zum Lachen.
»Sozusagen!« gab ich forsch Auskunft.
»Superbilder«, erwiderte Lutz. »Damit kriegst du jede Stelle.«
Wenn das nicht aus objektiv-berufenem Munde kam! Da konnte ich ja getrost auf die Kontaktanzeige des Individualisten antworten. Neben mir nieste Lutz laut und vernehmlich.
»Hast du mal ein Sacktuch?« schnorchelte er wehleidig. Seinen Vorrat an Taschentüchern hatte er auf dem Holzbänkchen ausgebreitet und sich draufgesetzt. Hämorrhoiden, laßt ab!
Ich zerrte ein zerfasertes Tempo aus meiner Jeanstasche und reichte es ihm gnädig. Geräuschvoll schneuzte er sich, knüllte das Taschentuch zusammen und ließ es unauffällig unter dem roten Holztisch verschwinden. Das alte Ferkel.
Bevor er mir die unendliche Geschichte seiner Allergien, insbesondere seines Heuschnupfens, erneut erzählen konnte, trank ich meine Cola aus, gab ihm einen freundschaftlichen Klaps auf die Schulter und ging. Er war so hypochondrisch wie eh und je, und seine Pollenphobie schien sich von Jahr zu Jahr zu steigern.

Unterwegs dachte ich darüber nach, daß ich mit dem leidenden Lutz genauso angeschmiert gewesen wäre wie mit dem raffigen Robert. Und daß aufgewärmte Geschichten immer einen faden Beigeschmack haben. Das wußte ich von einer Bekannten, Verena, die sich dreimal hintereinander mit ein und demselben Porschefahrer eingelassen hatte. Das einzige, was man aufgewärmt

genießen kann, ist Muttis Eintopf. Aber nicht die Söhne anderer Mütter.
Nein, auf keinen Fall würde ich Exlover Lutz für meinen geplanten Sidestep in Erwägung ziehen. Im Moment war er sowieso nicht zu gebrauchen – und der Pollenflug hatte gerade erst angefangen.
Unsere Wohnung war dunkel. Ich machte Licht in Flur und Küche und stellte fest, daß Robert sich selbst versorgt hatte. Am Morgen hatte ich ihn darüber in Kenntnis gesetzt, daß die Zeit der mehrgängigen Abendmenüs vorbei war. So hatte er sich eigenhändig ein Steak gebraten und zwei Tomaten dazu verspeist. Die Küche hatte er jedoch leider nicht in ihren Urzustand zurückversetzt. In der Spüle stand ein ketchupbeschmierter Goldrandteller von unserem besten Service, auf der vorderen Herdplatte schwammen dicke Fettaugen in einer Bratpfanne voller Wasser. Drin ergab sich ein Messer vom Silberbesteck dem unweigerlich einsetzenden Oxydationsprozeß. Lange nach Mitternacht war ich endlich fertig mit Saubermachen. Ich hatte mein Fett mal wieder weg.

Ach, was kann Champagner locken

Am Samstag ging Robert Brötchen holen. Er dachte sogar daran, mir ein Croissant und eine Käsestange mitzubringen.
Einträchtig saßen wir am Frühstückstisch, fast wie in alten Zeiten. Ich stippte die Käsestange in mein weiches Ei. Robert las den Annoncenteil im »Tageblatt«.
»Guckst du nach Autos?« Vielleicht gelang es mir, ihn in ein Gespräch zu verwickeln.
»Hier steht ein Mercedes Coupé drin, ist erst 32000 gelaufen...«, murmelte Robert geistesabwesend.
Seine Autosucht brachte mich allmählich auf die Palme. Einen Porsche, einen Jaguar und jetzt noch einen Benz, oder was? Aber

so ganz war er nicht bei der Sache. Als ich aufstand, um Kaffee nachzugießen, warf ich einen Blick über seine Schulter. Schnell blätterte er um.

»Sugar, weißt du, was heute für ein Tag ist?« gurrte ich versuchsweise.

Robert starrte mich an. Ich konnte sehen, wie es in seinem Kleinhirn arbeitete.

»Dein Geburtstag?«

Fehlanzeige. Aber was sollte man von einem zähen Zahnklempner auch erwarten?

»Denk mal scharf nach!«

Robert drehte sich um die eigene Achse und zog den Küchenkalender zu Rate.

»Der zwanzigste Mai? – Ach, Hochzeitstag!«

Das war gerade noch rechtzeitig. Ja, Hochzeitstag. Und zwar der dritte. Da wirst du ja mal was springen lassen, Robert!

»Ich muß gleich in die Praxis – Notdienst! Aber heute abend können wir schick essen gehen«, schlug er vor. »Darfst es dir aussuchen!«

Alsbald brach er auf. Ich räumte den Tisch ab, schmiß die Spülmaschine an, stopfte Roberts Klamotten in die Waschmaschine und stellte sie auf Kochwäsche ein. Das konnte dauern. Doch schließlich brauchte der Herr Dr. med. dent. am Montag wieder strahlendweiße Hemden und Hosen, so weiß wie das Lächeln aus der Zahnpastareklame. Und jeden Tag eine frische Unterhose, einzig und allein Marke Liebestöter, reinweiß, mit Eingriff, Größe 6. Feinripp. Die reinsten Abtörner. Zu Beginn unserer Ehe hatte ich versucht, Robert für Tanga-Slips mit Tigermuster zu begeistern, war aber kläglich gescheitert. Schließlich hatte schon seine Mama auf Liebestöter geschworen!

Inspiriert setzte ich mich an den Computer, um als Training für etwaige Aufträge einen Werbetext für Herrenwäsche zu verfassen, aber ich kam nicht recht voran. Meine Gedanken kreisten um den Abend.

Was sollte ich anziehen? Würde Robert nach dem Dessert ein dezent verpacktes Präsent hervorzaubern? Würde er womöglich über sich hinauswachsen und mir einen Brilli in die Bouillon

schmeißen? Oder würde er abgeschlafft heimkommen, sich vor die Glotze werfen und eindösen? Den zweiten Hochzeitstag hatte er immerhin komplett vergessen. Um die Scharte wieder auszuwetzen, hatte er mir drei Tage später ein Buch über den Vietnamkrieg geschenkt, ein Sonderangebot aus dem Bücherwurm, wo er seine Fachbücher kaufte. Wer behauptet, Robert sei ein Romantiker, lügt wie gedruckt.
Ich durfte mich keinen Illusionen hingeben. Ein Zahnarzt war ein Zahnarzt, ein Pragmatiker ersten Ranges. Von einem, der auszog, die Volksseuche Parodontose zu bekämpfen, konnte man keine romantischen Anwandlungen erwarten.
Nachdem die paar Sätze, die ich in den Computer gehackt hatte, abgespeichert waren, schaltete ich das Gerät aus und entwarf ein Schreiben an den Individualisten. Nach sieben Entwürfen war ich geneigt, aufzugeben. Wenn ich zu blöde war, auf Chiffreanzeigen zu antworten, geschah es mir nur recht, gottergeben und getrost in Roberts Armen der Rente entgegenzudämmern.
Was schrieb man bloß einem wildfremden Mann? Ob ich Corry fragen sollte?
Ich wählte ihre Telefonnummer. Nach einigen Klingelzeichen sprang der Anrufbeantworter an und sagte: »Hier ist der Automat.« Der konnte mir auch nicht helfen. Wo steckte Corry? Hatte sie Frühschicht, oder lag sie noch im Bett?

Geistesabwesend stippte ich meinen Zeigefinger in den Blumentopf auf meinem Bücherregal. Gute Güte, total vertrocknet! Ich goß die unzähligen Topfpflanzen in unserer Wohnung. Robert schleppte eine nach der anderen an, seit Julia ihm eingebimst hatte, daß Pflanzen ein optimales Mikroklima in bewohnten Räumen schaffen. Nachdem ich etwa zehn Liter Wasser vergossen hatte, machte ich mir einen Milchshake mit dem Mixer, den Robert sich zu Ostern geschenkt hatte. Das Telefon bimmelte.
Als ich abnahm, hörte ich Bea mit ihrem Lebensabschnittspartner Gernot zetern.
»Klar gehst du noch einkaufen! Wenn du denkst, daß ich schon wieder losrenne, hast du dich geschnitten!« tönte es an mein rechtes Ohr.

»Tschuldige«, sagte sie, diesmal zu mir. »Der übliche Samstagvormittagkrach. Aber ich hab wirklich keine Lust, den Herrn ständig zu bedienen, während er auf der faulen Haut liegt.«
Wenn's weiter nix wäre! Gernot lag zudem auf Beas Tasche. Und sie fotografierte sich die Finger wund, um die nötige Kohle ranzuschaffen. Konnte ich durchaus verstehen, daß sie am Wochenende ihre Ruhe haben wollte.
»Ich muß dringend hier raus, bevor ich womöglich noch ein Fensterleder oder ein Kehrblech in die Hand nehme!«
Gernot schien ihre Toleranz heute morgen schon über Gebühr strapaziert zu haben. Vielleicht konnte Bea mir bei meinem akuten Problem behilflich sein. Schließlich verstand sie eine ganze Menge von Marketing. Genau, das war's! Bea mußte sich umgehend meiner Vermarktung annehmen!
»Komm doch rüber!« bot ich ihr an. »Wir setzen uns auf den Balkon und trinken eisgekühlte Sahneshakes! Robert ist nicht da, der hat Notdienst.«
»Genauso machen wir's! Bis gleich!«
Es vergingen keine zehn Minuten, da läutete es an der Tür. Ich drückte auf den Summer und holte den Mixer wieder raus. Bea kriegte einen Schreikrampf.
»Für mich keinen Sahneshake! Bitte nur ein kalorienreduziertes Säftchen – hab ich dir erzählt, daß ich in den letzten Wochen vier Pfund zugelegt habe?«
Theatralisch klopfte sie auf ihren nicht vorhandenen Bauch.
»Und Zellulitis hab ich auch.«
Zellulitis war neben Krampfadern so ziemlich das einzige, wovor ich mich wirklich fürchtete.
»Zeig mal, wie sieht das denn aus?« forderte ich sie auf.
Sie ließ prompt die Hose runter und drückte auf ihren Oberschenkeln herum. Ihre Fingernägel hinterließen kleine, erst weiße, dann rote Halbmonde auf der Haut. Sonst war nichts zu sehen.
»Du spinnst ja«, sagte ich.
Der Schönheitswahn der Frauen! Hat man je von Männern gehört, die sich gegenseitig ihre Speckrollen zeigen oder über ihren Fußpilz fachsimpeln? Na also. Haben die gar nicht nötig.

Ich füllte ein Glas mit Limo light, ließ ein paar Eiswürfel hineinklirren und trug das Tablett auf den Balkon. Bea räkelte sich schon im Liegestuhl und hatte die Träger ihres T-Shirts heruntergerollt. Auf die kastanienbraunen Haare hatte sie mein weißes Sonnenmützchen gesetzt.
»Und 'ne Hühnerbrust hab ich auch«, mäkelte sie.
»Verglichen mit Corry hat die jede!« gab ich zurück.
Bea erkundigte sich nach Corry. Detailliert erstattete ich ihr Bericht von unserem Freibadbesuch und lenkte ihre Gedanken auf mein aktuelles Problem.
»Klaro kriegen wir den Schrieb hin! Hol mal einen Zettel!«
Sie barst vor Tatendrang. Ich fischte die Fotos aus ihrem Versteck in meinem Fremdwörterlexikon. Die Fotografin war schlichtweg begeistert. Der Steigerung meines Marktwertes stand nichts mehr im Wege. Gemeinsam würden wir es schaffen.
Ein paar Zigarettenlängen später hatte ich meinen Bleistift bis zur Unkenntlichkeit angenagt und – unterstützt von Beas sachkundigen Tips – ein famoses Schreiben aufgesetzt. Nach einigem Hin und Her hatten wir uns für ein Gedicht entschieden, denn sicher kriegte der Individualist Zuschriften in rauher Menge, und meine sollte sich gleich von den anderen abheben.
»Werter Individualist!« stand auf dem Zettel. Und dann folgte das Gedicht:
»Wenn die holde Sonne strahlt
und man sich am Wasser aalt,
wird die Kehle sehr schnell trocken:
ach, was kann Champagner locken!«
Wenn das keine Kostprobe meines trockenen Humors war! Die Idee war einfach genial. Ich schrieb unter das Gedicht, daß ich mich freuen würde, von ihm zu hören, legte das tollste Bild dazu und gab meine Telefonnummer an mit dem Hinweis, lediglich tagsüber erreichbar zu sein. Und zwar werktagsüber. Das konnte ich riskieren, weil Robert stets von acht bis achtzehn Uhr am Bohren war.
Wir sprühten mit Beas Parfum einen charismatischen Veilchenduft auf das sandfarbene Briefpapier und pappten eine Marke

auf den Umschlag. Damit ich es mir nicht mehr anders überlegen konnte, sollte Bea den Brief auf dem Heimweg einwerfen.
»Wenn das mit Gernot so weitergeht«, gestand sie mir, »mach ich das auch.«
Mit fiel was ein.
»Ich hätte da noch den Knochenverdreher über uns im Angebot!«
»Was? Ist der wieder zu haben? Wie sieht er denn aus?« Sie war sehr interessiert.
»Rotblond, zugegebenermaßen etwas schütter, an die Vierzig oder knapp drüber, nicht zu groß, nicht zu klein, schlank. Mit den anzeigenüblichen Eigenschaften halt. Vorzeigbar.«
Eine umfassendere Beschreibung konnte ich unmöglich liefern, da ich Herrn Dr. Glasbruch nie so genau in Augenschein genommen hatte. Bea schnappte sich den Brief.

Ich verbrachte den Nachmittag auf dem Balkon und las in einem Buch mit dem Titel »Die nächste Ehe kann nur besser werden« von Frau Dipl. Psych. Ute Schlumberger. Es gelang mir nicht, mich zu konzentrieren.
Muttern trabte nämlich händeringend in meiner Hirnstube auf und ab und hielt ein Mords-Lamento ob meiner Verfehlungen: Nein, wie kannst du nur! Der arme Robert! Wenn das deine Mama wüßte! Und seine erst!
Als Robert gegen sieben nach Hause kam, konnte er sich sogar an sein Versprechen erinnern. Flugs bestellte ich einen Tisch für zwei Personen bei Luigi. Robert zog ein weißes Hemd an und band sich eine Fliege um. Wenn die Speckrolle nicht gewesen wäre, da, wo vor ein paar Jahren noch seine Taille gewesen war, hätte er schon was hergemacht. Na ja – das Doppelkinn war auch nicht zu übersehen. Und die Hamsterbacken mußte man sich wegdenken!
Zur Feier des Tages putzte ich mich ordentlich heraus. Zu meinem kleinen Schwarzen mit Rückendekolleté trug ich Pumps – high heels, die Waffen einer Frau! – und verzichtete ausnahmsweise auf jegliches Dessous. Robert pfiff anerkennend durch die zahnseidegefädelten Zähne, als ich mich ihm präsentierte.

»Für das Kleid brauchst du eigentlich einen Waffenschein!«
Na prima, der Abend ließ sich ja gut an! Er kutschierte mich in seinem Lieblingsauto, dem rotz-racing-grünen Jaguar double six, zum ersten Italiener am Platze. Bei Luigi bogen sich die Tische unter teuren Damasttischdecken in Antikrosé, monströsen Kristallkelchen und schwerem Tafelsilber. Da ging man nicht eben mal hin, um eine Thunfischpizza zu mampfen. Bewahre! In der ledergebundenen Speisekarte war nur Fleischliches und Fischiges vom Feinsten aufgeführt. Und vom Feinsten war auch das Publikum, das dieses Ambiente genoß. Nur die Reichen und Schönen. Und die Wichtigen. Es war genau die Sorte Etablissement, in dem man nach zwei Lungenzügen den zierlichen Aschenbecher von einem Kellner weggerissen bekommt, der bei Fuß steht.
Als Vorspeise bestellte Robert Tomatensuppe ohne surprise, was ich verstehen konnte. Außerdem wählte er einen vorzüglichen trockenen Weißwein. Robert war ein Mann von Welt, mit ihm konnte man sich sehen lassen. Notfalls konnte er sogar auf sein Flaschenbier verzichten. So was wie Stolz kroch in mir hoch.
»Honey!« flötete ich. »Du hast mir noch gar nicht auf englisch zu unserem Hochzeitstag gratuliert!«
»Happy wedding day«, versuchte sich Robert, und wir gackerten um die Wette.
Nach dem Essen orderte er – ich hörte und staunte – eine Flasche Moët & Chandon. Der Champagner prickelte in den langstieligen Gläsern, und mir fiel auf, daß Robert den ganzen Abend noch nicht von den Zahnerkrankungen seiner Patienten erzählt hatte.
»Wie war dein Notdienst?« fragte ich ihn.
Er fahndete in der Speisekarte intensivst nach einem Nachtisch und entschied sich für Tiramisu.
»Och, okay, Darling. Allzuviel war nicht los.«
Wahrscheinlich wollte er mir den schönen Abend nicht dadurch verderben, daß er mir von abgebrochenen Wurzelkanalinstrumenten und rausgefallenen Füllungen und verschluckten Teilprothesen berichtete. Wie rücksichtsvoll von ihm!

Wir verließen die Lokalität in ziemlich angeschickertem Zustand. Routiniert legte Robert einen Arm um mich und drängte mich ins nächstgelegene Bushäuschen, wo wir ein paar heftige kisses tauschten. Das entschädigte mich fast dafür, daß das ersehnte Seidenpapierpäckchen doch ausgeblieben war. Na ja, bei Robert wußte man nie, vielleicht wartete zu Hause noch ein Präsent in Gestalt eines Haushaltsgerätes auf mich. Vielleicht ein elektrisches Messer, das hatten wir noch nicht.

Robert schlug vor, tanzen zu gehen. Mit einer Taxe, weil keiner von uns mehr des Fahrens mächtig war, machten wir uns auf ins Key Largo, einen abgefahrenen Tanzschuppen außerhalb der Stadt. Dumpfe Bässe und verbrauchte Luft schlugen uns entgegen.

»Was möchtest du trinken?« Robert schrie gegen Joe Cocker an.

Ich zuckte die Schultern.

»Champagner?«

Von mir aus! Der Gatte schreckte nicht davor zurück, schon wieder Schampus zu bestellen. Bei einem Stehblues flüsterte er »Oh, Baby!« in mein Ohr, und ich schmolz dahin wie Butter in der Sonne. Was hatte ich doch für einen prächtigen Mann abgekriegt! So großzügig, so aufmerksam. Und promoviert war er auch noch.

Muttern schwang freudig ihren feuchten Feudel und juchzte vor Begeisterung. Madonna zog verächtlich an ihrer Zigarette und schrie: Notfalls kann man sich jeden Mann schönsaufen, und wenn's der eigene ist!

Ich ignorierte Madonna. Muttern trug den Sieg davon.

»Bobby!« hauchte ich.

Das gab uns den Rest. Nie, nie hätte ich gedacht, daß ich mal Spaß an Roberts anglophiler Phase haben würde.

»My love!« hauchte Robert zurück. Wir ließen den Rest Champagner stehen und sprangen lüstern in die nächste Taxe.

Am Sonntag morgen brachte Bobby mir ein fürstliches breakfast ans eheliche Bett. Im Champagnerkübel prangten die roten Rosen, die er in der vergangenen Nacht einem herumirrenden Pakistani abgefeilscht hatte. Das Ei war auf die Minute richtig.

Robert war ein Mann des exakten Timings. Sonst würde er es gar nicht schaffen, die Gebißsanierungen seiner Patienten, die Instandhaltung seines Fuhrparks sowie das Angucken sämtlicher Bundesligaspiele unter einen Hut zu kriegen.
»Darling, look what I've got!« radebrechte er und schmiß mir ein Päckchen auf die Satinbettdecke. Es war in rosa Seidenpapier eingewickelt. Ich schrie entzückt auf und riß das Papier in Fetzen. Ein Etui von Schmuck-&-Uhren-Blink kam zum Vorschein.
»Oh, Bobby!« kreischte ich enthusiastisch.
Ich konnte es kaum erwarten, das Kollier anzulegen. Meine Finger nestelten ungeschickt an dem Kästchen. Als es endlich aufging, purzelte mir eine wasserdichte Uhr mit Luftdruck- und Höhenmesser entgegen. Robert fand sie faszinierend und beteuerte, sie sei das ideale Geschenk zum dritten Hochzeitstag.
»Für Männer vielleicht«, moserte ich.
»Sweetheart«, sagte Robert. »Alle deine Freundinnen werden dich beneiden. Du wirst die einzige sein, die genau sagen kann, wieviel Meter über Normalnull ihr gerade euren Tussentratsch abhaltet.«
Wenn das kein Trost war! Ich beschloß, großzügig über diesen Lapsus hinwegzusehen. Der gute Wille war vorhanden, allein das zählte. Und wir hatten wirklich einen schönen Abend gehabt. Und eine wunderschöne Nacht.
Und heute strahlte die Sonne, und wir aalten uns am See und kriegten staubtrockene Kehlen, woraufhin der rasante Robert daheim in den Kühlschrank griff und in Ermangelung von Champagner eine Flasche Fürst Schmettermich hervorzauberte.
Es prickelte wie damals in der Kinoschlange.

In der Nacht gab es ein fürchterliches Gewitter. Ich kuschelte mich an Robert – was ich lange nicht getan hatte – und fühlte mich so richtig wohlig und geborgen.
Tags drauf beschloß ich, mich in der Hauptsache meinen Verpflichtungen als Ehefrau zu verschreiben. In einem Anfall von Arbeitswut bügelte ich Roberts Liebestöter und leistete mit die-

sem Frondienst Abbitte für meine Verfehlungen. Auch wenn sie bisher nur in Tagträumen stattgefunden hatten. Ich gab seine graue Jacke in die Reinigung und ließ mich sogar dazu herab, ihm ein Automagazin mitzubringen.
Alles war Friede, Freude, Eierkuchen. Die Tage verstrichen. Ich verwöhnte Bobby-Baby wie noch nie, wenn er abends kaputt aus der Praxis kam. Es wurde jetzt immer sehr spät, was er damit begründete, daß alle Leute vorm Urlaub ihre Zähne in Schuß bringen ließen. War ja klar: Keiner wollte in irgendeinem No-name-Kaff am Arsch der Welt von Zahnschmerzen heimgesucht werden.
Nach und nach brachte ich die gesamte Wohnung auf Vordermann. Im Fußboden konnte ich mich spiegeln wie in der Werbung – Meister Proper hätte seine wahre Freude an mir gehabt –, und die Fensterscheiben wiesen keine häßlichen Regenschlieren mehr auf. Ich hatte den optimalen Ausblick auf den Stadtpark.
Ende der Woche schreckte ich auch nicht mehr bei jedem Telefonklingeln wie von der Tarantel gebissen hoch. Der Individualist mußte meinen Brief längst erhalten haben, hatte aber entweder an dem Gedicht oder an meinem Foto keinen Gefallen gefunden und sich nicht bei mir gemeldet.
Gott sei Dank, stöhnte Muttern und ließ sich aufatmend in den Sessel fallen. Madonna bollerte gegen die Tür der Hirnkammer, wo ich sie vorsichtshalber eingeschlossen hatte.
Da ich nun mit Bobby-Darling die anglophile Phase und auch das Bett wieder teilte, wähnte ich mich sicher vor den Anfechtungen des wirklichen Lebens. Gutgelaunt lebte ich in den Tag hinein und hatte meinen Plan, mich kopfüber in eine prickelnde Affäre zu stürzen, völlig verworfen.

Bloß kein Cha-Cha

Anfang Juni nahmen die Dinge eine neue Wendung, als ich – nach einem köstlichen Abendessen, versteht sich – in meiner Eigenschaft als gefügige Gefährtin Bobbys Nackenmuskulatur ein bißchen kraulte. Wo er doch immer so abgespannt nach Hause kam, der Ärmste!

»Häng du mal den ganzen Tag über fremden Kiefern!« Robert verkrampfte sich in Nachahmung seiner Arbeitshaltung.

»Oh, Honey, wait a moment!«

Behende sprang ich auf und war ihm zu Diensten. Als ich mit Zeigefinger und Daumen zart seinen Nacken von oben nach unten knetete, bis er sich rötete, sah ich es: Auf Roberts weißem Hemd ringelte sich unverkennbar ein Haar. Halblang. Ungefähr zwanzig Zentimeter. Gelockt. Gepflegt. Mahagonifarben. Wahrscheinlich getönt.

Von ihm konnte es nicht stammen. Von mir konnte es nicht stammen. Ich dachte an Frau von Koranskys Arztromane. Eine Patientin? Julia womöglich? Die baggerte ihn doch gnadenlos an. Aber Julia hatte kurzes rotes Haar.

Sprach ich ihn jetzt darauf an, oder ließ ich es bleiben?

»Iii, was hängt denn da?« Ich zosselte das Haar mit spitzen Fingern vom Hemd und hielt es Robert vor die Nase.

»Pfui!« rief er erschrocken. »Manche Weiber schütteln ihre Mähne aber auch auf diesem Behandlungsstuhl!«

Natürlich. Das war's! Noch nicht mal angesichts einer schmerzhaften Zahnbehandlung konnten sich diese Schnepfen benehmen!

Doch am nächsten Morgen brachen die Zweifel erneut über mich herein. Ich hatte noch nie auf dem Zahnarztstuhl meine Mähne geschüttelt. Im Gegenteil, ich erstarrte schier vor Angst und verhielt mich so ruhig und unauffällig wie nur irgend möglich. Und war Robert nicht die letzten Tage immer erst so spät aus der Praxis gekommen? Lag das wirklich nur am übervollen Terminkalender?

Roberts Devise lautete zwar: »Der Fuchs jagt nicht vor seinem

Bau!«, aber bekanntlich hatten schon ganz andere Füchse in Notzeiten zur Strecke gebracht, was sie nur kriegen konnten. Schließlich hatte ich in Schallemachers piekfeinem Wartezimmer genug Zeit gehabt, mich in »Keiler und Köter« zu vertiefen. In Gedanken ging ich Roberts Helferinnen durch. Valerie war blond und kurzhaarig. Melanie, der Lehrling, hatte schwarze, lange Haare. Brigitte, die ältere Helferin, schied von vornherein aus. Sie hätte fast Roberts Mutter sein können. Und so ausgeprägt war sein Mutterkomplex nun auch wieder nicht. Obwohl – man konnte bekanntlich nie wissen!

Ich beschloß, mich an Corrys voluminösem Busen auszuweinen. Sie meldete sich verschlafen am Telefon und erklärte sich dazu bereit, sich in einer Stunde mit mir im Spanner-Eiscafé zu treffen.

Das Eiscafé hieß eigentlich Capri und lag am Rand der Konsumrauschmeile. Seinen Beinamen hatte es erhalten, weil die Schickeria im Sommer mit Vorliebe davor hockte, um zu sehen und gesehen zu werden. Mit Bea hatte ich dort schon etliche vergnügte Abende verbracht. Man nuckelte an seinem Milchshake – oder Mineralwasser – und schaute zu, wie die Leute auf und ab flanierten.

Doch heute hatte ich andere Sorgen. Zum Beispiel das fremde Haupthaar, das ich daheim in meinem Schreibtisch sichergestellt hatte. Vorsichtshalber. Nie darf man ein Beweisstück aus der Hand geben.

Corry war eine echte Sitzschönheit. Sie trug eine türkisfarbene Seidenbluse mit gewagtem V-Ausschnitt und sah aus wie Gottes Geschenk an die Männer. Mit einem langstieligen Silberlöffelchen traktierte sie einen riesigen Eisberg. Bunte Kugeln türmten sich im Becher, Eierlikör ergoß sich darüber, ein Sahnehäubchen krönte den Genuß. Zur Tarnung lagen ringsherum ein paar Ananas- und Apfelsinenschnitze. An einer kleinen grünen Plastikpalme, die in einer hellblauen Eiskugel steckte, hing ein grinsender Plastikaffe. Hoffentlich fraß sie die Dekoration nicht mit.

Sie begrüßte mich zurückhaltend und widmete sich wieder ihrem Eisbecher. Als sie mit dem Löffelchen nicht mehr weiter-

kam, saugte sie den Rest geräuschvoll mit dem Strohhalm auf. Dann stopfte sie sich eine Zigarette in ihre Spitze.
»Leg los. Was liegt an?«
Die ganze Zeit über hatte ich sie beobachtet. Sie war beim Friseur gewesen. Ihr einst verwesungsschwarzes Haar schimmerte neuerdings mahagonifarben. Und war leicht gelockt. Außerdem, so fiel mir ein, hatte ich sie Samstag nicht erreichen können, als Robert mit Notdienst dran war. Nur ihren Anrufbeantworter. Ich beschloß, mich bedeckt zu halten und ihr rein prophylaktisch gar nichts auf die Nase zu binden.
»Och, die ganze Schufterei im Haushalt... ich brauche mal ein bißchen Abwechslung«, teilte ich unverfänglich mit.
»A lot of work, die Hütte, was? Ich verstehe gar nicht, wieso du dir so 'n Streß machst! Du kannst dir doch eigentlich 'ne Putze leisten – der Doc schafft doch genug money ran!« war Corrys Kommentar.
Nur kein Neid, dachte ich. Ließ sie nicht verdächtig viele englische Brocken los? Wahrhaftig! Sogar letztens im Freibad war es mir schon aufgefallen. Es galt, auf der Hut zu sein.
»Und was treibst du so?« stellte ich mich dumm. »Hast du einen neuen Lover an Land gezogen?«
Sie dementierte heftig und fragte mich nach der Kontaktanzeige. Hätte ich ihr doch bloß nichts davon erzählt! Ich gab vor, wegen Arbeitsüberlastung den Plan fallengelassen zu haben.
»Außerdem«, fuhr ich fort, »hab ich das gar nicht nötig.« Die Gemeinheit konnte ich mir nicht verkneifen. »Mit Robert hab ich ein für allemal ausgesorgt!«
Sie biß sich auf die angepinselten Lippen und lachte dann gekünstelt laut auf. Auf ihrem linken Schneidezahn klebte ein Klecks Lippenstift. Neiderfüllt schielte ich auf ihre makellosen Zähne. Alles Natur. Mir hatte der Gatte noch vor der Eheschließung Jacketkronen verpaßt. Nur weil ich als Kind beim Rollschuhlaufen so dusselig gewesen und auf die Frontzähne gefallen war.
»Wird man ja sehen!« säuselte Corry und schnappte sich ihr Krokohandtäschchen. Sprach's, schmiß lässig einen zerknitterten Zehnmarkschein auf das Plastiktischchen und machte sich aus dem Staub.

Ich saß da wie bestellt und nicht abgeholt. Wofür brauchte ich Feinde, wenn ich solche Freunde hatte?
Auf dem Weg durch die Stadt dachte ich darüber nach, wie wenig Solidarität unter Frauen herrscht. Der Futterneid ist einfach größer. Männer, fand ich, halten viel mehr zusammen. Deshalb haben sie auch so viel Macht. Während von uns Krähen eine der anderen das Auge aushackt, sobald sich eine Gelegenheit bietet. Sollte der zähe Zahnklempner wirklich auf diesen Rubensengel hereingefallen sein? Ich konnte es nicht glauben.
Fest stand: Unerläßlich war es erstens, mir Klarheit zu verschaffen. Und zweitens, meinen ursprünglichen Plan doch wieder ins Auge zu fassen.
Ich hatte keine aktuelle Ausgabe des »City Journals« abgekriegt. Und weil Robert das Maiheft ins Altpapier geschmissen hatte, war ich gezwungen, die alten Annoncen vom April noch mal durchzuforsten. Nach reiflicher Überlegung entschied ich mich, dem wild old man zu schreiben. Vielleicht war er ja gar nicht so übel. Und so old. Auf jeden Fall war er sicherlich bestens dazu geeignet, mein angeknackstes Selbstbewußtsein wieder hochzufahren. Möglichst mit Handkuß, Teerosen und allem Pipapo.
So sorry, Bob!

Am selben Abend warf ich den Brief ein. Robert war nicht zu Hause, als ich von meinem Abendspaziergang zurückkehrte. Keinesfalls wollte ich länger nur den Ausblick genießen, nein, es galt, mir auch den Durchblick zu verschaffen.
Testmäßig – mit weichen Knien und eiskaltem Händchen – ließ ich das Telefon bei Corry läuten. »Hier ist der Automat...« – aha, was anderes hatte ich ohnehin nicht erwartet. Ebenso testmäßig bimmelte ich bei Robert in der Praxis an. »Guten Tag. Hier ist der automatische Anrufbeantworter der Praxis Dr. Mutz-Litzenberg. Die Praxis ist momentan nicht besetzt...« – also so lief der Hase. Mir gaukelte er Überstunden vor und saß wahrscheinlich derweil mit Corry im Ristorante. Deshalb war ihm auch meine Haute Cuisine plötzlich völlig schnurz! Ständig

lag er mir in den Ohren: »Sugar, du brauchst wirklich nicht zu kochen!« und »Darling, ich eß eben nur einen Joghurt und ein Äpfelchen!«.
Nun war mir alles klar. Es fiel mir wie Schuppen von den Augen: Klammheimlich schlug er sich mit Corry den Wanst voll! Und damit ich keinen Verdacht schöpfte, löffelte er daheim einen Magermilchjoghurt. Oder biß in ein Äpfelchen. Nicht mit mir, räudiger Robert!
Er würde noch in ganz andere Äpfel beißen. Saure. Das schwor ich mir.
Die nächsten Tage schaute mich Robert immer öfter verständnislos an, weil ich so kühl mit ihm umsprang. Wenn er die Wohnung endlich verlassen hatte, atmete ich auf.

Ich saß an meinem Schreibtisch und formulierte einen Werbeslogan für eine Boutique der Stadt – Bea hatte mir einen kleinen Auftrag zugeschanzt! –, als das Telefon klingelte.
»Litzenberg?«
»Äh, hm, hallo. Mein Name ist Gers… nuschel, nuschel. Sie haben, äh, auf meine Anzeige geantwortet?« Das war halb Frage und halb Feststellung. Mir entglitt vor Aufregung beinahe der Hörer. Welcher war's? Der old man oder der sympathische Individualist? Ich konnte ihn ja wohl schlecht fragen. Gott sei Dank sprach er weiter.
»Also, Frau… äh… Litzenberg? – Wäre es Ihnen recht, wenn wir uns heute abend im Weinstübchen treffen?«
Das mußte einfach der old man sein. Ein Individualist würde nicht so viele »Ähs« stottern und sich nicht ins Weinstübchen setzen, wo der Altersdurchschnitt des Publikums um die Midlifecrisis lag. Und zudem würde er mich nicht so penetrant siezen.
»Sagen wir, äh, so gegen halb neun?«
Ich rang mir ein begeistertes »Ja« ab. Bevor ich es vergaß, fragte ich, wie ich ihn erkennen sollte. Er äh-te ein bißchen und sagte, er werde mit einem Exemplar des »Deutschen Ärzteblattes« winken.
Das hatte mir gerade noch gefehlt! War hier irgendwo ein Nest? Wimmelte es denn in dieser Stadt vor Ärzten aller Art, die frank

und frei Ärzteblätter schwenkten: Huhu, hier bin ich, ich bin noch zu haben!? Da mühten sich andere jahrelang ab, um ein solches Exemplar zu ergattern, und mir fielen sie wie Fallobst vor die Füße. Ich wollte endlich mal was anderes, einen Künstler, einen Maler, einen Dichter vielleicht. Nicht immer nur olle Ärzte.

Trotzdem machte ich mich pünktlich auf die Socken. In distinguiertem Outfit – grauer Rock, weiße Bluse – verließ ich die Wohnung, nachdem ich Robert einen Zettel hingelegt hatte: »Bin mit Bea unterwegs!« Da konnte er ruhig anrufen, denn Bea war nicht daheim, sondern auf dem Tennisplatz. Wie jeden Donnerstag.

Unterwegs überprüfte ich mein dezentes Make-up in der Scheibe eines Zigarettenautomaten. Vorm Weinstübchen standen kleine Tische im Freien, aber es saß keiner draußen, der mit dem »Ärzteblatt« winkte. Zögernd betrat ich die Gaststube. Mein Blick suchte nach einer erhobenen Hand – Fehlanzeige.

Just als ich mich umdrehte und mich davonstehlen wollte, kam mir ein älterer Typ entgegen und fuchtelte mit dem Blättchen vor meiner Nase herum.

»Nicht abhauen – bitte!« Um die stahlgrauen Augen hatte er viele kleine Lachfältchen. »Ich bin spät dran, entschuldigen Sie. Die Abendvisite zog sich endlos hin.«

»Macht nichts«, murmelte ich und ließ mich ganz damenhaft am Arm an einen freien Tisch geleiten.

»Professor Gerstenberg, Jens Gerstenberg«, stellte sich mein Gegenüber vor. Mein Gott, auch noch 'n Prof!

Muttern schaltete prompt auf Gefahr: Mit ein bißchen gutem Willen könnte der Mann dein Vatter sein, laß dich bloß nicht mit ihm ein, Kind! Madonna wollte dem Vatter zumindest ein Schöppchen Wein und ein paar abgestandene Komplimente aus den Rippen leiern.

»Elisabeth Litzenberg!« Mehr wußte ich denn auch nicht zu sagen. Wie sollte ich diesen Abend überstehen? Small talk war noch nie meine Stärke gewesen.

Aber Gerstenberg erwies sich als Herr der Lage. Bei dem einen oder anderen Schlückchen Frankenwein plauderte er brillant und charmant. Sein Alter konnte ich nur schätzen, ich tippte so auf Ende Vierzig. Er hatte sich vergleichsweise gut gehalten, segelte, spielte Golf und war glücklich geschieden. Kein ekles Wort bezüglich der Exgattin kam ihm über die Lippen. Hochanständig, der Mann.

Er rauchte wie ein Schlot, was ich für einen Doktor der Medizin ganz beachtlich fand.

»Haben Sie keine Angst, daß Sie Lungenkrebs kriegen?« fragte ich.

Er lachte sich kaputt. In seinem Alter, verklickerte er mir, könnte man, äh, alles mögliche kriegen, da sei ihm das bißchen Lungenkrebs auch egal. Vor meinem inneren Auge spulten sich abendfüllende Filme über Prostataleiden, Bandscheibenvorfälle und Harninkontinenz ab. Irgendwie imponierte mir, mit welcher Fassung Gerstenberg dem Alterungsprozeß entgegensah. Beziehungsweise ihn ertrug.

Er prostete mir zu und erzählte mir von seinem einjährigen Forschungsaufenthalt in den Staaten. Am National Institute of Medicine hatte er geforscht. Ein Jahr lang war er in Washington gewesen. Und nun war er wieder back in town und hatte keine Lust auf einen lonely summer. Hatte ich auch nicht. Und so trafen wir eine Verabredung fürs nächste Wochenende.

Zum Abschied schüttelte der Professor mir herzlich die Hand. Für Handküsse war er eindeutig noch zu dynamisch. Aber er hielt mir immerhin die Tür auf.

Den Gatten sah ich beinahe gar nicht mehr. Fast hätte man meinen können, er habe sich in Luft aufgelöst. Ständig war er unterwegs, und wenn wir uns zwischen Tür und Angel einmal trafen, warfen wir uns weder verliebte Blicke noch englische Brocken zu. Außerdem hatte er nicht mal gemerkt, daß die Wohnung tipptopp war und ich alle seine Schuhe geputzt hatte. Undank ist der Welt Lohn.

Corry meldete sich nicht bei mir. Um der Sache auf den Grund zu gehen, lieh ich mir Beas unauffällige Rostlaube und bezog eines Abends Stellung vor Corrys Appartement. Ihr roter Golf parkte vor dem Haus.

Gegen sieben – ich hatte vor Aufregung schon sage und schreibe vier Zigaretten geraucht! – trat sie aus der Haustür. Im großgeblümten Chiffonkleid und mit Hut! Mir blieb fast die Spucke weg. Das konnte doch nicht wahr sein, daß Robert auf so was abfuhr. Litt er an Geschmacksverirrung ersten Grades?
Corry schwang sich elegant ins Gölfchen, stellte ein Weidenkörbchen auf den Beifahrersitz und startete durch. Zum Glück sprang Beas Stoppelhopser an. Ich klebte dem Golf am Heck. Zielsicher steuerte Corry den Vorort an, in dem Roberts Praxis lag. Unglückseligerweise schaltete die Ampel dann auf Rot, so daß ich eine Vollbremsung hinlegen mußte und sie nicht weiter verfolgen konnte. Zur Sicherheit fuhr ich noch bei der Praxis vorbei, aber keines von Roberts Autos stand auf dem Parkplatz.
Vermutlich trafen sie sich an einem lauschigen Plätzchen und fraßen das Picknickkörbchen leer. Vor meinem geistigen Auge entstand ein Bild wie ein Aquarell: Corry im Großgeblümten, malerisch unter einer Linde. Robert vor ihr auf Knien, einen Korken zwischen den Zähnen. Corrys silberhelles Gelächter.

Die Ereignisse überdenkend, kam ich zu dem Schluß, daß ich mir guten Gewissens einen fröhlichen Abend mit dem Herrn Professor gönnen sollte, damit ich nicht ganz leer ausging. Nach wie vor hatte sich der Individualist nicht gemeldet, so daß ich mit Gerstenberg vorliebnehmen mußte.
Wir hatten ausgemacht, daß ich ihn in seiner Wohnung besuchen sollte. Ich machte mir diesbezüglich keine Sorgen, denn Gerstenberg war ein Ehrenmann, das hatte ich gleich erkannt. Keiner von der Sorte, die unaufgefordert über einen herfallen und einem den Rock runterreißen. Ganz sicher nicht.
Muttern trat vor Wut nach dem Putzeimer: Wie naiv! Nicht zu fassen! Die meisten Frauen kennen ihren Vergewaltiger vorher!
Madonna lechzte nach einem Abenteuer, und sei es auch noch so klitzeklein: Stell dich nicht so an, fahr endlich! Na los!
Ich schnappte mir Roberts nachtschwarzen Porsche, ließ den Motor aufheulen und gab Gas. Die angegebene Adresse lag in dem Vorort, den Corry neulich angesteuert hatte. Die Praxis war

heute – am Samstag – dicht, und Robert war zu einer Gartenparty bei Dietrich und Julia eingeladen. Ich hatte ihm gesagt, daß ich eventuell nachkäme, wenn meine Kopfschmerzen verschwinden würden. Er hatte genickt und mir kundgetan, daß er sowieso lieber allein gehen würde. Klar, dann konnte er sich wenigstens unkontrolliert betrinken und ohne Gewissensbisse Julias geballte Ladung alternativen Schwachsinn anhören. Viel Spaß dabei.

Kopfschmerzfrei – schon mal was von Notlüge gehört? – und guter Dinge traf ich bei Gerstenberg ein. Noble Gegend, alle Achtung! Es war noch hell, und einige Autos parkten unter den alten Platanen am Straßenrand. Auf dem Gehsteig gegenüber führte eine dauergewellte Dame ihren ondulierten Pudel spazieren. Der Pudel machte sich an einem Baumstamm zu schaffen, die Dame steckte sich eine Zigarette an. Bestimmt durfte sie daheim bei ihrem Mann nicht rauchen. Was für ein Glück, daß sie den Pudel hatte.

Ich ging durch den gepflegten Vorgarten und drückte auf die Klingel. In manchen Briefkästen steckte ein Reklamewisch von Feinkost-Behrens.

»Guten Abend, Elisabeth. Really nice, daß Sie kommen...«, begrüßte Gerstenberg mich. Ob er gedacht hatte, ich kneife?

Jawoll, rief Muttern, kneif doch! Hau ab, bevor es zu spät ist!

Galant nahm er mir mein Jäckchen ab und hängte es über einen zierlichen Bügel. So ein guterzogener Mann! Das hatte Robert noch nie gemacht. Er führte mich in einen luxuriös ausgestatteten Wohnraum. Durch einen offenen Türspalt fiel mein Blick ins Schlafzimmer, das von einem überdimensionalen französischen Bett beherrscht wurde. Es hatte einen nachtblauen Überwurf, in der Mitte lagen ein paar Kissen.

»Äh!« sagte Gerstenberg und zog die Tür zu. Er wollte mir wohl den Anblick seines Schlafzimmers ersparen. Oder mir signalisieren, daß ihn keinerlei anzügliche Gedanken streiften.

»Take a seat, please!« Ganz Gentleman, rückte er mir einen zierlichen Sessel zurecht und wies auf das Tischchen vor mir. Potzblitz, er hatte sich richtig ins Zeug gelegt! Sicherlich bei Feinkost-Behrens hatte er Hummercocktail und Baguettes erstanden

und die ganze Chose appetitlich auf einem Silbertablett angerichtet.
Elegant entkorkte er eine Flasche Châteauneuf-du-Pape, prostete mir zu und wünschte mir eine gesegnete Mahlzeit.
Eine Weile später hätte ich seinen Lebenslauf von der Wiege an auswendig herbeten können. Als ich mir auch noch sämtliche Schoten aus seiner Assistenzarztzeit angehört hatte, war der Rotwein alle. Gerstenberg – nicht kleinlich – kam mit einer Flasche Champagner aus der Küche und fuhrwerkte umständlich am Korken herum. Er bespritzte sich von oben bis unten mit dem Zeug und fluchte ganz köstlich, was ich ihm gar nicht zugetraut hätte. Eigentlich war er richtig goldig.
Endlich schaffte er es, den Schampus zu bändigen. Wir süffelten weiter. Ich wartete darauf, daß er auf seine Exfrau zu sprechen kam und mir von seiner unglückseligen Ehe erzählte. Wie ich von Frau von Koransky wußte – und die wiederum aus eigener Erfahrung und aus ihren Arztromanen sowie den Vorabendserien –, machten sie das alle so. Diese älteren Knacker, die sich was Knackiges abgreifen wollen.
Gerstenberg kaute den Mund leer, räusperte sich – »Äh!« – und legte mir zärtlich eine Hand auf die linke Kniescheibe. Hoppla!
Siehst du wohl, du dumme Nuß, schnaubte Muttern, der zieht dir das Fell über die Ohren, der senile Lustmolch!
So hatten wir nicht gewettet. Bloß kein Cha-Cha, Herr Professor! Ich schüttelte seine Hand von meinem Knie. Allmählich kam mir der Herr Professor gar nicht mehr elegant vor. Betütelt wie er war, wirkte er eher derangiert. Eine einzelne graue, fettige Haarsträhne hing ihm in die Stirn, und sein rechtes Brillenglas war verschmiert. Hinten rutschte ihm das längsgestreifte Hemd aus der edlen Tuchhose. Auf was hatte ich mich da eingelassen?
»So eine hübsche junge Ehefrau wie Sie sollte daheim bei ihrem Mann sein... äh!« gab er zu bedenken. Offenbar hatte er mitsamt dem Schampus seinen ganzen englischen Wortschatz runtergespült. Und offenbar hatte ich in der Aufregung ganz vergessen, meinen Ehering ins Portemonnaie zu stecken.

Ich saß wie festgenagelt. Gebannt starrte ich Gerstenberg an. In seinem linken Mundwinkel hing ein Brotkrümel. Wenn er sprach, hüpfte der Krümel auf und ab. Auf seiner Stirn standen kleine Schweißtröpfchen. Sein Blick ging an mir vorbei und blieb an einem weit entfernten Punkt hängen. Ob er Sorgen hatte?
»Ich geh wohl jetzt besser«, stammelte ich und erhob mich mühsam. Er nickte geistesabwesend. Immerhin vergaß er nicht, mir in mein Jäckchen zu helfen.
»Tschö!« sagte er und riß die Tür auf.
Er gab mir die Hand und ein Küßchen auf die Wange. Er roch nach Alkohol und einem herben Männer-Eau-de-toilette. Im Runtergehen schaute ich über die Schulter. Gerstenberg stand traurig und verlassen im Türrahmen. Entweder war der Mann depressiv oder hatte Liebeskummer. Oder doch Lungenkrebs.
Froh, so glimpflich davongekommen zu sein, fuhr ich nach Hause. Robert war natürlich noch nicht da. Ich ging zu Bett. Im Morgengrauen wurde ich wach, weil Robert einen tierischen Lärm machte bei dem Versuch, mit seinem Schlüssel das Türschloß zu treffen. Als er es endlich geschafft hatte, hörte ich ihn erst im Flur randalieren – jetzt kickte er wieder seine Latschen irgendwohin, wo ich morgen unter Garantie drüber stolpern würde! – und dann ins Bad gehen. Kurz darauf drang das Surren seiner Zahnbürste an meine Ohren.
Morgen früh würde er nach einem Aspirin verlangen und vor sich hin leiden, wie nur ein Mann leiden kann.

An der Schulter des Morgengrauens

Noch nächtelang suchte mich die verwitterte Gestalt Gerstenbergs in meinen Träumen heim. Oft wachte ich schweißgebadet auf, vor meinem inneren Auge seine hagere Gestalt am Treppenabsatz. Dann tastete ich nach Roberts Hand – vergebens. Seit dem Haar schliefen wir wieder getrennt.

Ich war in eine tiefe Krise geraten. Zum einen spukte mir das leidige Haar im Kopf herum, zum anderen hatte ich wegen der Gerstenberg-Eskapade ein fürchterlich schlechtes Gewissen.
Muttern konnte sich gar nicht mehr einkriegen, während Madonna heftig nach einem Anruf des sympathischen Individualisten verlangte.
Jegliche Entscheidung wurde mir vorerst abgenommen. An einem Montag Mitte Juni brach ein Orkan über mich herein – in Gestalt meiner Schwiegermutter.
Schon lange hatte sie den Wunsch gehegt, ihren Jüngsten für ein paar Tage heimzusuchen. Diesem Wunsch hatte sie durch deutliche Anfragen hartnäckig Ausdruck verliehen. Robert war von der fixen Idee seiner Mama nicht gerade begeistert. So hatten wir es bislang vermieden, ein Gästezimmer einzurichten. Was Mama überhaupt nicht einleuchten wollte. Eine sooo große Wohnung! Und in der sollte kein Platz für sie sein? Zugegebenermaßen hätte mir das auch nicht eingeleuchtet.
Am Vortag des Orkans eilte Robert – wie jeden Sonntagabend Punkt sieben Uhr – ans Telefon. Rief er einmal nicht pünktlich bei Mama an, konnte er sich auf was gefaßt machen. Wenn Robert mit Hilde-Mama – wie sie stets ihre Ansichtskarten an uns unterschrieb – telefonierte, konnte man meinen, er wäre der Jasager der Nation.
»Ja, ich bin's, Mama, euer Robert!« pflegte er das Gespräch in der Regel einzuleiten.
Dann redete Mama ziemlich lange. Sie erzählte gern von den Reisen mit dem Kegelkränzchen und den Besuchen bei der lieben Verwandtschaft. Robert heuchelte reges Interesse.
»Hm, schön, Mama!«
»– – –«
»Hm, toll, Mama!«
Auf alle von Mama gestellten Fragen – als da wären: Hast du viele Patienten? Kocht dir E-li-sa-beth auch jeden Tag was? Bügelt sie deine Hemden? – bellte Robert ein dreifach-donnerndes »JA, MAMA!« in den Hörer.
So auch jetzt. Wahrscheinlich wollte er mir eins auswischen. Als Mama fragte, ob sie morgen vorbeikommen und für ein winziges

Wöchelchen bei dem jungen Glück verweilen könnte, hatte er nicht den Grips oder die Geistesgegenwart, auf »NEIN, MAMA!« umzuschalten. Ganz im Gegenteil. Mit einem einfachen »Ja« gab er sich nicht zufrieden.

»JA, GERNE, MAMA!« hörte ich ihn brüllen.

Jetzt hatte ich den Salat. Und Mama am Hals.

Mama wurde mittags von meinem Schwiegervater bei uns abgeliefert. Robert war in der Praxis und hatte dort gut bohren.

Vatter Franz schleppte unverdrossen eine Vielzahl von Koffern in unsere Wohnung. Es sah aus, als wollte Hildegard bei uns einziehen. Zur Begrüßung brachte sie mir ein Alpenveilchen mit. Wie reizend. Wenn ich etwas nicht ausstehen kann, sind das Alpenveilchen. Sie sehen aus wie Plastikblumen, gehen mir grundsätzlich – und Gott sei Dank! – nach acht Tagen ein und passen farblich nicht zu den Gardinen. Der einzige Anlaß, zu dem man Alpenveilchen verschenken kann, ist die goldene Hochzeit der Großeltern. Finde ich. Hilde-Mama war da anderer Meinung. Beim Anblick eines Alpenveilchens verfiel sie in einen Begeisterungstaumel, wie ihn bei normalen Frauen höchstens ein mehrstündiger Orgasmus auszulösen in der Lage ist.

»Is dat nich eine wahre Pracht!« Sie deponierte das Gewächs auf unserem Eßtisch und klatschte in die Hände. »Sach doch ma wat«, forderte sie ihren Männe auf. Der verzog die Mundwinkel und hielt sich raus.

»Un da is ja auch dat E-li-sa-beth!« jubelte sie und drückte mich an ihren wogenden Busen. Sie sprach meinen Namen aus, indem sie jede Silbe dehnte wie Kaugummi. Als wäre ich uralt und stocktaub. Hieße ich Linda oder Lulu oder Laura, hätte sie das nicht machen können. Scheißname. Meiner Mutter mußte echt der Hut gebrannt haben, als sie sich den einfallen ließ.

Vatter Franz verlangte es nach einem Cognac. Er hatte mein vollstes Verständnis. Einträchtig saßen wir in der Küche und pichelten, während Hilde-Mama die Wohnung unsicher machte. In unkontrollierten Abständen hörten wir ihre Aufschreie. Mein Schwiegervater drehte die Augen zur Decke.

»Guck doch ma, Vatter!« brüllte sie gerade. »Hier hängt Omas Kronleuchter!«

Statt aufzuspringen, nahm Vatter einen ordentlichen Schluck Hochprozentigen und blätterte im »Tageblatt«.
»Nein, E-li-sa-beth, daß ihr aber auch immer noch keine Bettumrandung habt!«
Jetzt sprang sie wohl im Schlafzimmer rum. Kurz darauf schepperte es gewaltig.
»Die Sammeltassen von Tante Lotte brauchste aber doch nich inner hintersten Ecke zu verstecken! Die sinn doch wat Nettes!«
Halt bloß deinen Rand, schrie Muttern, verbrenn dir nicht das Maul, die paar Tage gehen auch vorbei!
»Na so wat?« klang es ratlos aus dem Wohnzimmer. Kurz drauf ertönte das Klirren von Glas. Hilde-Mama kam strammen Schrittes in die Küche gestürmt, drei leere Bierflaschen im Arm.
»Kannste doch nich stehenlassen, Kind!«
Wieso ich? Dein Sohn war's, der räudige Robert. Dein ewiges Flaschenkind. Und alles nur, weil sie ihn nicht gestillt hatte. Das wußte ich ganz genau. Schließlich hatte ich meinen Freud gelesen!
»Hilde, nu setz dich doch ma hin.« Mein Schwiegervater versuchte es auf die Tranquilizer-Tour. Ganz ruhig bleiben.
»Ach wat! Sitzen kann ich daheim genuch!« Und schon wischte sie mit dem Finger über die Flurkommode.
Ich mußte dringend in die Apotheke, Valium holen, für sie oder für mich. Oder am besten für uns beide.
Gott sei Dank war sie nachmittags müde. Ihre Beine waren schwer wegen der Krampfadern, die sie gekriegt hatte, als sie mit Robert in Hoffnung war, wie sie sich auszudrücken pflegte. Außerdem hatte sie es vor der Abfahrt nicht mehr geschafft, zu ihrem Chiropraktiker zu rennen und sich die Glieder aus- und wieder einrenken zu lassen. Sie legte sich auf meinem Lieblingssofa nieder und drückte meine Seidenkissen und ihre Dauerwelle platt. Vatter Franz hatte sich davongemacht und mich meinem Schicksal überlassen. Ihm standen ruhige, beschauliche Tage im trauten Heim bevor. Mir gewiß nicht.

Als Robert abends aus der Praxis kam, traf ihn fast der Schlag. Natürlich hatte er völlig verdrängt, daß seine Mama heute eingetroffen war. Sie fiel sofort über ihn her.
»Ei, Berti!« Das sagte sonst kein Mensch zu ihm. Das obligate Händeklatschen. »Laß dich anschauen, mein Jung!«
Robert ließ sich anschauen.
»Mein Gott, wat hasse abgenommen! E-li-sa-beth, kochst du denn dem Jungen nix? Wenn so 'n Mann den ganzen lieben langen Tach inne Praxis steht, ja, der muß doch abends ordentlich wat zu essen kriegen!«
Komisch. Ich konnte Robert angucken, bis mir die Augäpfel hervorquollen, aber eine Gewichtsabnahme war beim besten Willen nicht zu verzeichnen.
»Hilde!« sagte ich und strahlte sie an. »Zur Feier des Tages gehen wir essen!«
Du falsche Schlange! rief Muttern und schüttelte sich vor Ekel und Entsetzen. Wie kann man sich nur so verstellen!
Das ließ sich Mama nicht zweimal sagen. Pronto belegte sie das Badezimmer mit Beschlag und versprühte schätzungsweise einen halben Liter meines besten Parfums. Robert und ich saßen uns im Wohnzimmer gegenüber und guckten Löcher in den teuren Teppichboden.
»Waffenstillstand?« fragte er zerknirscht.
»Nur, wenn du deine Mama bald wieder wegekelst!«
Es wollte mir partout nicht in den Kopf, was sie wochenlang bei uns herumzulungern hatte. Franz und Hilde wohnten in Gelsenkirchen, das war keine Weltreise, dat war quasi umme Ecke! Ein Sonntagnachmittagsbesuch hätte es auch getan. Im ärgsten Falle hätte ich mich sogar dazu herabgelassen, eine Käsesahnetorte aufzutauen.
Waffenstillstand? Klar, Bertilein! Wir spielen das superglückliche Ehepaar, filmreif, wenn's sein muß. Hauptsache, Mama kann beruhigt abrauschen. In Gottes Namen. Der Zweck heiligt bekanntlich die Mittel.
»Versprochen.«
Als das Bad endlich frei war, sperrte ich mich eine halbe Stunde dort ein, bis ich wieder einen klaren Kopf hatte.

Der Abend bei Luigi verlief nicht so harmonisch wie im Mai, als wir unseren Hochzeitstag gefeiert hatten. Vor lauter Anstrengung, interessiert zu gucken, während Hilde-Mama von der Fahrt ins Erzgebirge erzählte, die sie mit ihren Freundinnen unternommen hatte, entgleisten mir fast die Gesichtszüge. Gott nein, wat war dat da schön gewesen! Ihre Augen funkelten. Sie bestellte sich das dritte Schöppchen Frascati und kam gewaltig in Fahrt.

»Stellt euch dat ma vor!« Sie schnappte nach Luft vor lauter Aufregung. »Oskar wird zum drittenma Vatter! Johanna is wieder in Hoffnung!«

Oskar war Roberts Cousin zweiten Grades und ein unerträglicher Karrierehengst. Er hatte eine hochanständige Frau, die niemals aushäusig war und immerzu kochte. Und nebenbei ein Kind nach dem anderen kriegte. Außerdem hatte sie eine Vielzahl von tollen Hobbys wie zum Beispiel Sticken und Basteln. Zu Weihnachten verschickte sie selbstzusammengepappte Strohsterne und eigenhändig mit frommen Sprüchen bestickte Damastdeckchen. Die ich jedesmal im Altkleidersack verschwinden ließ. Robert und ich nannten sie heimlich die heilige Johanna. Sie war der Traum jeder Schwiegermutter. Kein Wunder, daß Hilde einen Narren an ihr gefressen hatte.

»Wann is et denn bei euch ma so weit?« fragte sie rundheraus. Womit wir wieder beim Thema wären!

Ich trat Robert unter dem Tisch ans Schienbein. Er erklärte ihr, daß ich erst Karriere machen müßte. Hilde-Mama starrte mich angewidert an. Unverzeihlich, daß wir sie noch nicht zur Oma gemacht hatten! Und Roberts Bruder, der unglückselige Erstgeborene namens Manfred, war eines Tages mit seinem Schlafsack verschwunden und hatte seitdem nur drei lapidare Ansichtskarten geschickt: eine aus Amsterdam, eine aus Agadir und die letzte aus Katmandu. Ich hatte ihn noch nie zu Gesicht bekommen. Von dem war enkelmäßig sicher nicht viel zu erwarten. Er hatte sich der Last der Verantwortung entzogen – was gescheit war! Statt Hilde-Mama zu ertragen, würde ich auch lieber mit Robert in Katmandu vor mich hin vegetieren und tagaus, tagein Reis kochen. Dann hätte ich nicht soviel Streß, und Robert wäre

nicht so fettleibig. Wahrscheinlich war der Erstgeborene Guru geworden und hatte eine Sekte gegründet.
Als Hilde-Mama endlich satt war und mir das ganze Gerede von Nachwuchs und Seniorenreisen Oberkante Unterlippe stand, blies Robert zum Aufbruch.

Das Problem war, daß wir Hilde-Mama ins zweite Schlafzimmer, sprich Roberts Zimmer, einquartiert hatten. Zwangsläufig mußten wir wieder gemeinsam nächtigen, wenn wir ihr Mißtrauen nicht wecken wollten.
Stundenlang ließ Robert vor Verlegenheit seine elektrische Zahnbürste kreisen. Dann gurgelte er intensiv und machte sich noch mit einem Zahnhölzchen in seinen Zahnzwischenräumen zu schaffen. Die Zahnhölzchen schmeckten nach Pfefferminz, genau wie sein Mundwasser. Notfallmäßig hatte ich einmal damit Rindsrouladen zusammengepiekst, als mir die geschmacklosen Zahnstocher ausgegangen waren. Es war sehr pikant gewesen. Robert hatte mir einen Salzsäureblick zugeworfen, der mich fast weggeätzt hätte.
Um mir nicht den Zorn meines Mannes zuzuziehen, sparte ich mir jeglichen Kommentar bezüglich seiner übertriebenen Mundhygiene. Statt dessen stellte ich mich auf die Waage, war hochzufrieden und strahlte ihn an. Robert stellte sich auch drauf, und siehe da, trotz des opulenten Abendessens hatte er kein Kilo zugenommen. Der Zeiger pendelte sich bei neunundachtzig ein. Ab neunzig, hatte er mir mal versprochen, hätte ich die Lizenz zum Fremdgehen. Das konnte ja nicht mehr lange dauern.
Madonna führte vor lauter Vorfreude einen Veitstanz auf und schubste Muttern, die sich zu Wort melden wollte, zurück in die gute Hirnstube.
Roberts Eintrudeln im ehelichen Schlafgemach verschlief ich. Wahrscheinlich hatte er auf dem Klo noch stundenlang die »Zahnmedizinischen Mitteilungen« gelesen. Früher hatte er es nicht erwarten können, sich nachts an mich zu kuscheln. Zweimal hatte er deswegen sogar vergessen, seine Zähne zu putzen. Aber die Zeiten waren wohl vorbei.

Am nächsten Tag gelang es mir, Hilde-Mama für die Sonderangebote von Madame zu interessieren. Das war einfach, weil sie schnäppchensüchtig war. Sie riß mir den Stadtplan aus der Hand und stürmte los, da die Werbebeilage des »Tageblattes« verkündet hatte, daß bei Madame reizende Kostümchen für die Frau ab Fuffzig im Angebot seien.
Ich atmete auf und beseitigte das Chaos, das sie im Bad hinterlassen hatte, rückte alle Stühle wieder auf ihre angestammten Plätze und kippte einen Schwall Wasser in den Topf mit dem Alpenveilchen, um es zu ertränken. Dann rollte ich mich auf meinem Sofa zusammen und las in dem Buch von Frau Dipl. Psych. Ute Schlumberger, von dem ich gar nicht genug kriegen konnte.

Die Woche ging erstaunlich schnell rum. Etliche Stunden brachte ich mit Hilde-Mama im Café Heinmöller zu, wo ich der einzige Gast diesseits des Rentenalters war. Hilde-Mama war entzückt. Sie verschlang Unmengen von Sahnetörtchen und flirtete auf Teufel komm raus mit den einsamen Rentnern, die zeitunglesend die Zeit totschlugen. Die Bedienung war unendlich genervt und kurz davor, das Schürzchen runterzureißen und uns um den Kopf zu hauen, da Hilde-Mama eine Extrawurst nach der anderen gebraten haben wollte. Wahrscheinlich atmete das gesamte Personal auf, wenn wir endlich davonzockelten.
Mit Hilde-Mama im Schlepptau lustwandelte ich täglich im Stadtpark. Einmal gingen wir ins Schauspielhaus und guckten Brechts »Mutter Courage«. Wie passend.
Der unweigerlich letzte Tag ihres Besuchs war angebrochen. Robert hatte ihr weisgemacht, daß wir abends nach München zu einem Zahnärztekongreß abrauschen müßten. Vatter Franz würde sie in ein paar Stunden abholen und – wenn auch schweren Herzens – mitnehmen. Wir mußten lediglich dran denken, vor Sonntag abend nicht ans Telefon zu gehen.

Ausgerechnet an diesem Vormittag, als ich mit meiner Schwiegermutter ausnahmsweise verhältnismäßig einträchtig am Frühstückstisch saß, rief der Individualist an.
Vorsicht war geboten, denn Feind hörte mit.

»Hallooo!« säuselte eine Stimme in mein Ohr, als ich unter Hilde-Mamas Adleraugen abhob.
»Ja, bitte?« fragte ich schroff zurück.
Und er las mir mein Gedicht vor. Und er wollte mich am Abend sehen. Und er wollte unbedingt mit mir Champagner trinken. Und außerdem hatte er eine unwahrscheinlich tolle Stimme.
Gerade als ich eine unwahrscheinlich tolle Antwort vom Stapel lassen wollte, um mich nicht lumpen zu lassen, sprang mir Hilde-Mama von hinten ins Kreuz.
»E-li-sa-beth, mit wem telefonierste denn? Is dat Berti?«
Ich preßte meine linke Hand auf den Hörer.
»Nein, meine Freundin.« Ich drehte mich um und sagte ins Telefon: »Also gut. Und wo?«
»Im Fiasko Frascati?«
»Ja, okay. Bis dann!« Mehr war einfach nicht drin. Hilde-Mama hätte sich schwer gewundert, wenn ich meine Freundin schwül angesülzt hätte. Wahrscheinlich hätte sie dann das Gerücht verbreitet, ihr Berti sei mit einer Lesbe verheiratet. Der arme Jung! Dat muß man sich ma vorstellen!
Ich legte auf, nachdem der Individualist ein unwahrscheinlich sanftes »Ciao« von sich gegeben hatte.
»Wat is 'n dat für 'ne Freundin?« Schwiegermütter sind von Natur aus mißtrauisch veranlagt.
»Corry.« Sollte ich Hilde-Mama gegen Ende ihres ohnehin viel zu langen Besuchs noch in ihre Schranken verweisen müssen? Doch nein, sie gab auf und kehrte an den Frühstückstisch zurück.
Und dann kam endlich Vatter Franz und holte seine Frau wieder heim. Ich kam mir vor wie beim Staffellauf: Diese Erleichterung, wenn man das Hölzchen endlich weiterreichen kann!

Nach dem Rezept von Bea machte ich mir eine Avocadomaske. Sie schwor auf diesen Pamps, wohingegen ich das Gefühl hatte, in Sekundenschnelle viele dicke Pickel davon zu kriegen. Nichts konnte ich heute weniger brauchen! Eilends wusch ich das Zeug wieder ab und legte mich auf den Balkon in die Sonne. Ich glaubte nicht, daß der Individualist auf vornehme Blässe stand. Er hatte irgendwie so südländisch geklungen.

Es traf sich gut, daß heute abend ein Fußball-Länderspiel im Fernsehen übertragen wurde. Robert hatte Dietrich eingeladen. Sie würden zusammen ein paar Biere trinken, die Flaschen stehenlassen und sich das Spiel ansehen. Ich fragte Dietrich nach Julia.

»Die macht ein Seminar über ökologischen Gartenbau«, strahlte er. »Ich bin sozusagen Strohwitwer. Und das noch zwei Wochen, weil sie hinterher ihre Eltern besucht.«

Nanu? Sollte das eine Einladung sein? Ich registrierte es mit Befremden, denn von Dietrich hätte ich derlei nicht erwartet. Im Leben nicht! Da konnte man mal wieder sehn!

Als das Spiel angepfiffen wurde, subtrahierte ich mich. Auf Roberts Befehl – und um Muttern ruhigzustellen! – hatte ich einen Teller mit Schnittchen gemacht, damit die Herren beim Fußball nicht verhungerten. Robert hatte ich erzählt, ich ginge mit Bea bummeln, vielleicht ins Spanner-Eiscafé. Was soll's. Beim Herrenabend war ich sowieso überflüssig!

Unterwegs dachte ich darüber nach, wie ich den Individualisten erkennen sollte. Wahrscheinlich würde er irgendwie individuell aussehen. Quatsch, schoß es mir durch den Kopf, der hatte ja mein Foto!

Alles also kein Problem. Wenn der junge Mann nicht mit Scheuklappen durch die Gegend lief, konnte gar nichts schiefgehen.

Ich erklomm die Stufen zum Fiasko Frascati, einer neuen Weinkneipe in der City.

Beinahe traf mich der Schlag, als ich erwartungsvoll eintrat. Die Kneipe war leer – bis auf einen Typen, der an der Bar stand und gedankenversunken an einem Mineralwasser nippte. Wenn er das war, benahm er sich in der Tat sehr individuell.

Er lächelte mir zu, hauchte »Bist du Elisabeth?« und nahm meine Hand. »Bezahl mal das Wasser, ich hab keine Kohle dabei!«

»Was geht hier vor?« rief ich, psychisch an der Grenze zur Hysterie.

»Ich muß nach Hause«, säuselte er. »Komm mit!«

»Und dann? Aus dem Alter bin ich raus!« keifte ich. »Du hast

sie wohl nicht alle! Die meisten Frauen kennen ihren Vergewaltiger vorher!«
Das hatte ich von Muttern gelernt. Und die wußte schließlich Bescheid!
Er schüttelte traurig den schwarzgelockten Kopf, sah mich aus schwarzen Augen an und erklärte ganz langsam zum Mitschreiben: »Ich habe heute eine kleine Katze gefunden, die kann ich nicht alleine lassen, sonst pinkelt sie auf meinen Teppich. Und außerdem muß ich noch abwaschen und duschen.«
Puh! Noch 'n Teppichfetischist! Das konnte ja heiter werden. Aber immerhin hatte er ein Kätzchen. Und mit Kätzchen kann mich der widerlichste Frauenschänder jederzeit in seinen verrotteten Verschlag locken.
Robert würde Zustände kriegen mit so einem Flusentier in der Wohnung, ganz zu schweigen von seinem teuren Teppichboden, den der Stubentiger womöglich schänden würde. Robert war nämlich ein Sauberkeitsfanatiker. Eine meiner Hauptaufgaben war es, unsere heiligen Hallen möglichst keimfrei zu halten. Schon oft hatte ich mir ein Kätzchen gewünscht, ohne bei Robert eine andere Reaktion als das Hochziehen der Augenbrauen zu erzielen.
Ich schwang mich auf den Rücksitz des Individualistenfahrrades, das vor dem Fiasko stand. Das fing ja gut an. Auf jeden Fall sehr individuell.
Wir radelten rasant zwei Kilometer weit. Ich sprang ab, und er schleppte sein Rad die verwitterten Sandsteintreppen hoch. Was – hier wohnte der Typ? An diesem verwunschenen rosa Palazzo war ich schon oft vorbeigeschlendert. Ich fand es total malerisch. Efeu schlang sich um die alten Bäume im Garten, und der Knöterich fraß sich langsam vor bis zum Dachstuhl.
Neben der Eingangstür des Häuschens stand ein alter schmiedeeiserner Tisch. Auf ihm lag ein zerlesener Rilke-Band, unter ihm eine leere Weinflasche – was für ein Stilleben! Ein paar Zigarettenkippen verwesten im Humus.
Es war genau so, wie ich mir das Domizil eines Individualisten vorgestellt hatte.
Selbiger war mir vorausgeeilt, und als er mit einem riesigen rosti-

gen Schlüssel die große Holztür der Parterrewohnung aufsperrte, erklang ein Maunzen. Ein winziges Etwas kam herausgeschossen und wuselte mir um die Beine.
Prompt vergaß ich alle guten Vorsätze und schoß hinter der Mieze her. Katzen hatte ich immer schon gut leiden können. Und Individualisten auch. Apropos – verdammt, wo war er denn abgeblieben? Blinden Auges tastete ich mich durch die düsteren Gemächer. Er stand über seine Badewanne gebeugt und ließ die Brause laufen.
»Was machst du da?« entfuhr es mir.
»Siehste doch – spülen!«
Mir wurde schlagartig klar, daß man von einem Individualisten nicht erwarten konnte, daß er über der Spüle hing und mit einem übelriechenden Feudel oder einem handlichen Plastikbürstchen Essensrückstände von irdenen Tellern kratzte, die aussahen, als stammten sie aus dem nächstgelegenen Sautrog. Logisch – ein Individualist spülte anders als alle anderen. Er hatte etliche Tassen und Teller in der rostigen Wanne gestapelt. Die Tassen hatten allesamt keine Henkel mehr, und die Teller waren angeschlagen. Auf einem konnte man mit viel Phantasie noch ein verblichenes Rosenmuster erkennen. Schwungvoll kippte er einen Schwall Duschdich über das Geschirr und brauste mit heißem Wasser drüber. Ich war schlichtweg begeistert.
»Machst du das immer so?«
»Klar, wie denn sonst!« Er warf mir einen neckischen Blick zu. »Ich mach alles anders als andere!«
War das eine Drohung oder ein Versprechen? Ich wandte mich ab und suchte die Katze, die sich in den Weiten der Wohnung verloren hatte. Auf einem alten Sessel fand ich sie. Ab und zu zuckten ihre kleinen Pfoten im Schlaf, und als ich mich räusperte, zuckte auch ein Öhrchen.
Die Wohnung war das reinste Sammelsurium. Um dieses Gelümps zusammenzutragen, mußte der Individualist – wie hieß er überhaupt? – auf ganz schön vielen Flohmärkten gewesen sein. Oder war er ein begeisterter Sperrmüllfledderer? Riesige Spiegel säumten die Wände. Vor den blinden Fenstern reckte üppiges Grünzeug seine Ärmchen dem bißchen Licht entgegen, und in

jeder Ecke stand ein altes Sofa. Das einzige Zugeständnis an die Moderne war eine Super-Stereoanlage, neben der sich CDs in rauher Menge stapelten. Ich wühlte darin herum. Boh – genau mein Geschmack! Hinter mir erklangen Schritte, gedämpft durch die dicken alten Teppiche, die einen leichten Modergeruch verströmten.

Mein Gott, er war ja splitterfasernackend! So jäh!

Doch er tapste nur zu dem alten Schrank neben der Stereoanlage und fingerte nach frischen Anziehsachen. Offenbar hatte er geduscht, denn er duftete unverkennbar nach Babyseife. Endlich mal was anderes als diese markanten Herrendüfte, die alle gleich künstlich nach Moos und Moschus rochen. Er wählte eine schwarze Jogginghose und ein ebensolches T-Shirt. Ohne von mir Notiz zu nehmen, streifte er es über seine nassen Haare und schüttelte sich danach wie ein junger Hund, der zum erstenmal in seinem Leben Bekanntschaft mit Wasser gemacht hat.

»Wie heißt du eigentlich?« fragte ich.

Immerhin hatte ich ihn gesehen, wie Gott ihn schuf, und ich fand, das gab mir eindeutig das Recht, diese Frage zu stellen. Zudem hielt ich mich schon seit einer Stunde in seiner Wohnung auf.

»Mario.« Ein Name wie ein Gedicht!

Er setzte sich im Schneidersitz auf den Boden, lehnte sich mit dem Rücken an die rissige Wand und klaubte aus einem ledernen Tabaksbeutel einige Krümel schwarzen Krauser, drehte geschickt eine Zigarette und steckte sie mir zwischen die Lippen. Dann gab er mir Feuer und entkorkte eine Flasche billigsten Rotweins der Marke Pennerglück, der Sorte, die immer aus den Plastiktüten der alten Stadtstreicher guckt, wenn sie mit ihren struppigen Hunden an den Abfalleimern der Stadt Station machen und nach etwas Brauchbarem stochern.

Mario goß zwei Gläser voll und drückte mir eins in die Hand.

»Salute!«

»Prost!«

Einträchtig saßen und tranken und schwiegen wir. Noch nie

hatte ich einen Mann kennengelernt, mit dem ich so prima schweigen konnte. Als ich nach ein paar Minuten das Schweigen dicke hatte, unterzog ich ihn einer eingehenden Befragung.
»Wie lange wohnst du schon hier?«
»Ewig.« Er gähnte und kratzte sich am Arm einen Mückenstich auf.
»Und wovon?« Kaum hatte ich die Frage gestellt, hätte ich mir am liebsten auf die Zunge gebissen. Aber er schien nicht befremdet.
»Das soziale Netz unseres Staates läßt keinen durch seine Maschen fallen!« deklamierte er andächtig.
Ich hing an seinen Lippen. Logo, daß ein Individualist sich nicht in die Routine eines Jobs von acht bis fünf pressen ließ. Das Risiko, der Individualität verlustig zu gehen, war dabei zu groß.
»Und was machst du sonst so?« Außer Katzen auflesen, duschen und Wein trinken, sollte das heißen.
»Ich schreib Gedichte.«
»Ach was!« Das wurde ja immer besser. Kein Wunder, daß er auf meine Zuschrift reagiert hatte. Da war die Mühe mit dem Gedicht ja nicht umsonst gewesen.
»Was für welche?«
Er stand auf und zerrte aus einem Stapel Papier, der eines Tages den kleinen Tisch zum Zusammenbrechen bringen würde, ein paar angegilbte Zettel.
»Mein Vorbild ist natürlich Rilke.« Er blätterte die Zettel durch.
»Natürlich«, sagte ich inbrünstig.
Hatte ich von Rilke jemals was gelesen? Doch, im dritten Semester Germanistik hatten wir ein Gedicht von ihm besprochen, das ich damals phantastisch fand.
Andächtig verharrte ich im unbequemen Schneidersitz. Würde Mario sich dazu herablassen, eine Dichterlesung zu halten? Oder würde er mir ein paar Zettel in den Schoß schmeißen, darauf bauend, daß ich des Lesens mächtig war?
Er setzte sich in Positur, trank seinen Wein aus und schenkte sich nach. Mir auch. Die Flasche war fast leer. Er räusperte sich.

»Traum
du Wächter meiner Nächte
trägst mir
Sterben und Werden in mein bleiches
Herz aus Glas

du Gast in mir
schleichst dich
durch meinen nächtlichen Garten
Schöpfer und Mörder zugleich

läßt meine Seele zerspringen
in Onyxfetzen und neu strahlen
läßt meine Sonne zerschellen
in schwarzen Staub und neu scheinen
läßt meinen Mond zerfließen
in leichenblasses Licht und neu schimmern

inmitten der Glassplitter
suche ich Schutz vor dir
an der Schulter des Morgengrauens«

Mir stockte der Atem. Es lief mir kalt den Rücken runter vor Ergriffenheit. Warum nur mußte sich dieser begnadete Dichter mit Sozialhilfe zufriedengeben? Warum saß er hier in seiner vergammelten Bude rum, anstatt in überfüllten Hallen einem interessierten Publikum seine Kunst zu Gehör zu bringen? Stehende Ovationen wären ihm sicher.
»Hast du schon was veröffentlicht?«
»Du bist vielleicht naiv!« Er blickte mich an wie ein waidwundes Stück Wild. »Keiler und Köter« ließ grüßen. »Hast du 'ne Ahnung davon, wie schwer das ist, an einen Verlag ranzukommen?«
Ich mußte zugeben, daß mir jegliche Ahnung diesbezüglich abging. Ich hatte es gerade mal geschafft, an Robert ranzukommen. Und das war wohl vergleichsweise leicht gewesen.
Seufzend schmiß Mario die Stereoanlage an. Die Stones plärrten

los, Mick Jagger riß sein großes Maul auf und intonierte »Love is strong«. Mario entkorkte eine neue Pulle Pennerglück und ignorierte die Gläser. Er nahm einen ordentlichen Zug aus der Flasche und hielt sie mir hin. Vage streifte mich der Gedanke, daß in der Annonce eigentlich von Champagner die Rede gewesen war. Aber den bezahlte wahrscheinlich das Sozialamt nicht. Engumschlungen tanzten wir ein Weilchen in der Wohnung herum, bis das Lied zu Ende war.
»Das gefällt mir eigentlich am besten auf der CD«, sagte er und stellte das Gerät so ein, daß immer und immer wieder »Love is strong« ertönte.
»Mir auch«, stimmte ich zu.
Sprach's und gehorchte Madonna und schlang meine Arme um seinen Hals. Obwohl Muttern in der guten Hirnstube die Hände rang und immer wieder Roberts Bild vor mein geistiges Auge schob.
Im Morgengrauen torkelte ich heimwärts. Mario hatte das Kätzchen im Arm und gab mir das Geleit. Ab und zu summten wir wohlgelaunt »Love is strong«. Bei der Esso-Tanke legten wir eine Zigarettenpause ein. Es war sieben Uhr morgens, und außer uns war keine Menschenseele auf der Gasse. Ein überdimensionaler Tiger prangte auf dem Tankstellen-Reklameschild, und das Kätzchen räkelte sich schlaftrunken in Marios Arm. Nach dem nächtlichen Gewitterregen roch die Luft rein, es war ein klarer Morgen und würde sicherlich ein wunderschöner Tag werden. Zum Abschied gab ich dem lyrischen Lover einen dikken Schmatz auf die Wange.

Selten in meinem Leben hatte ich so mit den Nachwirkungen der Droge Alkohol zu kämpfen gehabt wie an diesem Tag. Die Euphorie, die sich kurzfristig eingestellt hatte, wich einem Riesenkater, einem monstermäßigen Vieh, das sich in meinen Schädel krallte und nicht lockerließ. Aus unserer gutsortierten Hausapotheke klaubte ich ein Schächtelchen Aspirin, warf zwei Brausetabletten in ein Glas Wasser und beobachtete, wie die Bläschen aufstiegen und munter bitzelten. Bei mir dagegen konnte von munter keine Rede sein. Völlig platt warf ich mich

aufs Bett. Zuvor hatte ich an Roberts Tür gelauscht und sein Schnarchen vernommen. Offenbar hatte er mich nicht vermißt.
Wer schläft, sündigt nicht, fiel mir die Lieblingslebensweisheit meiner Oma ein – die Erde sei ihr leicht! –, und beinahe wünschte ich, ich hätte auch geschlafen und nicht die ganze Nacht mit dem magischen Mario gesündigt. Gottlob hatte es Madonna nicht geschafft, die Herrschaft vollends an sich zu reißen! Ein übriggebliebener Funken Verstand hatte mich davor bewahrt, das Unaussprechliche zu tun. Ehe ich mit dem kalten Waschlappen auf meiner Stirn endlich einschlief, gedachte ich noch des Sprüchleins, das mir seinerzeit mein Opa ins Poesiealbum gekritzelt hatte: Sei wie das Veilchen im Moose, sittsam, bescheiden und rein...
Als ich endlich einen klaren Kopf hatte und wieder feste Nahrung zu mir nehmen konnte, ohne einen lang anhaltenden Brechreiz zu riskieren, machte ich mir als erstes klar, daß es unmöglich war, das Leben nach Poesiealbumsprüchen auszurichten. Außerdem war mein Opa selbst ein großer Trunkenbold gewesen, dem es eigentlich nicht anstand, solche Weisheiten abzusondern. Ich konnte mich genau erinnern, wie ich ihn als Fünfjährige aus der Kneipe holen mußte, weil meine Oma sich in Grund und Boden schämte. Dort saß er dann mit anderen Opas, zechte freudig und sah mich an wie den Heiligen Geist. Alzheimer ließ grüßen! Der Heimweg ging nie ohne den Abgesang eines schweinischen Volksliedes vonstatten, das anfing mit »Uns scheint der Mond so hell auf dieser Welt!«.

Abends versuchte Robert, mich auszuhorchen.
»Wo warst du eigentlich die ganze Nacht?«
Das war ja 'ne ganz neue Nummer! Johnny Controlletti, was? Ich gab vor, mit Bea einen Zug durch die Gemeinde gemacht zu haben. Das war schon häufig vorgekommen und absolut glaubwürdig. Gott sei Dank hatte er sich nicht die Mühe gemacht, hinter mir her zu telefonieren.
»Dietrich und ich haben auch ganz schön gebechert!« ließ er mich wissen.
Na bravo. Da hatte er mich wohl glatt vergessen.

»Wann ist der denn heim?«
»Kurz vor sieben, glaub ich«, sagte Robert. »Wir haben durchgemacht.«
Oje, dann hatte ich ja schwer Glück gehabt! In aller Herrgottsfrühe mit dem Individualisten und der Katze im Schlepptau Dietrich vors Auto zu laufen hätte mir gerade noch gefehlt. Von wegen: Morgens um sieben ist die Welt noch in Ordnung! Obwohl Dietrich wahrscheinlich genauso sturzbetrunken gewesen war wie ich und wir uns unter Umständen noch nicht mal erkannt hätten. Am Ende hätte er mich in seinem Zustand gar noch plattgefahren!
Am Sonntag war ich so weit wieder hergestellt, daß ich mit Robert ein Stündchen Squash spielen konnte.
Nach einigen Minuten waren wir schweißüberströmt. Robert keuchte wie Martina Navratilova im Tie-Break und machte auf mich den Eindruck eines Herzkranken kurz vorm Infarkt. Aber immerhin war er nicht so blutleer wie der melancholische Mario, der die Sonne scheute wie der Teufel das Weihwasser und sich keinen Deut um meine attraktive Bräune geschert hatte.
Wir nahmen einen Isodrink an der Bar. Meine nackten, spitzen Knie stießen an Roberts nackte, runde Knie. Wir sahen uns an. Ich mußte – wenn auch widerstrebend – zugeben, daß von Robert mehr erotische Anziehungskraft rüberkam als von Mario. Mit dem war die Sache eher auf geistiger Ebene angesiedelt, sozusagen.
Einträchtig nippten wir an unseren Getränken und beobachteten das Treiben auf den Tennisplätzen, wo sich übergewichtige Hausfrauen abmühten. Ein braungebrannter Grieche im reinweißen Netzhemd tänzelte zwischen ihnen hin und her und gewährte bei jedem Aufschlag tiefe Einblicke in den Dschungel seiner vermutlich moschusduftenden Achselhöhlen. Die Hausfrauen waren dermaßen außer Rand und Band, daß sie kaum einen Ball trafen. Alexis, der Tennistrainer, war bekannt für sein Intensivtraining, das er vornehmlich spendablen Professorengattinnen angedeihen ließ.
»Duschen wir hier oder daheim?« fragte Robert. Er lenkte seinen Blick weg von den krampfadrigen Beinen einer besonders

untalentierten Alexis-Anbeterin und ließ ihn interessiert in meinen Ausschnitt gleiten.
»Daheim!« beschloß ich und sah ihm tief in die Augen.
Muttern war schlichtweg begeistert und feuerte mich an.
Robert bezahlte unsere Drinks, klemmte die Schläger unter den einen Arm und mich unter den anderen. Solcherart ineinander verkeilt verließen wir die schwüle Stätte der Schweißabsonderung.
Noch nie war Duschen so schön wie heute! Man könnte meinen, es wäre schon wieder Hochzeitstag. Genauso hatte ich es mir immer vorgestellt. Und abends würden wir zu Luigi gehen und uns mit Stil den Bauch vollschlagen, anschließend Arm in Arm nach Hause bummeln und vielleicht noch ein Fläschchen Champagner killen.
Doch es sollte anders kommen als in meinen Tagträumen.

Mustergatte Chauvi-Ratte

Robert dachte noch nicht mal im Tagtraum daran, seine knapp bemessene Freizeit mit der eigenen Ehefrau zu verbringen. Geschweige denn, schon wieder mit ihr im Champagnerrausch zu schwelgen und sein sauer verdientes Geld beim Schickimicki-Italiener zu verprassen. Jeden Abend kam er erst nach acht heim. Mit einem Mords-Kohldampf! Stundenlang werkelte ich in der Küche, neben dem Herd den von dicken Fettspritzern verunzierten Wälzer meiner Schwiegermutter. Bis Seite hundertachtundzwanzig hatte ich mich bereits durchgekocht.
An jenem denkwürdigen Abend versuchte ich mich an Eisbein in Limettengelee. Dummerweise glitschte mir das eklige Eisbein aus der Hand, als ich es nach sechs Minuten Kochen in reichlich Wasser aus dem Topf fischen wollte, um es kalt abzuspülen. Es schlitterte über die Küchenfliesen und kam schließlich vorm Gelber-Sack-Mülleimer zum Stillstand. Neben der obligaten Koch-

zeile, einem Kirschholzschrank meiner Oma und einem ovalen Tisch bestand unsere Küche in der Hauptsache aus Mülleimern. Sie waren überall verteilt. Links der Spüle stand ein roter Eimer für normalen Müll, daneben stank der Bioeimer vor sich hin, den ich Julias Ökofimmel verdankte. Sie hatte mir den kleinen grünen Eimer als Mitbringsel verehrt, als ich vor Jahren einmal den Fehler begangen hatte, sie zum Kaffeetrinken einzuladen. Jeder Normalsterbliche hätte eine Flasche Wein aus dem Sonderangebot mitgebracht, nicht so Julia. Rechts neben dem Schrank wartete das Leergut auf sein grausiges Ende im Glascontainer, und in einem Karton gilbte ein Packen Altpapier vor sich hin.

Eigentlich fiel es in Roberts Zuständigkeitsbereich, das Papier und die Flaschen einer umweltfreundlichen Entsorgung zuzuführen. Doch nur zu Anfang unserer Ehe hatte er sich dazu herabgelassen, das Leergut zum Glascontainer zu schaffen und das Altpapier zum Papiercontainer. Mit schulmeisterlich erhobenem Zeigefinger und oberlehrerhaftem Getue hatte er mich darauf hingewiesen, daß er im Altpapier sage und schreibe zwei Frauenzeitschriften zwischen seinen Automagazinen, den »Zahnmedizinischen Mitteilungen« und den Fußballheften gefunden hatte. Keiner könnte von ihm, einem promovierten Akademiker, verlangen, mit dieser heißen Fracht den Canossagang zum Container anzutreten. Was sollten denn die Leute denken? Leider dachte er nie darüber nach, was die Leute denken könnten, wenn sich seine filigrane Gattin mit frustiert verzogenen Mundwinkeln am Müll abschleppte.

Just in dem Moment, als ich den Limettensaft abschmeckte und das von Staubflusen befreite und zwei Stunden bei mittlerer Hitze gesottene Eisbein aus der Brühe hievte, kam Robert heim. Geräuschvoll schmiß er seinen Krempel in den Flur und ließ sich am Eßtisch nieder. Ungeachtet der Tatsache, daß eine Portion Eisbein in Limettengelee mit Bratkartoffeln und Blumenkohl siebenhundertdreißig Kalorien hatte, schlang er zwei Portionen in sich hinein. Genauso verfuhr er mit den gezuckerten Erdbeeren auf Sahnequark. Mit Quark unter vierzig Prozent Fettgehalt brauchte ich ihm gar nicht zu kommen.

Danach griff er sich eine Flasche Bier und verzog sich in mein Zimmer. Nicht in seins, nicht in seinen Fernsehsessel, nein: in meins. Kurz darauf hörte ich das Piepsen vom Computer. Da ich heute abend noch an einem Werbetext weiterzuarbeiten trachtete, stellte ich ihn kühn zur Rede.
»Was fällt dir ein? Ich hab hier gleich zu tun!«
Robert klickte ungerührt mit der Maus.
»Na und?«
»Das ist mein Zimmer!«
»Nein, das ist UNSERE Wohnung!«
Ach was! Daß ich nicht lache! Wäre sie das bloß mal, wenn es ums Saubermachen ging! Dann war es urplötzlich meine. Dann war ich es gewesen, die unbedingt hundertachtzig Quadratmeter gewollt hatte.
»Mach doch erst deinen Krempel in der Küche fertig«, befahl mir der dickliche Dentist. »Ich muß hier die Buchführung für die Praxis machen!«
»Ich hasse den Küchenkram!« kreischte ich. »Ich hasse es, Abfallklumpen aus dem Ausguß zu pulen! Ich hasse es, blutige Fleischfetzen anzufassen! Und ich hasse es, wenn meine Haare nach Bratenfett riechen!«
Nach dem Essen wusch ich mir immer die Haare. Ich konnte in dem Dunst, der sich sonst wie eine Glasglocke über mein Kopfkissen stülpte, nicht einschlafen.
Robert merkte nicht, daß ich am Rande meines ersten Nervenzusammenbruchs hin- und hertaumelte. Er klickte sich zu einem anderen Programm und nahm einen Schluck aus seiner Flasche. Gleich würde er wieder seinen Lieblingsspruch von Karl Dall loslassen.
»Die Frau gehört annen Küchenherd, für's Wohnzimmer is sie nich wert!«
Un ich sach noch!
»Und du gehörst an die Wand gestellt und standrechtlich erschossen!« schrie ich.
Gerade noch rechtzeitig gelang es Robert, sich zu ducken. Um Sackhaaresbreite entging er einer Kollision mit dem nassen Lappen, den ich die ganze Zeit in der Hand gehalten hatte. Der Lap-

pen klatschte gegen den Bildschirm und blieb auf der Tastatur liegen. Robert tippte sich an die Stirn.
Na warte, du Chauvi-Ratte! schrie Madonna. Du wirst dich noch umgucken! Du wirst noch dein blaues Wunder erleben!
Womit hatte ich das verdient? Das konnte unmöglich derselbe Mann sein, der mir vor Jahren versprochen hatte, mich auf Händen durchs Leben zu tragen! Meinen Weg mit Rosenblättern zu pflastern! Mich zu ehren und zu lieben, so wahr ihm Gott helfe! Warum half er ihm denn nicht, verflixt und zugenäht!?
Wutentbrannt zog ich mich ins Bad zurück, verriegelte die Tür und sann auf kurzfristige Rache. Die langfristige mußte mangels Gelegenheit ein wenig warten. Ich blickte mich auf Roberts Badregal um. Also das gab der Zahnarzt seiner Familie! Sauber aufgereiht standen drei Tuben Zahncreme nebeneinander. Hatte er noch keine Werbung gesehen? Wofür brauchte er drei Tuben Zahncreme? Sollte er sich doch von irgendeinem der windigen Vertreter, die in seinem Wartezimmer herumlungerten und die Helferinnen anbaggerten, Dentapush schenken lassen. Die war gegen alles gut: Karies und Mundgeruch und Parodontose.
Die Rache war mein. Ich nahm meine schärfste Nagelschere zur Hand und pikste in jede Tube ein kleines Loch. Und mit Schmackes packte ich das Päckchen mit den pfefferminzgetränkten Zahnhölzern und spülte es durchs Klo.
Danach fühlte ich mich schon viel besser. Ohne Schuhe schlich ich durch den Flur und spähte durch den Türspalt in mein Zimmer. Robert hockte wie angeschweißt vorm Bildschirm. Und spielte ein Computerspiel! Von wegen Buchführung! Ich pirschte mich näher ran. Er spielte Minesweeper. Man mußte viele kleine Felder anklicken, und zwar möglichst ohne auf ein Feld mit einer Tretmine zu stoßen. In dem Moment machte es »tüt«, der Computer piepste wie verrückt. Robert war auf eine Mine gelatscht. Fast wie im richtigen Leben, dachte ich. Da stolperte er auch in jeden Fettnapf.

Tags drauf ereilte mich ein Depressiönchen. Erstens waren meine Haare strähnig und ließen sich zu keiner Frisur formen, weil meine Tage unmittelbar bevorstanden. Zweitens hatte der

Ausläufer eines Tiefs namens »Thekla« – im übrigen bin ich sehr dafür, daß alle Tiefs ab sofort Männernamen kriegen! – ein dermaßen schlechtes Wetter im Schlepptau, daß man unweigerlich an Selbstmord dachte. Schon beim Aufwachen blickte ich in einen grauen Himmel, aus dem sich in unregelmäßigen Abständen etliche Hektoliter Regenwasser ergossen. Die Sommerkollektion konnte ich getrost im Kleiderschrank lassen. Statt dessen zog ich meinen mausgrauen Jogginganzug und ein Paar von den dicken Socken an, die Mutti mir immer strickte. Verhärmt vegetierte ich vor mich hin und schüttete Unmengen von Kaffee in mich rein.
Wahrscheinlich war ich hochgradig suizidgefährdet. Gerade erwog ich, bei Sigmund Freud nachzuschlagen, als das Telefon klingelte.
»Ja?« Zu mehr konnte ich mich absolut nicht aufraffen.
»Ellen, bist du's?« Ein zarte Frauenstimme drang an mein Ohr. Karla! Von ihr hatte ich lange nichts gehört!
»Karla! Grüß dich!«
Das riß mich fast aus meiner Depression. Karla und ich hatten zusammen Germanistik studiert, nur hatte sie im Gegensatz zu mir das Studium beendet. Doch damit nicht genug! Sie hatte sogar promoviert, summa cum laude, und zwar über Thomas Mann, den alten Oberlangweiler. Zwangsläufig hatte ich damals den »Tod in Venedig« gelesen. Nächtelang hatte ich mich in meinem Schweiß gewälzt, weil mir das Schicksal Gustav von Aschenbachs den Schlaf raubte. Der alternde Päderast verfolgte im Liebeswahn einen blondgelockten Jüngling durch Venedig. Idiotischerweise schnallte er nicht, daß in der Lagunenstadt die Cholera ausgebrochen war. So liebestoll, deuchte mich damals, konnte doch kein Mann sein! Robert und alle anderen Männer, die ich kannte, würden mir nicht mal in eine Stadt folgen, in der die Grippe grassierte.
»Noch mal was von Thomas Mann gehört?« flachste ich.
Karla konterte schlagfertig wie gewohnt.
»Weder von dem noch von irgendeinem anderen!«
»Wieso? Sind dir die Verehrer ausgegangen?« Karlas Schicksal lag mir am Herzen. Schließlich waren wir zusammen durch die

Höhen und Tiefen der mittelhochdeutschen Grammatik gegangen.
»Seit ich mich von Michael getrennt habe, liege ich sozusagen auf dem Trockendock«, klagte sie. »Ich bin fünfunddreißig. Hast du gewußt, daß eine Frau in meinem Alter eine höhere Chance hat, von einem Tiger gefressen zu werden, als einen Ehemann zu erwischen?«
Herrje! Seit ich Karla kannte, suchte sie einen Ehemann. Ich ringelte die Telefonschnur um meinen linken Mittelfinger und dachte darüber nach, daß es mir inzwischen fast lieber wäre, von einem Tiger gefressen zu werden.
Als ich Karla das sagte, fing sie an zu heulen.
»Das sagst du nur, weil du einen hast!« schniefte sie ins Telefon.
»Was? Einen Tiger?«
»Nein, einen Mann!« quiekte sie. »Wenn wenigstens Michael sich mal wieder melden würde!«
Darauf konnte sie lange warten. Dann hätte sie ihren Michael halt behalten sollen. Mamasöhnchen Michi hatte jedes Wochenende seine Mama besucht, während Karla daheim saß und Däumchen drehte. Was ihr nicht gepaßt hatte. Dann hatte es Michael nicht gepaßt, daß Karla nach Hamburg gegangen war, weil sie eine Stelle als wissenschaftliche Mitarbeiterin an der Universität ergattert hatte. Nach einer monatelangen, wechselhaften Wochenendbeziehung schickte Karla ihren Michi in die Wüste, weil er nur noch nörgelte und sich an ihrem beruflichen Erfolg partout nicht freuen wollte. Michi war bei seiner Mama untergekrochen und klammerte sich seitdem an ihr Schürzenband.
Und Karla machte in Hamburg Karriere, verdiente Kohle und jammerte ausgerechnet diesem Miesepeter nach! Nicht zu fassen! Es ging ihr doch prima! Sie mußte nur ihre eigenen Schuhe putzen und konnte mittags in der Mensa essen. Was für ein Leben! Davon konnte ich nur träumen.
Ich durfte mich nicht hängen lassen, sondern mußte endlich daran arbeiten, meine Träume in die Tat umzusetzen. Aber nicht heute. Heute war ich ausgesprochen antriebsarm. Um das fest-

zustellen, brauchte ich nicht mal bei Freud nachzugucken. Ein Blick aus dem Fenster genügte mir. Die klimatischen Verhältnisse waren immer noch nicht dazu angetan, meine Laune zu heben. Mit einer Wärmflasche verzog ich mich ins Bett, nachdem ich eine Tafel Schokolade vertilgt hatte. Reiner Frustfraß. Auf meinem Nachttisch lag ein Buch, das ich vor etlichen Wochen angefangen hatte zu lesen. Es handelte von einer Frau, die auch Angst hatte, keinen Kerl abzukriegen. Genau wie Karla. Kurz bevor sie aus dem Fenster ihres schicken Manhattaner Apartments springen wollte, war ihr das Schicksal doch noch gewogen und hetzte ihr einen russischen Dichter auf den Hals. Fasziniert las ich weiter. Mit einem Dichter konnte ich auch aufwarten. Wenn auch nicht mit einem russischen. Every woman loves a poet! Sollte ich vielleicht mal dem anglophilen Robert erzählen. Aber ich bezweifelte, daß er dafür Verständnis aufbringen würde.

Am nächsten Morgen war die Welt wieder in Ordnung. Über den Baumwipfeln, die ich vom Bett aus sehen konnte, hing ein Zipfel blaßblauer Himmel. Der Mustergatte war entschwunden, um Geld und Gut zu mehren. Mein Depressiönchen hatte sich dünnegemacht und hinterließ mich leicht angeschlagen, aber voller Tatendrang.

Nachdem ich bei Feinkost-Behrens eingekauft hatte, rief ich bei Scheffel an, dem ersten Friseur am Platze. Das Schicksal wollte es, daß ich gleich vorbeikommen durfte, weil eine Dame ausgefallen war, die eine Dauerwelle kriegen sollte. Was mir sehr gelegen kam, denn mein Haar schrie nach einem neuen Schnitt.

Gleich nach dem Frühstück hatte ich die aktuelle Ausgabe der »Friederike« durchgeblättert und in der Sparte »Hundert Trendfrisuren« nach einer optimalen Haartracht gefahndet. Die berühmtesten Friseure des Landes verrieten hier ihre Styling-Tricks. Zu schade, daß ich zwei linke Hände hatte! Außerdem waren meine Haare einfach nicht lang genug. Jedenfalls reichte es nicht für den neuen Wellen-Look. Die abgebildeten Models hatten allesamt Haare bis zum Hintern, die sie mittels eines Lokkenstabes gekringelt hatten. Für eine andere Frisur, die komi-

scherweise genauso aussah wie der Wellen-Look, hatte eine grünäugige Grazie ihre Haare auf Hot Curler gedreht – was auch immer das sein mochte. Frauen wie ich kannten bestenfalls Hot dogs! Ich stopfte die Zeitschrift ins Altpapier. Sollte sich Scheffel doch den Kopf zerbrechen, schließlich würde ich ihm genug von Roberts Geld in den Rachen schmeißen müssen.
Nach einer kurzen Wartezeit führte mich eins von Scheffels Lehrmädchen zu einem postmodernen Stühlchen, auf dem ich Platz nahm. Ich schlug meine Beine vornehm übereinander, während mir das Mädel ein lila Lätzchen umhängte und einen Cappuccino servierte. Vorsichtig führte ich das Täßchen zum Munde und riskierte über den Tassenrand einen Blick in den Kristallspiegel. Eine frustrierte Frau mit fettigen Haaren starrte mich an. Meine Haare, die ich immer für honigblond gehalten hatte, hatten urplötzlich eine fatale Ähnlichkeit mit dem Farbton brackigen Moorwassers. Die Beleuchtung hier war aber auch unerbittlich! Oder hatte ich ganz einfach zu viel in »Keiler und Köter« geschmökert?
Vorsichtig drehte ich meinen Kopf. In langer Reihe saßen Cappuccino nippende Damen und ertrugen mit stoischer Ruhe die Hitzewellen der Trockenhauben. Wer schön sein will, muß leiden! Außerdem war das sicher eine Top-Trockenübung für die Hitzewallungen des Klimakteriums. Alle Damen trugen anthrazitfarbene Karrierekostüme von Jil Sander und hatten lederne Karriereköfferchen neben ihren Stühlchen stehen. Da konnte ich nicht mithalten!
Als ich mich schamgeschüttelt möglichst tief in meinem Stuhl verkriechen wollte, unterbrach der Maestro sein wundersames Wirken an der Rezeption und rauschte an.
Sein Hinterhaupt krönte ein Designerzopf in Aschfahl, der von einem bunten Seidenschlüppchen zusammengehalten wurde. Er sah aus wie der berühmte Modeschöpfer Hans Hagelfeld! Alle anwesenden Damen lugten unter ihren Hauben hervor, um einen Blick von ihm zu erhaschen.
Ich beobachtete im Spiegel, wie er sich mir näherte. Kurz darauf fühlte ich seine kalten Hände an meinen Ohren. Wollte er mir den Kopf zurechtrücken?

»Irgendeine Vorstellung?« nuschelte er unter Qualen. Sein Job mußte ihn verdammt viel Nerven kosten.
Nein, ich hatte keine Vorstellung. Oder doch? Irgendwo in einem grauen Klumpen Gehirnzellen materialisierte sich eine: Ich sah mich in einem geschlitzten Kleid als platinblonden Vamp. Etwa so wie Sharon Stone in »Basic Instinct«.
Genau! schrie Madonna begeistert. Laß die niederen Instinkte raus! Gib dem Vamp in dir die Freiheit!
Ich gab ihr nach. Wo sie recht hatte, hatte sie recht. Das letzte, wozu ich Lust hatte, war, weiterhin einen auf ehrpusselige Ehefrau zu machen. Wenn schon, denn schon!
»Kann man die ganze Pracht auch platinblond färben?«
Scheffel schlug die Hände über meinem Kopf zusammen.
»Wo denken Sie hin!« Indigniert schaute er auf mich herab. Ich verfolgte jede seiner Gesten im Spiegel. Mit geistesabwesendem Gesichtsausdruck fuhr er mir durchs Haar und ließ es glanzlos und stumpf auf meine Schultern zurückfallen.
»Ihre Haare nehmen nicht gut Farbe an. Ich rate Ihnen zu dem Kurzhaarschnitt mit üppigem Stand. Gunilla, bringen Sie mal den Katalog von Guido Gel!«
Ungeduldig zerrte er an meinen Haarwurzeln, während eine Assistentin mit Wellen-Look nach dem Katalog kramte.
Nach heftigem Hin- und Herblättern fand der Maestro das Gesuchte. »Das ist genau der richtige Schnitt für Ihre faserigen Haare!«
Hingebungsvoll hielt er mir den Katalog vor die Nase.
Meine Augen folgten ungläubig seinem Zeigefinger. Der Mann mußte mich völlig mißverstanden haben! Ich wollte nicht zum Militär. Auf dem Bild wühlte eine blasse Brünette schwachsinnig grinsend in zottigen Borsten herum, die von ihrem Kopf abstanden. Das konnte unmöglich sein Ernst sein!
»Jede Menge Stufen – kurze Seiten – angedeutete Koteletten – hoher Seitenscheitel – jeden Tag nur zwei Minuten Styling!«
In knappem Befehlston schilderte mir Kommandante Scheffel die Vorzüge des Kommißschnittes. Von wegen angedeutete Koteletten! Die waren so lang wie die von Fassbinder in seinen alten Filmen! Kein Wunder, daß das Model so schwachsinnig aus der

Wäsche guckte. Ihr Friseur mußte sie in den Wahnsinn getrieben haben.

»Ich bestehe auf Platinblond!« kreischte ich. »Und keinen Zentimeter kürzer!«

Der Kommandante gab auf. Er hatte ein Gespür für Hysterie im Anfangsstadium. Wahrscheinlich fürchtete er, ich würde ihm bei Nichtgefallen mit meinen Nägeln durchs solariumbraune Antlitz fahren. Oder ihn an seinem Schlüppchen aufknüpfen. Oder ihn mitsamt seiner blanken Schere in einen Schützengraben stoßen.

»Na gut. Es ist Ihr Haar.« Das wußte ich schon lange. »Aber dann viele einzelne Strähnchen, wir erzielen damit die optische Wirkung eines Mehrfachen an Volumen.«

Das traf sich gut. Ein Mehrfaches an Volumen hätte ich auch woanders gern gehabt. Aber das fiel nicht in Scheffels Sparte.

Eiligen Schrittes machte er sich aus dem Staub. Die Verantwortung für mein Haupt legte er in die zarten Patschehändchen einer Auszubildenden im zweiten Lehrjahr, die sich alle Mühe gab, mein Haar durchzukämmen, ohne Schmerzenschreie in der Lautstärke von über sechzig Dezibel auszulösen.

Sie stülpte mir einen Gefrierbeutel auf den Kopf, so daß mir das Hören verging und ich nicht mehr mitkriegte, was für Befehle der Kommandante den übrigen Damen gab. Dann zog sie eine rostige Häkelnadel aus ihrer Kitteltasche. Und das sollte der beste Coiffeur westlich des Urals sein? Ich muß doch sehr bitten! Wir halten doch hier keine Handarbeitsstunde ab! Aber das Lehrmädchen stach unbeirrt mit der Nadel Löcher in den Gefrierbeutel und zog Strähne für Strähne meines fransig-fettigen Haares hindurch. Es tat so weh, daß meine Augen tränten.

Dann schmierte sie eine stinkende türkisfarbene Paste mit einem Spachtel auf den wolligen Wust, der aus den Löchern quoll. Guter Gott, es würde alles schiefgehen! Ich würde mit türkis Haaren hier rauskommen, mit demselben schwachsinnigen Grinsen im Gesicht wie das Model von Guido Gel, und alles nur, weil Scheffels Auszubildende farbenblind war! Die Augen fest zusammengekniffen, wartete ich ab und ließ das Mädel schalten und walten.

Als ich aus dem Salon stolperte, noch nicht ganz bei Sinnen und mit zittrigen Beinen vor Schreck, weil ich hundert-und-fünf-und-achtzig Märker hatte hinblättern müssen, traute ich mich kaum auf die Straße.
Seltsam! Passanten hasteten an mir vorbei und nahmen mich nicht wahr. Warum zeigten sie nicht mit Fingern auf mich? Wanden sich nicht lachkrampfgeschüttelt auf dem Pflaster?
Um der Sache auf den Grund zu gehen, suchte ich eilends Metzels Metzgerei auf. Zum einen mußte ich sowieso noch Fleisch kaufen, zum anderen hatte Metzel eine große Spiegelwand hinter dem Verkaufstresen. Was ich dort sah, erfüllte mich mit höchster Zufriedenheit. Umgeben von saftigem Vorderschinken, langen Würsten, die an geringelten Haken von der Decke baumelten, und bluttriefenden Batzen Rindfleisch wartete ein platinblonder Vamp auf zwei Kalbsschnitzel. Sogar Metzger Metzel schien den Hauch von basic instinct zu verspüren, der mich umwehte, denn er hackte sich beinahe den dicken Daumen ab, als er zu mir rüberschielte. Genauso hatte ich mir das vorgestellt. Zwar würde ich jetzt noch mehr Blondinenwitze zu hören kriegen, aber damit konnte ich leben.
Im Hausflur begegnete ich Frau von Koransky, die mich anstarrte, als wäre ihr die Heilige Mutter Gottes erschienen.
»Frau Litzenberg! Waren Sie beim Friseur?«
Blöde Frage. Sieht man doch, oder?
»Salon Scheffel, Frau Koransky!« sagte ich herablassend.
Aus Rache ließ ich das »von« weg, auf das sie großen Wert legte. Dabei hatte sie es nur erheiratet.
»Wer sich's leisten kann!« seufzte sie. Leisten könnte sie sich's auch. Aber es würde nichts mehr nützen, die Investition würde sich in ihrem Alter nicht mehr bezahlt machen. »Aber die Praxis vom Herrn Doktor ist ja eine wahre Goldgrube.«
Jawoll! Das war aber auch das einzige. Dafür war mein Herz eine Mördergrube.
Als ich unsere Wohnung betrat, fiel ich als erstes über Roberts Schuhe Numero neun, ein Paar hamsterfarbene Hausschlappen. Robert war schon daheim! Wie das? Ich deponierte die Fleischertüte in der Küche und ging ins Wohnzimmer, um mich dem

Gatten in all meiner platinblonden Pracht zu präsentieren. Das mußte ihn einfach aus seiner Lethargie reißen!
Robert saß in seinem Lieblingssessel und hatte die Beine auf den Couchtisch gelegt. Er hatte Kopfhörer auf und wackelte zu einer Musik, die ich nicht identifizieren konnte, mit den Zehen. Ich tippte ihm auf die rechte Schulter und wollte gerade »Hallo!« rufen, da fuhr er mit einem Schrei aus dem Sessel hoch.
»Scheiße, nein, was hast du mich erschreckt!« Er zerrte an den Kopfhörern und warf sie auf den Teppichboden. »Mußt du dich denn so anschleichen?«
»Mitnichten habe ich mich angeschlichen«, sagte ich überdeutlich. »Auch nicht mit Neffen!«
»Hör doch auf mit deinen blöden Germanistikwitzchen!« keifte er ungehalten. »Einmal komme ich früher aus der Praxis heim, weil einer dieser Deppen nicht herbeikommt, obwohl er einen stundenlangen Termin hat, und dann bist du nicht zu Hause!«
Ach, daher wehte der Wind! Darling soll den ganzen lieben langen Tag hier hocken und auf den Herrn Doktor warten! Das konnte er vergessen.
»Machst du jetzt wenigstens was zu essen?« brummte Robert und schlug die Fernsehzeitung auf.
Ganz offensichtlich wollte er immer nur das eine von mir. Gebratenes und Gesottenes. Und er hatte überhaupt nicht gemerkt, daß ich beim Friseur gewesen war. Höchstwahrscheinlich wäre ihm nicht mal aufgefallen, wenn Kommandante Scheffel mir den Kommißschnitt verpaßt hätte!
Auf alles mußte man ihn mit der Nase stoßen.
»Fällt dir irgendwas an mir auf?« fragte ich hoffnungsvoll.
»Was soll mir denn auffallen, außer daß es hier noch nicht nach Essen riecht?« Er hielt seine Augen auf die Fernsehzeitung gerichtet. Es mußten ja heute abend mordsmäßig tolle Filme kommen.
»Hast du ›Basic Instinct‹ gesehen?« Um ihn nicht neuerlich unnötig aufzuregen, wollte ich ihn vorsichtig an mein Anliegen heranführen.

»Hm.«
»Mit Michael Douglas. Wo er sich in diesen wahnsinnig scharfen, wahnsinnig platinblonden Vamp verknallt...«
Ich ließ nicht locker. Robert spielte mit der Fernbedienung, ich mit dem Feuer. Auf dem Bildschirm erschien der Verwöhnaroma-Vamp, eine hanseatisch-kühle Goldblonde auf hohen Stelzen, die in Koffeingrün durchs Leben hastet und von morgens früh bis abends spät dampfende Kaffeetassen mit sich herumschleppt. Wir tranken auch immer den Verwöhnkaffee, werbegeschädigt, wie wir waren, aber light, weil Robert sonst Herzklabastern kriegte.
Auf der Mattscheibe tollten die fröhlichen Muttis vom Maggi-Kochstudio herum.
Robert fiel wieder sein knurrender Magen ein.
»Da kannst du dir mal ein Beispiel dran nehmen!« konstatierte er mürrisch. Als er keine Antwort erhielt, drehte er sich nach mir um. Na also. Es hätte nicht viel gefehlt, und er wäre handgreiflich geworden.
»Scher dich sofort in die Küche!« schrie er nach einer Schocksekunde. »Das darf ja wohl nicht wahr sein! Welcher Farbeimer stand dir denn im Weg? Demnächst rennst du wohl auch noch mit einem Eispickel durch die Stadt!«
Sieh an, den Film kannte er also doch. Und danke für den Tip, Bobby-Baby! Gleich morgen würde ich das nächste Haushaltswarengeschäft aufsuchen.
Da Muttern wegen der rausgeschmissenen Märker mäkelte und mich drängte, Wiedergutmachung an Robert zu leisten, stellte ich mich in die Küche und panierte die Kalbsschnitzel. Hastig warf ich sie ins brodelnde Fett und überließ sie ihrem Schicksal. Während sie vor sich hin brutzelten, wusch ich mir über dem Waschbecken im Bad mehrmals die Haare. Die Farbe ging nicht raus. Ich würde wohl damit leben müssen.
Und wie! krähte Madonna. In Saus und Braus! Mit einem Haufen eispickelsüchtiger Kerle im Schlepptau...
Als das Geräusch des Föns abebbte und der Shampooduft verflogen war, brachte ein gräßlicher Geruch meine Nasenflügel zum Beben. Ein ungutes Gefühl beschlich mich.

Die Schnitzel! schrie Muttern in höchster Not. Du hast die armen Dinger über eine halbe Stunde sich selbst überlassen – du platinblondes Flittchen, du!
Höchste Eile war geboten! Ich riß die Küchentür auf und blieb wie angewurzelt stehen. Beißende Rauchschwaden kamen mir entgegen. Ich bekam den Pfannenstiel zu fassen. Mit einem Schwall Wasser brachte ich die sich aufbäumenden Schnitzel zum Schweigen. Schnell, schnell! Herd auf Null! Dunstabzugshaube auf Maximum! Fenster auf! Ich ließ alles stehen und liegen und flüchtete in den Flur. An der Tür polterte es. Draußen stand Herr Dr. Glasbruch und rieb sich sein Orthopädenhandgelenk.
»Bei Ihnen brennt's!« rief er.
»Jetzt nicht mehr!« gab ich zurück. »Bewahren Sie Ruhe, es ist alles im grünen Bereich.«
Glasbruch teilte mir mit, daß eine riesige Rauchwolke an seinem Küchenfenster vorbeigezogen sei. Und dann war er losgerannt und hatte an unsere Tür gehämmert, und ob ich denn eine Rauchvergiftung hätte und so weiter und so fort. Daß diese Ärzte immer so notfallgeil sein mußten! Er verzog sich wieder auf seine Etage. Zerknirscht suchte ich Robert auf, um mir meine Standpauke abzuholen. Sicher würde er sagen, seiner Mama sei das noch nie passiert.
Der Dentist döste vor sich hin, während der Fernseh-Wetterfrosch ein Hoch namens »Rolf« ankündigte. Ich weckte Robert mit einem Küßchen. Er räkelte sich in den sandfarbenen Seidenkissen und fragte: »Essen fertig, Darling?«
Ja, fix und fertig. Ich beichtete mit Tränen in den Augen – vom Rauch, was Robert nicht wissen konnte – und schob die Schuld an den verkohlten Schnitzeln auf die unschuldige Pfanne, die ich der Mülltonne opfern würde.
»Meiner Mama ist so was noch nie passiert«, sagte Robert, Resignation im Blick, und holte sich eine Flasche Bier. »Aber die ist ja auch nicht blond!« fügte er gehässig hinzu, nachdem er einen ordentlichen Schluck genommen hatte.
Er blieb vor dem Fernseher liegen, statt mich zu Luigi einzuladen, wie ich insgeheim gehofft hatte.

Nach einer Stunde hatte ich die Küche so weit hergestellt, daß man sie wieder betreten konnte, ohne das Gefühl zu haben, nach einem Napalmangriff der Amis in eine nordvietnamesische Holzbaracke geraten zu sein. Um den Geruch zu vertreiben, versprühte ich eine halbe Dose von Roberts Achselspray und ließ das Fenster auf »Kipp« stehen. Den Rest des Abends verbrachte ich auf meinem geliebten Sofa.

Ich schaffte es, das Buch über die Frau, die sich in den russischen Dichter verliebte, fertig zu lesen. Fazit: Dichter taugten nix, sie nahmen unsereins aus wie eine Weihnachtsgans. Wie frustrierend! Aber Mario war sicher ganz anders. Er gab sich mit seinen ärmlichen Verhältnissen zufrieden und verlangte weder nach Tennisklamotten von Lasskost noch nach exklusiven Luxusseifen. Ja, nur die Armut gebar Großes! Unsere Beziehung war ganz und gar der Kunst geweiht. Vorerst zumindest. Gleich morgen würde ich ihn anrufen, um die Dinge voranzutreiben. Heute nicht mehr. Heute war eindeutig nicht mein Tag.

Und dieses ausgewachsene Exemplar einer Chauvi-Ratte – rattus chauvinistix magnus –, das im Wohnzimmer zusammengerollt den Schlaf des Selbstgerechten schlief und dabei schnarchte, daß die Wände seiner Behausung wackelten, würde ich schon irgendwie handzahm kriegen.

Nur ein Blickgefecht

Wenn ich so weitermachte, war ich letzten Endes umsonst bei Schallemacher gewesen. Es war ziemlich lästig, die Pille immer wieder zwischen den Lockenwicklern unter dem häßlichen Frotteehandtuch im Bad zu verstecken, damit Robert sie nicht fand.

Mit dem melancholischen Mario hatte ich mich in der Zwischenzeit in einem französischen Freßtempel getroffen, in dem Robert nicht verkehrte. Mario erschien wider Erwarten nicht in

Jogginghose und T-Shirt, sondern fand sich in Bundfaltenhose und Nadelstreifenblazer zum Rendezvous ein. Ich konnte nicht umhin, mich über die Großzügigkeit des Sozialamtes zu wundern. Alle naselang las ich im »Tageblatt«, daß in diesem unserem Lande gespart werden müsse, was das Zeug halte, und daß alle Arbeitslosen ängstlich im sozialen Netz zappelten. Nichts als Panikmache!

»Ciao, bella!« säuselte Mario und sah mir tief in die Augen.

Die Kellnerin umsprang uns wie eine läufige Hündin und bedachte ihn mit schmachtenden Blicken, während er – als emanzipierter Mann – mich die Bestellung aufgeben ließ. Ganz anders als Robert, der in Nobellokalen mit seinen Kenntnissen aus Küche und Keller auftrumpfte und die Speisekarte nicht aus der bohrergestählten Hand gab.

Wir säbelten am letzten Rest unseres Chateaubriands. Marios zarte Literatenhände hantierten zierlich mit Messerchen und Gäbelchen. Insgeheim verglich ich sie mit Roberts Bärentatzen, die das Besteck handhabten wie ein Baggerführer seine Baggerschaufel.

Mario tupfte vornehm mit der Damastserviette seine vollen Lippen ab. »Ich hab ein neues Gedicht geschrieben!«

Ganz Muse des Künstlers, hob ich meine Augen zu ihm auf und flehte ihn an, es mir zu Gehör zu bringen.

»Nicht hier, bella! Laß uns zu mir gehen«, schlug er vor.

Wohin denn sonst? Zu mir konnten wir ja wohl schlecht gehen, das hieße, Roberts Gastfreundschaft eindeutig überzustrapazieren.

Weltmännisch winkte Mario der Kellnerin, die vor Entzücken beinahe ein Tablett fallen ließ und sich sofort in Bewegung setzte.

»Zahlen!« forderte er.

Mademoiselle servierte mir die Rechnung.

Mir? Ich stutzte. Eigentlich wähnte ich mich eingeladen. Mario zupfte eine unsichtbare Fluse von seiner Hose und interessierte sich immens für das Muster der Tischdecke, so sehr, daß er es mit dem Griff seines Messers nachzeichnete. Vermutlich schlummerte hier noch ein zweiter Van Gogh im verborgenen.

Ich wollte mir keine Blöße geben. Schließlich war ich eine emanzipierte Frau. Ich gab Mademoiselle zwei Mark Trinkgeld.
»Merci, Monsieur!« Sie strahlte Mario an.
Hier, hätte ich fast gerufen, hier spielt die Musik, junge Frau! Hier sitzt der Goldesel!
Mario strahlte zurück.
Seinem neuen Gedicht konnte ich nicht mit der zu Gebote stehenden Aufmerksamkeit folgen. Es hieß »Seelenwanderung« und erzählte von den Wanderungen, die Marios unstete Seele nachts heimlich unternahm, während er schlief. Bei der Passage

»nachts
wenn mein Körper den Bissen Leben verdaut
an dem ich am Tage
fast erstickt bin
läßt meine Seele ihn im Stich...«

ließ mich mein Fassungsvermögen im Stich. Ich war pappsatt. Ich hatte mich derart überfressen, daß mir das Chateaubriand Pfötchen gab. Mir war entschieden nicht nach geistiger Nahrung! In Gedanken versunken ließ ich Mario zum Ende kommen, heuchelte Begeisterung und lehnte es kategorisch ab, in dieser sternenklaren Nacht über die Metapher »bleiches Licht wie Spinngewebe« zu diskutieren.
»Aber es muß dich doch interessieren!« Er ließ nicht locker. »Immerhin hast du Germanistik studiert.«
Genau. Und immerhin hatte ich es gelassen, aus dem nämlichen Grunde, daß es mir auf den Geist ging, jedes literarische Erzeugnis zu Tode zu interpretieren.
Nachdem ich das feudale Essen und die Flasche Schampus spendiert hatte, könnte er ruhig einmal mit anderen Überraschungen aufwarten. Zu seinem Glück hatte er wenigstens gemerkt, daß ich beim Friseur gewesen war.
»Silbern wie das Mondlicht ergoß sich ihr Haar!« hatte er deklamiert und mir ein Küßchen aufs Haupt gehaucht.
An dieser Stelle, dachte ich, könnten wir doch eigentlich weiter-

machen. Ich sah ihm zu, wie er seine Zettel verstaute. Auf den Rand des einen kritzelte er noch eine Bemerkung, dann drehte er sich eine Zigarette und guckte mich an.

»Naaa?«

»Na, du!« gab ich zurück.

Un nu? Ich trug eine tief dekolletierte schwarze Seidenbluse. Wenn er nicht bald zur Sache kam, wußte ich mir keinen Rat mehr. Auf keinen Fall wollte ich die Initiative ergreifen. Womöglich würde er mich für ein Mannweib halten und das Weite suchen!

Mario schob die Stones-CD in den Player und ließ sich neben mich auf die Matratze plumpsen. Wäre doch gelacht, wenn wir uns bei Mick Jaggers kehligen Brunftgesängen nicht näherkämen! Ich kuschelte mich an ihn. Mein silbernes Haar ergoß sich über seine knochige Schulter. Seine rechte Hand wanderte zaghaft in Richtung meiner linken Brust, und gerade als ich dachte, das Unaussprechliche stünde direkt bevor, und als wir einen nicht enden wollenden Zungenkuß tauschten, schlug er sich mit der Hand vor den Kopf und sprang auf.

»Fast hätte ich's vergessen!«

Flugs schaltete er seinen Fernseher an. Ich knöpfte meine Bluse wieder zu. War der Mann noch Herr seiner Sinne?

In der Glotze dozierte ein glatzköpfiger Greis mit erhobenem Zeigefinger vor einer andächtig schweigenden Zuhörerschaft.

»Literatur«, nuschelte er, »soll in erschter Linie unterhalten. Nischts auf der Welt ist scho schlimm wie ein Autor, der misch langweilt. Das ischt ein schlechter Autor!«

Da konnte ich ihm nur zustimmen. Das sollte sich der lyrische Lover mal hinter die Ohren schreiben! Mit seinem langweiligen Schwulst, den er über mir ausgegossen hatte!

Der Lover – oder besser: Beinahe-Lover – verfolgte gebannt das Geschehen auf dem Bildschirm.

»Arm-Alewski!« flüsterte er. »Der gefürchtete Literaturkritiker!«

Hoffentlich zerfloß er nicht vor Ehrfurcht! Ich überließ ihn seiner Lieblingssendung und machte mich auf die Socken. Fernsehgucken konnte ich mit Robert auch, und nicht zu knapp. Wenn auch nicht so was Anspruchsvolles mit intellektuellem Touch. Das wäre für Robert das Letzte. Gern prahlte er damit, noch nie ein Buch gelesen zu haben. Er hatte nichts übrig für Autoren, die über andere Sachen schrieben als über Zähne, Autos oder Fußball.

Kurz nach diesem denkwürdigen Treffen hatte ich einen fürchterlichen Alptraum. Ich träumte, ich wäre eine Ratte im Laufrad. Die Ratte mußte laufen und laufen und laufen und kam nicht raus. Das Laufrad stand in einem goldenen Käfig. Schweißgebadet wurde ich wach. Noch im Schlafanzug tapste ich zu meinem Bücherregal und suchte nach dem Buch »Traumdeutung für Anfänger« des anerkannten Schweizer Analytikers Hubert Häckeli. Ich schlug es bei dem Stichwort »Ratte« auf und machte mich auf das Schlimmste gefaßt. Träume von Nagetieren, erfuhr ich, waren stets ungünstig. Der Aspekt des heimlich Nagenden kam hier zum Tragen. Und ob es heimlich in mir nagt, Häckeli! Gebannt las ich weiter: »Sind die Traumratten von einem aufreizenden Rot, ist meist die Triebseite, also der sexuelle Aspekt gemeint...« Damit konnte ich nicht aufwarten, meine Traumratte war mausgrau gewesen.

An einem granatenheißen Tag Anfang Juli ereignete sich endlich mal was Unvorhergesehenes. Während meines vormittäglichen Streifzugs durch die Tiefkühlkost-Abteilung von Feinkost-Behrens – da konnte man es bei der Hitze wenigstens aushalten! – legte sich mir plötzlich eine fleischige Männerhand auf die Schulter. Als ich mich umdrehte, starrte ich in das gütige Gesicht eines Herrn mittleren Alters, der ungläubig »Ellen?« fragte. Wer war das, zum Teufel? Ein Onkel väterlicherseits, den ich seit zwanzig Jahren nicht gesehen hatte? Der verschollene Erbonkel womöglich?

»Ellen, ich bin's, der Dieter!« Der Herr sprach mit Nachdruck.

Dieter? Sagte mir gar nix. So 'ne plumpe Anmache!

»Ellen, wir haben zusammen Abitur gemacht!«

Mir fiel es wie Schuppen von den Augen. Didi, der dicke Didi! Ja

klar, der hatte immer in der ersten Bank gesessen. Aber damals hatte er noch Haare auf dem Kopf gehabt und keine dicke Brille und keinen Bierbauch. Himmel, wie die Zeit verging!
»Didi, ich werd verrückt!« tirilierte ich.
Daß mich die ruhmlose Vergangenheit aber auch ausgerechnet an der Kühltheke einholen mußte! Wo ich mit blaugefrorenen Fingern in den Fertiggerichten wühlte! Didi mußte ja denken, ich hätte nichts Wichtigeres zu tun. Ich linste in seinen Einkaufswagen. Reis, Dörrpflaumen und Joghurt. Sah mir ganz nach Diät aus.
Wir standen an der Kasse an und tauschten Informationen aus. Nein, ich wußte keine Neuigkeiten. Ich war damals nach dem Abitur aus der Kleinstadt im Hessischen getürmt und hatte mein Heil in der Flucht gesucht.
»Bist du verheiratet?« fragte Didi.
Ich war gezwungen, alles zu gestehen. Die Indizien sprachen gegen mich. Ich trug Roberts Fangeisen am rechten Ringfinger und hatte Einkäufe für zwei Personen im Wägelchen. Es hatte keinen Zweck, den Tatbestand zu leugnen.
»Hm.«
»Na, du bist mir eine!« brüllte Didi. »Das war doch das letzte, was du wolltest! Als Bettina damals direkt nach dem Abi geheiratet hat...«
»Heiraten mußte.« Das wollten wir doch mal klarstellen!
»...warst du die einzige, die den Polterabend boykottiert hat!«
Didi war sichtlich entzückt, mir meine Jugendsünden vorhalten zu können.
»Mein Gott!« entfuhr es mir. »Damals war ich achtzehn! Ich definierte die Ehe als bürgerliche Funktionsgemeinschaft, wie sie mir meine Eltern vorgelebt hatten – aber es gibt auch andere Formen der Ehe!«
»Ha!« schrie Didi und warf mit Schwung die Dörrpflaumen aufs Fließband. »Willst du behaupten, du führst eine offene Ehe und dein Mann wäscht dir deine Slips?«
»Pst!« zischte ich. Alle Leute in der Schlange hinter uns spitzten schon die Ohren. Daß diese alte Dumpfbacke auch so schreien mußte!

»Sag doch mal!« Didi gab keine Ruhe.
»Was dachtest du denn?« gab ich cool zurück.
Didi konnte es kaum glauben. Ich hätte es auch nicht geglaubt an seiner Stelle. Aber schön wär's!
Wir tauschten unsere Telefonnummern aus. Dieter hatte sein Job als Versicherungsagent ins Ruhrgebiet verschlagen. Dabei hatte er ein abgeschlossenes Hochschulstudium hinter sich. Leider Lehramt, Deutsch und Geographie. Sekundarstufe I. Doch auch von Versicherungen ließ sich leben. Wenn nicht sogar besser.

Die Waschmaschine lief im Kochwaschgang, als es klingelte. Normalerweise besuchte mich tagsüber nie jemand. Alle meine Bekannten gehörten zur werktätigen Bevölkerung. Ich drückte auf den Summer und hörte flotte Schritte die Treppe hochkommen. Neugierig öffnete ich die Tür.
»Hallo – ich bin's!« rief Bea. Sie trug ein moosgrünes Kostümchen und hochhackige Pumps.
»Hast ja high heels«, sagte ich bewundernd.
»Wenn es die Verhältnisse erfordern! Ich bin vielleicht im Streß! Eben hatte ich einen Termin bei einer Werbeagentur, da mußte ich mich rausputzen.«
Wir kochten uns einen Kaffee und schleppten die Kanne ins Wohnzimmer. Bea kickte die Pumps von den Füßen und lümmelte sich auf der Couch. Ich räumte Roberts Automagazine und die Fernbedienung sowie zwei leere Bierflaschen und Reste einer Packung Erdnüsse weg und ließ mich in seinen Sessel fallen.
Mit einem Seitenblick zu Bea goß ich Kaffee in Omas Sammeltäßchen. Bea sah echt schick aus. Eine Karrierefrau, wie sie im Buche stand! In ihrem Outfit erinnerte sie mich an die Damen, die bei Scheffel unter der Trockenhaube gesessen hatten.
»Und du hast eine neue Haarfarbe!« bemerkte sie. »Klasse! Rattenscharf!«
Ach, welcher Balsam auf meine wunde Seele! Robert hatte meinen Friseurbesuch mit keiner Silbe mehr erwähnt.
Den Rest des Tages wollte Bea blaumachen. In allen Details

mußte ich meine Abenteuer mit dem lyrischen Lover schildern. Sie lachte sich kaputt.
»Noch eine Chance gebe ich ihm«, sagte ich. »Wenn er die nicht nutzt, ist der Käs gegessen.«
Langsam fing ich nämlich an, an meinem Sex-Appeal zu zweifeln. Ich erzählte Bea von dem verpatzten Abend, als Mario den nackten Zeigefinger des Literaturkritikers meinem nackten Busen vorgezogen hatte. Sie staunte nicht schlecht.
»Das ist ja nicht zu fassen! Der ist wohl völlig vergeistigt. Oder stockschwul!«
Auf die Idee war ich noch gar nicht gekommen. Was mir ein »Ach, Miß Elly!« einbrachte.
»Und?« Ich wollte das Thema jetzt nicht vertiefen. Vor allen Dingen wollte ich nicht erzählen müssen, daß ich Mario zum Essen eingeladen hatte. Sie würde sich totlachen über mich.
»Was hast du zu schaffen mit dieser Agentur?«
»Die haben einen Riesenauftrag an Land gezogen. Werbung für einen Küchenquirl. Der soll möglichst ästhetisch fotografiert werden. Schwarzweiß.«
Bea steckte sich eine Zigarette an.
»Für dich haben die auch einen Job«, fuhr sie fort und streifte sorgfältig ihre Asche ab. »Die brauchen jemanden, der textet. Kannst du doch.«
Klar konnte ich das. Ich konnte Einkaufszettel texten. Und Geburtstagskarten an die Schwiegereltern. Und Werbeslogans! Das war die Chance. Ein Riesenauftrag! Ich würde Kohle scheffeln, käme aus dem Haus und könnte den Grundstein zu einer soliden Karriere legen. Warum zum Teufel sollte es mir nicht gelingen, die Vorzüge eines Küchenquirls zu preisen?
Bea gab mir die Telefonnummer der Agentur und ließ mich nachdenklich zurück.

Nachdem ich mich tagelang ums Telefon herumgedrückt hatte, nahm ich endlich meinen Mut zusammen und wählte die Nummer, die auf Beas Zettel stand. Zu verlieren hatte ich nichts. Schon nach dem zweiten Bimmeln wurde abgenommen.
»Blabla!«

Bitte wie? Hatte die junge Frau am anderen Ende der langen Leitung einen sitzen? Oder hatte Bea mich verarscht?
»Bin ich bei Ihnen richtig in der Werbeagentur?«
»Jawoll, blabla Communications! Wen wollen Sie denn sprechen?«
Wenn ich das wüßte!
»Wen haben Sie denn anzubieten?« fragte ich forsch. Angriff ist bekanntlich die beste Verteidigung.
Die Stimme wurde allmählich ungeduldig.
»Herrn Nietmann, Herrn Frenzel, Herrn Smorbrod!« ratterte sie runter.
Ich entschied mich für Nietmann. Er schien der wichtigste Typ in der Agentur zu sein, sonst hätte sie ihn nicht zuerst genannt.
Sie stellte mich durch. Herr Nietmann klang ganz vertrauenerweckend und befragte mich eingehend nach meinen Referenzen. Ich erzählte ihm von meinem abgebrochenen Germanistikstudium und dem Volontariat beim »City Journal«. Außerdem schwor er auf Bea, und die hatte mich schließlich empfohlen. Das reichte ihm offenbar, denn er gab mir gleich einen Termin für den nächsten Nachmittag.

Die Werbeagentur befand sich im Erdgeschoß eines sechsstöckigen Altbaus. Die Tippse, mit der ich telefoniert hatte, fragte nach meinem Begehr. Ich sagte artig meinen Namen und daß ich um fünfzehn Uhr mit Herrn Nietmann verabredet sei. Umgehend setzte sie sich in Bewegung, nachdem sie ihre straßbesetzte Brille hochgeschoben und ihre Kaffeetasse beiseite gerückt hatte. Sie rauschte an mir vorbei und ließ mich in einer Wolke Lunaluna zurück, die mich zum Niesen reizte. Glücklicherweise fand ich ein gebrauchtes Tempotuch in meiner abgeschabten Collegetasche.
Als die Tippse wieder angeklackert kam, hatte sie einen Stapel Papier im Arm. Nietmann hatte sie wohl mit Arbeit eingedeckt, denn sie keifte nur kurz »Da rein!« und zeigte auf eine Glastür, die halb offenstand.
Dahinter machte sich Herr Nietmann auf einem überdimensionalen Bürosessel wichtig.

»Hm, hm«, grunzte er in den Telefonhörer. »Aber ohne direct mailing läuft gar nichts!«
Er winkte mit der rechten Hand und bedeutete mir, auf dem Sessel vor seinem Schreibtisch Platz zu nehmen.
»Wie hoch ist denn der Etat? – Nur dreihunderttausend, mehr nicht?«
Hätte ich die mal gehabt! Er wippte mit der Fußspitze und taxierte mich von oben bis unten. Hoffentlich sah ich nicht zu hausbacken aus, bei diesen Werbefritzen wußte man nie. Zum Glück war ich so geistesgegenwärtig gewesen, meine leichte Leinenbluse trotz der Affenhitze mit der knallbunten Seidenweste aufzupeppen.
Nietmann war eher klein, trug ein bis zum Bauchansatz offenes Hemd, das mir netterweise den Anblick seiner behaarten Männerbrust vergönnte, und schwarze Lederslipper. Das Beste an ihm waren seine Socken. Lindgrün lugten sie aus den Schuhen und versuchten vergeblich, ein Stück blasses Bein zu verbergen.
»Okay, okay!« sagte ihr Besitzer. Und legte endlich auf.
»Frau Litzenberg!« Er kam um seinen Schreibtisch herumgekrochen, auf dem ein heilloses Chaos herrschte – er würde wahrscheinlich sagen: kreatives Chaos –, und reichte mir die Hand. Kein Ehering verunzierte dieselbe. Mal abwarten, aber vielleicht kam mir dieser Nietmann ja wie gerufen.
»Sie haben also Germanistik studiert?« fragte er wohlwollend und bot mir eine Zigarette an.
»Sieben Semester«, hüstelte ich, denn ich hatte mich am Rauch verschluckt.
Nietmann scheute sich nicht, mir betulich auf den Rücken zu klopfen. Fürwahr ein fürsorglicher Mann! Was für ein treusorgender Gatte war an ihm verlorengegangen!
»Tun Sie sich keinen Zwang an«, schlug er vor. »Legen Sie die Beine ruhig auf den Schreibtisch!«
Ich kam seiner Aufforderung nach. Gerade gestern hatte ich im »Tageblatt« gelesen, daß man mit Beinehochlegen ganz prima Krampfadern vorbeugen konnte. Vielleicht stammte ja der Werbespot für die Venensalbe, den Robert so gern wegen der vielen

enthaarten Frauenbeine sah, die durchs Bild hoppelten, von blabla Communications. Und Nietmann hatte im Zuge dieser Werbekampagne das Beinehochlegen verinnerlicht.

»Frau Brettmann hat Sie sicherlich informiert, um was es geht?«

»Um den Quirl!« Klar hatte Bea mich informiert, sonst würde ich ja wohl nicht hier rumlungern.

»Wir planen einen Werbefeldzug für einen Kunden, der einen ganz tollen neuen Küchenquirl auf den Markt bringt«, erklärte mir Nietmann. »Aber nicht das Übliche, wenn Sie verstehen, was ich meine?«

Was war das Übliche? Mir schwebte eine gepeinigte Hausfrau im kleinkarierten Kittel vor, die im Schweiße ihres Angesichts einen zähen Kuchenteig quirlte.

»Uns schwebt ein ganz neuer Approach vor. Eine völlig neue Dimension der Küchenquirlwerbung! Mit absolut innovativem Charakter! Verzicht auf die klassischen Komponenten, als da wären das schwache Weib im geblümten Schürzchen etcetera... haha! – nein, wir werden neue Wege beschreiten!« Nietmann schraubte sich auf seine volle Höhe von etwa einssiebzig und kam zur Klimax:

»Die Ästhetisierung des Quirls!«

Er verklickerte es mir im Detail. Kein Mensch sollte diesen Küchenquirl für ein seelenloses Produkt halten, das Radau verursachte. Sondern für einen Kunstgegenstand.

»Keine Angst, die Gesamtkonzeption steht schon«, beruhigte mich Nietmann. »Es muß nur noch ein bißchen getextet werden!«

Ei, wenn's weiter nichts war! Das bißchen Cuisine hatte ich im Griff, dann würde ich das bißchen Texten auch noch geregelt kriegen. Nietmann nagelte mich auf einen Termin Anfang nächster Woche fest. Bis dahin, so verkündete er euphorisch, habe er die fertigen Fotos von Frau Brettmann, denn das Shooting finde bereits morgen statt.

Überschwenglich rief ich bei Mario an.

»Ja?« fragte sein mickriges Stimmchen.

»Ellen hier!« brüllte ich.
»Schrei doch nicht so«, klang es mimosenhaft an mein Ohr. Nanu, hatte ich ihn in einer kreativen Phase aufgestört? Da konnte ich jetzt mitreden.
»Ich wollte mal vorbeikommen!«
Mario erzählte mir des langen und des breiten von einem Stimmungstief, das über ihn hereingebrochen war. Das Tief hatte keinen Namen. Außerdem hatte er Last mit einem Furunkel, der jedes Jahr einmal aufbrach.
Ich konnte mir nicht helfen, aber das kam mir irgendwie bekannt vor. Ich mußte an meine Zeit mit Lutz denken. Von Hypochondern war ich seither geheilt.
»Wenn du kommst, kannst du mir ein paar Dosen Katzenfutter, Tütensuppen und Schokolade mitbringen?« quengelte Mario. »Und vielleicht noch ein Päckchen Tabak. Und zwei Liter Milch, wenn's geht?«
Was machte man nicht alles! Ich stürmte zu Feinkost-Behrens und hinterher in Theos Tiershop, wo ich Katzenfutter der Marke Witzkatz erstand. Leider kannte ich den Geschmack von Marios Katze nicht und mußte auf gut Glück meine Auswahl in dem reichhaltigen Sortiment treffen.
In Marios Wohnung war es trotz des sonnigen Tages kalt wie in einer Gefängniszelle. Und schummerig. Als sich meine Augen daran gewöhnt hatten, sah ich ihn in seiner existentialistenschwarzen Jogginghose auf der Matratze liegen. Er wimmerte leise vor sich hin. Ich stellte die Einkaufstüte in der kleinen Küche ab.
»Bring mir 'n Glas Milch mit, bella!« rief er.
Das auch noch, nach allem, was gewesen war! Als ob ich nicht schon daheim einen zu bedienen hätte!
Muttern hatte es natürlich von Anfang an wieder mal besser gewußt. Ätsch! lachte sie und machte mir eine lange Nase. Das hast du nun davon!
Ich schleppte die Milch zur Matratze, wobei ich die Hälfte vergoß, weil ich über Marios Turnschuhe stolperte. Wahrhaftig, ich fühlte mich ganz wie zu Hause.
Waidwund blickte er mich an. Es fiel mir nicht schwer, an die

Fotos aus »Keiler und Köter« zu denken: Genauso guckte das heimische Reh beim Blattschuß. Mario schlürfte halb liegend seine Milch. Ich konnte gerade noch verhindern, daß er mir seinen Furunkel zeigte. Aber so intim, daß ich den hätte sehen müssen, waren wir ja denn auch wieder nicht gewesen.
Ansonsten war er nicht sehr gesprächig. Er lag bäuchlings auf der abgeschabten Matratze und guckte im Fernsehen eine Serie, die »Leben in rauher Menge« hieß. Seufzend ließ ich mich neben ihm nieder. Auf der Mattscheibe jagte sich eine dauergewellte Dame im besten Alter mit einem Jahre jüngeren Kerlchen, das sie juchzend mit einer Champagnerflasche und zwei Gläsern verfolgte. Letztendlich brachte er sie auf einem Ikea-Zweisitzer zur Strecke. Ich erblaßte vor Neid. Offensichtlich gab es noch Weibsleut, denen das Leben mehr zu bieten hatte als einen leidenden Lyriker, der zum Lover nicht taugte.
Ich beugte mich über Mario. Reglos lag er da. Hoffentlich war er nicht ins Koma gefallen! Ich kiekste ihn mit meinem Zeigefinger in die spitzen Rippen, woraufhin er unwirsch brummte.

Robert führte einen Fetzen Fleisch zum Munde, als ich ihm von meinem neuen Job berichten wollte.
Vorher hatte er mir die blutigen Details einer Weisheitszahnextraktion geschildert.
»Also!« Er spießte eine Bratkartoffel auf seine Gabelzinken. »Ich bin schon seit drei Minuten mit der Molarenzange dran, da schreit die Schnepfe wie am Spieß!«
»Ach was!« Ich hätte noch viel schlimmer geschrien.
»Und sagt zu mir: Die Spritze wirkt nicht, Herr Doktor!«
Empört stopfte sich der Herr Doktor ein Fuder Fenchelgemüse ins Maul.
»Ich spritz also einen halben Milliliter nach und drehe Däumchen, bis sie meint, es ist taub genug.«
Beherzt griff Robert nach der Schöpfkelle und bediente sich des köstlichen Fertigsößchens aus dem Maggi-Kochstudio.
»Dann murkse ich herum und herum.« Er zermalmte mit Nachdruck ein paar Kartoffeln in der Soße.
»Da bricht der Scheißzahn doch wahrhaftig ab! Ich pule die

Wurzeln einzeln raus. Alles voller Blut!« Er nahm die Ketchup-Flasche, die dickflüssige rote Flut ergoß sich über sein Steak.
»Na ja«, meinte er schließlich selbstzufrieden. »Letzten Endes habe ich ihn zu packen gekriegt, den Sauhund!«
Sprach's und packte sich ein zweites Steak auf seinen Teller.
Mir fiel fast das Essen aus dem Gesicht. Es galt einzuschreiten, bevor Robert auf die Idee kam, mich wieder mit der Geschichte von dem Weisheitszahn vieracht – konnten die den Zähnen eigentlich nicht mal nettere Namen geben? – zu langweilen. Vier-acht der Patientin Müller-Meier-Schulze hatte ihm vor anderthalb Jahren derart zu schaffen gemacht, daß er am liebsten das Drehbuch zu einem packenden Actionthriller über diese legendäre Extraktion geschrieben und an SAT 1 geschickt hätte.
»Robert«, sagte ich. »Stell dir vor, ich hab jetzt einen Job in einer Werbeagentur...«
Erwartungsvoll schaute ich ihn an.
»Hast du eigentlich immer noch nicht kapiert, daß ich zwar meine Spaghetti, aber nicht mein Rumpsteak al dente haben will?«
Und ohne mit der Wimper zu zucken, verzehrte er ein drittes Steak.
Ich beschloß, diesen Kommentar als Zustimmung, wenn nicht gar als Freibrief für jegliches Tun und Treiben meinerseits zu interpretieren.
Nach dem opulenten Mahl schickte sich Rattus chauvinistix magnus an, sein Nagergebiß zu reinigen. Verzweifelt suchte er nach seinen Zahnhölzern, während ich in der Küche vergnügt ein Liedchen trällerte. Es war nicht »Love is strong«, denn den Furunkelträger hatte ich – Lyrik hin, Katze her – zu den Akten gelegt. Auf zu neuen Ufern!

Die Sitzung in der Werbeagentur ließ sich gut an. Bea breitete eine Unmenge von Fotos auf einem großen Glastisch aus. Bei jedem Bild, das sie aus den Untiefen ihres Köfferchens hervorzauberte, pfiff Nietmann anerkennend.

»Wahnsinn, Beatrice, echt Wahnsinn!«

Er sprach ihren Namen falsch aus und sagte »Beatritsche«. Ich an ihrer Stelle wäre ausgerastet, aber Bea sortierte die Fotos, ohne aus der Haut zu fahren.

Die zwei anderen Typen aus der Agentur kamen dazu und begrüßten mich. Nietmann stellte uns vor, wie es sich gehört. Der Mann hatte Kinderstube, ganz ohne Zweifel. Herr Frenzel war ein lang aufgeschossener Endzwanziger, der leider vergessen hatte, »Hier!« zu rufen, als der liebe Gott die Haupthaare verteilt hatte. Sein braungebranntes, bartloses Gesicht mündete in eine Glatze; nur am Hinterkopf vereinigten sich ein paar entmutigte erdfarbene Strähnen zu einem Rattenschwanz. Schade eigentlich, denn sonst war er ein ansehnlicher Mann. Obwohl das Hawaiihemd nicht unbedingt der aktuellen Mode entsprach. Frenzel war der Grafiker der Truppe. Der andere, Herr Smorbrod, sprach Deutsch mit Akzent, trug eine dicke Brille, dicke Socken und dicke Schuhe. Er neigte zur Fettleibigkeit, was nicht von ungefähr zu kommen schien, denn sein erster Vorschlag zur Sache war, die Besprechung doch beim Italiener fortzusetzen. Der Vorschlag wurde einstimmig angenommen, und Nietmann krähte: »Gute Idee, Lars, wofür haben wir ein Spesenkonto!«

Ich konnte nur hoffen, daß sie das schöne Spesenkonto nicht auf den Kopp hauten, sonst sah ich schwarz für meinen Scheck.

Bea warf mir einen vielsagenden Blick zu und raffte die Fotos wieder zusammen.

»Männer!« raunte sie, während die Typen in alle Himmelsrichtungen davonstoben, um ihre Sakkos zu holen. »Und das nennen die dann arbeiten! Stundenlanges Herumlungern bei sogenannten Arbeitsessen!«

Routiniert griff sie ihr Köfferchen, ließ es aufschnappen und pfefferte die Fotos hinein. Sie nahm eine Puderdose zur Hand und fuhr sich mit der Quaste über das Näschen, zog sich die Lippen nach – Farbton Reife Feige, passend zum khakifarbenen Kostümchen – und ordnete die Frisur. Ich klemmte mir unbeholfen meine Collegetasche unter den Arm und stand in der Gegend rum, bis die Herren Nietmann, Frenzel und Smorbrod wieder antanzten.

Bei Luigi war ich nie zum Mittagessen gewesen. Außer Bea und mir und zwei kurzhaarigen Karrierefrauen mittleren Alters, die Krawatten trugen, saßen nur Männer an den Tischen und unterhielten sich angeregt. Abends, wenn ich mit Robert bei Luigi war, saßen immer Ehepaare an den Tischen, die sich anschwiegen. Mittags war es entschieden interessanter. Ich war gespannt wie ein Flitzebogen, denn ich hatte noch nie in meinem Leben an einem Arbeitsessen teilgenommen.

Gianni, der Kellner, eilte herbei und bedachte die Herren mit seiner uneingeschränkten Aufmerksamkeit, während er Bea und mich eisern ignorierte. Man hätte meinen können, wir wären zwei Zwergpudel mit Schlüppchen, die von ihren tierlieben Herrchen ausgeführt würden. Um die Aufmerksamkeit des Kellners zu erregen, war ich stark versucht, »Wuff!« zu machen, aber weil Bea mir unterm Tisch ihren Pumps in die Wade rammte, unterdrückte ich den Impuls.

Von Arbeit konnte nicht die Rede sein.

Zwei Stunden später wußte ich genau Bescheid über Nietmanns Familienstand (lebte in Scheidung und zahlte Alimente in horrender Höhe für zwei Gören, die schon aus dem Gröbsten raus waren), Frenzels Fuhrpark (hatte eine ausgeprägte Schwäche für Volvos) und Smorbrods Liebesleben (war schwul, hatte aber immense Schwierigkeiten, im Kohlenpott einen Kopulationspartner zu finden, der allzeit bereit war wie der, den er daheim in Kopenhagen sitzengelassen hatte). Sie quasselten unentwegt, die Zungen schwer vom Wein, und ich hegte den Verdacht, sie wähnten sich auf einer Bühne. Beas genervter Gesichtsausdruck ließ mich vermuten, daß sie dasselbe dachte.

Beim Espresso – und dreimal Grappa für die Herren! – waren wir beim Du angelangt. Paul – wie der Papst, haha! – Nietmann

steckte sich die x-te Zigarette an und prostete uns zu. Holger – aber ohne Waschsalon, haha! – Frenzel kleckerte sich Grappa aufs Hawaiihemd, und Lars – mobil wie Mars, haha! – Smorbrod stierte stumpf vor sich hin. Tolles Arbeitsessen, das mußte man ihnen schon lassen! Wenn sie alles so gut drauf hatten, konnte gar nichts schiefgehen.
Mit Nietmann, der mir noch am zurechnungsfähigsten erschien, besprach ich schnell die lästigen Details der Werbetexterstellung. Glücklicherweise hatte er einen Stapel Unterlagen dabei, damit ich mich über den ausgeklügelten Konstruktionsmechanismus des Küchenquirls informieren konnte. Bea reichte mir ein paar Fotos, damit ich mir ein Bild machen konnte.
»Eine Seite Presseinfo«, lallte Nietmann. »DIN A4 und nicht lange fackeln!«
Kurz legte er seine behaarte Hand auf meine, damit ich auch bloß seine dicke Statussymbol-Uhr nicht übersah. Seine Hand war trocken und warm.

Tags drauf machte ich mich forsch an die Arbeit. Ich schmiß den Computer an und breitete die Fotos auf dem Schreibtisch aus. Sie zeigten den Küchenquirl aus jedem nur denkbaren Winkel. Bea hatte wirklich ihr Bestes gegeben. Das zu bewerbende Objekt lag auf einem weißen Satintuch und sah aus wie eine Kreation von Joseph Beuys selig. Noch nie war mir ein Küchenquirl so sympathisch gewesen wie heute! Zumal er meinen Kontostand auf Vordermann bringen würde.
Ich informierte mich über den Konstruktionsmechanismus und erfuhr, daß der Quirl zugleich Antriebsmaschine für eine Vielzahl von Spezialaufsätzen war. Und zwar zum Mixen, Kneten, Rühren. Und so weiter. Das Teil trug die pfiffige Bezeichnung Quirl-Fix. Gott sei Dank war seine Antriebswelle im Rohr geführt, so daß noch nicht mal das schusseligste Hausmütterchen damit verunfallen konnte. Es wurde glaubhaft versichert, daß Unwuchten des Quirls nicht auftreten konnten. Ein sicheres Handling wurde von den Herstellern garantiert, zumal der Quirl über einen ideal positionierten Haltegriff verfügte. Von der Seite hatte ich das noch nie gesehen. Die Welt der Haushaltsgeräte

erschien mir in einem völlig neuen Licht. Meine Küche strotzte nur so von todsicheren Kunstgegenständen!
Mit leichter Hand verfaßte ich einen Text, der die Ästhetik von Quirl-Fix in den höchsten Tönen pries. Vor meinem geistigen Auge sah ich einen Werbespot über den Bildschirm flimmern, in dem eine schicke Karrieremieze mit Krawatte ein Exemplar der limitierten Quirl-Fix-Sonderedition auswählte, ihre Kreditkarte aus dem Bund der Nadelstreifenhose zog und dem Kassierer vor die Nase knallte. Zu Hause angelangt, verwandelte Quirl-Fix die graue Kulthaupt-Einbauküche der Karrieremieze auf der Stelle in eine Dependance des Guggenheim-Museums.
Beflügelt setzte ich zum letzten Satz an: »Diese Komposition wird die kühle Komponente Ihrer Küche unterstreichen und zum Kultgegenstand der Neunziger avancieren!«
Klasse! Ich hatte keine Konsequenz des Kaufs unterschlagen. Sollten Robert und ich jemals wieder einen Hochzeitstag haben, würde ich mir den Quirl der Quirle wünschen. Nicht daß Robert mir in der allen Ehemännern eigenen Einfallslosigkeit womöglich rote Rosen schenkte! Die kriegte doch jede!
Rachsüchtig sann ich darüber nach, ob ich Mario ein bißchen mit meinem Text quälen sollte. Meine Metaphern waren mindestens so kühn wie seine! Ich wählte seine Nummer und lauschte dem Freizeichen.
»Ja?« Er klang immer noch recht mitgenommen.
»Ich bin's, Ellen. Hast du Lust, dir meinen Werbetext anzuhören?«
Mario gähnte. Sicherlich hatte ihm sein Furunkel eine schlaflose Nacht beschert.
»Was macht dein Allerwertester?« Seitdem ich mit dem leidenden Lutz liiert gewesen war, war ich Weltmeister im Anteilnahme-Heucheln.
Mario wurde prompt gesprächig und klärte mich darüber auf, wie kompliziert es sei, als Alleinstehender ein Haustier und einen Haushalt zu versorgen, wenn man krank daniederlag. Außerdem hatte sich die Sprechstundenhilfe seines Hausarztes geweigert, den Furunkel auszudrücken, so daß er jetzt ein Antibiotikum einnehmen mußte, das ihn depressiv machte und völlig

demoralisierte. Mit weinerlicher Stimme leierte er die Latte seiner Leiden runter.
»Du könntest mir echt 'n Gefallen tun, bella!« bettelte er.
Was denn nun schon wieder? Reichte es denn nicht, daß mir seine Gebrechen schon zum Hals heraushingen?
»Kannst du mir in der Apotheke Heftpflaster und Verbandsmull besorgen, bevor du vorbeikommst?«
Klar, und für den dicklichen Dentisten gleich noch fünf Liter destilliertes Wasser, oder was?
»Ich glaube«, säuselte Mario, »meine Stimmung würde sich enorm aufhellen, wenn du eine Flasche Champagner mitbrächtest. Ich sag auch ganz lieb grazie!«
Grazie! Na danke! Und ich sollte wieder blechen. Für das Katzenfutter hatte ich keine müde Mark gesehen.
Einen Scheißdreck werde ich, du lädierter Lyriker! Du degenerierter Dichterling! Es war nicht zu fassen. In der Annonce köderte er Frauen mit Champagner, aber wenn es hart auf hart kam, mußte man den Schampus selber springen lassen. Nicht mit mir! Und mein Text war ihm völlig schnurz! Das konnte ich auch bei Robert haben, dafür brauchte ich weiß Gott keinen Lover. Ich kam mir vor wie im Komödienstadel: Immer ist die Zofe die Doofe.
Wutentbrannt knallte ich den Hörer auf die Gabel. Ciao, bello!

Mein Werbetext schlug ein wie eine Bombe. Oder doch zumindest wie eine Handgranate.
Nietmann war schlichtweg begeistert.
»Ein Wahnsinnseinstieg in die Werbebranche, Ellen!« wurde er nicht müde zu wiederholen. »Wirklich. Wahnsinn! Paßt in die Gesamtkonzeption wie Arsch auf Eimer, haha!«
Insgesamt, so erfuhr ich, hatte blabla Communications einen Etat von über zwei Millionen Mark für die Quirl-Fix-Kampagne zur Verfügung.
»TV-Spots wollen die jetzt auch noch«, faselte Frenzel und tupfte sich mit einem schmuddeligen Sacktuch die Glatze ab, auf der sich kleine Schweißperlen gebildet hatten.

Smorbrod schaltete sich ein. »Klar, da müssen wir den neuen Approach voll durchziehen.«
Nietmann und Frenzel nickten so anerkennend, als habe ihr Kompagnon vom Apfel der Erkenntnis gegessen. Frenzel guckte auf seine klotzige Uhr und schrie was von einem Präsentationstermin, den sie fast verschwitzt hätten. Er und Smorbrod rissen ihre Sakkos von den Kleiderbügeln und machten sich auf die Socken. Nietmann krempelte die Hemdsärmel hoch, lockerte seine Krawatte und holte eine Flasche Champagner aus dem Kühlschrank. Umständlich suchte er in der Teeküche nach Gläsern, murrte, weil keiner welche gespült hatte, und kam mit zwei Plastikbechern zurück. In dem einen lag eine tote Fliege.
»Was hältst du davon, wenn wir beide den Coup feiern?« fragte er mich. »Ganz zwanglos natürlich!«
Madonna hielt eine ganze Menge davon, je zwangloser, um so besser. Muttern zwang mich mit erhobenem Zeigefinger dazu, wenigstens alibimäßig erst mal abzulehnen.
»Eigentlich muß ich noch...« Mein Satz blieb unvollendet in der Luft hängen.
Nietmann war ein Mann von raschen Entschlüssen. Antriebsschnell wie der Küchenquirl entkorkte er die Flasche und ließ das köstliche Naß in die Plastikbecher perlen. Es prickelte.
»Prostata!« Er hob den seinen – Becher natürlich! – und blinzelte mich an. Um seine Augen hing ein Spinngeweb von ach so goldigen Lachfältchen. Und erst seine erotischen grauen Schläfen!
Dumme Kuh, rief Muttern, warum sagst du nicht Krähenfüße? Würde der bei dir bestimmt sagen! Und was ist an grauen Schläfen eigentlich erotisch?
Die haarige Hand, die er noch frei hatte, krabbelte über den Schreibtisch.
»Prosit!« erwiderte ich und zog meine Hand zurück. Immer langsam mit den Internatstöchtern, Paule! Ich bin nichts Gutes mehr gewohnt.
Im Widerstreit der Gefühle und nicht ganz im Vollbesitz meiner geistigen Kräfte verabredete ich mich mit Nietmann für den nächsten Abend im Sidestep. Das barg keinerlei Risiken in sich,

da wir bei Dietrich und Julia zum Grillen eingeladen waren. Ich würde mich beizeiten absetzen und den ganz und gar unpäpstlichen Paul treffen.
Er hatte die halb verweste Fliege mitgetrunken. Hoffentlich kriegte er keine Magenbeschwerden! Sonst würde womöglich noch das Date ins Wasser fallen.

Robert hantierte stundenlang in der Küche, während ich im Flur ungeduldig von einem Fuß auf den anderen trat und es kaum erwarten konnte, ihn zu Dietrich zu verfrachten.
»Was treibst du da?« schrie ich erbost.
Er ließ sich nicht stören. In Zeitlupe verpackte er zwei Batzen rohes Fleisch in Zellophanfolie und hinterließ ein paar blutige Tropfen totes Tier auf meiner blitzblanken Anrichte.
»Ferkel!«
»Nö, Rind«, erwiderte Robert ungerührt.
Er hatte sein Proviantpäckchen geschnürt und wühlte im Küchenregal nach einer Flasche Wein. Den billigsten steckte er zu den Steaks in die Plastiktüte, für Dietrich und Julia war der lange gut. Robert kriegte ständig Wein von seinen Patienten geschenkt, aus Dankbarkeit, daß er sie vor der Totalprothese bewahrte.
Zur Feier des Tages – und weil ich bei Nietmann ein bißchen angeben wollte, um meinen Marktwert zu steigern – fuhr ich mit Roberts schwarzem Porsche. Leider machte das nur halb soviel Spaß, wenn Robert neben mir saß. Zwar hatte ich seit Menschengedenken einen Führerschein, aber mit ihm als Beifahrer bekam ich Schweißausbrüche und Herzrasen wie bei meiner ersten Fahrstunde. An ihm war echt ein Fahrlehrer verlorengegangen. Kaum hatte ich den Zündschlüssel ins Schloß gesteckt, fing er schon an, herumzumosern.
»Verstell mir auf keinen Fall den Sitz wieder!«
Ich tastete nach dem dafür vorgesehenen Hebel und rutschte mit dem Sitz schwungvoll nach vorne. Meine Beine sind nun mal nicht so lang wie die von Linda Evangelista.
»Herrrrrgott!« brüllte Robert.
Mein Puls war schon auf hundertfuffzig. Ich startete. Der Motor

heulte auf. Robert schlug sich mit der flachen Hand vor die Stirn.

»Nicht so viel Gas!«

Ich scherte schneidig aus der Parklücke aus. Robert fummelte an der Klimaanlage herum und stellte sie auf Maximum. Meine Augen fingen an zu tränen.

»Mach die sofort wieder aus!« rief ich. Am Ende würde mir noch die ganze Wimperntusche zerlaufen. Dieser Idiot!

Er drehte am Radioknopf. Nachdem er ungefähr dreißig Sender durchprobiert hatte, gab er es auf und schob eine Kassette rein.

»Tatatataaaa...!« Beethovens Fünfte war das letzte, was ich beim Autofahren ertragen konnte. Bei diesem Gedudel würde ich womöglich irgendeinem unschuldigen Fahrradfahrer das Lebenslicht ausblasen.

Ich drückte auf »eject«, und die unglückselige Kassette sprang wieder heraus. Robert schob sie wieder rein. Mit quietschenden Reifen kam ich in einer Busbucht zum Stehen.

»Fährst du oder fahre ich?« schrie ich entnervt.

Robert pfiff »Tatatataaaa!« und schaute aus dem Fenster. Ich hätte ihm den Hals umdrehen können. Eines schönen Tages würde er sich noch wundern! Auf dem Höhepunkt meiner Karriere würde ich ihm kein Essen mehr kochen, sondern ungerührt zusehen, wie er auf dem Weg zum Kühlschrank ausgehungert zusammenbrach.

Vor der Bruchbude, in der Dietrich und Julia hausten, parkte ich ein und schlug die Autotür zu, daß es nur so knallte. Aus dem Garten dudelte uns Musik entgegen, Jimi Hendrix sang »All along the watchtower«. Ein paar Ewiggestrige drängelten sich um den Grill, um ein leckeres Sojasteak zu erhaschen. Weil Julia es so beschlossen hatte, waren sie und Dietrich eingefleischte Vegetarier, was Dietrich allerdings nicht davon abhielt, in Abwesenheit von Julias wachsamem Auge an jeder Pommesbude haltzumachen und sich eine Currywurst reinzuziehen. Robert ging zum Grill und schmiß seine beiden saftigen Rindersteaks auf den Rost. Ein Raunen ging durch die Reihen der Vegetarier. Dietrich erblaßte vor Neid.

»Sag bloß, du bist mit dem Auto da!« schrie Julia vorwurfsvoll.
Woraufhin sich alle Car-Sharer ungehalten nach Robert umdrehten.
»Klar«, sagte Robert. »Ich mach jetzt auch Car-Sharing.« Er legte eine Pause ein. »Ich teile mir mit meinem Alter ego zwei Autos!«
Julia schüttelte sich vor Entsetzen. Höchstwahrscheinlich würde sie Robert endlich von ihrer Liste potentieller Liebhaber streichen. Dieses Vergehen konnte durch keine, wenn auch noch so haltbare Zahnplombe wiedergutgemacht werden.
Ich hielt mich dezent im Hintergrund und beobachtete das muntere Treiben. Ein Typ mit langen hellblonden Haaren drehte einen Joint und ließ währenddessen die Tiraden einer Tussi in Ökogrün über sich ergehen. Andere Alternaive saßen im Schneidersitz im Gras und würgten an ihren Sojasteaks. Auf dem alten Kühlschrank gammelten ein paar Salate in Plastikschüsseln vor sich hin, die schon bessere Zeiten gesehen haben mochten, denen Julia aber keinen würdigen Lebensabend im Regal des Recycling Centers gönnte. Als Roberts Steaks gar waren, klaute ich mir eins davon und aß es in Windeseile auf. Ich trank mein Fläschchen Bier leer und ließ es ins Gras plumpsen.
»Tschö«, sagte ich zu Robert, der mit Dietrich außerhalb Julias Hörweite die Vorteile eines Achtzylinders erörterte.
»Ha!« rief Dietrich. »Fährst du jetzt mit dem Porsche von dannen?«
»Ich hab noch ein Meeting«, sagte ich. »Busineßmäßig, wenn du verstehst, was ich meine.«
Dietrich hob die Augenbrauen und rülpste. »Nö.«
In aller Kürze klärte ich ihn über meinen Karrieresprung auf, da Robert es offenbar versäumt hatte. Klar, mit seiner Karre prahlte er stundenlang, aber nicht mit seiner Ehefrau. Das war mal wieder typisch.

Vor dem Sidestep stieß ich rasant in eine Parklücke, ließ den Motor noch mal aufheulen und nahm mir viel Zeit beim Aussteigen. Schließlich war ich nicht zum Spaß hier. Wenn ich schon mit

einem schicken Auto durch die Gegend fuhr, wollte ich auch gesehen werden. Ich bahnte mir einen Weg durch die Bankreihen und suchte nach Paul Nietmann. Zehn Minuten später war ich mir sicher, daß er nicht da war. Wie konnte er es wagen!
An der Theke entdeckte ich Sybille, die ich vom Selbstverteidigungskurs für Frauen kannte. Sie winkte mir zu.
»Ey, was machst du denn hier?«
Unmöglich konnte ich zugeben, daß mich ein Mann versetzt hatte.
»Och«, sagte ich, »ich vertrete mir ein bißchen die Beine!«
»Das hab ich gesehen!« rief Sybille. »*Die* Beine möchte ich mir auch mal vertreten!«
Und sie zeigte auf den Porsche, der wie ein Bolide zwischen all den Kleinwagen auf dem Parkstreifen stand. Ich zuckte die Achseln und bestellte ein Tonic water. Ich wußte nicht so recht, was ich mit Sybille reden sollte. Seit dem Kurs hatte ich sie nicht mehr getroffen. Eher hätte ich mir die Zunge abgebissen, als ihr zu erzählen, daß ich auf dem besten Wege war, als Hausfrau vor die Hunde zu gehen. Sybille war in der Frauenbewegung und engagierte Männerhasserin. Sie hätte mir sofort einen Vortrag über die herrschenden patriarchalen Repressionsstrukturen gehalten.
»Und?« fragte ich. »Kriegst du das Knie noch schnell genug hoch?«
Sie nickte so heftig, daß ihr schlabberiger Busen in der lila Latzhose auf und ab wippte.
Plötzlich stand Nietmann neben uns.
»Hallo!« Seine sonore Stimme ging mir durch Mark und Bein.
Ich stellte ihm Sybille vor, und Paul sagte, er sei auch für die Frauenbewegung, Hauptsache rhythmisch.
Sybille glotzte ihn durch ihre dicken Brillengläser hindurch an. Wahrscheinlich erwog sie, diesem Sittenstrolch, der mich zudem unterhakte, mit Schmackes in die Eier zu treten.
»Bis dann!« rief ich und ließ mich von Nietmann durch die Menge lotsen. Sybille schaute uns verächtlich nach.
Als ich mich an einem der roten Holztische niederlassen wollte, ringelte sich eine Hundeleine um meine Beine. Am anderen Ende der Leine hing ein silberner Pudel. Er kläffte wie am Spieß.

»Huch!« entfuhr es mir.
»Gigi!« Nietmann schnappte sich die Leine und entwirrte sie. »Die tut nix. Komm, Gigi, komm her und mach Platz!«
Die Pudeldame ließ sich knurrend fallen und hechelte, wobei ihr der Geifer aus dem Maul lief. Sie war geschoren, damit sie nicht schwitzte, und trug ein rosa Schlüppchen um den Hals. Nicht in meinen ärgsten Tagträumen hätte ich Paul Nietmann der Hundehaltung verdächtigt.
»Ist das deine?« erkundigte ich mich.
Nietmann wischte mit der flachen Hand über den Tisch.
»Nö, die gehört der Anke.«
Anke? Na danke! Wer war das denn?
»Meiner – äh – Mitbewohnerin!« ergänzte Paul. »Sie ist Architektin, selbständig, und erstickt im Moment in Aufträgen. Und Gigi braucht doch Auslauf!«
So ein netter Mensch! Ein wahrer Tierfreund! Nahm sich des armen Pudelchens an, nur weil's Frauchen karrieregeil in irgendeinem durchgestylten Office am Zeichenbrett hantierte, während das vernachlässigte Tierchen in der engen Stadtwohnung wimmerte und wehklagte.
Ich fragte Paul, ob er »Keiler und Köter« kannte.
»Nö!« sagte er. »Wo sitzt die Agentur?«
Ich verklickerte ihm, daß es sich nicht um eine Werbeagentur handelte, sondern um die von mir bevorzugte Jagdzeitschrift.
»Gehst du auf die Jagd?« Entgeistert blickte er mich an.
»Sozusagen!« gab ich schlagfertig zurück und malte mir aus, wie ich mit Pfeil und Bogen im Frühnebel an der Ruhr entlangpirschte, den einen oder anderen Jogger erlegte, mir über den Rücken warf, heim in meine Höhle trug und auf meinem Bärenfell deponierte.
Ich kriegte einen Lachanfall. Nietmann stutzte, dann lachte er auch, obwohl er gar nicht wußte, worüber. In Windeseile hatte er ein paar Altbiere getrunken. Er legte den Arm um mich und versicherte mir aufs neue, daß ich ein ausgesprochenes Talent für die Werbebranche hätte. Gigi kläffte erst mich, dann eine langbeinige Blondine an, die Pauls Aufmerksamkeit erregte.
»Aus!« schrie ich. »Pfui, Hund!«

»Paß mal auf«, sagte Nietmann, »ich kenne einen tollen Blondinenwitz.«
Paß mal auf, hätte ich fast gesagt, ich kenne alle tollen Blondinenwitze. Zufällig bin ich nämlich blond, du witzelnder Werbefuzzi! Vielleicht wäre es doch besser gewesen, wenn Sybille ihm vorhin ihren Emanzenschlappen in die Weichteile gekickt hätte. Rein prophylaktisch, sozusagen.
»Also, wie merkt man, daß eine Blondine am Computer gesessen hat?« Paul sah mich gespannt an. Ich unterzog seine Krähenfüße einer eingehenden Prüfung. Was er sicher mißverstand, weshalb er in typisch männlicher Selbstüberschätzung bestimmt glaubte, ich hinge gebannt an seinen Lippen. Die im übrigen rissig waren. Außerdem entdeckte ich an seiner Oberlippe einen sich anbahnenden Herpes.
»Auf dem Bildschirm ist Tipp-Ex!« jubelte er und wieherte wie ein altersschwacher Gaul.
Sekundenlang erwog ich, ihn zum Pferdemetzger zu schaffen. Einmal notschlachten, bitte!
Ich rang mir ein mageres Lächeln ab. Um ihm die Laune zu verderben, fragte ich ihn, ob er wisse, was ein Mann in einer Badewanne voller Salzsäure wäre. Wußte er natürlich nicht.
»Ein gelöstes Problem!«
Haha – selten so gelacht! Da kam Freude auf! Aber nicht bei Paul. Trotzdem spendierte er mir noch ein Tonic water und legte seine haarige Hand auf mein linkes Knie.
»Huch!« Erschrocken schüttelte er seine Statussymbol-Uhr. »Schon halb elf! Gigis Frauchen wartet. Ich muß sofort heim!«
Er winkte der Bedienung und zahlte. Das Spesenkonto von blabla Communications schien schier unerschöpflich.
»Soll ich euch fahren?« machte ich mich erbötig.
Nietmann zerrte den giftenden Pudel hinter sich her und kletterte umständlich in den Porsche. Den Pudel nahm er auf seinen Schoß. Hoffentlich hinterließ er keinen Hundegeruch im Auto. Robert würde Amok laufen!
Wir fuhren durch die City und schauten uns an jeder roten Ampel tief in die Augen. Der Pudel knurrte. Paul Nietmann wohnte

in einer stillen Sackgasse. Als ich dort einbiegen wollte, bat er mich, ihn an der Ecke rauszulassen.
»Bitte keine Umwege wegen mir!«
Er versuchte, mir einen Kuß auf die Wange zu drücken, was Gott sei Dank von dem dämlichen Pudel vereitelt wurde, der sich zwischen uns warf. Auch nicht schlecht! Auf Herpes konnte ich gut verzichten. Bevor mir der Pudel aus Gehässigkeit in den Porsche pinkeln konnte, schubste ich die beiden raus. Herr und Hund zockelten heimwärts, Herr nicht ganz gradlinig. Ich wendete und fuhr heim.

Im falschen Film

Von Nietmann hörte ich in den nächsten Tagen nichts. Eigentlich hatte ich gedacht, daß er mich anrufen würde. Aber das Telefon blieb stumm.
Zum Glück hielt das Bombenwetter an, so daß ich jeden Tag nach Verrichtung der notwendigsten Hausarbeiten ins Freibad fuhr. Einmal traf ich Corry. Sie lag allein auf ihrer Decke, einen Arm aufgestützt, und schmökerte in der Juli-Ausgabe des »City Journals«. Zu meiner Verwunderung überblätterte sie die Kontaktanzeigen. Ab und zu griff sie in ihre Kühltasche und gönnte sich ein Stückchen Eiskonfekt.
»Hallo!« rief ich ihr zu.
Erfreut räumte sie ihren Kram beiseite und machte mir Platz. Sie bot mir sogar was von ihrem Eiskonfekt an.
»Du hast dich lange nicht gemeldet«, sagte sie. »Stimmt was nicht?«
Das fragte ich mich allmählich auch. Konnte sie mir wirklich so unschuldslammmäßig in die Augen gucken, wenn sie mit Robert ein Picknick-Verhältnis hatte?
»Ich bin total eingespannt«, sagte ich und erzählte ihr von meinem Job bei blabla Communications. Was mich befremdete,

war, daß Corry sich nicht eingehend nach den Typen von der Agentur erkundigte. Ich konnte nicht mehr an mich halten.
»Hast du einen neuen Lover?«
Corry setzte sich auf und räusperte sich.
»Das muß aber unter uns bleiben! Versprich mir das!«
Ich versprach es hoch und heilig. Notfalls hätte ich geschworen.
»Diesmal ist es was Ernstes.« Corry zupfte am Träger ihres burgunderroten Einteilers und wühlte zwischen ihren Klamotten nach dem Zigarettenetui.
»Wie hast du ihn kennengelernt?« fragte ich neugierig.
Corry schüttelte den Kopf. »Kein Kommentar. Er ist Arzt in der Uniklinik, deshalb halten wir es vorerst geheim. Wenn das rauskommt...!«
Wenn das rauskam, konnte Corry einpacken. Sie arbeitete als Krankenschwester beim Verein »Nächstenliebe e.V.«, der von einem Haufen Diakonissen geleitet wurde und ambulante Alten- und Krankenpflege leistete.
»Wenn die Flugenten spitzkriegen, daß ich ein Verhältnis mit einem Geschiedenen habe, fliegen die im Achteck!« Corry schnippte ihre Kippe weg. »Und ich hochkant!«
Aha! Wenn die Bräute Christi Verrat witterten, war es aus und vorbei mit der Nächstenliebe. Dann konnte Corry sich eine andere Stelle suchen.
Ich hörte und staunte. »Sieht er aus wie Don Johnson? Oder wenigstens wie Schimanski?«
Die Frage mußte ich einfach stellen.
»Quatsch!« rief Corry. »Er ist ein ganz normaler Mann in den besten Jahren. Don Johnson kann von mir aus in Miami seinen Ferrari zu Schrott fahren und mit ihm ausbrennen!«
Es mußte sie ja schwer erwischt haben. Wir versprachen, uns anzurufen, und rannten in die Umkleidekabinen, weil es anfing zu tröpfeln.

Klatschnaß kam ich zu Hause an und schob meinen alten Drahtesel hinters Haus. Als ich die Haustür aufschloß, keuchte es hinter mir. Ich drehte mich um. Herr Dr. Glasbruch stand da und

versuchte, einen überdimensionalen Regenschirm zuzuspannen.
»Scheiße, verdammte!« fluchte er. Na, na! Wie konnte sich ein gestandener Orthopäde so gehenlassen?
Einträchtig schimpften wir über den Wolkenbruch und stiegen die Treppen hoch. Frau von Koranskys Tür öffnete sich. Sie sagte »Ach!« und blickte uns vielsagend an.
Eine Etage höher tuschelte Glasbruch mir ins Ohr: »Die alte Zimtzicke kann mir mal den Buckel runterrutschen!«
Wir kicherten, und ich gab zu bedenken, daß die Wirbelsäule des Herrn Orthopäden dabei einen nicht unbedenklichen Schaden nehmen könnte.
Glasbruch winkte ab. »Es gibt nichts, was sich nicht wieder einrenken läßt!«
Er mußte es ja wissen.
Nach dieser schicksalhaften Begegnung fiel mir Bea ein. Neulich hatte sie eindeutig nach Glasbruchs Gesellschaft gegiert. Ich zündete mir eine Zigarette an, machte es mir in Roberts Fernsehsessel bequem und wählte ihre Nummer. Gernot war am Telefon und sagte, Bea sei noch nicht zu Hause. Spaßeshalber fragte ich ihn, was er ihr kochen würde. Gernot fiel fast vom Glauben ab und wies ein solches Ansinnen weit von sich. Ich beendete das Gespräch ohne die üblichen Höflichkeitsfloskeln, da ich nicht vorhatte, mich mit diesem Chauvinistenschwein abzugeben. Arme Bea! Mit dem war sie echt gestraft!
Kurz darauf kam Robert nach Hause und monierte, daß ich in seinem Fernsehsessel herumlungerte. Irgendein Pokalspiel stand an. Leider, bedauerte er, habe Dietrich keine Zeit, vorbeizukommen.
»Allein Fußballgucken ist wie Wichsen«, sagte er.
So genau wollte ich es gar nicht wissen.
Auf meinen Vorschlag, ihm Gesellschaft zu leisten, reagierte er nicht. Dann schlug ich – nicht ohne Hintergedanken, versteht sich – vor, Glasbruch einzuladen. Diese Idee setzte Robert sofort in die Tat um. Für ihn war ich zweite Wahl, ganz klar. Wenn er schon die Gesellschaft eines frühvergreisten Orthopäden der meinen vorzog, bitte.

Die Herren saßen gemütlich mit dem zweiten Fläschchen Bier vor der Glotze und machten sich auf eine spannende zweite Halbzeit gefaßt, als Bea zurückrief.
»Gernot hat mir einen Zettel geschrieben, gibt's was?«
Und ob! Einen Orthopäden im Sonderangebot! Auf Roberts Ramschtisch!
»Willst du mal vorbeikommen? Im Fernsehen läuft Fußball, mir ist sterbenslangweilig!« Mehr konnte ich nicht sagen, da Robert jederzeit in der Lage war, seine Ohren auf Rhabarberblattgröße auszufahren, wenn es galt, Dinge zu erlauschen, die ihn nichts angingen.
»Okay!« rief Bea. »Gernot hat mich sowieso versetzt. Ich eß noch eine Kleinigkeit und komme dann.«
Prima! Alles lief genau nach Plan. Ich würde Bea mit Glasbruch bekannt machen. Der Glückliche bejubelte mit dem Gatten gerade das 2:0 für den VfL und ahnte nicht, welche Schicksalsschläge das Leben heute noch für ihn in petto hatte.
Bea trudelte gegen Ende der zweiten Halbzeit ein. Bevor sie irgendwelche unbedachten Äußerungen machen konnte, zerrte ich sie in die Küche und setzte ihr ein Glas Grauburgunder vor.
»Was is'n hier los?« fragte sie, hin- und hergerissen zwischen Neugier und Mißtrauen.
»Überraschung!« Sachte schloß ich die Küchentür und setzte sie darüber in Kenntnis, daß Herr Dr. Glasbruch, der angesehene Sportmediziner und Orthopäde, mit Robert den Genuß eines Pokalspiels teilte und jeden Moment der Schlußpfiff ertönen konnte. Bea verlor fast die Fassung.
»Konntest du das nicht eher sagen? Guck mich doch mal an!«
Sie trug eine Jogginghose und alte Turnschuhe. »Wenn ich das geahnt hätte, hätte ich mich doch ein bißchen aufgeprasselt!«
Geduldig verklickerte ich ihr, daß Robert meinen Plan gewiß vereitelt hätte. Sie gab sich geschlagen und wankte ins Badezimmer, wo sie – umgeben von einer Wolke meines besten Gesichtspuders – über ihren dicken Hintern jammerte, der sich in der Jogginghose besonders aufdringlich abzeichnete. Sie fuhr sich mit der Bürste durchs kastanienbraune Haar und zupfte es mit den Fingern wild durcheinander. Ich begab mich derweil ins

Wohnzimmer, um mich über den Stand der Dinge zu informieren. Scheiße, das Spiel ging in die Verlängerung.
»Bea ist gekommen.«
Robert starrte auf die Mattscheibe und brüllte: »Das gibt's doch nicht! So ein Depp! Den hätte ja ein Blinder mit Krückstock reingemacht!«
Glasbruch pflichtete ihm lauthals bei. Ich war mir nicht sicher, ob sie überhaupt gemerkt hatten, daß ich reingekommen war und menschliche Sprache abgesondert hatte.
Endlich war das Spiel gelaufen. Und endlich waren auch die öden Interviews vorbei, in denen naßgeschwitzte häßliche Männer mit hochroten Köpfen den Zuschauern die Hucke voll logen, indem sie Fouls leugneten und so taten, als hätten sie gewonnen, obwohl sie verloren hatten. Andere wiederum rotzten geräuschvoll auf die Aschenbahn, bevor sie die Frage des Interviewers beantworteten, einem Wichtigtuer ersten Ranges, der in seiner Freizeit für Schlingsrunter Werbung machte.
Danach mußten Robert und Glasbruch den Spielverlauf kontrovers diskutieren. Gott sei Dank wurden sie sich einig, sonst hätte es sich noch Stunden hingezogen. Robert verlangte nach eisgekühlten Getränken, und so ging ich mit zwei Bieren und Bea im Schlepptau ins Wohnzimmer. Robert begrüßte Bea zwar artig, dachte aber nicht im Traum daran, ihr seinen neuen Kumpel vorzustellen. Das blieb an mir hängen.
Ich machte die beiden miteinander bekannt, und Glasbruch versuchte sogar eine Verbeugung, fiel aber alsbald erschöpft auf die Polstergarnitur zurück.
Die Herren erzählten Schwänke aus ihren Praxen. Übereinstimmend stellten sie fest, daß die Patienten allesamt nix taugten – die Kassenpatienten sowieso nicht, haha! – und daß die Helferinnen auf keinen Fall übertariflich bezahlt werden dürften.
»Keine Einkommensschmälerung!« schrie Glasbruch.
»Keine neuen Tarifabschlüsse!« schrie die Chauvi-Ratte.
»Und kein Tempolimit auf deutschen Autobahnen!« schrie Glasbruch.
»Und keine Erhöhung der Umsatzsteuer!« schrie Robert.
Dabei klopften sie sich auf die Schenkel.

Bea warf mir einen verschwörerischen Blick zu. Die Theorie einer namhaften Psychoanalytikerin, der zufolge jeder Mann nahtlos von der Pubertät ins Pensionsalter überwechselt, ohne das Erwachsensein auch nur zu streifen, erschien uns nie glaubwürdiger als heute. Keine Frage: Direkt nach der Akne würde die Alzheimersche Krankheit über die beiden hereinbrechen. An Altersschwachsinn litten sie schon jetzt, da bestand kein Zweifel.

Ich brachte die Sprache unverfänglich auf das Thema Marketing, damit Bea und ich ebenfalls Gelegenheit erhielten, mit unseren Talenten zu protzen. Glasbruch biß sofort an und beauftragte Bea umgehend, Fotos von dem Fitneßcenter zu machen, an dem er zu fünfzig Prozent beteiligt war.

»Da schicke ich die Patienten hin, wenn ich sie wieder eingerenkt habe, und verdiene quasi doppelt!« rief er. »Aber ein bißchen Reklame muß noch gemacht werden.«

Robert hielt das für eine ausgezeichnete Idee und bedauerte, nicht Orthopäde geworden zu sein.

Bevor Glasbruch sich verabschiedete, bot er uns das Du an. Nach so einem netten Abend könne man sich unmöglich weiter siezen.

»Ich heiße Helge«, sagte er feierlich.

»Ellen«, sagte ich und hob mein Glas.

»Robert«, sagte Robert.

»Bea«, sagte Bea. Sie kriegte von Helge ein Küßchen.

Hochzufrieden schminkte ich mich ab, während Robert auf dem Klo saß und seine elektrische Zahnbürste laufen ließ. Er war der einzige Mann, den ich kannte, der synchron pinkeln und Zähne putzen konnte. Seit einem traumatischen halben Jahr in einer Frauen-WG pinkelte Robert nur noch im Sitzen, es sei denn, er war sturzbetrunken und überhörte die Stimme seines ÜBER-ICH, das leider nicht so oft zu ihm sprach wie meins zu mir.

»Zwischen Helge und Bea hat's gefunkt!« konstatierte ich und putzte mir demonstrativ die Zähne, um Robert davon zu überzeugen, daß ich mir meines Status als Zahnarztgattin voll bewußt war.

»Hm«, machte er.

Dann rauschte die Klospülung. Das Licht an der Zahnbürste hörte auf zu blinken. Nachdem er mit Mundwasser gegurgelt hatte, sagte Robert, er habe nichts Derartiges festgestellt. Seiner Meinung nach sei Glasbruch erstens gewinnorientiert und zweitens CDU-Wähler, und er sei sich nicht sicher, ob er noch mal mit ihm Fußball gucken wolle.
Ich fragte, wie er denn das gemerkt habe.
»Darling«, sagte Robert. »Ich merke alles!«
Er kniff mir in den Po und kraulte meinen Nacken. Rein prophylaktisch verzichtete ich auf die dicke Schicht Gesichtscreme, die ich mir ganz ungehemmt auftrug, seit wir getrennte Schlafzimmer hatten. Robert ging dazu über, an meinem Negligé zu zerren, und ich quiekte. Er packte mich, hob mich hoch und trug mich in sein Zimmer.
Ich fragte mich, was in drei Teufels Namen er gemerkt haben konnte.

Wohlig lag ich morgens im Bett und genoß die seidige Glätte der Satinbettwäsche, die nach Robert roch, als mich das Klingeln des Telefons aus meiner wohlverdienten Ruhe riß. Splitterfasernakkend schleppte ich mich an den Apparat.
»Hallo!« Der schon wieder! Die sonore Stimme von Paul Nietmann tropfte aus dem Hörer. »Schon ausgeschlafen, Schönste aller Schönen?«
Der Tag fing ja gut an. Fehlte bloß noch, daß der Fleurop-Bote schellte und ein Bouquet für mich ablieferte. Rote Rosen, Schleierkraut, dazwischen ein Kärtchen, das hätte ich mir gefallen lassen.
Ich flirtete eine Zeitlang mit Nietmann, bis ich kalte Füße bekam.
In doppeltem Sinne, denn Muttern schrie: Du kannst nicht aus dem Bett kriechen, in dem du mit deinem Mann eine wilde Liebesnacht verbracht hast, und prompt mit dem Nächstbesten flirten!
Außerdem mußte ich aufs Klo. Für den Nachmittag verabredete ich mich mit Nietmann im Spanner-Eiscafé. Aber nur halbherzig. Wenn er wieder Blondinenwitze erzählte, würde ich ihn run-

terputzen, bis er in keinen Schlappschuh mehr paßte. Das war ich meinem Ego schuldig.
Ich duschte und salbte meinen Luxuskörper mit der sündhaft teuren Bodylotion, die ich mir von Robert hatte kaufen lassen, als es mir vorm letzten Weihnachtsfest gelungen war, ihn in eine Parfümerie zu locken. Wir hatten zwei Halbliterflaschen 4711 für unsere Mütter erworben, und ich hatte es geschafft, Robert davon zu überzeugen, daß auch Ehefrauen eines exquisiten Weihnachtsgeschenkes bedürfen.
Um den Vormittag schnell rumzukriegen, warf ich mich auf die Hausarbeit. Mit mandelduftender Möbelpolitur brachte ich unsere Mahagonischränke auf Hochglanz, dann saugte ich die vielen Quadratmeter Teppichboden und lüftete, indem ich alle Fenster aufriß und auf Durchzug hoffte.
In der Küche hing leider immer noch der ekelhafte Geruch verendeter Kalbsschnitzel. In allen Schubläden suchte ich nach Räucherstäbchen, fand aber keine. Robert konnte den Geruch von Sandelholz absolut nicht ertragen und hatte sie, als ich mich zu Beginn unserer Ehe in meiner esoterischen Phase befand, aus dem Fenster geschmissen. Außerdem hatte er mich ausgelacht, wenn ich ihm die Tarotkarten legte.
Beim Auswaschen des Brotkastens fiel mein Blick auf die Koch- und Pflanzenbücher im Küchenregal. Zwischen »Cuisine im Griff« und »Der grüne Daumen macht den Gärtner überflüssig« stand leicht angestaubt »Nicht verzagen – Oma fragen!«, ein Machwerk, in dem in altdeutscher Schrift zigtausend Hausmittelchen aufgeführt waren. Als ich es durchblätterte, erfuhr ich, daß Olivenöl mit ein wenig Salz vermischt eine Super-Möbelpolitur abgab und daß ich passende Knöpfe viel schneller finden würde, wenn ich sie alle auf einen Faden reihen und diesen mit einem Schlüppchen schließen würde. Sollte sich auf den Lamellen unserer Jalousien Staub abgesetzt haben, wäre es ein leichtes, verkündete der Ratgeber, einen Gummi-Teigschaber mit einem spiritusgetränkten Tuch zu umwickeln und damit zwischen den Lamellen sauberzumachen. Was um Himmels willen war ein Teigschaber?
Die Autorin, die sich hinter dem Pseudonym »Oma« versteckte,

sah Dreck und nochmals Dreck in Ritzen und Winkeln der Wohnung, auf die ich im Leben nicht gekommen wäre. Sie entwarf ein wahres Horrorszenario von schmierigen Schmutzfilmen auf Dunstabzugshauben, sturem Staub auf Lampenschirmen, bläßlichen Belägen auf dem Boden der Zahnputzbecher – zum Glück hatte Robert die noch nicht entdeckt! – und dergleichen mehr.
Mir kam der Gedanke, daß sich hinter »Oma« vielleicht auch ein fieser Schreiberling verbarg, der es sich zur Lebensaufgabe gemacht hatte, nimmermüde Hausfrauen zu geißeln. Aus Rache, weil seine Mama ihn zu früh vom Topf geholt hatte. Oder so.
Auf Seite dreihundertsiebenundvierzig wurde ich endlich fündig: Auch gegen hartnäckige Haushaltsgerüche war ein Kraut gewachsen! Sofort setzte ich »Omas« Ratschlag in die Tat um und goß eine ordentliche Portion Weinessig in einen Kochtopf, füllte ihn mit Wasser auf und stellte ihn auf die Schnellkochplatte. Die Dämpfe dieser Substanz würden alle anderen Gerüche vertreiben. Bevor ich das Buch zuklappte, las ich die Widmung auf der ersten Seite: »Für Elisabeth, mögest du es allzeit beherzigen!« stand da in schnörkeliger Schwiegermutter-Schrift. Schon frühzeitig mußte Hilde-Mama geahnt haben, daß ich es tunlichst unterlassen würde, in den unzugänglicheren Gefilden der ehelichen Wohnung nach Schmutz und Staub zu fahnden.
Die Substanz brodelte auf dem Herd. Dämpfe waberten durch die Küche und ließen mich an die Giftmischer vergangener Jahrhunderte denken.
Es klingelte. Ich drückte auf den Summer. Draußen stand der Fleurop-Bote und hielt mir ein Gebinde unter die Nase. Nelken! Ein Kärtchen war auch dabei. Die Blumen waren von Robert. Warum zum Teufel schickte er mir keine roten Rosen?

Gegen drei ließ ich die Hausarbeit ruhen, nachdem ich versucht hatte, mit Roberts Achselspray den Essiggeruch aus der Küche zu vertreiben. Jetzt roch es penetrant nach Moschusochsen.
Ich zog ein beiges Sommerfähnchen an, dessen mordsmäßiger Rückenausschnitt ungefähr einen Zentimeter über dem Slip-Bündchen aufhörte.

Meine silberblonden Haare steckte ich hoch und zwängte meine Füße in weiße Pumps. Dann machte ich mich auf den Weg zur Eisdiele.
Unterwegs fiel mir ein, daß ich eigentlich eine neue Bratpfanne kaufen könnte. Ein kleiner Schlenker zu Schaumacher & König, die immer die schönen zweihundertteiligen Villeroy-&-Boch-Services im Schaufenster hatten, war noch drin. Notfalls mußte Nietmann eben warten.
Der Pfannen- und Kochtopfverkäufer von Schaumacher & König war damit beschäftigt, einer dicken Dame in Dörrobstbraun die Vorzüge von Teflon-Beschichtungen zu schildern. Ich schlenderte ein bißchen umher, begutachtete eingehend so lebensnotwendige Utensilien wie Likörgläser und Sahnelöffelchen und gelangte schließlich in die Abteilung, wo Haushaltskleinkram wie Teesiebe, Eierbecher, Schneebesen, Sparschäler und Suppenkellen vor sich hin rosteten. Und Eispickel. Fasziniert nahm ich einen in die Hand und versuchte, das Dekorationseis, das sich als Attrappe aus Kunststoff herausstellte, damit zu zerstoßen, bis mich aus dem Hinterhalt plötzlich der Verkäufer ansprang.
»Kann ich Ihnen helfen?« fragte er untertänigst.
Ich war so erschrocken, als hätte er mich beim Klauen erwischt, und drehte mich abrupt um.
Er wich zurück und hob zu einem gewaltigen Schrei an. Ich legte souverän den Eispickel aus der Hand, erwarb zwei Eierbecher in Hühnergestalt und eine teflonbeschichtete Bratpfanne.
Beflissen und sichtlich bemüht, mich eilends loszuwerden, packte er den Kram zusammen, riß den Hundertmarkschein an sich, den ich ihm reichte, warf mir das Wechselgeld fast vor die Füße und komplimentierte mich hinaus. Sicher hatte er »Basic Instinct« gesehen. Es wäre besser, die Männer würden nicht in solche Filme rennen. Sie wirken sich ausgesprochen destruktiv auf ihre Psyche aus. Am Ende träumen sie noch schlecht und reißen angstschlotternd die Gattin aus der wohlverdienten Nachtruhe.
Nietmann saß schon auf einem der Plastikgeflechtstühlchen,

die immer so lustige Muster am Po hinterlassen, vorm Capri, den anscheinend unvermeidlichen Pudel im Schlepptau. Das Vieh kläffte mich an und versuchte, mir ans Bein zu pinkeln.
Nietmann lachte und lud mich zu einem Cappuccino ein.
»Mein lieber Mann«, sagte er zu mir. »Ich glaub, ich bin im falschen Film!«
Wenigstens wußte er meinen Auftritt zu würdigen! Der Pudel machte Platz und knurrte vor sich hin. Ich unterhielt mich mit Nietmann über den Quirl-Fix und versicherte ihm, bei Schaumacher & König nicht einen annähernd so durchgestylten Küchenquirl gesehen zu haben.
»Toll!« rief Nietmann. Dann legte er eine behaarte Hand auf mein nacktes Knie und tätschelte es begeistert. Mit der anderen Hand versuchte er, den penetranten Pudel zu bändigen, der seinerseits versuchte, mich in die Wade zu beißen.
Ich versuchte es mit einem kleinen Scherz. »Ist deine Mitbewohnerin vielleicht ein bißchen stutenbissig?«
»Wieso?« Nietmann machte auf begriffsstutzig.
»Weil sie den Pudel auf Frauen abgerichtet hat!«
»Och«, sagte Paul nur und nahm schnell die Hand von meinem Knie. Nervös steckte er sich eine Zigarette an. Ein schlaksiger Junge in Designerjeans und mit verkehrtrum aufgesetzter Baseballmütze ging an der Eisdiele vorbei und blieb vorm Schaufenster des Videoshops schräg gegenüber stehen. Der Pudel bellte. Nietmann drückte mir eilig die Leine in die Hand und sagte, er müsse mal für kleine Jungs. Schnurstracks verschwand er in Richtung Herrentoilette und ward so lange nicht gesehen, daß ich schon an Brechdurchfall dachte. Der Junge warf einen kurzen Blick auf Gigi und mich, bevor er weiterschlenderte.
Eine Kirchturmuhr schlug bereits fünf, als wir aufbrachen. Nietmann versprach, mich demnächst anzurufen. Außerdem versprach er, mir morgen meinen Scheck zu schicken.
Wenn ich den erst mal hatte, konnte er mir gestohlen bleiben. Samt Pudel.

Liebevoll deckte ich den Tisch fürs Abendessen. Die Klamotten behielt ich an, damit Robert auch was davon hatte. Es mußte ja nicht sein, daß ich ihn immer in der Jogginghose empfing. Seine Nelken hatte ich in einer Kristallvase arrangiert und auf den Tisch gestellt. Im Backofen garte ein Kartoffel-Lauch-Auflauf mit Käse und Schinken. Die Küche roch schwach nach Moschus, der Flur nach Essig. In einem silbernen Brotkörbchen – Geschenk von Hilde-Mama zu Weihnachten vor zwei Jahren! – warteten zarte Weißbrotschnitten darauf, daß der Hausherr ihnen den Garaus machte. Eine Flasche Chablis lag im Kühlschrank.

Ich guckte auf die Uhr: Es war bereits zwanzig vor neun. Wo blieb Robert?

Baggerte er noch mit Leibeskräften und dem Beinschen Hebel an einer steckengebliebenen Weisheitszahnwurzel? Versuchte er mittels Mund-zu-Mund-Beatmung die letzte Patientin aus dem Koma zu reißen, in das sie nach Erhalt der Betäubungsspritze gefallen war? Oder war ihm im Labor beim Versuch, ausnahmsweise mal eigenhändig einen Abdruck auszugießen, die Tüte mit dem Alabastergips aus der Hand gefallen? So daß er jetzt auf den Knien rutschte, bemüht, das Zeug zusammenzukehren, damit sich morgen seine Helferinnen nicht über das Mißgeschick ihres Chefs totlachten?

Ich entledigte mich der Pumps, trottete in die Küche und stellte den Backofen aus. Ich rauchte eine Zigarette bis zum Filter und ersäufte die Kippe geistesabwesend in dem Rest Kaffee in meiner Frühstückstasse, die noch auf der Spüle stand. Um Viertel nach zehn war der Auflauf in sich zusammengesunken und so kalt wie meine Füße im Januar. Das Weißbrot war auf die Hälfte seiner ursprünglichen Größe geschrumpft und strohtrocken. Ich wählte Roberts Praxisnummer und erreichte den automatischen Anrufbeantworter. Sicherheitshalber wählte ich auch Corrys Nummer.

»Ja?« meldete sich ihre verschlafene Stimme. Im Hintergrund blökte der Fernseher. Schnell legte ich wieder auf.

Eine Weile überlegte ich, ob ich bei der Notaufnahme des Uni-Klinikums anrufen und fragen sollte, ob man einen dicklichen Dentisten namens Robert Mutz-Litzenberg eingeliefert habe, unterließ es aber. Dann rief ich bei Dietrichs und Julias WG an.

Erst war besetzt, und als endlich das Freizeichen ertönte, ging keiner mehr ran. So was konnte ich grad leiden.
Muttern versuchte, mir einzureden, Robert läge blutüberströmt unter dem Porsche oder dem Jaguar im Straßengraben. Madonna verwarf den Gedanken mit einer lässigen Handbewegung: Der sitzt bestimmt in irgendeiner Kneipe! Du solltest sofort einen deiner Verehrer anrufen und zusehen, daß du auch auf deine Kosten kommst!
Ich wußte nicht, auf wen von beiden ich hören sollte. Mit welchem Auto war Robert überhaupt in die Praxis gefahren? In Windeseile zog ich mich um, schlüpfte in Jeans und Turnschuhe und stürmte auf die Straße. Zu meiner Verwunderung standen beide Fahrzeuge in der Parkzone vor dem Haus. Verflixt! Litt ich unter Halluzinationen?
Aus lauter Verzweiflung machte ich mich auf den Weg ins Sidestep. Vielleicht war Robert ja zu Fuß dort hingegangen, schließlich war es nicht allzuweit von unserer Wohnung entfernt. An der düstersten Stelle der Straße erschrak ich fürchterlich, weil ein Radfahrer ohne Licht um die Ecke bog und mich fast frontal erwischt hätte. Ich schimpfte ihn »Knalldepp«, er schimpfte mich »Schlampe«.
Im Biergarten des Sidestep herrschte trotz der späten Stunde noch reger Betrieb. Unsicher blieb ich am Eingang stehen und ließ meine Augen schweifen. Von Robert keine Spur. Dafür sah ich zu meinem Erstaunen Paul Nietmann. Er saß mit dem Rükken zu mir und hatte den Arm um die Schultern einer Vollschlanken gelegt. Ich wich ein paar Schritte zurück und versteckte mich hinter einem halbhohen Plastik-Bambus, so daß ich gut getarnt einen Blick riskieren konnte.
Die Vollschlanke sprach angestrengt auf Nietmann ein und legte ihm von Zeit zu Zeit ihre mütterliche Hand aufs Knie. Paul nahm einen Schluck aus seinem Bierglas und steckte sich eine Zigarette an. Seine Begleitung schüttelte mißbilligend den ondulierten Kopf. Was wollte er mit dieser Trulla? Sie sah Jahre älter aus als er. Ihre Frisur glich der Einheitsdauerwelle meiner Schwiegermutter, ihr Rock reichte bis zu den unförmigen Waden. Die geblümte Bluse mit Stehkragen riß es auch nicht raus.

Als ich schon überlegte, ob Nietmanns Mutter zu Besuch sei, gewahrte ich den Pudel unter der Holzbank, der jetzt hervorgekrochen kam und ein possierliches Männchen machte. Die Vollschlanke streichelte ihm das Köpfchen. Schlagartig ging mir ein ganzer Kronleuchter auf: Das mußte die karrieresüchtige Hundehalterin sein! Die hätte ich mir nie im Leben so hausbakken vorgestellt! Sie bezahlte, nahm Gigi an die Leine und ging voran. Nietmann trabte hinterher, entdeckte einen Bekannten, der ihm irgendwas zurief, blieb stehen – doch die vollschlanke Anke zog ihn am Arm weiter. Und Nietmann ließ sich weiterziehen. Er gehorchte dem Frauchen aufs Wort. Fehlte nur noch, daß er Platz gemacht hätte.
Auf dem Heimweg kam ich beim Robinson vorbei, einer Kneipe, die sich dadurch auszeichnete, daß dort immer dieselben Verlierertypen hockten und sich sinnlos betranken. Einmal war ich mit Robert dagewesen.
Eher zufällig warf ich einen Blick durch die Glastür und dachte, mich träfe auf der Stelle der Schlag. Einträchtig saßen Robert, Julia und Dietrich an einem der verkratzten Holztischchen. Julia gestikulierte heftig und hielt abrupt in der Bewegung inne, als sie mich reinkommen sah. Robert drehte sich um und rief: »Darling!«
Scheiß doch auf dein Darling! Da zerfaserte man sich die Nerven und war kurz davor, den Kranz für seine Beerdigung zu bestellen, ganz zu schweigen von dem schönen Essen, das ich in den Bio-Eimer gekippt hatte. Und dann saß er hier und war sturzbetrunken und hatte die Stirn, »Darling« zu rufen.
»Hast du sie noch alle?« fragte ich erzürnt.
Julia und Dietrich schwiegen betreten.
Robert richtete seine glasigen Augen auf mich. »Hä?«
»Mann, es ist kurz vor eins! Seit fünf Stunden warte ich auf dich!«
Blöde wie alle Betrunkenen grinste Robert vor sich hin. Ich machte auf dem Absatz kehrt und verließ die ungastliche Stätte.

Jeden Tag um elf eilte ich zum Briefkasten und guckte nach, ob mein Scheck von blabla Communications eingetrudelt war. Am Dienstag lauerte ich gar dem Briefträger auf, um ihn zur Rede zu stellen. Er versicherte mir glaubhaft, daß meine Post nicht irgendeinem Wegelagerer in die Hände gefallen sei, und fragte, ob er mir denn mal schreiben sollte. Du lieber Gott! Wenn der Postmann zweimal klingelt! So nötig hatte ich's ja auch wieder nicht.
Nach anderthalb Wochen hielt ich es nicht mehr aus. Entrüstet wählte ich die Nummer der Agentur, kriegte jedoch nur Smorbrod an den Apparat, der plötzlich viel schlechter Deutsch konnte, als mir mein Erinnerungsvermögen vorgaukelte, und vorgab, nix su vastän.
Am frühen Abend holte ich mein Fahrrad hinterm Haus hervor. Der Hinterreifen war platt, und ich mußte in den Keller gehen, um mir Roberts Luftpumpe auszuborgen. Bei der Gelegenheit übte ich späte Rache für neulich abend. Erst gegen halb drei war Robert aus dem Robinson heimgekommen und hatte das ganze Klo vollgekotzt. Ich pumpte meinen Reifen auf und ließ bei seinen die Luft raus. Die Luftpumpe versteckte ich hinter den Stapeln mit den »Zahnmedizinischen Mitteilungen«, die in einem Verschlag vor sich hin moderten.
Auf dem Weg, der sich durch den Stadtpark schlängelte, begegnete ich nur wenigen Leuten. Am Himmel braute sich ein Gewitter zusammen. Es fing an zu tröpfeln, und ich trat kräftiger in die Pedale. Kurz vor der Kreuzung, an der ich rechts abbiegen mußte, stieg ich vom Rad und zog meine Regenjacke an. Es donnerte und blitzte gewaltig. Klatschnaß schob ich das Rad über den Zebrastreifen und trug es ein paar Stufen runter, um es vor Beas Souterrainwohnung abzustellen. Bea hatte sturmfreie Bude, weil ihr Lebensabschnittspartner Gernot zu einem Workshop in den Spessart abgerauscht war. Bea und ich würden uns also ungestört unterhalten können. Was bekanntlich nur möglich ist, wenn sich weit und breit – so etwa im Umkreis von einem

Kilometer – kein Mann befindet, der nach einer warmen Mahlzeit oder einem kalten Bier schreit.
Ich klopfte an die alte Holztür.
»Ist offen!« tönte es von drinnen.
Bea empfing mich im Bademantel. Sie hatte heute ihren Schönheitstag und war frisch mani- sowie pedikürt. An ihrem Haaransatz klebte noch ein Rest Avocadomaske.
»Was willst du trinken?«
»Och, egal. Bei dem Sauwetter wäre ein Tee ganz gut.« Meine Regenjacke hatte ich auf den Badewannenrand gelegt, die Schuhe ausgezogen und mir aus Beas Kommode dicke Wollsokken abgegriffen.
Wir lümmelten uns auf ihrem alten Sofa und zogen über blabla Communications her.
»Hast du schon deinen Scheck?« fragte ich.
Sie schüttelte den Kopf. »Bewahre! Denk bloß nicht, daß diese Werbefritzen eine müde Mark rüberwachsen lassen, bevor du denen nicht schriftlich mit dem Anwalt gedroht hast!«
Das hätte sie mir auch mal vorher sagen können. Mit welchem Anwalt sollte ich ihnen bloß drohen? Ich kannte keinen.
»Ach, paß auf!« sagte Bea. »Das wollte ich dir ja unbedingt noch erzählen. Ich hab doch gemerkt, daß der Nietmann sich an dich rangewanzt hat! Also, vorgestern gehe ich durch die Stadt, und was glaubst du, wen ich treffe?«
»Mach's nicht so spannend!« Ich war ganz Ohr.
»Paul Nietmann. Und was glaubst du, wer an seinem Arm hing?«
»Der Pudel, wer sonst! Mann, Bea!« Sie spannte mich ganz schön auf die Folter.
»Seine Lebensgefährtin!«
Ich wurde hellhörig. »Du meinst wohl seinen Mama-Ersatz!«
Bea verschluckte sich an ihrem Tee. Während ich ihr auf den Rücken klopfte, damit sie nicht erstickte, bevor sie mir die Wahrheit und nichts als die Wahrheit erzählt hatte, prustete sie los.
»Mit dem Nietmann hast du dir vielleicht 'ne Nullnummer an Land gezogen!«

Und einige Minuten später, als sie wieder Luft kriegte, fuhr sie fort: »Natürlich hab ich freundlichst gegrüßt, da blieb ihm nichts anderes übrig, als mich vorzustellen. Die Tante heißt Anke Flemming, hat einen Pudel und vier Söhne aus erster Ehe. Außerdem ein gutgehendes Architekturbüro mit mehreren Angestellten. Und das ist längst nicht alles!«
Bea machte eine Kunstpause.
»Gestern abend rief Frenzel hier an und hat mich angebaggert. Ich hab mich mit ihm auf ein Bier im Sidestep getroffen, weil ich ja sowieso Strohwitwe bin.«
Allmählich wurde ich ungeduldig, denn Bea kam vom Hölzchen aufs Stöckchen. Ich bat sie, das Ganze etwas zu beschleunigen. Zu guter Letzt erfuhr ich, was sie von Frenzel erfahren hatte, nachdem er erst mal seine natürliche Hemmschwelle überwunden hatte. Sollte heißen, nach dem Genuß mehrerer Altbiere.
Blabla Communications gehörte zu gleichen Teilen Smorbrod, Frenzel und – Anke Flemming! Die wiederum ihren Lover dort schuften ließ, um ihr Geld und Gut zu mehren. Respekt, Respekt, Anke! Von der Frau konnte man nur lernen! Indem sie dem Mann an ihrer Seite eine Existenzgrundlage verschaffte, machte sie ihn gefügig! Was blieb ihm da anderes übrig, als ihren albernen Pudel jeden Abend Gassi zu führen? Ich mußte zugeben, daß ich Anke die Vollschlanke gewaltig unterschätzt hatte.
»Nietmann steht zu Hause total unter dem Pantoffel. Der hat nichts zu melden, sagt Frenzel. Das is 'n Ei, was?« Bea sah mich erwartungsvoll an.
»Und ob. Ein Weichei!« Ich wollte mit ihm nichts mehr zu schaffen haben. Mit keiner Zeile würde ich den Küchenquirl lobpreisen, und wenn Nietmann auf Knien vor mir rutschte! Sollte er doch seiner Anke abends das Fußbad richten und die Schläfen massieren. Mitbewohnerin, daß ich nicht lachte! Bestimmt gehörte ihr die Bude, und Paule teilte sich die Decke am Fußende ihres Bettes mit dem Pudel.
Ich streckte mich auf dem Sofa aus. Bea zuckte die Schultern und schaltete den Fernseher an. Alle paar Minuten kam Werbung. Der Verwöhnaroma-Vamp sprang im koffeingrünen Satinmor-

genrock durch eine Wohnung, die ungefähr so viel Wärme ausstrahlte wie Schallemachers Wartezimmer. Die Muttis vom Maggi-Kochstudio konnten sich vor Freude gar nicht mehr einkriegen, weil ihnen wieder mal ein leckeres Fertigsößchen gelungen war. Ein pummeliges Blondchen mühte sich vergeblich ab, die Jeans zuzuknöpfen, während der Verehrer draußen im Cabriolet wartete.

Das einzige Highlight war der splitterfasernackte Mann, der seinen braungebrannten Luxusbody von einem Eau-de-toilette-Hersteller vermarkten ließ. Bea seufzte. Wahrscheinlich dachte sie an Gernots schmächtige Schultern. Ich seufzte. Ich dachte an Roberts nicht vorhandene Taille. So hatte jede ihr Päckchen zu tragen.

Ein gutaussehender Jungspund warb für einen Schokoriegel, der ihm ungeahnte Kräfte verlieh. Scheinbar mühelos schob er einen alten Käfer in flirrender Hitze über eine nicht enden wollende Landstraße. Leider war er nicht annähernd so nackt wie der Cool-Water-Mann. Wir seufzten beide.

Dann schrien wir auf. Über die Mattscheibe flimmerte der Tampon-Werbespot, über den wir uns immer so ärgerten. Eine zarte Frauenhand – dezenter Naturlack auf den kurzgeschnittenen Fingernägeln – präsentierte das Corpus delicti. Dann ging sie dazu über, den Tampon zärtlich zu liebkosen, bevor sie ganz vorsichtig die Folie entfernte. So vorsichtig, als könnte sie ihm weh tun. Bloß nicht! Wo er doch so ein lieber Tampon war!

»Wenn ich das sehe, krieg ich Hitzewallungen! Diese Werbung sollte man wirklich mal revolutionieren!« rief Bea. »Keine Frau würde jemals ihren Tampon abknutschen!«

Ich stimmte ihr zu. »Den Spot haben sich bestimmt Männer ausgedacht, irgendsolche Deppen wie Nietmann: Die Ästhetisierung des Tampons!«

Bea rannte ins Bad und holte ihr Päckchen Verdita – die Buchstaben standen für »Vergiß die Tage« –, riß es auf und entnahm ihm einen Mini-Tampon. Ohne einen Hauch von Zärtlichkeit pfriemelte sie die Folie ab und schwenkte den Tampon demonstrativ am lindgrünen Bändchen.

»Für Männerhände viel zu schick!« johlte sie.

Dann pfefferte sie den unschuldigen Tampon in Richtung Fernseher, wo der Spielfilm in der werbefreien Sendezeit weiterging. Er hieß »Der Feind in meinem Bett« und machte jede Frau, die ihn anguckte, auf der Stelle zur eingefleischten Männerhasserin. Ein Ekeltyp mit Schnauzer hielt Julia Roberts in einem bunkerähnlichen Bungalow am Meer gefangen und flippte beim geringsten Anlaß aus.
»Den hätte ich schon längst um die Ecke gebracht«, sagte Bea mit entschlossener Miene.
Im nächsten Werbeblock wurde wieder der Tamponspot gesendet. Offenbar ging der Hersteller davon aus, daß alle Frauen der Nation sich den Film reinziehen würden, und hatte so viele Werbeminuten wie nur irgend möglich gebucht.
Bea schüttelte den Kopf, stand auf und holte eine Flasche Campari – was sonst? – aus ihrer Hausbar. Ich mixte uns zwei Drinks, während sie den Mini-Tampon von der Phönix-Palme klaubte, in der sich sein Bändchen verfangen hatte.
»Wir trinken drauf!« sagte sie. Und schaute mich schelmisch an.
»Jawoll!« rief ich und hob mein Glas. »Kein langes Gezatter!«
Wir leerten die Gläser auf ex. Es war klar wie Kloßbrühe: Bea und ich würden die Tamponwerbung revolutionieren.

Am Samstag verfaßte ich ein geharnischtes Schreiben an blabla Communications, in welchem ich mit meinem Anwalt drohte für den Fall, daß sie binnen einer Woche immer noch nicht meinen Scheck rüberwachsen ließen.
Nachdem ich das Geschäftliche erledigt hatte, schrieb ich einen ellenlangen Einkaufszettel und ging auf den Wochenmarkt. Wir brauchten vornehmlich Obst und Gemüse, das kriegte ich da allemal. Den Weg zu Feinkost-Behrens sparte ich mir, denn ich war nicht erpicht darauf, Didi in die dicken Finger zu fallen. Womöglich lauerte die Dumpfbacke mir wieder an der Kühltheke auf! Ganz zu schweigen von den peinlichen Fragen, mit denen er mich diesmal drangsalieren würde!
Den Wochenmarkt frequentierten in der Hauptsache gestandene Hausfrauen und alternde Alternaive. Die Hausfrauen hat-

ten stets riesige Einkaufskörbe dabei, die sie systematisch vollluden. Die Alternaiven stopften alles wahllos in ihre Rucksäcke. Außerdem kauften hier viele Akademikergattinnen ein. Man erkannte sie unschwer an den kritischen Fragen, die sie den Obst- und Gemüseverkäufern stellten, während ihre Kleinkinder in den Tomaten bohrten oder in Äpfel bissen. Obwohl sie Mann und Kinder hatten, waren die Akademikergattinnen namenlos, denn sie bezeichneten sich gegenseitig als »Mutti von Konstantin« oder »Mami von Saskia-Franziska«.

Schon lange hegte ich den Verdacht, daß ihnen der Wochenmarkt nur als Alibi diente, um sich an Bio-Benny aufzugeilen. So nach dem Motto: Appetit kann man sich holen, aber gegessen wird daheim. Bio-Benny fuhr mit einem ökogrünen VW-Bus über die Wochenmärkte und beglückte die weibliche Kundschaft mehr durch seinen bodybuildinggestählten Körper denn durch seine Karotten. Zugegebenermaßen war er knackiger als diese. Typmäßig ein Kevin Costner für Arme, trug er stets ein grünes Netzhemd und war derart braungebrannt, daß man sich fragen mußte, ob er in einem Solarium nächtigte. Sofort sprang er hilfreich herbei, wenn eine der Akademikergattinnen unentschlossen eine Stange Porree in der Hand wog, und sonderte einen seiner markig-anrüchigen Standardsprüche ab. Mit an Sicherheit grenzender Wahrscheinlichkeit machte er einen Spitzenumsatz.

Vollbepackt kam ich wieder zu Hause an, in einer Papiertüte ein Pfund von Bennys verschrumpelten Karotten und ein paar Stangen Porree, von denen er gemeint hatte, sie wären dick genug. Dabei hatte er mich anzüglich angesehen.

Ich lief dem Briefträger direkt in die Arme.

»Heute hab ich was für Sie!« rief er und hielt mir ein Kuvert entgegen.

Mit selbigem zwischen den Zähnen begegnete ich Frau von Koransky, die auf dem Weg zum Kiosk war, um sich mit ihrer Wochenendlektüre einzudecken. In einer Stunde würde sie mit etlichen Arztromanen und dem »Goldenen Blatt« zurückkommen. Sie grüßte höflich, ich nickte ihr zu.

In Windeseile verstaute ich meine Einkäufe. Ich machte mir

einen Milchshake, fläzte mich in Roberts heiligen Fernsehsessel und öffnete den Brief. Leider war es nicht der heißersehnte Scheck, sondern eine Einladung zum Klassentreffen, das jährlich stattfand. Ich war nur einmal hingefahren, drei Jahre nach dem Abitur. Die restlichen Treffen hatte ich geschwänzt. Unterschrieben hatten Ulrike und Klaus, unsere damalige Klassensprecherin und ihr Vertreter, die jedes Klassentreffen organisierten.
Ich holte meinen Kalender herbei und trug den Termin mit Rotstift ein: Samstag, 5. August. Prima. Diesmal würde ich nicht schwänzen.
Am Abend rief Didi an und fragte, ob wir gemeinsam hinfahren sollten.
»Klar!« rief ich. »Hauptsache, wir fahren überhaupt, egal wie!«
Didi befand sich in ebensolch freudiger Erwartung wie ich, zumal er bisher keine Frau abgekriegt hatte und hoffte, seine alte Liebe, Ingrid, wieder zu treffen, in die er damals so verknallt gewesen war, daß er an die Schulhofmauer gesprüht hatte: Ingrid, ich liebe dich!

Am Sonntag ging ich mit Robert Squash spielen. Ich jagte ihn kreuz und quer über das Feld in der Hoffnung, er würde ein paar Gramm abnehmen.
Plötzlich stürzte ich und knallte auf den harten, kalten Hallenboden. Robert war sofort bei mir.
»Hast du dir was getan?«
Ich bewegte vorsichtig mein linkes Bein und massierte den Knöchel.
»Nur vertreten, glaub ich!« Aber weiterspielen konnte ich nicht. Fürsorglich trug Robert meine Sporttasche und meinen Schläger. Nach dem Duschen lud er mich zu einem Eis ein.
»Such dir was Schönes aus«, befahl er, »einen Schmerzensbecher!«
Ich wählte den Erdbeerbecher. Robert nahm ein Mineralwasser. Verwundert guckte ich ihn an. Er naschte eine Erdbeere und schmatzte genießerisch.
»Kein Eis für mich, ich glaube, ich muß mal ein paar Pfund ab-

nehmen«, sagte er und klopfte sich auf seinen Bauch. »Ich hab ganz schön zugelegt!«
Das konnte man wohl sagen. Nachdenklich löffelte ich mein Eis.
»Wann machst du eigentlich die Praxis dicht?«
»Ende August. Bis dahin ist der Terminplan randvoll.«
Ich schob den leeren Becher weg und steckte mir eine Zigarette an. So ein Urlaub mußte doch geplant werden!
»Und wo fliegen wir hin?« Mir schwebten die Malediven vor. Glasklares Wasser, Sandstrand bis zum Horizont. Liebe unter Palmen.
Robert runzelte die Stirn. Von Urlaubsplanung hielt er nichts. »Rauch doch nicht so viel!«
Das mußte ich mir nicht sagen lassen von einem, der mindestens zehn überflüssige Kilos mit sich rumschleppte und jeden Tag mehrere Liter Bier trank.
»Übernächsten Samstag hab ich Klassentreffen«, teilte ich ihm mit.
»Ach!«
Ich erzählte ihm, daß ich Didi bei Feinkost-Behrens getroffen hatte und daß wir zusammen heimfahren würden, um dem Treffen beizuwohnen.
»Bleibst du über Nacht?«
Ja, ja und nochmals ja! jubelte Madonna. Ich bleibe über Nacht, aber ich bin mir nicht sicher, ob ich bei meinen Oldies penne oder in den starken Armen eines ehemaligen Klassenkameraden auf meinen Schönheitsschlaf verzichte!
»Klar, sonst gibt das doch nur Streß.« Absichtlich blies ich das letzte Rauchwölkchen in Roberts Richtung und drückte energisch die Zigarette aus. Er hustete vernehmlich und legte einen Bierdeckel über den Aschenbecher.
»Na ja, denn ...«
Wir packten unseren Kram zusammen und fuhren nach Hause. Robert ließ mich fahren – den heiligen rotz-racing-grünen Jaguar! –, ohne auch nur einmal an mir rumzumäkeln. Sogar als ich beim Einparken vorm Haus fast den Glasbruchschen Golf rammte, verkniff er sich einen Kommentar.

Am nächsten Abend gingen Robert und ich mit Helge ins Sidestep. Bea kam mit ihrem Fahrrad angestrampelt.
»Hast du dir schon Gedanken gemacht?« fragte sie mich.
»Gedanken?« Roberts Stimme klang abfällig. »Worüber sollte sich meine Frau wohl Gedanken machen? Die hat doch alles, was sie braucht!«
Glasbruch schmunzelte und gab ihm damit wortlos recht. Noch so 'ne Chauvi-Ratte!
»Bea und ich wollen die Tamponwerbung revolutionieren.«
»Daß ich nicht lache!« Robert verdrehte die Augen. »Ihr seid doch schon zu blöde, die Dinger richtigrum reinzustopfen!«
Bea trat mich unter dem Tisch.
»Guck mal nach links!« zischte sie.
Ich guckte nach links und sah Paul Nietmann mit seinem Mama-Ersatz nebst Pudel und vier Bengeln im Alter zwischen sieben und siebzehn. Sie tranken Cola und Kölsch und bissen in von Fett triefende Bratwürste. Was für ein Familienidyll! Paul steckte dem Pudel heimlich einen Zipfel Bratwurst zu. Ja, ja, wir Schoßhunde müssen zusammenhalten! Als Anke die Vollschlanke Wind davon kriegte, wies sie Nietmann scharf zurecht und drohte ihm mit dem Zeigefinger. Der älteste Flemming-Sprößling kam mir irgendwie bekannt vor. Klar! Es war der schlaksige Junge, der an der Eisdiele vorbeigeschlendert war, als Paul und ich dort gesessen hatten. Deshalb war Nietmann so panisch aufs Klo entschwunden! Und deshalb hatte der Köter so an der Leine gezogen und aus Leibeskräften gekläfft!
»Das darf doch nicht wahr sein«, murmelte ich.
Anke die Vollschlanke richtete Nietmann den Schlips und rieb ihm mit der Serviette einen Senffleck vom Hemd. Er legte seine behaarte Hand auf ihr bestrumpftes Knie.
Schnell schaute ich weg und versuchte, mich ins Gespräch einzuklinken. Helge hatte leutselig den Arm um Bea gelegt und protzte mit den Vorzügen seines neuen Computers.
»Und zweiunddreißig Megabites, Wahnsinn, was?«
Robert guckte leicht bedröppelt und gab widerstrebend zu, daß sein Computer nur über acht Megabites verfügte. »Dafür hat er aber einen superschnellen Rechner!« trumpfte er auf.

Es war kaum auszuhalten. Die Neandertaler hatten sich gestritten, wessen Keule wohl die längste war. Oder die dickste, von mir aus. Heute streiten sich diese armseligen Möchtegern-Manager über die Kapazität ihres Arbeitsspeichers, und wer die meisten Megabites hat, ist dicke da. Ob Keule oder Megabite: Eigentlich geht es immer nur um die Schwanzlänge. Seit Ewigkeiten prahlen die Männchen vor den Weibchen mit ihrer Potenz.
Später, als wir den Heimweg antraten, sagte Glasbruch zu Bea: »Gehn wir zu mir oder zu dir?«
Bea hatte sturmfreie Bude, denn Gernot hatte beschlossen, nach dem Seminar im Spessart noch bei einem alten Kumpel in Aschaffenburg vorbeizuschauen. Da konnte Glasbruch ihr ganz ungeniert dort die Kapazität seines Arbeitsspeichers vorführen.
Ich zockelte mit Robert heimwärts. Unterwegs legte er seine unbehaarte Hand um meine nackten Schultern. In der Wohnung war es heiß und stickig. Eilig zog ich mich aus und duschte kalt, während Robert auf dem Klo saß und seine elektrische Zahnbürste kreisen ließ. Als ich mich abtrocknete, fragte er spitzbübisch: »Gehn wir zu dir oder zu mir?«
Ich drängelte mich an ihm vorbei, rubbelte mich ab und putzte mir die Zähne.
»Was empfiehlt denn der Zahnarzt seiner Familie?« fragte ich schnippisch.
»Der Zahnarzt ist da ganz flexibel!«
Das hatte ich befürchtet. Aber acht Megabites waren einfach nicht genug! Ich ging zu Bett und schlief tief und traumlos. Vorbei die Zeiten, in denen Gerstenberg durch meine Träume geisterte. Was er wohl treiben mochte? Eigentlich hatte ich gedacht, er würde sich noch mal melden. Na ja, Schnee von gestern. Er würde sich wohl anderweitig getröstet haben. Oder er war seinem Lungenkrebs erlegen.

Der Termin des Klassentreffens rückte immer näher. Schon seit Tagen grübelte ich über die Kleiderfrage nach: lässiger Chic oder dezente Eleganz? Ich wühlte meine Schrankhälfte durch, die laut

Robert vor Klamotten aus den Fugen barst. Der mußte grade reden mit seinem Schuhtick! Nachdem ich etliche Kleidungsstücke von den Bügeln gerissen hatte, beschloß ich, die Gelegenheit zu nutzen und richtig auszumisten.

Aus der Besenkammer holte ich einen Altkleidersack vom Roten Kreuz. Dann machte ich Inventur. Ich fand alte Leggings mit Tigermuster. Meine Güte, wie viele Nächte hatte ich damit durchgetanzt! Leider waren sie mir mal zwischen die Kochwäsche geraten und gingen mir jetzt nur noch bis zu den Knien. Eine alte Seidenhose in Emanzenlila fiel mir entgegen. Ich probierte sie an. Der Gummizug war ausgeleiert, und trotz »Nicht verzagen – Oma fragen!« würde es mir nicht gelingen, ein neues Hosengummi einzufädeln. Schade eigentlich. Leichten Herzens verwarf ich etliche T-Shirts, die auch schon bessere Zeiten gesehen hatten. In der hintersten Schrankecke fand ich die rote Plastik-Regenjacke, in der mich Robert nicht ertragen konnte. Seiner Meinung nach sah ich damit aus wie das mörderische Kapuzenmännchen aus »Wenn die Gondeln Trauer tragen«, und er grauste sich vor mir. Ich stopfte sie zu den anderen Klamotten in den Sack, der sich allmählich füllte. Ein paar gelbe Shorts, die ich von Bea geerbt, aber nie getragen hatte, krochen mir aus der untersten Schublade der Wäschekommode entgegen. Hinfort!

Allmählich machte mir das Ausmisten richtig Spaß. Wenn erst mal der Scheck von blabla Communications da war, würde ich guten Gewissens einen ganzen Tag lang shoppen gehen. Neue Kleider braucht der Schrank! Der Aufräumaktion fielen auch noch zig Nylonstrümpfe zum Opfer, die allesamt an Laufmaschen krankten. Zudem etwa ein Dutzend Socken, die mir Mutti gestrickt hatte. Leider zu klein. Sie hatte immer noch nicht kapiert, daß ihre Tochter auf größerem Fuß lebte als sie selbst.

Danach war ich genauso schlau wie vorher. In die engere Auswahl kamen nur noch ein durchsichtiger weißer Baumwolloverall mit Lurexstreifen (zu gewagt!), ein graues Kostüm mit knielangem Rock (nicht gewagt genug!) und meine krachlederne Wanderhose (wenigstens originell!). Im Zustand tiefster Resignation räumte ich die verbliebenen Klamotten wieder in den Schrank, wobei mir noch ein paar Lavendelkissen entgegenpur-

zelten, die Hilde-Mama uns zur Wohnungseinweihung geschenkt hatte, weil sie angeblich die Motten davon abhielten, sich mit Roberts Designerhemden die Bäuche vollzuschlagen.
Ich nahm mir vor, die Zeit bis zum Eintreffen des Schecks sinnvoll zu nutzen. Kurz entschlossen schnappte ich mein Portemonnaie, zählte die mir verbliebene Barschaft – hundertzweiundvierzig Mark und paar Zerquetschte – und machte mich auf den Weg zu Betty Beauty, der führenden Parfümerie der Stadt. Gott sei Dank konnte ich mir einen Friseurbesuch sparen. Was für ein Glück, daß ich neulich erst bei Scheffel gewesen war!
Bei Betty Beauty kam ich mir immer vor wie eine spätpubertäre Landpomeranze, die sich in die Gefilde der Großstadt verirrt hat. Als ich den Laden betrat und ein liebliches Gebimmel auslöste, lungerten die üblichen topgestylten und typgerecht geschminkten Model-Verschnitte gelangweilt hinter dem Verkaufstresen herum, ohne auch nur mit einem Zucken ihrer zentimeterlangen Wimpern anzudeuten, daß sie meine Wenigkeit wahrgenommen hätten. Verlegen drückte ich mich vor den Regalen herum, in der Hoffnung, daß sie irgendwann ihr Gespräch, das sich vornehmlich um Solarien und Saunen drehte, unterbrechen würden, um sich verkaufsgierig auf mich zu stürzen. Doch weit gefehlt!
Peinlicherweise kam erst dann eine dieser Grazien angewackelt, als ich gerade in einem Vergrößerungsspiegel versuchte, ein paar Mitesser auszudrücken, von deren Existenz ich bisher nie was geahnt hatte. Mit hochrotem Kopf prallte ich zurück und ließ mir ein sündhaft teures Gesichtspeeling aufschwätzen, das ich im Normalzustand noch nicht mal in Erwägung gezogen hätte. Um mich von der angemalten Schlampe nicht gänzlich abzocken zu lassen, kaufte ich demonstrativ ein Tiegelchen Nachtcreme Anti Age aus dem Sonderangebot, wobei es mir sogar gelang, ihr angewidertes Nasenrümpfen zu ignorieren. Zu guter Letzt wählte ich ein 20-ml-Fläschchen des neuen Parfüms Femme fatale. Werbegeschädigt, wie ich war, sah ich im Geiste schon, wie ein Haufen Kerle sich wie ausgehungerte Köter in die Kordel eines Fesselballons verbissen, mit dem ich – umgeben von einer Wolke Femme fatale – in höhere Sphären entschwebte. Generö-

serweise ließ sich die Betty-Beauty-Schlampe noch dazu herab, mir mit spitzen Fingern ein paar Pröbchen eines Selbstbräuners hinterherzuwerfen. Ich sackte alles ein und sah zu, daß ich Land gewann.

Auf dem Nachhauseweg machte ich im Bücherwurm Station und wühlte mich durch die Bestände an Frauenliteratur. Wenn auf meinem Nachttisch nichts Lesbares lag, konnte ich nicht einschlafen. Ich las mich in einem Buch mit dem vielversprechenden Titel »Ein Kerl für jede Rocklänge« fest, verwarf es aber dann wieder, weil ich mehr für Hosen war. Robert hatte mir das Röcketragen ziemlich vermiest, weil er stur und steif behauptete, ich hätte Beine wie ein B-Klasse-Spieler.

Die üblichen psychologischen Ratgeber überging ich, weil immer noch das Machwerk von Frau Dipl. Psych. Ute Schlumberger, »Die nächste Ehe kann nur besser werden«, unterm Kopfkissen schlummerte. Nein, etwas leicht Verdauliches sollte es sein! Außerdem war ich längst nicht soweit, eine nächste Ehe in Erwägung zu ziehen.

Schließlich entschied ich mich für »Wadenwickel und Wermutstropfen« von Eva Edelmuth. Erstens kostete es nur zwölfneunzig. Zweitens handelte es von einer Frau, die in die Fänge eines Hypochonders geraten war und der es einfach nicht gelingen wollte, sich daraus zu befreien. Da konnte ich mitfühlen. Auch ich war einstmals dem ersterbenden Charme eines Hypochonders erlegen, hatte mich aber im Gegensatz zu der Protagonistin von »Wadenwickel und Wermutstropfen« erfolgreich befreit. Leider allerdings unter Zuhilfenahme eines schnitzelsüchtigen Zahnklempners. Vielleicht sollte ich auch mal ein Buch schreiben. Der Titel wäre klar: »Wiener Schnitzel und Weisheitszähne«. Ich grinste verbittert vor mich hin. Oder »Weisheitszahn und Wer-mutz-tropfen«.

Tagtäglich peelte ich meine Gesichtshaut, bis fast nichts mehr davon da war. Nachtnächtlich trug ich Anti Age auf. Meinen Füßen und Waden sowie dem Hals gönnte ich ein Portiönchen Selbstbräuner aus der Probiertube, da diese Körperpartien bei mir nie braun wurden. Unsere Balkonbrüstung hielt jeglichen Sonnenstrahl fern, der sich in Richtung meines Unterbaus durchmogeln wollte, und in die andere Richtung konnte ich meine Beine nicht legen, weil dort ein Weinchen der Rebsorte Müller-Thurgau vor sich hin wucherte. Der Ableger stammte von Julia. Im Prinzip war sie also schuld an meinen madenweißen Waden. So gesehen geschah es ihr nur recht, daß ihre Zähne Zores machten.

Bea rief an und wollte mit mir ins Kino gehen. Da Robert ständig Überstunden machte, weil ihm die Patienten die Bude einliefen, willigte ich ein und verabredete mich mit ihr um acht am Cinema. Für Robert stellte ich ein Fertiggericht – Rahmgeschnetzeltes mit Käsespätzle – auf die Anrichte und schrieb ihm einen Zettel, auf dem ich minuziös die Bedienung der Mikrowelle erklärte. Das würde er ja wohl noch geregelt kriegen. Schließlich war er in der Lage, einen Zahnbohrer zu handhaben sowie den Funktionsmechanismus einer Startautomatik zu durchschauen.

Bea wartete schon auf mich, als ich beim Kino eintraf.

»Mach hin!« rief sie.

Wir stellten uns in die Schlange, die sich vor der Kinokasse gebildet hatte, und diskutierten über die Tamponwerbung, die uns nicht aus dem Kopf ging. Nach dem Klassentreffen würden wir uns zusammensetzen und brainstormen.

»Ein Klassentreffen hatte ich auch mal«, sinnierte Bea. »Ist aber schon paar Jahre her. Ich hab die Leute fast nicht wiedererkannt damals. – Wie siehst du überhaupt aus?«

Ich schilderte meine Bemühungen, die Spuren des vergangenen Jahrzehnts aus meinem Gesicht zu tilgen. Sie zeigte auf meinen Hals.

»Und wie lange hast du dich nicht gewaschen?«
Zugegebenermaßen entsprach die Wirkung des Selbstbräuners nicht meinen Erwartungen. Sollten die schmutzränderähnlichen Streifen bis zum Samstag nicht verschwunden sein, würde mir nichts anderes übrigbleiben, als das lang verschmähte Chiffontüchlein, das mir Mutti zu Ostern geschickt hatte, in Gebrauch zu nehmen.
Ich lud Bea großzügig ein, weil sie ihr Geld zu Hause vergessen hatte.
Mit einer Tüte Popcorn und zwei Flaschen Coke – Coca-Cola is it! (By the way, was war eigentlich mit Bobby-Darling los? Schon seit Wochen war ihm keine englische Vokabel mehr über die Lippen gekrochen!) – lümmelten wir uns in die hinterste Reihe und legten die Beine hoch, um Krampfadern vorzubeugen.
Die Filmankündigungen waren schon vorbei, aber wir mußten uns noch die Werbung angucken. Ein Autohersteller warb damit, daß man völlig vergaß, wo der Tank saß, weil seine Automarke Benzin so gut wie überflüssig machte.
Bea regte sich tierisch auf.
»Was für eine frauenfeindliche Werbung!« flüsterte sie. Im Werbespot brachte die Gattin den Gatten im funkelnagelneuen Fahrzeug zum Airport – Karrieretypen reißt man offenbar am besten beim Einchecken am Flughafen oder an der Bar eines Kongreßzentrums auf! – und stellte ihm, der sich in Gedanken schon in Rio oder Tokio befand, eine Unmenge dusseliger Fragen. Und wie geht der Rückwärtsgang rein? Und wie geht der Scheibenwischer an? Und wie verstellt man den Sitz? Und wo ist das Gaspedal? Halt – letzteres streichen, so weit gingen sie denn doch nicht! Dann fragte sie ihn nach dem Tank.
»Also echt! Als ob das Heimchen vom Herd nicht in der Lage wäre, diese Kutsche vollzutanken!« zischte ich. Der Werbespot war sicherlich die Ausgeburt irgendeines Macho-Hirns.
Bea grunzte Zustimmung. »Dabei ist der Typ dermaßen blöde, daß er selbst sich nicht mal merken kann, wo sein Tank ist!«
Der Typ auf der Kinoleinwand überlegte immer noch. Es wollte und wollte ihm nicht einfallen.
Als der Film anfing, lehnten wir uns genüßlich zurück, um zum

zigtausendstenmal mit anzusehen, wie Meryl Streep in »Jenseits von Afrika« ihre liebe Last mit dem Angetrauten hatte, der genau wie Robert nichts lieber tat, als Haus und Garten inklusive Ehefrau aus dem Weg zu gehen. Schlimmer gar! Er schreckte nicht davor zurück, sie mit der Syphilis anzustecken, die er sich beim Fremdgehen geholt hatte. Das sollte Robert einmal wagen!

Die arme Frau! Zwar spendierte ihr das Schicksal einen leckeren Lover in Gestalt Robert Redfords, aber auch an dem hatte sie nicht lange Spaß. Ein Flugzeugabsturz raffte ihn dahin.

Neben mir schluchzte Bea in ihrem Kinosessel. Ich überlegte, daß mir auch schon etliche Lover abgängig waren, ohne daß ich was von ihnen gehabt hatte. Zwar waren sie nicht den Weg alles Irdischen gegangen, aber der Individualist hatte sich als hypochondrischer Sozialparasit erwiesen, der Professor als depressionszermürbter Gruftie, der Werbefuzzi als dressiertes Schoßhündchen.

Händeringend schlurfte ich aus dem Kino, seufzte in die barmherzige Dunkelheit und setzte all meine Hoffnungen auf das Klassentreffen.

Mein Hals war käsebleich wie eh und je, als der herbeigesehnte Tag X mir seinen ersten Sonnenstrahl ins nachtcremegenährte Gesicht schickte. Robert wälzte sich noch in seinem Bett hin und her, als ich bereits jubilierend durch die Wohnung tobte und meine Siebensachen zusammensuchte.

Schlaftrunken taumelte er in die Küche.

»Ach, heute ist der große Tag?«

Natürlich waren ihm meine Anstrengungen der letzten Tage nicht entgangen. Jeden Abend hatte er mißtrauischen Blickes vom Klo aus verfolgt, wie ich mein Gesicht erst porentief reinigte, um es anschließend mit Nährcreme zuzuspachteln.

Meine Reisetasche platzte aus allen Nähten. Zu ein paar Klamotten – darunter das Spitzendessous, das ich damals eigens für unsere Hochzeitsnacht angeschafft hatte, die Robert dann aber im Vollrausch verschlief – hatte ich das dicke Fotoalbum gestopft, das meinen Werdegang von der Einschulung bis zum Abitur dokumentierte. Auf den ersten Bildern mühte sich eine rotbackige Sechsjährige mit dünnen Zöpfen mit einer überdimensionalen Schultüte ab, auf den letzten Bildern kicherte eine zottelmähnige Achtzehnjährige angesäuselt in die Kamera, umringt von ein paar Jungs. Ein Schwarzhaariger mit Pubertätspickeln im bartlosen Gesicht hatte den Arm unbeholfen um sie gelegt. Alle trugen Jeans und T-Shirts.

Robert schien sich nur schwer von mir trennen zu können. Er hatte noch nie mehr als einen Abend alleine in der Wohnung verbracht, wohingegen ich schon häufig Strohwitwe gewesen war, wenn Zahnarztkongresse oder Skiurlaube mit Dietrich anstanden.

»Darling!« rief ich. »Keine Sorge, Volksfürsorge! Morgen bin ich wieder da!«

Sollte er doch auch mal sehen, wie öde das war, mutterseelenallein in dieser Monsterwohnung herumzustolpern und unentschlossen vom Kühlschrank zum Kamin und vom Kamin zum Kühlschrank zu rennen. Oder auf das Telefon zu starren, das partout nicht klingeln wollte.

Robert zog sich an und ging Brötchen holen. Ich nutzte die Gelegenheit, um mein Pillenschächtelchen unter dem Frotteehandtuch hervorzukramen und in meinem Utensilientäschchen zu verstauen. Bea, die bereits vor Wochen Vorsorge für den Fall getroffen hatte, daß sich in Gernots Abwesenheit ein Mann – sei es in Gestalt von Helge Glasbruch oder Holger Frenzel – in ihr ungemachtes Bett verirren sollte, hatte mir nach dem Kinobesuch mit Verschwörermiene und den Worten »Doppelt gemoppelt hält besser!« ein Päckchen Präser der Marke soft & safe in die Hand gedrückt, das ich schon verstaut hatte.

Madonna hatte dabei wohlig gegrunzt, die netzbestrumpften Beine hochgelegt und sich eine Zigarette angezündet. Muttern hatte abrupt das Fensterleder aus der Hand fallen lassen und sich am Klosterfrau Melissengeist vergriffen.

Zur Feier des Tages öffnete ich ein Pikkolöchen. Wir frühstückten einträchtig. Robert hatte sich richtig Mühe gegeben und sogar ein Damasttischtuch aufgelegt. Und ausnahmsweise hatte er sogar daran gedacht, den Salzstreuer auf den Tisch zu stellen. Er

aß seine Eier stets ohne Salz, denn er litt unter der Zwangsvorstellung, Salz könnte seinen Zahnschmelz zersetzen. Ein geduldiger Mensch müßte es mal auf sich nehmen, ihm den Unterschied zwischen Speisesalz und Streusalz zu verklickern.
Kaum hatte ich mein Ei ausgelöffelt und meinen Kaffee ausgetrunken, ließ ich die Serviette fallen und stand auf.
»Du kannst es ja kaum erwarten!« mäkelte Robert.
Stimmt genau, Baby. Ich kam mir vor wie ein Kleinkind, das zum erstenmal den Laufstall verlassen darf!
»Ich muß Didi noch abholen.«
Der Gatte hatte sich großzügigerweise bereit erklärt, mir den Porsche auszuleihen.
»Weißt du, wo der Tank ist?« rief er mir nach. Er hing einfach viel zu oft vor der Glotze.
Ich verkniff mir eine bissige Bemerkung. Dank der Erkenntnisse, die mir die Lektüre von Frau Schlumbergers Buch vermittelt hatte, wußte ich, daß auch Männern Abschiednehmen schwerfallen kann. Ich sah zu, wie Robert meine Tasche auf die Rückbank schmiß, und registrierte ein kratziges Gefühl in der Kehle.
Bleib hier! sagte Muttern weinerlich. Mach dir ein gemütliches Weekend mit deinem Mann! Der Spatz in der Hand ist besser als die Taube auf dem Dach.
Mit geschlossenen Augen – weil ich sein zerknirschtes Gesicht nicht länger mit ansehen konnte – küßte ich Robert zum Abschied. Er druckste herum.
»Mach mir keine Dummheiten«, sagte er. »Bleib anständig!«
»Und wenn nicht, viel Spaß dabei!« rief ich und winkte ihm huldvoll zu. Es würde ihm nicht schaden, sich nach mir zu verzehren. Ich dagegen würde mich heute abend amüsieren, was das Zeug hielt. Man gönnt sich ja sonst nix!
In ihrer Hirnkammer tanzte Madonna einen wilden Tango zu den Klängen von »Like a Virgin« und versprach mir a lot of fun.
Ein paar Kreuzungen weiter stieg Didi zu und platzte fast vor Neid, als er den Porsche sah. Typisch Mann! Statt sich zu einem platten Kompliment bezüglich meines Pfirsichteints hin-

reißen zu lassen, lobte er die makellose Metallic-Lackierung des Porsche. Als wir auf der Autobahn waren, wußte er nicht mehr, was er mir erzählen sollte, da er schon in der City alle Anekdoten aus der Schulzeit heruntergebetet hatte und ihm jetzt keine mehr einfiel. So schnell hatte Didi sein Pulver verschossen. Ich schob eine Kassette rein, damit kein peinliches Schweigen aufkam. Didi guckte aus dem Fenster.
Drei Stunden später setzte ich ihn bei seiner Mama ab.
Ich kurvte durch die Kleinstadt und verfranste mich, weil die Stadtväter aus einer Straße, die man damals in beide Richtungen befahren konnte, eine Einbahnstraße gemacht hatten. Nach einigen Minuten hielt ich vor dem Haus meiner Eltern. Als ich das schmiedeeiserne Gartentörchen aufstieß, stand Mutti bereits in der Haustür und präsentierte sich in ihrer allerbesten Kittelschürze.
»Elisabeth!« rief sie und klatschte in die Hände.
Prompt verkroch sich Madonna in ihr ungemachtes Nest, während Muttern im Brustton der Überzeugung sagte: Zu Hause ist es doch am schönsten!
Mein Vater kam herbei und nahm sich meines Gepäcks an.
»Was hast du denn für Haare?« fragte er entgeistert. Ohne eine Antwort abzuwarten, schleppte er meine Reisetasche ins Gästezimmer, das früher erst mein Kinder- und dann mein Mädchenzimmer gewesen war. Mutti eilte mir voraus ins Wohnzimmer. Es roch nach Bohnerwachs und frischen Waffeln.
»Setz dich erst mal, Kind!«
Ich ließ mich in die Sofakissen fallen. Nichts hatte sich verändert. Die Zeit schien stehengeblieben zu sein. Alles war picobello, kein Stäubchen weit und breit. Die Alpenveilchen blühten üppig. Die Stores waren frisch gestärkt. Die Sofakissen standen senkrecht, von Muttis Handkantenschlag zur Räson gebracht. Mein Vater gesellte sich zu uns, trank zwei Tassen magenschonenden Kaffee und verschwand wortlos ins Fernsehzimmer. Mutti beäugte mich argwöhnisch, weil ich Anstalten machte, das Kaffeegeschirr zusammenzuräumen.
»Iß doch noch was, Kind!«
Um des lieben Friedens willen und weil ich ein konfliktscheuer

Mensch bin, lud ich mir die vierte Waffel auf meinen Teller, verteilte einen Berg Kirschen und Sahne darauf und aß todesmutig weiter. Sie würde ja doch keine Ruhe geben, bis ich kurz vorm Platzen war.

»Du bist so dünn!« jammerte sie gerade. »In deinem Alter würden dir ein paar Pfund mehr ganz gut stehen.«

Klar, meldete sich Madonna, damit du dann mit fuffzig auch Übergewicht hast! Und Bluthochdruck! Und erhöhte Cholesterinwerte!

Ich hatte alles weggeputzt und schickte mich an, mir eine Zigarette anzustecken.

»Kind!« Ein Aufschrei des Entsetzens. »Daß du aber auch immer noch rauchst!«

Trotzdem sprang sie auf und holte genau die Sorte Aschenbecher herbei, die in allen Nichtraucherhaushalten ihr unnützes Dasein zwischen den Sammeltassen in der Glasvitrine fristet. Zu schön, um auch nur eine Kippe darin auszudrücken, ohne ein schlechtes Gewissen zu kriegen, weil man das edle Stück Porzellan so versaut. Und zu klein, um überhaupt daran zu denken, sich eine zweite Zigarette anzustecken. Am Rande des Aschenbechers stand »Gruß aus Holland«, unter dem Schriftzug war eine kleine blaue Windmühle abgebildet.

Nach dem Abspulen der üblichen Rituale lief Mutti allmählich zur Hochform auf. Endlich hatte sie ihr kleines Mädchen wieder unter der Fuchtel!

»Und Robert?« fragte sie.

Aha – die heilige Inquisition ließ nicht lange auf sich warten.

»Was ist mit Robert?« Ich spielte die Unschuld vom Lande. Das konnte ich gut, weil ich vom Lande kam.

»Wie kannst du ihn nur allein lassen, so ein Mann kommt doch nicht zurecht!« Mich würde mal interessieren, wer dieses Ammenmärchen in die Welt gesetzt hatte.

»Robert kommt sehr gut ohne mich zurecht.« Ich steckte allen Widrigkeiten zum Trotz die zweite Zigarette an. Mutti schaute zum offenen Fenster, wo sich im linden Augustlüftchen die Stores gar anmutig blähten. Sie fürchtete um ihre blütenweiße Reinheit.

»Was ißt er denn, wenn du ihm nichts kochst?« So 'n neumodischer Kram wie eine Mikrowelle kam Mutti nicht ins Haus. In diesem Stadium der Inquisition konnte ich nicht mehr an mich halten.

»Meine Güte, Robert ist dick genug!« brauste ich auf. »Er wird einen Tag ohne warme Mahlzeit mühelos verkraften!«

Mutti schüttelte den Kopf. Diese Weiber von heute! Gondelten in der Weltgeschichte herum und ließen ihre Männer hilflos zu Hause sitzen, wo sie einen erbärmlichen Hungertod erleiden würden.

»Mutti«, sagte ich, »ich muß mich noch ein bißchen ausruhen, sonst bin ich nachher nicht fit.« Ich streckte und reckte mich.

»Fit wofür?«

Himmelherrgottsakrament! Für das hemmungslose Herumgrölen in der Kneipe mit Leuten, die ich nach zig Jahren zum erstenmal wiedersah! Aber das konnte ich ihr unmöglich erklären. Sie würde es nicht kapieren. Muttis Wiedersehensfeiern mit ihren Mitkonfirmanden oder Klassenkameraden beschränkten sich auf Liederabende und Kaffeekränzchen. Ich stand auf, gab ihr einen Kuß auf die welken Wangen – ob ich ihr mal Anti Age empfehlen sollte? – und legte mich im Gästezimmer ab, wo ich alsbald in einen tiefen Schlummer fiel.

Gegen sieben klingelte der Reisewecker, den ich mir gestellt hatte. Zuerst wußte ich überhaupt nicht, wo ich war. Dann sah ich meine alten Puppen in Reih und Glied auf der Kommode sitzen. Sie starrten mich aus leblosen Porzellangesichtern an.

Ich sprang aus dem Bett. Fernsehgeräusche drangen an mein Ohr. Sicher guckte mein Vater die Sportschau, und Mutti würde daneben sitzen und ihn mit ihrer Unkenntnis nerven.

Geduscht hatte ich heute morgen schon. Aus meiner Tasche holte ich eine alte, ausgewaschene Jeans, in der ich einen besonders knackigen Hintern hatte. Ich zog einen violetten Body an, streifte die Jeans über und nahm die schwarze Seidenbluse vom Bügel, auf den ich sie vor meinem Nachmittagsschläfchen gehängt hatte. Um den Hals legte ich eine Kette aus falschen Perlen. Schon lange wartete ich darauf, daß Robert mal eine echte Perlenkette rüberwachsen lassen würde. Das konnte ich wahrscheinlich abhaken, denn er war der Überzeugung, wer falsche Zähne habe, sollte sich auch mit falschen Perlen zufriedengeben.

Besondere Sorgfalt widmete ich meinem Make-up. Natürlich wollte ich keinen Tag älter aussehen als zu Zeiten des Abiturs! Höchstens reifer. Die Investitionen bei Betty Beauty hatten sich bezahlt gemacht. Meine Haut war straff wie ein Babypo. Und unter Zuhilfenahme von taubengrauem Lidschatten und reichlich Mascara gelang es mir, meine Augen auf groß und glänzend zu trimmen. Noch ein bißchen Lippenstift, den ich in Ermangelung von Rouge auch auf die Wangen verteilte, und fertig war der Lack. Ich sprühte eine Überdosis Femme fatale hinter die Ohren und ins Haar.

Mutti sprang sofort auf, als ich mich verabschieden wollte.

»Wo gehst du jetzt hin?«

Ich bewahrte Ruhe. »Zu Carlo.«

Carlo war der einzige Italiener des Städtchens, eher eine Kneipe als ein Ristorante, ein bißchen angeschmuddelt, aber gemütlich. Bei Carlo hatten wir früher immer die Freistunden totgeschlagen und Doppelkopf gespielt. Notfalls konnte man bei ihm anschreiben lassen.

»Und wenn Robert anruft, was soll ich sagen?«

Sag ihm, daß sich seine Gattin anschickt, über alles herzufallen, was Hosen anhat, schrie Madonna und hüpfte ungeduldig durch die Hirnkammer.

»Sag ihm, ich bin geplatzt!« entfuhr es mir.

Mutti runzelte die Stirn.

»Robert weiß, daß ich heute abend beim Klassentreffen bin, und wird nicht anrufen.«

»Und wann kommst du wieder heim?« So schnell gab sich Mutti nicht geschlagen. Das wäre ja gelacht!

»Wenn wir fertig sind!« Heim! Noch wußte ich nicht, ob ich überhaupt jemals wieder heimkam. Konnte auch sein, daß ich mit meiner alten Liebe Klausi durchbrannte. Sofern er keine Pubertätspickel mehr hatte. Jedenfalls würde ich keine Chance ungenutzt verstreichen lassen.

»Du brauchst nicht auf mich zu warten«, sagte ich drohend. Als ich meine ersten Flugversuche unternommen hatte und mich zusehends vom elterlichen Nest entfernte, saß Mutti regelmäßig mitten in der Nacht, wenn ich heimkam, im geblümten Nachthemd am Küchentisch und löste Kreuzworträtsel. »Es kann spät werden!«

Ich sagte »Tschüs!« zu meinem Vater, der sich aber mehr für Eintracht Frankfurt interessierte. Ganz wie in alten Zeiten.

Als ich schon vorm Gartentörchen stand, rief Mutti hinter mir her: »Mach mal einen Knopf zu! Und betrink dich nicht!« Sorgenvoll blickte sie mir nach.

Zehn Minuten später gelangte ich in die Fußgängerzone. Ich passierte das Eiscafé Venezia, auch das Kaufhaus Holle gab es noch. Dort hatte mich Mutti immer eingekleidet. Leider stimmte unser Geschmack schon damals nicht überein, aber sie saß am längeren Hebel, weil sie das Geld verwaltete, das mein Vater ranschaffte. So war ich denn gezwungen, meine Kinderjahre in gelben und grünen Klamotten zu verbringen. Was sicher der Grund dafür war, daß ich diese Farben für den Rest meines Lebens mied wie der Teufel das Weihwasser. Dagegen liebte ich Schwarz, Weiß, Grau und Violett.

Na so was! Sogar die Praxis Dr. Bechtel gab es noch! Oder war das jetzt der Junior? Hierhin hatte Mutti mich geschleppt, wenn ich mich weigerte, einen Milchzahn eigenhändig rauszureißen. Und ich hatte mich grundsätzlich geweigert. Die Biester konnten wackeln wie Lämmerschwänze, ich vergriff mich nicht daran. Bei Dr. Bechtel hatte ich eine hochgradige Zahnarztphobie entwickelt, die angehalten hatte, bis Robert mir vorm Kino über den Weg gelaufen war. Dr. Bechtel trug eine Art Metzgerschürze, und seine Hände und Unterarme waren stark behaart. Lange zu fackeln war nicht sein Ding. Bei Mißfallensbekundungen meinerseits – darunter fielen Schreien, Treten, Kratzen, Spucken – war er schnell bei der Hand und verteilte Ohrfeigen. Seine letzte Amtshandlung war gewesen, mich von meinem ersten Weisheitszahn – zwoacht – zu befreien. Danach war ich aus dem Städtchen getürmt und hatte mich ins Stadt-

leben gestürzt. Tief im Westen, wo die Sonne verstaubt. Möglichst weit weg von Mama.
Auch Carlos Interieur hatte sich im letzten Jahrzehnt nicht verändert. Fischernetze hingen von der Decke, in denen immer noch dieselben Seesterne und Muscheln verstaubten wie damals. Aus dem Lautsprecher tönte anstelle von Adriano Celentano jetzt Eros Ramazotti. Das schien das einzige Zugeständnis an die Moderne zu sein. An der Theke hingen grau gewordene Zecher und süffelten ihren Lambrusco. Carlo selbst war ein bißchen runder geworden und palaverte in derselben Lautstärke mit seinem Koch wie ehedem.
Aus dem Hinterzimmer drang lebhaftes Stimmengewirr. Ich atmete tief durch und riß mich zusammen. Das Klassentreffen war eine weit schlimmere Prüfung als das Abitur, fand ich. Ich stupste gegen den Flügel der Schwingtür und trat ein. Und saß quasi wieder im Klassenzimmer.
Dumpfbacke Didi winkte mir, aber ich schlug die entgegengesetzte Richtung ein und setzte mich zu Klausi, der mir wie früher einen Platz freigehalten hatte. Er schaute mich begeistert an.
»Mich beschleicht der starke Verdacht«, sagte er, »du bist am Ende gar noch schöner geworden!«
»Und mich beschleicht der Verdacht«, gab ich schlagfertig zurück, »du bist am Ende doch noch der Pubertät entwachsen!«
Wir mußten herzlich lachen. Klausi trug wie ich alte Levis und schleppte kein einziges überflüssiges Gramm mit sich herum. Auf seinem T-Shirt stand »sweet, soft & lazy«. Das o von »soft« zog sich endlos, weil sein Brustkasten so breit war. Und seine Pubertätspickel waren alle verschwunden. Das war mehr, als ich zu hoffen gewagt hatte.
Uwe, der gegenüber saß, betrachtete uns amüsiert. Als Klausi mir ein Küßchen gab, sagte er: »Alte Liebe rostet nicht, he?«
Ursula traf ein, über deren altjüngferliches Getue wir früher immer gelästert hatten. Mein lieber Scholli, die hätte ich beinahe nicht wiedererkannt! Kein Kassengestell mehr, sondern Kontaktlinsen. Und mindestens einen halben Zentner leichter! Sie drängelte sich neben Didi, auf den sie es früher schon immer abgesehen hatte. Leider hatte Didi auch heute nur Augen für

Ingrid. Er klebte wie Leim an ihrer Seite und sülzte ihr die Ohren voll.
Sechzehn Leute waren gekommen, zwei hatten abgesagt.
Klausi klärte mich auf. »Angelikas Kinder haben die Masern, und Peters Frau liegt im Wochenbett.«
Na ja, dachte ich, besser die als ich.
Wir tranken Rotwein und hielten uns an Pizza und Pasta schadlos.
»Bist du noch zu haben?« fragte Klausi. »Sag die Wahrheit, ich bin Manns genug, sie zu verkraften!«
Ich brachte es nicht übers Herz, Robert zu verleugnen. Und beichtete Klausi meine Ehe mit dem angesehenen Zahnklempner.
»Verrat!« rief er. »Meineid! Damals hast du mir ewige Treue geschworen!«
Offenbar hatte er seinen Beruf sehr verinnerlicht. Wie er mir erzählte, hatte er nach der Bundeswehr Jura studiert und war jetzt als juristischer Berater bei einem Mega-Konzern in München angestellt. Nach einer gezielten Frage meinerseits gestand er, daß er es mit dem Schwur ebenfalls nicht so genau genommen hatte.
»Bist du auch verheiratet?« fragte ich.
Er dementierte heftig, gab aber eine Wochenendbeziehung zu. Seine Freundin studierte in Hamburg und kam jedes zweite Wochenende nach München.
Seine Hände, die wahlweise mit meinem Knie oder meinen Haaren spielten, waren noch so zärtlich wie früher.
»Warst du immer schon so blond?« flüsterte er mir ins Ohr.
»Nee!« gestand ich. »Aber man muß sich die Errungenschaften der chemischen Industrie zunutze machen!«
»Da ist was dran!« Klausi hatte vollstes Verständnis. Wahrscheinlich hatte er sich die Errungenschaften der chemischen Industrie zunutze gemacht, um seine Pubertätspickel loszuwerden.
Ich schlenderte umher, tauschte mich mit Bettina, die schon zweimal geschieden war, über die Unzuverlässigkeit der Männer im allgemeinen und Ehemänner im besonderen aus und hörte mir am Kopfende bei Michael und Harald etliche Blondinen-

witze an. Sie waren sichtlich enttäuscht, als ich mich nicht aufregte.

»Klaus hat dich ja ganz schön in der Mache!« stellte Harald anzüglich fest. Er war schon immer der Miesmacher unserer Klasse gewesen. Kein Wunder! Häßlich, wie er war, hatte er sicher bis zum heutigen Tage keine Frau von innen gesehen.

»Fragt sich noch, wer wen in der Mache hat!« erwiderte ich. »Was macht die Frauenfront bei dir?«

Ich hoffte, ihn mit dieser Frage in die Enge zu treiben. Aber zu meinem maßlosen Erstaunen war er verheiratet – um Himmels willen, welche Geschlechtsgenossin hatte sich denn da erbarmt? – und Vater eines gar herzigen Söhnchens. Um den Tatbestand zu beweisen, kramte er ein paar zerknitterte Farbfotos aus seiner Brieftasche und zeigte sie vor. Ein Einfamilienhaus mit Doppelgarage, der Sprößling erst im Gehfrei, dann mit Dreirad, ein Golden Retriever beim Apportieren. Auf dem letzten Bild, das er auf den Tisch legte, glotzte eine hochschwangere Braut gebärfreudig in die Kamera. Das Bild war im Gegensatz zu den anderen ganz verknittert. Da konnte man mal wieder sehen, welche Prioritäten Männer setzen! Erst das Eigentum, dann der Nachwuchs, dann der beste Freund des Mannes. Die Ehefrau an letzter Stelle!

»Ein aktuelleres Foto von deiner Frau hast du nicht?«

»Nee – wieso?« Ja, wieso wohl? Bei Gelegenheit mußte ich mal Roberts Brieftasche durchwühlen. Mal gucken, was er für Bilder mit sich führte.

Angewidert wandte ich mich von Harald ab und setzte mich zu Bernhard, der immer das geistige Schlußlicht der Klasse gewesen war. Noch heute sah ich ihn an chemischen Formeln und lateinischen Vokabeln scheitern. Wir rauchten eine Zigarette zusammen und stießen auf die alten Zeiten an.

»Und? Was treibst du so?« fragte ich, darauf gefaßt, vor mir den einzigen Kanalarbeiter der Bundesrepublik zu haben, der die allgemeine Hochschulreife in der Tasche seines Blaumanns hatte. Zu guter Letzt hatten die Lehrer Berni das Abizeugnis hinterhergeworfen, weil sie das Elend nicht mehr mit ansehen konnten.

»Das rätst du nie!« krähte Didi von gegenüber. »Berni ist ein erfolgreicher Geschäftsmann, Manager sozusagen, eigene Firma mit sieben Filialen!«

Wollten die mich verarschen? Ich schaute Bernhard erwartungsvoll an.

»Na ja!« druckste er. »Ich hab 'ne Nachhilfeschule aufgemacht, und die Nachfrage war so groß, daß ich expandieren mußte.« Und er berichtete, wie viele arbeitslose Lehrer er schon eingestellt hatte. Ich lachte laut auf.

»Silberhelles Lachen!« Klausi kam auf mich zu. »Wieso hast du dich abgeseilt? Daß du mir keinen Schritt mehr ohne deinen Anwalt machst!«

Er zog mich an sich, ich ging ihm bis an die Brust, er war mindestens einen Kopf größer als Robert.

Kurz nach zwei beschloß Carlo, die Kneipe dichtzumachen.

»Schon eine Stunde über Sperrstunde!« schrie er. »Avanti, avanti!«

Wir suchten unsere Sachen zusammen und brachen auf. Klausi hielt sich dicht an meiner Seite.

»Was hältst du davon, wenn wir noch einen Spaziergang zur alten Stadtkirche machen, wie früher?« Sein Mund klebte an meinem Ohr.

'ne ganze Menge, schrie Madonna begeistert, während Muttern mißbilligend den Lockenwickler-Kopp schüttelte.

»Wenn du meinst!«

»Ich stehe zu meiner Aussage!«

Einträchtig schlenderten wir Hand in Hand durch die engen Gassen, die sich durch die Fachwerkhausschluchten wanden. Ein einsamer schwarzer Kater sang liebestoll den Mond an, wofür Klausi vollstes Verständnis hatte. Er ließ meine Hand los und erklomm eine bröckelige Mauer, die ein idyllisches Gärtchen umgab. Mit seinem Taschenmesser schnitt er eine rote Rose ab und steckte sie quer in den Mund. Seine strahlendweißen Zähne schimmerten im Mondenschein. Er sprang von der Mauer, machte einen Kniefall und ließ sich ohne Widerstand die Rose aus dem Maul reißen.

Ich roch daran. »Guter Hund! Braver Hund!«

»Küßchen!« forderte Klausi und tat, als ob er Männchen

machte. Fehlte bloß noch, daß er mit dem Schwänzchen wedelte.
Wir küßten uns innig und sanken vor Leidenschaft fast aufs malerische Kopfsteinpflaster, als in ungestümen Sätzen ein Dobermann des Wegs kam und kläffend an uns hochsprang. Sein Herrchen, das aussah wie ein Zuhälter – Netzshirt, Schnauzer, mit Schmuck behangen wie ein Christbaum –, folgte ihm auf dem Fuße.
»Apollo!« Der Hundehalter hetzte hinter seinem Dobermann her, der sich japsend in Klausis Jeans verbissen hatte.
»Der tut nix!« verkündete er, drückte den Hund in seine muskelbepackten Arme und redete beruhigend auf ihn ein.
»Scheißtöle!« fluchte Klausi und wischte sich den Hundesabber von der Hose.
Die romantische Stimmung war verflogen. Als wir auf dem Kirchplatz ankamen, wußte ich von mindestens hundert Hunden, die Klausi mutwillig angefallen und fast zerfleischt hatten. Ob er wohl an Hundeverfolgungswahn litt, den er kompensierte, indem er brav apportierte?
Wir ließen uns auf einer Bank nieder. Klausi starrte den Mond an, machte aber keine Anstalten mehr, mich minnetrunken anzuhimmeln. Nach ein paar Minuten erhob ich mich.
»Was ist?« fragte er.
»Bringst du mich jetzt heim?«
»Klar.« Er stand auf und klopfte seine Jeans ab. »Ich hasse diese Köter!«
Die Hose wies immer noch dunkle Flecken auf. »Eines Tages dreh ich einem den Hals um!«
Wir gingen zurück, machten in der Fußgängerzone noch ein paar halbherzige Flirtversuche und beließen es dabei. Innerlich verfluchte ich das Auftauchen von Herr und Hund! Das hatte Klausi ganz und gar aus der Bahn geworfen.
»Sei nicht sauer«, sagte er, als er mich mit seinem schneeweißen Mercedes beim Haus meiner Eltern absetzte. »Wir holen das nach.«
»Klar! Das nächste Klassentreffen kommt bestimmt!«
Aber wann? Nächstes Jahr? In zehn Jahren? Schließlich wurde

ich nicht jünger. Würde Klausi auch noch Rosen apportieren, wenn ich auf krampfadernübersäten Beinen in Carlos Kneipe stolperte? Wenn ich vor lauter Krähenfüßen nicht mehr aus den Augen gucken konnte?
»Hast du nicht mal ein Wochenende Zeit?« fragte Klaus. »München ist 'ne nette Stadt. Und meine, äh, Freundin macht demnächst Examen, da kommt sie nicht mal mehr jedes zweite Wochenende.« Erwartungsvoll sah er mich an.
»Mal sehen.«
Ein Funken Hoffnung glomm in seinen braunen Augen. Ich strich ihm übers kurzgeschnittene schwarze Haar und stieg aus. Große Abschiedsszenen konnte ich mir nicht erlauben, weil ich damit rechnen mußte, daß Mutti hinterm Flurfenster in Stellung lag, um zu sehen, in welchem Zustand ich heimkam. Klausi startete das Auto und fuhr davon. Leise kramte ich in meinem Täschchen nach dem Ersatzhaustürschlüssel meiner Eltern, den Mutti schweren Herzens rausgerückt hatte.
Das wäre gar nicht nötig gewesen. Die Haustür wurde aufgerissen, und sie stand in Nachthemd und Lockenwicklern da wie ein Racheengel.
»Es ist halb vier!«
Stimmte genau! Ich drückte mich an ihr vorbei, ließ ihr »Wenn das Robert wüßte!« unbeantwortet und ging schnurstracks ins Bett.

Ich schlief bis zum Mittag, blieb noch zum Essen – Muttis Rindsrouladen waren die weltbesten! – und verabschiedete mich von meinen Eltern. Natürlich mußte ich versprechen, bald einmal mit Robert zu kommen.
Bei Didi vorm Haus hupte ich kurz und heftig. Ich hatte die Nase voll von der Kleinstadt und wollte baldmöglichst Land gewinnen. Didis Mama verfolgte ihn bis zur Wagentür, damit sie mich inspizieren konnte. Wahrscheinlich suchte sie händeringend eine Frau für ihre Dumpfbacke. Da konnte sie lange suchen. Ich war felsenfest überzeugt, daß Ingrid sich nicht hatte übertölpeln lassen.
Die Fahrerei nervte mich. Zum einen mußte ich unbedingt tan-

ken. Der Zeiger stand auf Reserve, und ich war mit den Gepflogenheiten des Porsche nicht vertraut. An der nächstbesten Ausfahrt verließ ich die Autobahn, weil ich keine Lust hatte, die horrenden Spritpreise zu zahlen. Einige Kilometer weiter entdeckte ich eine freie Tankstelle und steuerte sie an. Wo sollte ich halten? Wo, in drei Teufels Namen, hatte diese Schrotte ihren Tank? Hatte sie überhaupt einen? Mir fiel die Werbung ein, die wir im Kino so vollmundig verdammt hatten. Souverän parkte ich am Service-Eckchen, wo ich mit Hingabe die Scheiben von einer Unzahl toter Insekten befreite. Unauffällig umtänzelte ich den Porsche und erspähte den Tankverschluß vorne links am Kotflügel. Na also. Man mußte sich nur zu helfen wissen! Ich klatschte das Wischding in den Wassereimer und schleppte ihn zurück. Dann fuhr ich zur Zapfsäule und tankte voll, nachdem es mir gelungen war, den Zug, den man ziehen mußte, um die Tankklappe aufzukriegen, am Armaturenbrett aufzuspüren, indem ich so tat, als suchte ich nach meinem Portemonnaie, um die Dumpfbacke in die Irre zu führen.
Zum anderen versuchte Didi ständig rauszukriegen, was denn nun mit Klaus gelaufen war. Wenn wenigstens was gelaufen wäre! Ich hüllte mich in geheimnisvolles Schweigen und schmiß ihn in Bahnhofsnähe raus. Die paar hundert Meter bis zu seinem Zweizimmerappartement sollte er gefälligst zu Fuß gehen.

Robert erwartete mich sehnsüchtigst, zudem war er hellwach, was mich stutzig machte. Eigentlich hatte ich gedacht, er würde Samstag abend mit Dietrich eine Kneipentour machen – nach dem Motto: Ist die Katze aus dem Haus, tanzt die Ratte auf dem Tisch! – und noch im Koma liegen, wenn ich eintraf.
»Hallo, Darling!« Er stand an der Tür, vermutlich hatte er gehört, wie ich mit dem Porsche in der engen Parklücke rumrangiert hatte. »Schon zurück?«
»Da kommt Freude auf, was?« Ich schleppte mich mit der Reisetasche ab, die schwer war wie Blei, da Mutti mir selbstverständlich zwei Rindswürste, so hart, daß ich notfalls einen Einbrecher damit erschlagen konnte, einen halben Marmorkuchen – natür-

lich selbstgebacken – sowie etliche Gläser Eingewecktes eingepackt hatte. »Hilf mir mal!«
Robert fischte die Fressalien aus der Tasche und säbelte sich ein Stück Wurst ab, an dem er mit Hingabe kaute, während er mir zuguckte, wie ich in dem Fotoalbum blätterte.
»War's schön?« fragte er beiläufig.
»Klar, aber die Leute haben sich teilweise ganz schön verändert. Und aus manchen ist wider Erwarten doch was geworden.«
Ich erzählte ihm von Bernhard, der jetzt Nachhilfeschulenbesitzer war. Robert fand das toll, weil er auch mal sitzengeblieben war.
Er verstaute die Wurst im Kühlschrank.
»Und sonst?«
»Und sonst nix. Außer daß ich den ganzen Abend mit allen verfügbaren Männern herumgeknutscht habe!«
»Soso!« Neckisch umschlang Robert meine Taille und hob mich hoch. »Glaub ich nicht! Kann ich mir nicht vorstellen. Du bist doch treu wie Gold, ein richtig liebes Frauchen!«
Und er gab mir einen dicken Schmatz und ließ mich wieder runter, weil ich zappelte und schrie. Was hatte der Mann für ein Gottvertrauen!
Kind, rief Muttern, da kannst du mal sehen! Und du wälzt dich mit fremden Kerlen lüstern auf dem Kopfsteinpflaster, wo du doch so ein Goldstück zu Hause sitzen hast.
»Und du?« fragte ich. »Wie hast du dir gestern die Zeit vertrieben?«
»Stell dir vor, ich hab die Blumen gegossen!« Robert war sichtlich stolz auf sich. »Abends war ich mit Dietrich im Kino …«
»Und Julia?«
»Julia hatte Besuch von ihrem Exfreund.«
Sieh mal an, das hätte ich ihr gar nicht zugetraut. Gab sie doch glatt Dietrich den Abend frei, um sich ungestört mit ihrem Exlover zu amüsieren.
»Welchen Film habt ihr euch angeguckt?«
»Weiß nicht mehr, wie der hieß. Der war echt blödsinnig!« Robert holte den Mixer aus dem Küchenschrank und machte uns

einen Milchshake. Nebenher erzählte er mir weitschweifig den Inhalt des Films. »Also, da war so 'ne Karrieretussi...«
Er nahm das Tablett und schleppte es auf den Balkon. Ich zokkelte hinter ihm her. »Die hat einen tollen Job gekriegt und sich doch dann wahrhaftig an einem ihrer Untergebenen vergriffen!«
Er knallte das Tablett auf den Tisch. Rums! Der Film hatte ihn schwer mitgenommen.
»Wie vergriffen?«
»Vergewaltigt! – Na ja, fast.«
»Na und?« Das war mir nichts Neues, so was passierte uns Frauen fast tagtäglich.
Robert war empört. »Und dann hat sie ihn wegen sexueller Belästigung verklagt. Und ihm die Hölle heiß gemacht.«
Ich sank in den rot-weiß gestreiften Liegestuhl und nippte an meinem Milchshake.
Es fiel mir einiges ein, was ich hätte sagen können, aber ich wollte Robert nicht unnötig aufregen. Er hatte Übergewicht, und es war sehr heiß. Außerdem hatte ich keine Lust, einer ausgewachsenen Chauvi-Ratte Vorträge über sexuelle Belästigung am Arbeitsplatz zu halten. Da kannte ich mich aus, denn zu dem Thema hatte ich während meines Volontariats beim »City Journal« eine Reportage geschrieben. Ein Fall von Beinahe-Vergewaltigung hatte sich einst in den staubigen Stuben einer Behörde ereignet. Die betroffene Sekretärin erstattete Anzeige gegen ihren Vorgesetzten, der nach dem Gerichtsverfahren aus dem Beamtenstatus entlassen und zur Zahlung von Schmerzensgeld verdonnert wurde. Der Fall hatte damals nicht nur in den Amtsstuben Staub aufgewirbelt.
Leider hatte mir Norbert Renner, der Chefredakteur, den Schlußsatz meiner Reportage – »Fazit: Erst war es nur ein Blickgefecht, dann hat er für den Fick geblecht!« – ersatzlos gestrichen. Dabei hatte er mir so gut gefallen. Aber auch in einem Chefredakteurskopf regiert ein Chauvi-Hirn.
Ich beschloß, Roberts Lamento über das bedauernswerte Schicksal von Männern, die zupackenden Karrierefrauen auf Gedeih und Verderb ausgeliefert waren, ein Ende zu bereiten.

»Und hinterher seid ihr noch in die Kneipe, oder was?«
Robert schüttelte den Kopf. »Nö, Dietrich wollte heim und auf Julia warten. Ich hab noch ein bißchen am Computer gesessen und Buchführung gemacht.«
Und das sollte ich ihm abnehmen? Bestimmt war er wieder auf eine Mine gelatscht. Demonstrativ schloß ich die Augen.
»Sollen wir heute abend zusammen essen gehen?« Robert wich nicht von meiner Seite. Nie hätte ich geahnt, daß ein Tag der Abstinenz ihn so anhänglich machen würde. »Was meinst du?«
»Aber nicht zum Italiener! Laß uns zur Abwechslung mal zum Griechen gehen«, schlug ich vor, denn Pizza hing mir nach dem Abend bei Carlo zum Hals heraus.
Dann schloß ich wieder die Augen. Robert kapierte endlich den Wink mit dem Zaunpfahl und ließ mich in Ruhe. Die Sonnenstrahlen kitzelten meine Nase, während ich über den gestrigen Abend nachdachte. Klausi war nach wie vor ein gutaussehender Bursche, aber er schien seit dem Abitur eine ausgesprochene Hundephobie entwickelt zu haben. Womöglich würde ich ihn jetzt Jahre nicht wiedersehen, denn ich konnte selbstverständlich nicht einfach in die bayerische Landeshauptstadt abrauschen und ihn heimsuchen. Robert würde mir nie im Leben abnehmen, daß ich so erpicht auf die alten Meister in der Pinakothek war. Oder auf das Olympiastadion. Ich beschloß, das Intermezzo zu vergessen und Klausi unter »ferner liefen« in meinem Unterbewußtsein abzulegen.

Am frühen Abend weckte mich Robert. Ich zog eine weiße Jeanshose an, klaute mir eins von seinen Seidenhemden aus dem Schrank und schlüpfte in meine Sandalen.
»Fahren wir mit dem Rad?« Er wollte sich sportlich betätigen. Mir taten eigentlich alle Knochen weh, aber ich stimmte zu. Wir radelten durch den Stadtpark. Am Teich stieg ich ab, um ein Schwanenpaar mit seinen Jungen zu beobachten. Für die Wunder der Natur hatte Robert keinen Sinn.
»Komm doch endlich!« Er konnte es gar nicht abwarten, sich beim Griechen den Wanst vollzuschlagen. Seufzend schwang ich

mich wieder in den Sattel und strampelte mich ab, um ihn einzuholen.

Das Akropolis hatte wie jeden Sommer sein Freiluftrestaurant geöffnet. An den weißen Tischen saßen ein paar Freaks und Familien, die sich an üppigen Grilltellern delektierten. Bis Robert sein Fahrrad ordnungsgemäß abgeschlossen hatte, suchte ich schon mal nach einem Plätzchen. Wir hatten Glück. In der hintersten Ecke war noch ein kleiner Plastiktisch frei.

Ein rotblonder Kellner schlich sich gemächlich an uns ran, wischte ein paarmal mit der Hand über den Tisch, um die Krümel unserer Vorgänger zu entfernen, und ward nicht mehr gesehen. Robert wurde ungeduldig.

»Dem kann man ja im Laufen die Schuhe besohlen!« Laut rief er nach dem Kellner, der am Eingang stand, mit einem zweiten Kellner gestikulierte und eine Zigarette rauchte. Er schnippte sie nach einem letzten Lungenzug aufs Trottoir und schlenderte herbei. Robert bestellte eine Grillplatte, ich gab mich mit einem Bauernsalat zufrieden. Ich war noch satt von Muttis Rindsrouladen.

»Was hältst du davon«, fragte Robert, »wenn wir Ende August ein paar Tage nach Holland fahren? Ab Montag, dem einundzwanzigsten, mache ich die Praxis dicht.«

»Wieso nur ein paar Tage?« Ich wollte gerne länger verreisen. Für ein paar Tage lohnte sich ja kaum das Kofferpacken. Und ich hatte immer doppelte Arbeit, weil Kofferpacken unter Roberts Würde war. Er packte aus Prinzip keine Koffer. Früher hatte immer Hilde-Mama seine Koffer gepackt.

Verdrossen stocherte Robert in seinem Gegrillten. Die kleinen Frikadellen und das Spießchenfleisch hatte er schon weggeputzt, und jetzt mußte er zu seinem Leidwesen feststellen, daß sich unter den Salatblättern nur noch ein paar Zwiebelringe verbargen.

»Na ja«, druckste er. »Dietrich und ich wollen zusammen ins Zillertal fahren!«

Bitte? Hatte ich was mit den Ohren?

»Bist du mit Dietrich verheiratet oder mit mir?« keifte ich.

»Mit dir, Darling!« Er sah mich treuherzig an. »Aber wir hatten neulich beim Fußballgucken die Idee, und ich habe es Dietrich versprochen.« Er versuchte, mir die Sache schmackhaft zu machen. »Schau, dann kannst du auch ein paar Tage alleine wegfahren!«

Witz, komm raus! Wo sollte ich schon alleine hinfahren? Zu meinen Eltern? Schwiegereltern? Zu Tante Erna?

Den Trip ins Zillertal konnte ich mir lebhaft vorstellen. Die beiden würden bis mittags ihren Rausch ausschlafen, nachmittags ihre Wänste in die Sonne hängen und sich abends wahren Freß- und Trinkorgien hingeben.

»Was sagt Julia dazu?«

»Julia findet getrennten Urlaub toll. Sie fährt zur selben Zeit nach Thüringen zu einer ehemaligen Kommilitonin.«

Das sollte glauben, wer wollte. Ganz bestimmt besuchte sie ihren langhaarigen Exlover auf seinem Öko-Bauernhof und fütterte mit ihm die Hühner. Oder Schlimmeres. Ob ich mal Lutz in Würzburg besuchen sollte? Flogen im September noch Pollen?

»Okay!« sagte ich.

Mir war unser Wiedersehen gründlich verdorben. Noch auf dem Balkon hatte ich mir, geblendet von Roberts Dankbarkeit, mich wiederzuhaben, geschworen, meinen Aktionsradius demnächst auf Bügelbrett und Balkon zu beschränken. Aber diese Eröffnung veränderte die Lage. Mich speiste er mit ein paar Tagen plattem Land ab, und mit Dietrich wollte er sich wochenlang an den landschaftlichen und kulturellen Reichtümern der Alpen ergötzen! Das ging einfach zu weit.

Ich bestellte einen Ouzo und kippte ihn runter. Danach stieg mir das Wasser in die Augen, und das kam nicht nur vom Schnaps. Robert merkte nichts. Er rührte pfundweise Zucker in sein Mokkatäßchen und schlürfte genießerisch die schwarze Brühe.

Am späten Montag nachmittag – Robert weilte in der Praxis und wirkte nichtsahnend dem Zahnfleischschwund entgegen – hängte ich mich ans Telefon und kotzte mich bei Bea aus. Im Detail erstattete ich Bericht über das Klassentreffen. Sie konnte es nicht fassen.

»Und dann läßt der Typ wegen einem Köter von dir ab?«
Sie hatte vollends recht. Das konnte die wahre Leidenschaft nicht sein! Höchstens ein kurzes Aufflammen von Begierde. Im nachhinein kam mir die Situation richtig lächerlich vor. In weinerlichem Tonfall erzählte ich weiter.
»Und stell dir vor, Robert will mir gerade mal ein paar Tage in Holland gönnen, um dann mit seinem Saufkumpan in die Alpen abzuhauen!«
»Och, du Arme!« Bea schwieg einen Moment. »Was hältst du davon, mit mir wegzufahren?«
Ich schniefte. »Wohin?«
Los, Bea, sag Miami oder Mexico City. Um Robert eins auszuwischen, fliege ich mit dir bis ans Ende der Welt, wenn es sein muß.
»Na ja«, sagte sie. »Ist ja nichts Besonderes. Aber ich muß für einige Tage beruflich nach München, mich vorstellen, vielleicht kann ich einen größeren Auftrag abgreifen...«
München? Die Weltstadt mit Herz war nicht Mexiko City. Egal.
»Klar fahr ich mit!« schrie ich begeistert. »Notfalls auch nach Bayern!«
Bea lachte. »So irre viel hab ich da nicht zu tun, wir machen uns einfach eine schöne Zeit, okay?«
Und ob das okay war. Mir fiel noch was ein.
»Und außerdem«, sagte ich, »können wir uns dort endlich in Ruhe unserem Tampon-Projekt widmen.«
»Genau!« Wir waren richtig dicke Tunke. Es geht doch nichts über eine Frauenfreundschaft.
»Was macht Gernot?«
»Der fliegt mit seiner Mutter nach Lanzarote, die hat da ein Ferienhäuschen gemietet. Mindestens einmal im Jahr muß jedes anständige Muttersöhnchen mit Mami verreisen!«
Wie wahr! Das machte Robert auch immer. Zwar flog er mit Hilde-Mama nicht auf die Kanaren, aber einen Einkaufsbummel in Düsseldorf mußte er jedes Jahr durchstehen. Hinterher kam er jedesmal völlig geschafft zurück und weigerte sich, Mama jemals wieder anzurufen.

Die Aussicht, mit Bea zu verreisen, besserte meine Laune erheblich. In München würden wir sicher keine Langeweile schieben. Wir würden uns die Sehenswürdigkeiten der Stadt zu Gemüte führen, im Biergarten rumhängen und in die Berge fahren. Da würde die Chauvi-Ratte mit dem Schwänzchen zucken!

Beim Abendessen servierte ich Robert als Vorspeise Lauchcremesuppe, als Hauptgang eiskalten Lammbraten und als Dessert die brandheiße Neuigkeit. Und der Gatte guckte stumm auf dem ganzen Tisch herum.
»Was willst du?«
»Hab ich dir doch gesagt, noch mal ganz langsam zum Mitschreiben: Ich – fahre – mit – Bea – nach – Bayern!«
»Kommt ein bißchen überraschend, oder?«
»Nicht überraschender als deine Eröffnung gestern abend!« konterte ich und blitzte ihn zornig an.
»Meine Mama war nie alleine im Urlaub«, fühlte sich Robert bemüßigt, mir vorzuhalten.
»Ich bin nicht deine Mama!« keifte ich und schmiß die Serviette auf den Teller. »Ich bin deine erwachsene Frau, die ihr Leben selbst in die Hand nimmt! Das Gegängel hab ich satt, da kannst du Gift drauf nehmen!«
Robert zermalmte in Zeitlupe die letzte Kartoffel in der Soße. Was ging in ihm vor? Mir schwante Schreckliches. Wollte er die Scheidung?
»Gut«, sagte er und faltete seine Serviette zusammen, »dann sieh auch zu, daß du deinen Lebensunterhalt selbst zusammenkratzt. Bist du dir eigentlich darüber im klaren, daß wir jeden Monat siebentausend Mark brauchen?«
Das war ja wohl die Höhe! Er verpraßte Unmengen Geld für Erst- und Zweitwagen, für die repräsentative Monsterwohnung, für hochgestochene High-Tech-Spielereien, für sündhaft teuren Teppichboden, der zudem ständig gesaugt werden mußte – und zwar von meiner Wenigkeit, mit Verlaub! –, und für einen Haufen unnützer Klamotten und Schuhe. Ich war drauf und dran, ihm den ganzen Krempel vor die Füße zu schmeißen und meine Reisetasche wieder zu packen. Sollte doch Hilde-Mama hier ein-

ziehen und die Jahre, die ihr noch blieben, mit der Haushaltsführung für ihren Jüngsten verplempern!
»Du vielleicht«, entgegnete ich herablassend. »Ich nicht. Und außerdem: Platz ist in der kleinsten Hütte für ein glücklich liebend Paar. Ich brauch weiß Gott keinen Palast über den Dächern der City! Du bist doch der Größenwahnsinnige hier. Fehlt bloß noch, daß du dir einen Hubschrauber anschaffst und in deine Scheißpraxis fliegst!«
Robert grinste. »Prima Idee. Aber daß du mir den nicht zweckentfremdest, um zu irgendwelchen Klassentreffen zu jetten.«
Ich ignorierte die letzte Bemerkung und stand auf, bemüht um einen coolen Abgang. Dummerweise blieb ich mit dem Ärmel an der Türklinke hängen. Ich hörte das häßliche Reißgeräusch von Seide und konnte einen Fluch gerade noch unterdrücken.

Das Klassentreffen hatte Robert ja ganz schön zu schaffen gemacht. Da ließ ich ein einziges Mal den häuslichen Herd im Stich, die demütigende Stätte hausfraulichen Wirkens, entging für knapp zwei Tage dem Alltagstrott, und schon war der Gatte auf hundertfuffzig. Toll natürlich, daß er mich vermißt hatte. Obwohl mich im nachhinein der Gedanke beschlich, er könnte mich in etwa so vermißt haben wie einen verliehenen Staubsauger. Als gleichberechtigte Partnerin war ich ihm sicherlich nicht abgegangen. Eher als Putze. Und nun war der Staubsauger zurück und hatte keine Lust mehr, jeden Krümel, den Robert ihm hinwarf, zu schlucken. Die Erkenntnis traf mich, als ich bei Feinkost-Behrens an der Kasse stand. Bepackt wie ein Esel trat ich den Heimweg an. Mein Leben mußte sich grundlegend ändern! Ich durfte meine besten Frauenjahre nicht damit vergeuden, für einen Macho den feuchten Feudel zu schwenken.
Unterwegs schnappte ich mir die August-Ausgabe des »City Journals«, und als ich meine Behrens-Tüte ausgeräumt hatte, machte ich es mir auf dem Balkon bequem und durchforstete die Kleinanzeigen. Unter »Kontakte« sprang mir keine Annonce ins Auge. Summer in the city! Die Stadt war leer, wer jetzt noch keinen Lover hatte, würde vorm nächsten Frühjahr keinen finden.

Auf der Straße lärmten ein paar Kinder, und irgendwo bellte ein Hund. Zwangsläufig dachte ich an Klausi, aber ich schob ihn wieder aus meinen Gedanken. Vorerst zumindest. Vielleicht würde ich ihn in München mal anrufen.
Ich dachte über die Männer nach, die ich kennengelernt hatte. Letzten Endes, da brauchte ich mir gar nichts vorzumachen, waren sie alle gleich. Allesamt egoistische Chauvi-Ratten, wie sie im Buche standen, Monster, Machos, Mamasöhnchen, Mimöschen.
Muttern klatschte erfreut mit den rissigen Händen: Endlich hast du es gemerkt! Ich hab ja gleich gesagt, behalte den Spatz!
Wo sie recht hatte, hatte sie recht. Zweifelsohne wurden alle Tauben, sobald man sie vom Dach geholt hatte, zu Spatzen. Zu armseligen Piepmätzen, die sich aufplusterten, sich das Gefieder kraulen ließen und deren Wortschatz sich auf »Aber meine Mama hat...« beschränkte. Dagegen war so mancher Papagei echt ein Intellektueller.
Der Spatz in der Hand ist besser als die Taube auf dem Dach. Vielleicht sollte ich doch auf Muttern hören! Also würde ich in Gottes Namen bis zur Rente bei Robert ausharren.
Nichtsdestoweniger stand mir ein bißchen Zerstreuung zu. Mir kam eine Superidee: Ich würde einen Selbsterfahrungskurs machen, einen Workshop zur Bewußtseinserweiterung, egal, irgendwas, das mich bis zum Urlaub auf andere Gedanken brachte.
Wie elektrisiert schlug ich das »City Journal« noch mal auf und las die Anzeigen unter »Workshops« durch. Es wimmelte nur so von Angeboten. Ich konnte mich gar nicht entscheiden. Die Symbolsprache des Geburtshoroskops interessierte mich nicht, und was zum Teufel waren Reinkarnationsanalysen? Das integrative Sehtraining würde mir bestimmt nichts nützen, kurzsichtig, wie ich war. Außerdem hatte ich meine Kino- und Autofahrbrille. Chinesisches Schattenboxen im Stadtpark? Das klang ganz gut, fing aber in aller Herrgottsfrühe morgens um sieben an. Zu solch nachtschlafener Zeit kriegte ich kein Bein vors andere. Aber hier: »Meditationszentrum – Meditationen, Traumreisen, Entspannung, Selbsterfahrung, mit Meister Yasuki. Montag, Mitt-

woch, Freitag um 20.00 Uhr. Bachweg 10.« Spitze! Vor allem, weil es dreimal die Woche stattfand, da würde ich mich bis zum Urlaub noch prima entspannen können. Ich beschloß, gleich morgen abend hinzugehen.

Weil ich mich allein nicht so recht traute, rief ich Corry an und fragte, ob sie Lust habe, mich zu begleiten.

»Wie kommst du denn darauf?« Ihre Stimme klang mißtrauisch.

Ich verklickerte ihr im Brustton der Überzeugung, daß wir Frauen mit der Männerwelt viel besser klarkommen würden, wenn wir die ganze Sache etwas relaxter angingen. Corry fehlte leider jegliches Verständnis für meine gewagte Theorie.

»Ich bin absolut relaxed!« schrie sie ins Telefon. »Die Ruhe in Person, gelassen und seelisch ausgeglichen!« Ihr Geschrei steigerte sich immer mehr, was mich zur Annahme verleitete, genau das Gegenteil könnte der Fall sein.

»Außerdem brauche ich keinen Guru, der mir vorschreibt, wo's langgeht! Dafür hab ich meinen Doc!«

Oha. Da lag der Hase im Pfeffer! Ich konnte nicht an mich halten. »Erste Beziehungskrise, was?«

»Kann man so nicht sagen.« Corry beruhigte sich wieder. »Aber er ist ständig weg, Kongreßzeit. Und außerdem geht mir die Heimlichtuerei auf den Wecker.«

Wir wechselten noch ein paar Worte, und sie versprach, sich im September wieder zu melden. Corry würde ihren Urlaub allein verbringen müssen, da der Doc seinen Sohn aus erster Ehe zu Besuch hatte und vor Angst verging, sein zartes Kinderseelchen – der Bengel war sechzehn, wie mir schluchzend mitgeteilt wurde! – könnte durch die Konfrontation mit Vatis Konkubine einen nicht gutzumachenden Schaden erleiden.

»Na ja«, seufzte sie resigniert. »Ich fahre zu meiner Schwester nach Kiel, wenigstens weht mir da ein frischer Wind um die Nase.«

Komisch, dachte ich nach dem Gespräch, Städtereisen scheinen in zu sein bei Frauen meines Alters.

Am Mittwoch abend stand ich lange vor meinem Kleiderschrank. Was zog man bloß zum Meditieren an? Ich kramte die lila Seidenhose wieder aus dem Altkleidersack und bügelte sie glatt. Aus Roberts Schrankfach klaute ich ein weißes T-Shirt, das mir bis zu den Knien ging. Um die Taille band ich eine schwarze Kordel, weniger aus dekorativen Gründen, sondern vielmehr, um die Hose, deren Gummiband sich im Altkleidersack leider nicht erneuert hatte, zu halten. Ausgerechnet an diesem Abend kam Robert schon um kurz nach sieben heim. Er amüsierte sich über mein ungewohntes Outfit.

»Du siehst so alternativ aus, willst du ins Soli-Café?«

Manchmal fand ich mich dort abends zu einer Lesung ein.

»Kalt, eiskalt.«

Weil er vor Neugier fast zersprang, erzählte ich ihm von der Annonce.

»Ach!« sagte Robert. »Du liest die Kleinanzeigen! Das hätte ich mir ja denken können. Da kann man mal sehen, wie unausgelastet du bist.«

»Du liest auch die Kleinanzeigen im ›Tageblatt‹!«

»Aber nur den Automarkt!«

»Wer's glaubt, wird selig!« Neulich hatte ich ihm über die Schulter geschaut. Da hatte er – natürlich rein zufällig, wie er wortreich beteuerte! – die Kontaktanzeigenseite überflogen.

Robert setzte sich an den Tisch, den ich gedeckt hatte, als ich ihn die Treppe heraufkommen hörte, und wartete auf das mexikanische Gulasch, das von gestern noch übrig war und das ich eilends in die Mikrowelle geschoben hatte.

»Wo mein Vater herkommt, hat mal einer seine Frau erschlagen, weil das Essen nicht pünktlich auf dem Tisch stand!«

Blödmann. Ich klatschte eine Kelle Gulasch in seinen Teller und maß ihn mit einem vernichtenden Blick. Er löffelte das Gulasch in sich rein, ohne eine Miene zu verziehen.

»Lecker!« Er nahm sich einen ordentlichen Nachschlag. »Ausgesprochen lecker sogar!« Ich hörte und staunte. Es mußte Lichtjahre her sein, seit Robert zuletzt meine Kochkünste gerühmt hatte. »Bleibt nur zu hoffen, daß du auch so weitermachst.«

»Wie weiter?«
»Na, diese Meditationskünstler sind doch alle Vegetarier! Komm bloß nicht auf die Idee, mir nur noch Reis vorzusetzen.«
Daher wehte also der Wind. Er hatte Angst, kein Fleisch mehr zwischen sein geblecktes Gebiß zu kriegen, während ich im Schneidersitz auf meinem Meditationsteppich sitzend in die höheren Sphären der Selbstwahrnehmung entschwebte. Ich ließ ihn mit dem Rest Gulasch sitzen.

Der Bachweg war ein enges Sträßchen, von schmucken Fünfziger-Jahre-Häusern gesäumt, von diversen Autos zugeparkt. Nach ein paar hundert Metern stieg ich schweißüberströmt vom Rad und schob. Es war total schwül, ein Gewitter lag in der Luft. Nummer 10 war ein ganz normales Zweifamilienhaus, und nur ein kleines Schild neben der Tür verriet, daß sich in der Parterrewohnung das Meditationszentrum befand. Ich lehnte das Rad an die windschiefen Zaunlatten und klingelte. Ein schmächtiger Typ mit Stirnglatze machte auf und bat mich herein.
»Ich komme wegen eurer Annonce.«
»Schon klar, geh durch den Flur ins hintere Zimmer, nimm dir ein Kissen. Wir fangen in zehn Minuten an.«
Ich tat, wie mir geheißen wurde. Das Zimmer war leer bis auf einige Sitzkissen, die verstreut auf dem fleckigen Teppichboden herumlagen. Eine Glastür, die ins Freie führte, stand offen. Auf der Terrasse hing ein Windspiel und gab bei jedem Lufthauch ein geheimnisvolles Gebimmel von sich. Nach und nach füllte sich der Raum, etwa ein Dutzend Leute beiderlei Geschlechts waren eingetroffen. Wir nahmen auf den Sitzkissen Platz und warteten auf Meister Yasuki. Ich stellte ihn mir als glatzköpfigen tibetischen Mönch vor. Steinalt und weise.
Doch der Meister, erklärte uns Ferdi, der Türsteher, war in einer anderen wichtigen Mission unterwegs. Die nächsten Wochen müßten wir statt dessen mit Manou vorliebnehmen, der bereits seit Jahren meditiere und auch praktische Erfahrungen in Indien gesammelt habe. Ruhig und gelassen blieben wir sitzen und harrten seiner.

Um halb neun – ich erwog schon, zu gehen und woanders Zerstreuung zu suchen – tanzte er dann endlich an. Manou war eine stattliche Erscheinung mit Rauschebart und langem mittelblondem Haar, das er mit einem orangen Bändchen zu einem Pferdeschwanz zusammengebunden hatte. Wie ich trug er ein weißes Shirt und eine violette Hose. Unsere Blicke trafen sich, und wir lächelten uns verständnisinnig an. Sein Alter war schwer zu schätzen. Die vielen Fältchen in seinem wettergegerbten Gesicht konnten sowohl auf Weisheit als auch auf Verlebtheit schließen lassen. Manou wählte ein dunkelrotes Kissen. Keiner trug Schuhe. Die mußten draußen bleiben, wahrscheinlich waren sie dem meditativen Prozeß irgendwie abträglich.
Ferdi, der Gehilfe, schob eine Kassette in einen altersschwachen Recorder, der in einer Ecke herumstand. Sphärische Klänge erfüllten den Raum und erwiesen sich als ausgesprochen meditationsfördernd. Mit sonorer und sanfter Stimme gab Manou Anweisungen.
»Wir schließen die Augen und atmen tief ein...«
Er hob die überreichlich beringten Hände, wie ich feststellte, denn verbotenerweise blinzelte ich.
»... und wieder aus.«
Schnell schloß ich die Augen und atmete so tief aus wie möglich, bis ich Angst hatte, keine Luft mehr in der Lunge zu haben.
»Wir atmen tief ein... und wieder aus.«
Meine Pobacken verkrampften sich. Ich blinzelte erneut. Manou wackelte gelangweilt mit seinen ebenfalls überreichlich beringten Zehen. Am rechten großen Zeh trug er einen Silberring mit einem Rubin, der bei jedem Zehwackeln funkelte und blitzte.
»Und einatmen... und ausatmen.« Seine Stimme klang trotz des Zehwackelns ruhig und gelassen. Mir war inzwischen meine linke Gesäßhälfte eingeschlafen, was ich nicht auf die einschläfernde Wirkung der Meditation, sondern auf die unkommode Sitzhaltung zurückzuführen geneigt war. Die Prozedur zog sich über eine Viertelstunde. Dann durften wir die Augen wieder öffnen.

»Wir verharren in unserer Sitzhaltung«, befahl Manou.
Ach je! Meinen Hintern spürte ich schon gar nicht mehr, und jetzt das.
»Wir konzentrieren uns auf unser inneres Leuchten!« In Manous Stimme klang eine leichte Euphorie an.
Ich bemühte mich angestrengt um Konzentration, konnte aber mein inneres Leuchten nicht aufspüren. Das einzige, was ich spürte, waren die Durchblutungsstörungen in meinem Hinterteil, die sich durch ein unangenehmes Kribbeln bemerkbar machten. Ich wippte auf dem Kissen auf und ab, um mein Gewicht ein wenig zu verlagern.
Zum Glück beendete Manou die Übung.
Ich schaute mich in der Runde um. Alle guckten total relaxed aus der Wäsche. Mir war ein bißchen schummerig zumute, vermutlich, weil ich mein inneres Leuchten nicht gefunden hatte. Manou hob erneut die Hände. »Diese Übung wiederholt ihr jeden Tag etwa fünfzehn Minuten. Das nächste Mal visualisieren wir ein Mandala!«
War das eine Drohung oder ein Versprechen? Ich mußte mich dringend kundig machen und nachlesen, was ein Mandala war. Ich notierte es auf meinem geistigen Spickzettel. Die anderen standen langsam auf. Als ich es ihnen nachtun wollte, kippte ich beinahe um. Manou sprang mir zur Seite und reichte mir eine beringte Hand, um mich hochzuziehen. Einen Sekundenbruchteil lang waren wir uns ganz nahe. Nahe genug, daß ich den dezenten Patschuligeruch wahrnehmen konnte, der ihn umgab. Außerdem stellte ich fest, daß er für einen Mann unwahrscheinlich lange Wimpern hatte.
Wir standen noch ein bißchen herum, die meisten drehten sich eine Zigarette. Manou bot mir eine an und fragte mich, ob mir die Meditation etwas gebracht habe. Was ich freudig bejahte, aber wohl nicht freudig genug, denn er machte sich erbötig, mir Privatstunden zu erteilen.
Woraufhin Muttern sich die Lockenwickler raufte, während Madonna vor ihren fleckigen Spiegel sprang und sich die Lippen im Farbton Sündigrot nachzog, passend zu ihren Pumps.
»Mal sehen«, murmelte ich. Im Flur schlüpfte ich in meine Lat-

schen, nachdem ich sie mit einiger Mühe aus einem Berg ausgetretener Riemchensandalen herausgewühlt hatte. Ich schwang mich auf mein Fahrrad und fuhr beschwingt nach Hause. Genauso beschwingt warf ich meinen Schlüssel auf die Flurkommode, daß es nur so schepperte, und machte mich in der Küche über eine Dose Makrelenfilets in Pfeffersoße her.
Robert kam aus dem Wohnzimmer geschlurft und beäugte mich mißtrauisch.
»Und?«
»Was und?« gab ich schmatzend zurück.
»Was hat der Oberguru gesagt?«
Sieh an, meine neue Freizeitbeschäftigung raubte ihm die Ruhe! Ich ließ ihn ein Weilchen zappeln und stocherte in den Makrelen herum. Gelassen führte ich einen Happen zum Munde und kaute genießerisch.
»Gesagt hat keiner was. Der Meister hat Meditationsanweisungen gegeben«, erklärte ich schließlich salbungsvoll.
Robert starrte mich an. »Ihr habt sie ja nicht alle! Wahrscheinlich habt ihr euch bekifft und Gruppensex gemacht!« platzte es aus ihm heraus. Eines schönen Tages würde er noch mal an seinen Vorurteilen ersticken.
»Na und?« Ich kratzte die Dose aus. »Der Zweck heiligt bekanntlich die Mittel!«
Mal gucken, wie er guckte. Robert kratzte sich am Hals, was er immer tat, wenn er nicht so recht weiterwußte. Eins zu null für mich. Dann winkte er ab.
»Du kannst mir viel erzählen! Wenn du glaubst, ich reg mich auf, hast du dich geschnitten. Renn doch zu deinem Guru, mir doch egal!«
Er holte sich eine Flasche Bier aus dem Kühlschrank und öffnete sie mit meinem Feuerzeug, was mich im Normalfall in drei Sekunden von null auf hundert brachte. Ich blieb ruhig und gelassen.
»Robert, Darling!« säuselte ich. »Wenn du noch einmal deine verdammte Flasche mit meinem Feuerzeug aufmachst, kipp ich dir Strichnin ins Mundwasser.«
Muttern wimmerte und hob hilflos die Hände. Madonna trank

einen Schluck Schampus aus der Flasche und rülpste vernehmlich.
Robert legte mein Feuerzeug auf den Küchentisch. »Oh – sorry.«
Aha. Man mußte nur den richtigen Ton anschlagen. Endlich sprach ich die Sprache, die er verstand.
»Don't mind«, sagte ich. »Magst du nicht ein wenig fernsehen?«
Robert nickte und drehte ab. Geräuschvoll parkte er sich vor der Glotze ein. Als sein Sesselrücken verklungen war und ich das piepsige Stimmchen von Sabine Christiansen hörte, atmete ich tief ein, hielt die Luft an und atmete tief aus. Offenbar hatte der Abend doch was gebracht. Vielleicht sollte ich auf Manous Angebot zurückkommen, um meine Kenntnisse schnellstmöglich zu vertiefen.

Happy in Holland – blue in Bavaria

Ein paar Tage später traf endlich der Scheck von blabla Communications ein. Das hatte auch lange genug gedauert! An dem Scheck war mit einer billigen Büroklammer ein Memo-Zettelchen befestigt, auf dem »Ruf mich doch mal im Office an, Gruß Paul« stand. Nietmann, diese Männchen machende Nullnummer! Ich traute meinen Augen kaum. Wochenlang hörte und sah man nichts von ihm, geschweige denn vom Scheck, und dann sollte ich ihn anrufen? Nee, nee. Auf keinen Fall. Ich hatte absolut keine Lust, wieder mit dem dressierten Pudel Paulchen Gassi zu gehen und ihm das bißchen Auslauf zu bieten, das er brauchte, um abends in aller Seelenruhe bei Frauchen auf der Couch zu liegen. Nicht mit mir.
Da mich die täglichen Meditationsübungen in einen Zustand nie gekannter Ruhe und Gelassenheit versetzt hatten, regte ich mich nicht weiter auf, zerknüllte den Wisch und schmiß ihn in den Papierkorb.

Schnurstracks spurtete ich zur nächstgelegenen Bank und löste den Scheck ein. Lieber wollte ich dem Mammon verfallen als den Männern!
Auf dem Rückweg traf ich Verena, die ich vor einem Jahr im Spanischkurs der Volkshochschule kennengelernt hatte.
»Hola, qué tal!« rief sie schon von weitem.
»Hola!« Ich winkte mit der rechten Hand, mit der linken umklammerte ich das viele schöne Geld. Wir setzten uns auf eine Bank und tratschten eine Weile. Gut sah sie aus. Braungebrannt und im kurzen Röckchen mit Pumps wirkte sie gar nicht so pummelig, wie ich sie in Erinnerung hatte. Verena war Sekretärin im Chemischen Institut, sie konnte fließend Englisch und perfekt Schreibmaschine. Wie sie tippte, konnte ich mir allerdings nicht vorstellen, denn ich kannte sie nur mit mindestens drei Zentimeter langen, lackierten Fingernägeln.
»Hast du Urlaub?« fragte ich. »Oder hat man euch evakuiert, weil das Institut explodiert ist?«
Verena hatte mir damals erzählt, daß die Versuche der Herren Professoren nicht immer von Erfolg gekrönt waren und ab und zu was in die Luft flog. Sie lachte.
»Urlaub!« erwiderte sie fröhlich. »Ich bin auf dem Weg ins Freibad.«
»Warum fährst du nicht weg?«
»Also erstens will ich Leo nicht ins Tierheim bringen. Und zweitens hab ich keine müde Mark übrig.«
Leo war Verenas Graupapagei, den kennenzulernen mir großes Vergnügen bereitet hatte. Es handelte sich um einen außergewöhnlich sprechbegabten Vogel, dessen Repertoire sich von »Leo lieb!« bis »Du Wichser!« erstreckte. Verena hatte nach diversen Enttäuschungen mit Männern nicht mehr viel am Hut. Zweifelsohne als Kompensationsmaßnahme hatte sie Leo männerfeindliche Sprüche und Schimpfwörter beigebracht, die er eifrig nachplapperte.
»Und was treibst du?«
Ich erzählte ihr von dem nervenaufreibenden Job bei blabla Communications und von meinem Plan, die Kohle noch am heutigen Tage bei dem Modekonzern, den Bea immer Charles &

Antony nannte, in Klamotten umzusetzen. Wie gewonnen, so zerronnen.
»Hast du Lust, mitzukommen?« fragte ich hoffnungsvoll. Alleine shoppen machte keinen Spaß, und Bea hatte alle Hände voll zu tun. Corry war in Kiel, und Robert würde eher ins Gras beißen, als mit mir durch die Boutiquen zu schlendern. Das war ihm zu profan. Verena zuckte die Schultern. »Klar, warum nicht. Dann guck ich nach einem Sommerfähnchen!«
Wir standen auf und schlenderten durch unser Wohnviertel. Dann überquerten wir neben dem Zebrastreifen die stark befahrene Hauptverkehrsader, ohne uns um das Hupen, das natürlich sofort einsetzte, zu kümmern. Verena zeigte einem sonnenbebrillten Porschefahrer mit Rolex am Handgelenk, der sich besonders wild gebärdete, den Vogel. Wutentbrannt ließ er die Reifen quietschen und machte sich davon.
Sie schimpfte vor sich hin. »Diese Potenzbürzel-Typen sind die schlimmsten!«
Sie mußte es wissen, schließlich hatte sie sich dreimal hintereinander mit ein und demselben Porschefahrer eingelassen, der sie nicht nur menschlich bitter enttäuscht hatte. Einen Porschefimmel hatte er zwar gehabt, aber leider keinen forschen Pimmel.
Bei Charles & Antony war die Hölle los. Hunderte von umtriebigen Hausfrauen kramten die Ware auf den Ramschtischen durch, wobei sie ohne Rücksicht auf Verluste von ihren Ellenbogen Gebrauch machten. Aus unsichtbaren Lautsprechern tönte ein alter Song von Howie, und in der Luft lag der Geruch von Achselschweiß und Deo.
Wir bahnten uns einen Weg durch den Mittelgang zur Abteilung »Junge Mode«. Verena entdeckte ein langes weißes Kleid mit gewagtem V-Ausschnitt. Sie riß es vom Ständer und hielt es in die Höhe. »Das ist doch was für dich! So was kannst du doch anziehen!«
Das Kleid war toll und kostete die Kleinigkeit von neunundvierzig Mark neunzig. Die Größe stimmte.
»Das wird auf jeden Fall anprobiert.«
Ich legte es in den Einkaufskorb. Man durfte drei Kleidungs-

stücke mit in die Umkleidekabine nehmen, deshalb sahen wir noch weitere Ständer durch.

»Hier!« schrie ich. »Das ultimative Schönwetterfähnchen!«

Ich hatte ein entzückendes mokkafarbenes Kleidchen mit weißen Punkten entdeckt, das ganz schlicht geschnitten war. Die Farbe würde toll zu Verenas Haaren passen.

Dann verirrten wir uns in die Reizwäscheabteilung, in der sich ein einzelner Mann herumtrieb. Er ergriff sofort die Flucht, als wir uns näherten. Behende warf er den schwarzen Spitzenschlüpfer, den er in der Hand gehalten hatte, auf einen Ramschtisch mit Schlüpfern zu drei fuffzig. Wir prusteten los.

»Na, der hat sicher ein Geburtstagsgeschenk für seine Angetraute gesucht!« sagte ich.

Verena guckte skeptisch.

»Ach was!« rief sie. »Der war Wäschefetischist, das hab ich gleich geschnallt!«

»Oder Transvestit!«

Eine Verkäuferin eilte beflissen herbei und fragte nach unserem Begehr. Um nicht unangenehm aufzufallen, wühlten wir andächtig den Schlüpferberg durch und legten einige besonders schlüpfrige Exemplare in unseren Korb.

»Guck mal hier! Das ist ja nicht zu fassen!« Verena zeigte auf drei Ständer mit Kittelschürzen, die mitten in der Reizwäscheabteilung standen.

»Wieso nicht zu fassen? Das ist doch der Traum aller Männer: Tagsüber schwingt Frau Saubermann im knöchellangen Kittelchen die Kehrschaufel, und abends spielt sie im tiefgeschlitzten Schwarzen – mit roten Strapsen drunter, versteht sich! – mit des Gatten Steiftier!«

Ich wußte, wovon ich sprach. Jede Wette, daß das auch Roberts Traum war. Ich war ihm auf die Schliche gekommen, als ich nachts mal aufs Klo mußte. Er hatte vor der Glotze gelegen und sich einen Softporno reingezogen, in dem ein brünstiger Biertrinker seiner Frau das Schürzenschlüppchen aufzog und vor Wonne stöhnte, als er unter der Schürze Strapse gewahrte. Das schien ihn mordsmäßig anzutörnen, denn er machte sich sofort über sie her, obwohl sie noch den Mop in der Hand hielt.

Verena stimmte mir zögernd zu.
»Klar, aber ich finde es unmöglich, daß sie die Klamotten in dieselbe Abteilung hängen!«
»Marketing ist alles«, belehrte ich sie. Schließlich hatte ich bei blabla Communications meine Lektion gelernt. »Das Management hofft, daß die biedere Hausfrau, die ihren Kittel kauft, beim Anblick der Dessous einem Anfall von Kaufrausch erliegt und noch ein paar Büstenhalter an sich rafft. Und daß die Tussi, die sich mit Reizwäsche eindeckt, einen Anfall von schlechtem Gewissen wegen ihrer Verruchtheit kriegt und schnell eine Schürze zu ihrem Schlüpfer in den Korb legt. Allein schon, um an der Kasse nicht als Flittchen dazustehen.«
Ruhig und gelassen setzte ich Verena die Wirkungsmechanismen moderner Marketingstrukturen auseinander. Sie war baff.
»Das hast du aber besser drauf als Spanisch«, sagte sie ehrfürchtig.
Ich fragte sie nach ihrer Meinung zur gängigen Tamponwerbung, und auch sie hielt eine Revolutionierung derselben für angebracht. »Wann habt ihr euer Konzept fertig?«
»Im September fahren Bea und ich ein paar Tage nach München, da wird schon was bei rumkommen.«
Verena war beruhigt, die Zukunft der Tamponwerbung in unseren Händen zu wissen. Sie kaufte das mokkafarbene Fähnchen, das wie angegossen saß. Ich quälte mich in der viel zu engen Umkleidekabine in das weiße Kleid, das sich leider als sehr durchsichtig erwies. Oder sollte ich es riskieren?
»Zieh doch einen Body drunter«, schlug Verena vor.
Trotz aller Anstrengungen gelang es mir nicht, viel Geld auszugeben. Ich verließ den Laden mit einem schwarzen Badeanzug, dem gewagten Kleid, zwei winzigen weißen Spitzenschlüpfern und zwei Bodys in Verruchtschwarz. Da ich mir nicht nachsagen lassen wollte, den Tricks der Werbebranche widerstandslos zu erliegen, versagte ich mir den Kauf eines Kittels.
Obwohl Muttern an meinem Rockzipfel zerrte und zog, legte ich im letzten Moment das karierte Kittelchen aus der Hand. Madonna räkelte sich auf ihrer abgeschabten Matratze und gähnte gelangweilt, derweil sie ihre Fingernägel lackierte.

Mit unseren großen Plastiktüten, die von einigen entgegenkommenden Alternaiven stirnrunzelnd gemustert wurden, gingen wir zu Schlingsrunter, um uns von den Strapazen des Einkaufs bei einem Bigschling und eisgekühlter Coca-Cola zu erholen.
»Was macht die Männerfront?« fragte ich Verena, während ich mit der gummiartigen Konsistenz meines Doppel-Bigschling kämpfte.
»Alles Scheiße. Bei mir beißt einfach keiner an.« Sie nippte an ihrer Cola. »Neulich wollte mich eine Arbeitskollegin verkuppeln. Mit einem Metzger! Das muß man sich mal vorstellen!«
Mein Gott! Ein Metzger! Alle Metzger, die ich kannte, hatten eine Gesichtsfarbe wie frisch Geschlachtetes. Man konnte ihnen vielleicht ein Petersiliensträußchen ins Maul stecken, aber sonst? Ich schüttelte mich. Mir wurde ganz übel bei dem Gedanken, daß ein Typ, der seinen Lebensunterhalt damit verdiente, unschuldige Tiere auszuweiden und zu verwursten, Verena anfassen könnte.
»Hast du dich mit ihm getroffen?«
»Bewahre! Für was hältst du mich? Der ist nicht nur Metzger, der lebt mit seiner senilen Mutter zusammen in irgendeinem Kuhdorf im Bergischen Land.«
Einträchtig stippten wir Pommes in den Ketchup.
»Das muß ich nicht haben«, sagte Verena. »So 'n Kaff auch noch. Da ist mir der Wald zu dicht! Und am Ende vergreift sich so 'n Kerl an meinem Leo.«
Im Geiste sah ich, wie der Papagei – den hackebeilschwingenden Schlächter im Nacken – kreischend von Gardinenstange zu Gardinenstange flatterte.
»Warte, warte nur ein Weilchen, dann kommt der Metzger mit dem Beilchen!« reimte ich und zerknüllte die Pommestüte.

Als Robert am frühen Freitag abend aus der Praxis heimkam, war ich überrascht. Ich hatte nicht damit gerechnet, daß er tatsächlich nur bis fünf bohren würde, um pünktlich mit mir in Urlaub zu fahren.

Kaum war er da, machte er schon wieder Streß.
»Los, packen!« schrie er durch den Flur. »Wir müssen um acht in Gelsenkirchen sein, Mama macht Sauerbraten!«
»Wieso?« Entgeistert starrte ich ihn an, die Kaffeetasse in der Hand. »Wieso Gelsenkirchen?«
Robert druckste herum. »Na ja, ich hab Mama versprochen, auf dem Weg nach Holland mal reinzuschauen...«
Reinschauen! Daß ich nicht lachte. Reinschauen bedeutete mit an Sicherheit grenzender Wahrscheinlichkeit ein Wochenende bei den Schwiegereltern. Ich war in höchstem Maße erzürnt.
»Dir brennt wohl der Hut!« schrie ich.
Robert nahm mich in den Arm. »Ist doch nur für einen Abend.«
»Und eine Nacht, und und und... du weißt ganz genau, daß man bei deinen Eltern nicht mehr wegkommt, wenn man erst mal auf der Couch klebt!«
»Wir fahren morgen nach dem Frühstück – versprochen!« Robert blickte mich treuherzig aus seinen blauen Augen an.
Dann holte er eine Flasche Bier aus dem Kühlschrank und verzog sich ins Wohnzimmer. Ich folgte ihm und mußte mit ansehen, wie er den Fernseher einschaltete und die Beine hochlegte.
»Robert, Darling!« sagte ich unter Aufbietung all meines Potentials an Ruhe und Gelassenheit. »Denke bitte nicht, daß ich auch diesmal deinen ganzen Krempel zusammenpacke. Ich werde mich ausschließlich dem Bestücken meiner eigenen Reisetasche widmen.«
Muttern runzelte ungehalten die Stirn ob solcher Grausamkeit in der Ehe. Madonna zuckte lediglich mit den entblößten Schultern.
Robert zuckte kurz zusammen und schaltete vor Schreck den Fernseher wieder aus. Ich zerrte meine Reisetasche aus dem hintersten Winkel der Besenkammer und stellte sie auf mein Bett. Nach einer Viertelstunde hatte ich sie fix und fertig gepackt. Sie ging sogar sofort und ohne sonderliche Gewalteinwirkung zu. Ich schlich mich auf Zehenspitzen an Roberts Zimmertür, die einen Spaltbreit offenstand. Sichtlich unentschlossen stand er vor dem Klamottenberg, der sich auf dem Teppich türmte. Mut-

terns Wimmern ignorierend, hatte ich seine Klamotten nicht weggeräumt, in den Wäschepuff geschmissen, gewaschen und gebügelt. Sondern einfach liegen gelassen. Schlimmstenfalls traten sie sich fest.

Robert zog das eine oder andere Hemd aus dem Klamottenberg, roch daran und ließ es angewidert fallen. Recht so. Sollte er ruhig mal sehen, wie das war! Ich zog mich leise zurück, um vor der Abfahrt kurz zu duschen. Als ich aus dem Badezimmer kam, stand Roberts Tasche im Flur. Daneben stand eine riesige Tüte mit diversen Schuhen, denn seinem Schuhtick wollte er auch im Urlaub frönen.

»Übrigens«, sagte ich zu ihm, »deine Blumen gießt netterweise meine Freundin Bea, obwohl es ja eigentlich deine Freundin Julia war, die uns die aufgeschwätzt hat.«

»Julia ist schon in Thüringen«, antwortete Robert. »Da kann sie wohl schlecht gießen kommen!«

Nach diesem kurzen Wortgefecht verließen wir einigermaßen pünktlich die Wohnung.

Kurz nach acht bogen wir in die ruhige Seitenstraße ein, in der Hildegard und Franz wohnten. Ich war gefahren, während Robert auf dem Beifahrersitz vor sich hin döste und zu meiner Verwunderung auch keine Anstalten machte, meinen Fahrstil zu kritisieren. Im Gegenteil. Einmal, als ich mir eine heiße Verfolgungsjagd mit einem Golf GTI geliefert hatte, aus der ich als Siegerin hervorgegangen war, hatte er gejubelt und gerufen: »Dem hast du's aber gezeigt!«

Ich parkte den Wagen halb auf dem Bürgersteig, was hier offenbar Usus war, und guckte mich um. Wie immer konnte ich kaum glauben, daß ich mich mitten im Kohlenpott befand. Es war ruhig, ein paar Vögel zwitscherten. Nur von weitem drang Verkehrslärm an mein Ohr.

Kaum hatte Robert auf den Klingelknopf neben dem Schildchen »Mutz« gedrückt, gellte die Stimme meiner Schwiegermutter schon durch die Gegensprechanlage. »Huhu!«

Es gab kein Entrinnen mehr. Um des lieben Friedens willen ließ ich Hilde-Mamas übliches Händeklatschen über mich ergehen, reichte Vatter Franz die Hand und verschwand sicherheitshalber erst mal auf dem Klo. Als ich ein paar Minuten später ins Eßzimmer kam, saßen die Herren gemütlich beim Pils. Hilde-Mama schuftete sich in der Küche ab, fischte Klöße aus dem siedendheißen Wasser, füllte Rotkohl in ihre beste Goldrandschüssel und schöpfte Soße aus dem Bratentopf in die Terrine. Wortlos ging ich ihr zur Hand, während mein Schwiegervater nicht im Traum daran dachte, mit anzupacken. Er amüsierte sich mit Robert über irgendeine Fernsehsendung, die sie beide gesehen hatten. Sie lachten lauthals. Hilde-Mama schüttelte den Kopf und hievte das schwere Tablett hoch.

Der Sauerbraten war zugegebenermaßen köstlich und die Knödel wirklich und wahrhaftig selbstgemacht. Ich hatte mir schon vor Monaten angewöhnt, auf die im Kochbeutel zurückzugreifen.

»So«, stellte Hilde-Mama fest, »ihr wollt also verreisen. Unne Praxis?«

»Zu!« Robert kaute andächtig.

»Wenn du dir dat leisten kannst!« Sie konnte es nicht fassen. Da machte ihr Jüngster einfach dicht und haute ab nach Holland. »Hier suchen sich die Ärzte un Zahnärzte 'ne Vertretung für die Urlaubszeit.«

Sie klatschte jedem noch einen Knödel auf den Teller. »Fahrt ihr auch nach Amsterdam?«

»Klar!« Robert ergriff beherzt sein Bierglas und nahm einen ordentlichen Schluck.

Ach ja? Mir war das bisher gar nicht so klar gewesen. Eigentlich hatte ich mich mental auf lange Strandspaziergänge eingestellt und nicht auf überfüllte Grachten.

»Habt ihr eigentlich mal was von Manfred gehört?« fragte ich, da die Konversation stockte.

Urplötzlich war es so still wie in einer Gruft. Vatter hielt die Luft an. Hilde-Mama guckte betreten auf ihren Teller. Robert legte seine Serviette auf den Tisch.

Vatter Franz erbarmte sich und brach das peinliche Schweigen. »Keine Ahnung, wo der sich rumtreibt! Unmöglich, Mama so aufzuregen un sich jahrelang nicht blicken zu lassen!«

Er stand auf und holte noch zwei Flaschen Bier. Ende Gelände. Das schwarze Schaf war absolut tabu. Ich hatte die goldene Regel des Mutzschen Haushaltes mißachtet und das Tabuthema aufs Tapet gebracht.

Hilde räumte den Tisch ab, und ich trat Robert ans Schienbein. Er stutzte, sprang auf und half seiner Mama, während ich mir von Vatter Franz ein Verdauungslikörchen servieren ließ.

In der Küche rumorte die Geschirrspülmaschine. Hilde-Mama kam ins Wohnzimmer, wo wir vollgefressen und lethargisch in den Sesseln lagen. »Sach ma, Vatter, wo is'n eigentlich dat Album von Johanna un Oskar?«

Vatter hatte null Ahnung. Er blätterte im »Kicker«.

»Du un dein Scheiß-Schalke!« Hilde-Mama kramte in einigen Schubladen und beförderte ein Fotoalbum zutage.

»Hier isses!« rief sie triumphierend. »Guck doch ma, wat goldig!«

Robert und ich heuchelten Interesse. Sein Cousin Oskar und die heilige Johanna waren zum drittenmal Eltern geworden. Und endlich ein Bub! Ja, war dat dann zu fassen! Hilde-Mama wälzte das Album auf meinen Schoß und präsentierte uns die Babyfotos des neuen Nachwuchses. Baby beim Wickeln, Baby beim Nukkeln. Vergessen war die eigene Leibesfrucht, verschollen in Katmandu oder weiß der Kuckuck wo. Und gleich, so wußte ich, würde sie wieder die obligatorische Frage stellen.

»Wann isset denn jetz bei euch soweit?«

Un ich sach noch! Es war so sicher wie das Amen in der Kirche. Zur Abwechslung trat Robert mal mich ans Schienbein.

»Kann nicht mehr lange dauern«, sagte er und schielte mit Verschwörermiene zu mir rüber. »Wenn man nur endlich mal zur Ruhe käme! Morgen nach dem Frühstück fahren wir gleich los, ich bin absolut urlaubsreif!«

Gut gemacht, Robert! So viel Raffinesse hätte ich ihm gar nicht zugetraut.

Mama stutzte. »Ich hab gedacht, ihr bleibt dat ganze Wochenende. Oder?«

Das »Oder« hing in der Luft und schrie nach einer Antwort. Der Gatte erbarmte sich.

»Mama! Dann kommen wir ja nie nach Holland!« Er tätschelte ihr beschwichtigend das Ärmchen. »Nö, nö, morgen früh fahren wir.«
Ich gönnte ihm einen verliebten Blick. Was hatte ich für einen diplomatischen Mann! Und wie ruhig und gelassen er war – man hätte meinen können, er meditiere schon seit Jahren.

Die Schwiegereltern winkten uns hinterher, als wir am nächsten Morgen wohlgemut weiterfuhren. Robert hatte sich hinters Steuer geklemmt und kutschierte mich durch den Kohlenpott. Beim Anblick rauchender Fabrikschlote schrie er: »Mutter, Mutter, tu mich vonne Zeche, ich kann dat Schwatte inne Kohle nich mehr sehn!«
Ich konnte seine Wampe nicht mehr sehen.
»Wenn du so weiterfrißt, paßt du bald nicht mehr hinters Lenkrad!« konstatierte ich bissig.
»Nach dem Urlaub nehm ich ab.« Er drehte das Radio an und stellte WDR ZWO ein.
Ich zog die Schuhe aus. »Wer's glaubt, wird selig.«
Fast schon hatte ich mich mit Roberts Leibesumfang abgefunden. Deshalb war ich auch nicht schockiert, als er bei Venlo von der Autobahn abfuhr und zielsicher den Parkplatz eines kleinen Restaurants ansteuerte.
Er bestellte sich ein Heineken-Bier und einen Teller mit überdimensionalen Kroketten. Ich trank eine Cola.
»Hm!« Robert nahm der Einfachheit halber die heißen Kroketten in die Hand. »Eins muß man dem Holländer lassen: Frittieren kann er, ohne Zweifel!«
Eigentlich wollte ich seine rassistische Äußerung scharf kritisieren, mußte aber lachen, weil er gar so possierlich in sein Krokettchen biß. »Laß mich mal probieren!«
»Nimm dir eins.« Er hatte schon fast alles weggeputzt. Das Ding schmeckte großartig. Es war mit Huhn und Champignons gefüllt. Wir winkten dem Kellner und bestellten noch eine Platte.
»Ich dachte immer, Holland sei das Land der Kaaskunst!« sagte ich, den Mund voller Huhn und Paniermehl.
»Das denken alle, die so werbegeschädigt sind wie du!« Robert

wischte sich das Fett aus den Mundwinkeln und trank den letzten Schluck Bier. »Die haben nur Tante Antje vor Augen, wenn sie an Holland denken. Und Tulpen.«

Unterwegs versuchten wir, die holländischen Schlager mitzusingen, die das Radio spielte. Kurz hinter Eindhoven brach die Sonne hinter den Wolken hervor, es wurde richtig heiß. Wenn Engel reisen, lacht der Himmel, hatte meine Oma immer gesagt.
»Ans Meer, Darling?« Robert sah schelmisch zu mir rüber.
»Okay, Baby!« Ich fingerte meine Sonnenbrille aus dem Handschuhfach und lehnte mich zurück. Prima! Seit unserer Hochzeitsreise waren wir nicht mehr am Meer gewesen. Damals – als Robert noch rank und schlank gewesen war und ich mir die Tragweite eines lauten, deutlichen »Ja!« vor einem glatzköpfigen, bebrillten Standesbeamten noch nicht bewußtgemacht hatte – waren wir nach Hawaii geflogen und hatten uns am weißen Sandstrand dem Überschwang unserer Gefühle hingegeben. Okay, Holland war von Hawaii meilenweit entfernt und Heineken-Bier und Pina Colada ein himmelweiter Unterschied, aber es war immerhin ein Anfang.
Kurz vor Breda fuhr Robert auf einen abgelegenen Rastplatz.
»Pinkelpause!« erklärte er, bevor er hinter einem Busch verschwand. Das alte Ferkel! Als ob sie hier das Klo noch nicht erfunden hätten! Dummerweise verspürte auch ich eine menschliche Regung. Mist. Ach, was soll's! Ich stieg aus und steuerte Roberts Busch an. Einträchtig kamen wir unseren Bedürfnissen nach, er im Stehen, ich in der Hocke. In solchen Momenten gäbe ich was drum, ein Mann zu sein. Dödel raus, pinkeln, Dödel rein. Fertig ist der Lack.
»Wohin fahren wir jetzt?« Robert packte seinen Junior in den Liebestöter und zurrte den Reißverschluß seiner Shorts hoch.
»Kann ich in dieser Position nicht entscheiden.«
»Mach endlich! Jeden Moment kann jemand kommen!«
»Und wenn schon!«
Er spähte hinter dem Busch hervor. »Schnell, ein Wohnmobil!«

Ich riß mir den Slip hoch, die Jeans und stürzte in hellem Aufruhr aus meinem Versteck. Weit und breit kein Mensch in Sicht.
»Blödmann!«
Robert wollte sich kranklachen. Wider Willen mußte ich losprusten. Atemlos erreichten wir den Porsche und vertieften uns in das Studium der Straßenkarte. Mir kam eine Idee.
»Wir suchen uns einen Ort mit einem tollen Namen aus, und da fahren wir hin.« Mit dem Zeigefinger fuhr ich an den Küsten der drei südwestlich gelegenen holländischen Halbinseln entlang.
»Da – Vrouwenpolder!«
»Nö«, wehrte sich die Chauvi-Ratte. »Das klingt mir zu sehr nach Frauenpower. Brouwershaven!«
»Auf keinen Fall!« Das klang wiederum mir zu sehr nach Starkbier! Ich schüttelte den Kopf.
»Starkbier kennen die Holländer gar nicht!«
»Von wegen! Du kannst mir viel erzählen! – Zieriksee!«
Jetzt war Robert dran mit Kopfschütteln. »Dann hätten wir ja gleich in die Schweiz fahren können. An den Zürichsee.«
»Blödmann! Laß uns auf die obere Insel fahren, nach Oostdijk!« schlug ich vor. »Das hört sich wenigstens so richtig schön holländisch an.«
Robert riskierte keine Widerworte mehr, um mir die Urlaubslaune nicht zu verderben. Das lag sicher daran, daß ich mit Bestimmtheit meinen Wunsch artikuliert hatte. Sanfte Autorität, dein Name sei Weib!
Wir verließen die Autobahn und folgten den Landstraßen. Hier und da entlockte mir eine Windmühle heisere Schreie des Entzückens, und jedesmal, wenn Robert eine Schafherde sah, rief er:
»Schäfchen zur Linken, das Glück wird dir winken!«
Auch wenn die Schafe auf der rechten Seite weideten.
Er erzählte mir, daß der höchste holländische Berg gerade mal dreihundert Meter hoch sei, und im Geiste zog ich den Hut vor seinen Kenntnissen von Land und Leuten. Wie vielseitig mein Mann war! Nicht nur, daß er Tausende von Bundesbürgern aus den Klauen der Karies riß, nein, er war auch noch weltläufig! Ich barst beinahe vor Stolz.
Leider stellte sich in Oostdijk heraus, daß es mit seinen Sprach-

kenntnissen nicht weit her war. Die goudablonde Tante an der Rezeption des kleinen Hotels, das wir spontan auserkoren hatten, uns in den nächsten Tagen Heim und Herberge zu sein, verstand und sprach zum Glück Deutsch. Alle Zimmer belegt, teilte sie uns mit, aber die Hochzeitssuite habe sie noch frei.
»Was kostet die?« Roberts angeborener Geiz bahnte sich seinen Weg ans Tageslicht.
»Hundertfünfzig Gulden, inklusive Whirlwanne und Champagner!« Das hätte sie nicht sagen dürfen! Ich trat Robert auf den dicken Zeh.
»Au!« schrie er. »Hundertfuffzig?«
Ich mußte einschreiten, wenn unser Urlaub ein Erfolg werden sollte. »Selbstverständlich nehmen wir die Suite!«
Robert sah mich von der Seite mit einem Blick an, der so was wie Respekt signalisierte. Bevor er Einwände machen konnte, ergriff ich den bereitliegenden Kugelschreiber und schickte mich an, das Anmeldeformular auszufüllen. Das ging ihm denn doch zu weit. Er riß mir den Papierkram aus der Hand und druckte pingelig »Dr. Robert Mutz-Litzenberg« in die vorgegebenen Kästchen. »Und Gattin« setzte er hinzu. Die Goudablonde lächelte und geleitete uns zur Suite. Kaum hatte sie die Tür von außen zugezogen, ließ ich mich aufs Doppelbett plumpsen. Robert probierte sofort aus, ob der Fernseher auch keine Attrappe war, und warf einen forschenden Blick in die Minibar. Ich studierte den Hotelprospekt.
»Hör mal: Bent u in een romantische stemming? Geniet dan van onze bruidssuite, compleet met bubbelbad en champagne!«
»Zeig her!« Er sprang neben mich aufs Bett. Wir betrachteten das Farbfoto im Prospekt. Es zeigte ein glückliches Brautpaar, das (noch!) angezogen – er im schwarzen Smoking mit Fliege, sie im weißen Kleid mit Schleier – vor einem monströsen Doppelbett posierte. Auf einem Tischchen standen eine eisgekühlte Flasche Champagner und zwei Gläser. »Bubbelen in de bruidssuite!« verkündete die Bildunterschrift.
Robert war begeistert. Die hundertfuffzig Gulden schienen ihm nicht mehr leid zu tun.

»Komm, wir gehen bubbelen!« Er fing an, meine Bluse aufzuknöpfen. Um den Schein zu wahren, wehrte ich mich ein wenig.
»Ohne Schampus läuft gar nix!« Wo kommen wir denn da hin!
Robert wälzte sich auf die Seite, wählte die Nummer der Rezeption und verlangte die Flasche Schampus, die uns zustand. Tante Antje schickte einen dürren Diener, der den Champagner im Eiskübel auf einem Marmortischchen neben unserer Badewanne plazierte. Mit den besten Wünschen der Hotelleitung. Wat nett, würde Hilde-Mama jetzt sagen, un so 'n schönet Zimmer! Kaum war der Dürre – nicht ohne Robert einen verschwörerischen Blick zuzuwerfen – verschwunden, bubbelten wir, daß es nur so schäumte.
»Ob die uns für just married halten?« sinnierte ich, als wir genug Schaum geschlagen hatten.
»Klar, why not? Könnte man doch glatt meinen, wenn man uns so sieht.« Robert suhlte sich selbstzufrieden im Bubbelbad. »Meinst du, der bringt uns noch eine Flasche?«
»Meinst du, es geht nur mit Champagner?« Ich zwinkerte ihm schelmisch zu. Das durfte ich Bea nicht erzählen, im Leben nicht, mit meinem eigenen Mann im Bade! Geziemte sich das für eine emanzipierte Ehefrau, die gerade die ersten Klimmzüge auf der Karriereleiter machte?
Merkwürdigerweise schien alles okay zu sein. Jedenfalls lagen Muttern und Madonna einträchtig nebeneinander vor der Glotze und guckten »Wetten, daß«.
Es ging auch ohne Champagner. Sehr gut sogar. Als wir fertiggebubbelt hatten, schwamm das Badezimmer, was Robert zu dem Ruf »Land unter! Der Deichgraf ersäuft!« veranlaßte. Kichernd zogen wir uns an und begaben uns ins Hotelrestaurant, wo wir ein mehrgängiges Menü für fünfundsiebzig Gulden verdrückten, eine Flasche chilenischen Rotwein tranken – weil die Holländer es nicht schaffen, an ihrem einzigen Berg Wein anzubauen – und dermaßen herumalberten, daß die Kellner uns konsterniert beobachteten.
Danach machten wir einen ausgedehnten Strandspaziergang.

Robert bestand darauf, meine ehelichen Pflichten um diejenige, ihm jeden Abend ein Bubbelbad zu richten, zu erweitern, worauf ich einging, jedoch nur unter der Bedingung, daß mindestens die Pflicht der abendlichen Mahlzeitzubereitung gestrichen wurde.
»Hey, Honey«, sagte Robert und kickte einen Kieselstein in die gischtige See, die mindestens so aufgewühlt war wie unser Gefühlsleben, »laß die Kocherei. Und meinen Teppich saug ich demnächst selbst. Alles ganz easy!«
Hoffentlich war das nicht nur eine Urlaubslaune.

Das Wetter hielt sich. Wir nahmen jeden Nachmittag ein Bad im Meer. Wenn Robert triefend aus dem Wasser kroch und auf mich zurobbte wie das Ungeheuer von Loch Ness und sich neben mich aufs Badelaken warf, schrie ich wie am Spieß und trachtete, ihm zu entkommen, was jedesmal eine wilde Hatz den Strand entlang nach sich zog. Irgendwann ließ ich mich von meinem mopsigen Monster erwischen und zurückschleppen. Es war so wundervoll, daß ich völlig vergaß, daß er der übergewichtige Zahnklempner war, der mir Hilde-Mama auf den Hals gehetzt hatte.
Abends schwelgten wir in den Genüssen, die die holländische Küche bot. Beim Essen quatschten wir soviel wie in den letzten drei Jahren nicht mehr. Jeden Abend machten wir einen ausgedehnten Spaziergang am Strand. Robert hielt mich im Arm und zeigte mir mit der freien Hand die Sterne.
»Da hinten ist die Venus und dort der große Bär...« Weiter kam er selten, weil ich ihn dann immer fragte, ob er mal den kleinen Bären sehen wollte. Woraufhin wir ins Hotel zurückspurteten und eine Runde bubbelten.
Die Tage vergingen wie im Flug. Wir kamen uns wahrhaftig vor wie auf der Hochzeitsreise. Im nachhinein – Opfer der romantischen Stimmung oder der Hormone? – konnte ich überhaupt nicht mehr begreifen, wieso ich jemals nach dem abgestandenen Charme fremder Kerle gegiert hatte, wo ich doch so ein Prachtexemplar an Land gezogen hatte, dem der Charme geradezu aus den Taschen schwappte.

Den letzten Tag verbrachten wir in Amsterdam. Robert war als Kind mit seinen Eltern und seinem Bruder mal da gewesen.
»Glaubst du«, fragte ich ihn, »daß Manfred irgendwann wieder bei euch auftaucht?«
Robert zuckte die Schultern. »Keine Ahnung. Wir haben nie den rechten Draht gehabt, der Altersunterschied war einfach zu groß.«
»Wie alt ist er denn?« Ich hatte meinen Schwager nie kennengelernt. Eigentlich war ich unheimlich gespannt auf das schwarze Schaf der Familie.
»Vierzig, sechs Jahre älter als ich.«
»Würdest du ihn erkennen, wenn er uns zufällig über den Weg liefe?« Das wäre ein Ding!
»Den würde ich überall erkennen!« Robert hupte ungeduldig, weil vor uns ein alter Kadett mit sechzig Sachen auf der linken Spur klebte. »Als er damals abgehauen ist, hatte er Haare bis zum Arsch. Ich wette, die hat er heute noch. Kaum vorstellbar, daß er sich von seiner Haarpracht trennt. Ist das einzig Schöne an ihm.« Wir brausten an dem Kadett vorbei. Die Fahrerin saß so weit vorne, daß sie beinahe ins Lenkrad biß.
Robert manövrierte den Porsche geschickt durch die engen Gäßchen und fand einen Parkplatz neben der Herengracht. Ich war beeindruckt. Amsterdam sah gar nicht wie eine Großstadt aus, es war viel niedlicher, als ich es mir vorgestellt hatte. Wir bummelten durch die Gassen an den Grachten entlang, über kleine Brücken, und landeten vor einem Kiosk, wo wir sicherheitshalber einen Stadtplan kauften. Robert faltete ihn auseinander und beugte sich dick und breit darüber.
»Wo sind wir denn...« murmelte er.
»Raadhuisstraat!« Das stand auf dem nächsten Straßenschild. Goldrichtig. Mit dem Plan in der Hand eilte Robert mir voraus und kündigte an, wir würden gleich den königlichen Palast sehen.
»Wo?« schrie ich sensationslüstern.
Wir standen vor einem großen grauen Gebäude, sicherlich das Staatsgefängnis. Um uns brandete der Verkehr, so daß man sein eigenes Wort nicht verstand.

»Da!« brüllte Robert und zeigte auf den Knast.

Das sollte der königliche Palast sein? Im Salon Scheffel hatte ich mich über Prinz Claus' Depressionen informiert. Das »Goldene Blatt« hatte kein einziges delikates Detail unterschlagen. Was Wunder! Ich würde auch Depressionen kriegen, wenn ich in diesem grauen Gemäuer hausen müßte, vom Verkehrslärm umtost, von Touristen aller Nationen belagert. Robert schalt mich naiv, weil ich das »Goldene Blatt« zitierte. Außerdem war er der Meinung, die Gebrechen der holländischen Königsfamilie gingen mich einen Scheißdreck an.

Pah! Die Kritik kam nicht aus berufenem Munde. Schließlich hatte ich ihn oft genug dabei erwischt, wie er selbstvergessen das flotte Fahrgestell von Lady Di inspizierte, die von den Paparazzi immer dann abgelichtet wurde, wenn sie aus einem Rolls Royce sprang. Oder im strömenden Regen auf eilends zusammengezimmerten Tribünen herumstakste und Schirmherrschaften für alle möglichen Randgruppen übernahm. Auch hatte ich ihn ertappt, als er beim Anblick des blanken Busens einer monegassischen Fürstentochter mit der Zunge schnalzte. Robert hatte den Lesezirkel abonniert, um seinen Patienten mit gepfefferten Skandalgeschichten die langen Wartezeiten in seiner Praxis zu verkürzen. Die Zeitschriften wurden an unsere Privatadresse geschickt, damit er sie erst in aller Ruhe durchblättern konnte.

Ich konfrontierte ihn mit den Tatbeständen, soweit sie mir bekannt waren. Er zeigte nicht mal im Ansatz ein schlechtes Gewissen. Insgeheim vermutete ich sowieso, daß er sich ab und zu den »Playboy« kaufte, aber das Durchstöbern der »Zahnmedizinischen Mitteilungen« hatte mir leider keinen Beweis dafür in die Hände gespielt.

Wir überquerten die Kreuzung vor dem Palast und zockelten durch etliche Gäßchen, bis wir die Anlegestelle der Touristenboote erreichten. Robert kaufte zwei Tickets und versprach mir ein wonderful sightseeing. Auf englisch quasselte er mir die Ohren voll, bis der Ticketabreißer nahte und uns auf deutsch sagte, daß wir uns jetzt gefälligst auf das Boot bequemen sollten.

»Really perfect, your English, Bobby-Darling«, hauchte ich schadenfroh.
Woraufhin das dicke Darling mit einem solchen Satz in die »Prins Constantin« sprang, daß das Grachtenwasser hohe Wellen schlug und ich mich um die Sicherheit der Amsterdamer Souterrainwohnung-Bewohner sorgte. Der Kapitän machte sich an seinem Steuerrad zu schaffen und parkte das Boot rückwärts aus. Ein flotter Holländer begrüßte uns in vier Sprachen, wovon sich zwei als überflüssig herausstellten, weil außer uns nur Amis an Bord waren. Er hieß Hans, sah aus wie Heintje und trug eine rot-weiß karierte Hose, ein rotes Poloshirt und eine ebenfalls rot-weiß karierte Weste. Bei jeder Pause, die er machte, guckte er mich an und grinste. Ich grinste zurück, bis Robert mich in den Oberschenkel kniff, als ob er überprüfen wollte, ob ich Zellulitis hätte.
Daraufhin widmete ich mich den übrigen Sehenswürdigkeiten. Die Bootstour dauerte eine Stunde. Besonders faszinierten mich die Hausboote, auf deren Veranden ein paar Langhaarige herumlagen und Haschisch rauchten.
»On the left side you see some dying junkies!« sagte Hans.
»Vielleicht hängt dein Bruder bei diesen Hippies ab«, raunte ich Robert ins Ohr. Er meinte, das läge durchaus im Bereich des Möglichen. Als wir wieder an Land waren, fühlte ich mich ganz benommen. Bevor mir der flotte Hans ein letztes Mal schöne Augen machen konnte, zerrte mich Robert von der Anlegestelle weg ins nächste Gäßchen.

Auf dem Rückweg hätte ich mir gerne noch in Alphen einen archäologischen Freizeitpark angesehen, in dem man angeblich die Vergangenheit hautnah erleben konnte. Das Faltblatt, das ich unterwegs in einer Touri-Information ergattert hatte, versprach Schauringkämpfe spärlich bekleideter Gladiatoren. Geil! Fast wäre es mir gelungen, Robert dafür zu begeistern, als ich ihm vorlas, daß Parkbesucher römisch baden und speisen könnten.
»Hör dir das an!« rief ich. »Heerlijke Romeinse maaltijd!«
Aus den Augenwinkeln konnte ich sehen, wie ihm das Wasser im

Munde zusammenlief. Wortreich erging ich mich über den delikaten Geschmack honiggetränkter Wachtelbrüstchen in Marsalawein. Umsonst. Mein Pawlowscher Hund speichelte zwar gewaltig, aber alles, was ich erreichte, war, daß er mich ins nächste Restaurant schleppte und eine Unzahl Kroketten bestellte, die er mit zwei Gläsern Heineken herunterspülte. Angeblich, um die letzten Gulden zu verprassen.
»Tut mir leid, Schatz«, sagte er, »keine Zeit mehr! Morgen muß ich Dietrich anrufen, und übermorgen früh wollen wir los. Ein andermal, ja?«
Schatz? Not Darling? Ich hörte wohl nicht recht! Hatte Roberts anglophile Phase hier ihr unrühmliches Ende gefunden?
Ich gab mich kampflos geschlagen. Sollte er in Gottes Namen ins Zillertal fahren. Bea und ich würden uns in München die Zeit schon zu vertreiben wissen.

Robert hatte eigenhändig sein Bündel geschnürt und war unter »Berg heil!«-Rufen mit Dietrich in die Alpen abgerauscht. Für ein paar Tage hatte ich die Wohnung für mich. Ich wusch die Urlaubswäsche und hängte sie auf dem Balkon zum Trocknen auf. Einen Nachmittag lang bummelte ich ungestört durch die Buchläden der Stadt. Ich kaufte mir das »Handbuch der Meditation« und einen Frauenroman, weil ich jetzt prima Zeit zum Lesen hatte. Der Frauenroman handelte von einer Frau – von wem auch sonst? –, die im Suff die Scheidung einreichte und ihre Ehegeschichte in einem Bestseller schonungslos vermarktete. Und sich – heidewitzka! – mit ihrem altersschwachen Lektor und einem alternaiven Kinderbuchautor vergnügte, den sie in der Pampa aufgelesen hatte. Ihr größtes Vergnügen schien allerdings zu sein, daß sie sich von den Tantiemen endlich eine Putzfrau leisten konnte.
So was aber auch! Sollte ich jemals einen Bestseller schreiben, würde ich mir ganz andere Dinge leisten als eine Putzfrau. Das war ich mir schuldig. Vielleicht würde ich einen Callboy abonnieren. Oder mir Richard Gere einfliegen lassen, als Mann für gewisse Stunden. Eine Putzfrau! Das muß man sich mal vorstellen! Manche Weiber strotzen vor Anspruchslosigkeit.

Als ich dem heiligen Teppichboden huldigte, weil Robert sein Versprechen nicht gehalten und sich, ohne ihn zu saugen, aus dem Staub gemacht hatte, sehnte ich mich doch mehr nach einer Putzfrau als nach einem Callboy. Jedenfalls im Moment.

Gegen Abend rief ich bei Bea an und meldete mich zurück.

»Wann fahren wir?« fragte ich voller Ungeduld.

Sie lachte. »Du kannst es wohl kaum erwarten, in München deine Jugendliebe wiederzusehen!«

Die Idee an sich hatte was, das mußte ich zugeben.

»Also«, sagte sie, »ich hab mir gedacht, wir fahren Donnerstag vormittag los. Ich hole dich gegen elf ab!«

Ich willigte ein und kuschelte mich ins Bett, wo ich mich im Schein der Nachttischlampe ins »Handbuch der Meditation« vertiefte. Schon auf Seite sechzehn fielen mir die Augen zu.

Anderntags vertrieb ich mir die Zeit mit dem Bügeln des Wäscheberges. Nachdem ich den Rest des Tages vertrödelt hatte, beschloß ich, mich aufzuraffen und ins Meditationszentrum zu radeln.

Im Parterre des Hauses Bachweg 10 herrschte diesmal keine Ruhe und Gelassenheit, sondern geschäftiges Treiben. Die Meditationsgruppe hatte sich vollzählig eingefunden, aber es waren auch zwei Vertreter der Presse anwesend, die an den Übungen teilnahmen. Den Redakteur vom »City Journal«, Norbert Renner, kannte ich aus meiner Volontariatszeit, den Fotografen hatte ich noch nie gesehen.

»Was machst du denn hier?« quatschte Norbert mich an.

»Meditieren«, erwiderte ich und schenkte ihm ein Lächeln.

Er schien schockiert. »Ich dachte, du hättest mittlerweile ein halbes Dutzend Kinder am Bein, nachdem du dich in den heiligen Stand der Ehe begeben hast?«

Wortlos schüttelte ich den Kopf. Daß ich dabei war, in der Werbebranche Fuß zu fassen, ging Norbert einen feuchten Kehricht an. Keinesfalls würde ich ihm das auf seinen knubbeligen Riechkolben binden. Er hatte überall seine Finger im Spiel und würde bloß dämlich rumtratschen. Manou begrüßte mich mit einem leichten Winken seiner beringten Hand und blieb hoheitsvoll auf seinem Sitzkissen hocken. Norbert juckelte ständig hin und her,

er war der typische Reporter mit Hummeln im Hintern. Keine zehn Minuten hielt es ihn auf seinem Kissen, dann sprang er auf und gab dem Fotografen Instruktionen.
Manou brach die Übungen vorzeitig ab, weil sich sowieso keiner konzentrieren konnte. Dann ging er mit den Pressefritzen in einen Nebenraum und ließ sich interviewen. Die übrigen tranken grünen Tee aus irdenen Schälchen und analysierten die Situation. Ferdi meinte, Störung hin, Störung her, es wäre toll, wenn das Meditationszentrum bekannter würde, ein bißchen Publicity könnten sie schon brauchen.
Als ich mich auf mein Fahrrad schwingen wollte, um heimwärts zu radeln, rief jemand: »Ey, warte mal!«
Ich drehte mich um. Manou kam auf mich zu, in der linken Hand den bestickten Beutel, in dem er einen Haufen Literatur zum Thema Meditation mit sich rumschleppte, in der rechten seine Riemchensandalen. Mit einem leidenschaftslosen Bussi verabschiedete er sich von einer langhaarigen Frau in knallroten Pluderhosen, die beinahe an ihm hochsprang. Im Zeitlupentempo streifte er seine Latschen über die beringten Zehen.
»Ich komm ein Stück mit«, sagte er.
So einfach war das also. Schon den ganzen Abend hatte ich krampfhaft überlegt, ob ich Roberts Abwesenheit zu einem kleinen, spritzigen Stelldichein nutzen sollte – an einen Sidestep wagte ich schon gar nicht mehr zu denken! –, mich aber nicht getraut, Manou anzubaggern, zumal ihn die Presseheinis mit Beschlag belegt hatten.
Schweigend schob ich mein Rad neben ihm her. Seine Nähe verschlug mir glatt die Sprache. Er machte Riesenschritte, so daß ich meine liebe Last hatte, mitzuhalten. Nach etwa dreihundert Metern machte er eine vage Bemerkung dahingehend, daß sich seine bescheidene Hütte gleich um die Ecke befinde und dort eine Flasche Weißwein danach lechze, ausgetrunken zu werden.
»Du bist herzlich eingeladen«, sagte er mit einem Seitenblick.
Verstohlen guckte ich auf meine Uhr. Viertel nach zehn. Morgen konnte ich zwar ausschlafen, mußte aber Punkt elf auf der Matte stehen, wenn Bea mit ihrem Stoppelhopser um die Ecke bog.
»Na gut, aber nur ein Gläschen.«

An der nächsten Kreuzung zeigte Manou auf ein abbruchreifes Gebäude, dessen Giebel sich verdächtig neigte und das nur noch vom rastlos rankenden Efeu zusammengehalten wurde. Ach du Schande! Hoffentlich würde ich die Nacht heil überstehen. Vor meinem geistigen Auge sah ich mich schon unter einem Haufen Geröll begraben, während die Polizei mit Megaphon und einer Meute schnüffelnder Schäferhunde das Haus umstellte. Beziehungsweise das, was noch davon übrig war.
Das Gartentörchen quietschte dermaßen beängstigend, daß man meinen konnte, es fiele gleich aus seinen Angeln. Manou griff nach meinem Rad und schmiß es in eine Hecke neben der Hauswand. Polternd brach ein Brocken aus dem Mauerwerk und fiel mir vor die Füße. Ungeachtet der drohenden Einsturzgefahr nahm er zwei Treppenstufen auf einmal. Vorsichtig folgte ich ihm, traute mich aber nicht, mich am Geländer festzuhalten, aus Angst, es aus der Wand zu reißen.
»Nur herein, junge Frau!« Die Glastür hatte einen gewaltigen Sprung und stand sperrangelweit offen. Drinnen war es zappenduster. Wir taperten durch einen ungeputzten Flur, an dessen gesprungenen Fliesen jeder Hobbyarchäologe seine Freude gehabt hätte. Aus einem der angrenzenden Zimmer drang Musik. Dann ein Männerlachen. Manou stieß eine gesplitterte Holztür mit dem Ellenbogen auf. Neugierig sah ich mich um. Das Zimmer hatte etwas von einer vorzeitlichen Höhle. Insofern war es ganz gut, daß wir die Gulden für den archäologischen Park in Alphen gespart hatten. Hier war die Besichtigung immerhin gratis.
Die Wände waren kohlrabenschwarz gestrichen, überall lagen Matratzen herum. Auf einer leeren Sperrholzkiste in der Mitte des Raumes gammelte ein vertrockneter Rosenstrauß in einem angelaufenen Bierglas der Verwesung entgegen. Manou schmiß seinen Beutel auf den Schreibtisch vor dem einzigen Fenster und ging den Wein holen.
»Und?« fragte er, als er wiederkam, zwei gesprungene Gläser in der Hand.
»Äh, ja.« Ich druckste herum wie eine Erstkläßlerin. »Ganz nett. Was ist dein Architekt von Beruf?«

Das fand er zum Brüllen komisch. »Scharfe Bude, was? Aber spottbillig. Die WG ist ganz nett, der Vermieter läßt sich nie blikken. Wenn nur nicht überall so 'ne Unordnung wäre.«
Sieh an. Ich hätte nicht vermutet, daß ihn das störte.
»Die Kaffeetassen werden nie gespült, und fürs Putzen fühlt sich keiner zuständig. Das Bad sieht aus wie ein Saustall, der Klodekkel ist auch kaputt.«
Die letzte Bemerkung veranlaßte mich, mir die Notdurft zu verkneifen. Notfalls würde ich sie auf dem Heimweg hinter einem unschuldigen Holunderstrauch verrichten.
»Schau dich ruhig um!« Manou füllte unsere Gläser.
Ich betrachtete eine Art Altar, auf dem zwei große Porzellanpuppen standen; davor war ein Haufen Räucherstäbchen in einem Glasgefäß arrangiert. Manou steckte ein Räucherstäbchen an, und der Duft von Sandelholz erfüllte den Raum. Er zeigte auf die Puppen. »Aus Nepal.«
Die weibliche Puppe trug einen roten Sari und eine Unzahl Perlenketten und Armbänder. Sie hatte lange schwarze Haare, auf denen eine Art goldene Haube saß. Die männliche Puppe war in ein Leopardenfell gewickelt, um ihren Hals lag eine Blumengirlande, um die sich eine Schlange ringelte.
»Sehr eindrucksvoll. Wann warst du da?«
»Bis Juni. Dann bin ich über einen Bekannten hier an den Job gekommen.«
Wir stießen an und tranken einen Schluck. Ich ließ mich möglichst damenhaft auf einer Matratze nieder, Manou saß im Schneidersitz vor mir. Es sah nicht so aus, als ob er bezüglich meiner Person sündige Gedanken hegte. Wahrscheinlich war er dem Fleischlichen schon lange Zeit abhold. In seiner Eigenschaft als Guru frönte er sicher der Askese, um den Geist rein zu halten. Bei dieser Erkenntnis entspannte ich mich sichtlich.
»Bist du eigentlich Vegetarier?«
»Natürlich.« Manou runzelte die Stirn. Er drehte sich um und zog ein Buch unter einem Stapel hervor. Es staubte gewaltig. »Was bist du für ein Sternzeichen? Ich bin nämlich auch Astrologe!«
Wie spannend!

»Skorpion!« rief ich begeistert.
»Ui.« Er kratzte sich am Hals und sah mir tief in die Augen. »Das interessanteste Sternzeichen im gesamten Tierkreis!«
Klar. Das wußte ich schon aus dem Jahreshoroskop der »Friederike«.
»Du bist ein menschlicher Vulkan, in dem ungeheure Energien schlummern. Eine geheimnisvolle, faszinierende Frau, die weiß, was sie will.«
Das wollte ich meinen!
»Am schärfsten ist das Kapitel über die Liebe. Unersättliche Gier nach erotischen Abenteuern – stimmt das?« Manou nahm meine linke Hand, während meine rechte das Weinglas umklammert hielt. »Ich kann aus der Hand lesen, wenn du willst!«
Ich hatte das Gefühl, er konnte noch eine ganze Menge, wenn ich wollte. Von wegen Askese! Hier war endlich die Gelegenheit, auf die ich seit Monaten gewartet hatte. Und ausgerechnet heute abend war ich nicht in Stimmung!
Madonna kriegte auf der Stelle einen Weinkrampf und verrammelte sich in ihrer Hirnkammer. Muttern summte gut gelaunt vor sich hin, während sie die Möbel in der guten Hirnstube polierte.
Manou monologisierte über meine Idealpartner.
»Am besten wäre ein Fische-Mann. Was für ein Glück du hast: Es sitzt einer vor dir!« verkündete er triumphierend.
Robert war auch Fisch. Diese Erkenntnis schleuderte mich zurück auf den Boden der nackten Tatsachen. Ich mußte mir Manou für schlechtere Zeiten aufsparen. Zudem war es schon fast eins. Ich rappelte mich von der Matratze hoch. »Ich muß. Morgen fahre ich weg, aber wir sehen uns im Bachweg, wenn ich wieder da bin.«
Er stand auf und gab seinem Bedauern darüber Ausdruck, daß ich seine Höhle schon verlassen wollte.
»Keine Ahnung, wie lange ich den Job noch mache. Ist mir fast zu anstrengend«, sagte er. »Aber kannst dich ja mal melden.«
Er kritzelte eine Telefonnummer auf einen Wisch, den er mir in die Hand drückte. Zum Abschied küßte er mich heftig neben den Mund. Sein Rauschebart kratzte gar furchterbar.

Am nächsten Abend beichtete ich Bea das astrologische Intermezzo.
»Toll!« rief sie. »Macht der auch Horoskope?«
Wir saßen im Bavaria-Biergarten auf derben Holzbänken. Die Tische hatten blau-weiße Tischtücher, und ein dralles Dirndl düste durch die Bankreihen und schleppte tierisch viele Maßkrüge auf einmal. Bea war fasziniert. »Ich würde glatt zusammenbrechen.«
»Ich nicht«, erwiderte ich. Schließlich war ich es gewohnt, mehrere Bierflaschen auf einmal ins Wohnzimmer zu schleppen, wenn Robert es so wollte.
Wir bestellten uns zwei Brotzeitteller und putzten alles ratzekahl weg. Dazu tranken wir unsere zweite Moaß Bier und kamen allmählich in eine kreative Stimmung.
Bea wischte sich den Schaum von den Lippen. »Ist dir was zum Thema Tampon eingefallen?«
Genüßlich steckte ich mir eine Zigarette an. »Wir müssen der Zielgruppe suggerieren, daß sie ohne Verdita-Tampons schlichtweg aufgeschmissen ist. Daß die moderne Frau ihre Tage ohne diese Dinger nicht lebend übersteht. Zumindest nicht, ohne sich in Grund und Boden zu blamieren.«
Ich streifte Asche ab und winkte dem Dirndl. Nachdem ich die dritte Moaß bestellt hatte, erzählte ich Bea von dem neu erworbenen Frauenbuch. Den Titel hatte ich vergessen, aber ich setzte ihr auseinander, daß wir, wenn andere Weiber im Suff die Scheidung einreichen konnten, im Suff auch prima neue Werbestrategien entwickeln konnten.
»Klar!« Bea ließ ihren Humpen auf den Holztisch knallen. Sie kramte wild entschlossen in ihrem Karriereköfferchen. »Guck mal, hier hab ich eine Auswahl Frauenzeitschriften mitgebracht, da sondieren wir jetzt die Werbung!«
Guter Plan! Wir steckten die Köpfe zusammen und blätterten die Zeitschriften durch. »Friederike« war dabei und »Kameradin«, die Lieblingszeitschriften aller Frauen, die sich selbst schminken mußten und Zeit hatten, neben der Hausarbeit Kreuzworträtsel zu lösen und Kurzgeschichten zu lesen. Wir fanden eine Unmenge Werbung für Nachtcreme und Nährcreme, Puder und

Parfum, Badeschaum und Bodylotion. Zu unserem Erstaunen gab es in der »Friederike« vom Juli eine ganzseitige Reklame für einen neuen Herrenduft, in der aktuellen Ausgabe eine für Liebestöter-Herrenslips. Ein vertrauenerweckender Recke – Typ Mamas Liebling – ohne störende Brustbehaarung grinste über beide Ohren, so wohl fühlte er sich in seiner Bux.

»Kaufen alles die Frauen für ihre Männer«, sagte Bea. »Deshalb sprechen die Marketingexperten in den Frauenzeitschriften gezielt die Käuferinnen an. Kein Kerl stellt sich für Rasierwasser oder Unterhosen an. Ist ihnen zu blöd. Statt dessen machen sie Karriere.«

Sie hatte den Nagel auf den Kopf getroffen. Ich mußte auch immer für Robert Unterhosen kaufen, Größe sechs, mit Eingriff.

Komischerweise wurde in den Frauenzeitschriften nur für Kleinwagen geworben. Die Hersteller versicherten, daß mit ihrem zierlichen Zweitürer selbst die dusseligste Hausfrau in jede verfügbare Parklücke käme. Auf den Abbildungen mühten sich Frauen mit übervollen Einkaufskörben ab, ihre Rangen hatten sie auf den geräumigen Rücksitzen verstaut.

»Was für ein Scheiß!« maulte ich. »Und der Göttergatte gondelt mit dem PS-starken Boliden ins Office.«

»Du mußt es ja wissen!« erwiderte Bea.

Und ob. Noch nicht mal den klitzekleinsten Kleinstwagen nannte ich mein eigen, alle Einkäufe mußte ich von Feinkost-Behrens zu Fuß nach Hause schleppen. Und Robert konnte sich aussuchen, mit welchem seiner beiden Schlitten er in die Praxis juckeln wollte.

Die Werbung für einen Lady-Shave verstrickte uns in ein längeres Gespräch über unerwünschte Haare an unzugänglichen Körperregionen, was uns kurzfristig von unserem Ziel ablenkte. Das Dirndl räumte die leeren Humpen vom Tisch.

»Soll i Eahna no wos bringe?«

Wir waren schon ganz schön betütelt. Aber in meiner Reisetasche befand sich ein Päckchen Aspirin. »Wir hätten gerne noch zwei Bier!«

Bea kriegte einen Lachanfall. »Was sprichst du doch für ein ge-

pflegtes Hochdeutsch!« Sie stieß mich in die Rippen. »Zwoa Moaß!«
Das dralle Dirndl machte zwei Striche auf seinem Block und steckte ihn in die Dirndltasche. »Saupreißn, damische«, maulte es und sauste kopfschüttelnd an den Nachbartisch.
Als es kurz darauf die überschäumenden Maßkrüge vor uns hinknallte, waren wir wieder ganz bei der Sache. Aber außer Werbungen für Kataloge, die einen Mordseinkaufsspaß verhießen, und halbseitigen Anzeigen für Herpes- und Hämorrhoidensalbe war nichts Wesentliches mehr aufzuspüren.
»Wenn's vorne sticht und hinten beißt, nimm Klosterfrau Melissengeist!« jubelte ich. Wir stemmten unsere Maßkrüge in die Höhe und prosteten uns zu. Wahrscheinlich dachten die gestandenen Bayern an den Nachbartischen, daß sich die damischen preißischen Schlampen noch nicht mal mit Anstand besaufen konnten. Drauf gepfiffen!
»Prost! Auf den Tampon als solchen!«
Wir tranken die Krüge in einem Zug leer.

Anderntags befanden wir uns in schlimmerer Verfassung als nach dem vorletzten Maiansingen. Damals hatte Robert mich nach Hause tragen müssen, und Bea hatte eine Woche lang das Bett gehütet.
Bis zum Mittag lagen wir in den Federn, stöhnten uns gegenseitig was vor und verschwendeten keinen Gedanken an solche Nebensächlichkeiten wie Tampons. Das Aspirin weigerte sich standhaft, Wunder zu wirken, und erst nach etlichen Brausetabletten, einer eiskalten Dusche und eimerweisem Kaffee, den ein verständnisvoller Zimmerkellner herbeischaffte, ging es uns a bisserl besser.
»Guter Gott«, jammerte Bea, »was hab ich einen Schädel.«
Ich sparte mir die Antwort und massierte meine Schläfen.
»Mußt du nicht nachher zu deiner Besprechung?«
»Ach je, das auch noch!« Sie rappelte sich hoch und ging ins Bad.
»Ächt ätzend! Ich seh ja aus wie meine eigene Großmutter.«
Ich stellte mich neben sie vor den Spiegel. »Rück mal ein Stück.«

Bea hatte recht. Nur unter Aufbietung aller kosmetischen Tricks, die uns bekannt waren, würde es uns gelingen, diese aschfahlen, zerknitterten Gesichter wieder in zwei ansprechende Antlitze zu verwandeln. Wir bedienten uns reichlich aus dem Glastiegelchen, in dem Bea ihre selbstgemixte Avocadomaske aufbewahrte. Putzten uns mit Hingabe die Zähne. Kniffen uns in die Wangen, um die Durchblutung zu fördern. Rubbelten sie mit den rauhen Hotelhandtüchern ab, bis sich eine rosige Hautfarbe einstellte. Und kleisterten uns je zwei Schichten Schminke ins Gesicht, um die Spuren der letzten Nacht zu tilgen.
Bea entschwand Richtung City zu ihrer Besprechung. Wenn es ihr gelang, sich bei der Agentur, wo sie vorsprach, gut zu verkaufen, konnte sie womöglich einen größeren Fotoauftrag an Land ziehen. Ich machte einen Spaziergang durch den Englischen Garten. Weil ich noch so verschlafen war, rannten mich fast zwei Jogger um, und ein alter Opa, der seinen Dackel nicht gebändigt kriegte, wickelte die Hundeleine um mein Bein und brachte mich beinahe zu Fall. Die Sonne kroch hinter den Wolken hervor, was meinem Kopf nicht unbedingt guttat. Ich fuhr mit der U-Bahn zurück zum Hotel und wartete auf Bea. Völlig fertig kam sie gegen sechs an und warf sich in das Sesselchen neben dem Fernseher.
»Scheiß-Rush-hour!« stieß sie hervor.
»Und? Auftrag?« fragte ich gespannt.
»Nö. Die können mich sonstwo. Den Auftrag haben sie Anfang der Woche irgendeinem smarten Schnösel gegeben, und dann haben sie es noch nicht mal für nötig befunden, bei mir anzurufen und den Termin abzusagen!«
Mist. Das tat mir leid für sie. »Schlimm?«
»Quatsch. Ich schlag mich auch so durch. Es wäre halt zu schön gewesen. Was jetzt?«
Ich schlug vor, einen alkoholfreien Abend einzulegen. Bea war einverstanden. »Und morgen fahren wir in die Berge, hollereidudiliö! Das haben wir uns verdient nach allem, was gewesen ist!«

Am Samstag ruderten wir kreuz und quer über den Eibsee. Die Wellen des blaugrünen Gewässers schwappten an die Holzplanken unseres Bootes, die Sonne schien, der Himmel war fast wolkenlos.
»Mann!« Bea ließ eine Hand durchs Wasser gleiten. »Was für ein Bombenwetter!«
Dem konnte ich nur zustimmen. Nach der Bootsfahrt genehmigten wir uns im Seecafé fette Sahnetorte. Gierig schlangen wir sie in uns hinein, Bea kratzte die letzten Krümel mit ihrem Gäbelchen zusammen.
»Weißt du was«, schlug sie mit vollem Mund vor, »jetzt fahren wir zum Ammersee, 'ne Runde schwimmen.«
Meinen Einwand, daß wir keine Badesachen dabeihatten, ignorierte sie.
»Ach, Miß Elly! Merkt doch keiner. Wir suchen uns ein lauschiges Plätzchen und lassen die Hosen runter!«
Wir verzichteten darauf, mit der Seilbahn auf die Zugspitze zu schweben, da es eine unverschämte Menge Geld kostete und dermaßen viele schwabbelige Amis an der Kasse standen, daß man Angst haben mußte, mit der Seilbahn wegen Überschreitung des zulässigen Gesamtgewichtes in die Schlucht zu stürzen.
Auf den sattgrünen Weiden, die wir passierten, graste in Rudeln die gemeine bayerische Milchkuh.
»Nichts geht über Bärenmarke, Bärenmarke zum Kaffee!« sang ich.
»Alles falsch!« Bea nahm die nächste Haarnadelkurve mit siebzig Sachen. »Die ist doch aus dem Allgäu. Außerdem kannst du nicht singen!«
Konnte sie auch nicht. Aber Auto fahren wie der Teufel. In Null Komma nichts waren wir am Ammersee, stellten die Rostlaube auf einem schattigen Parkplatz ab und bahnten uns einen Weg durchs Unterholz, bis wir in Ufernähe waren. Es roch nach Wasser. Weit und breit war keine Menschenseele zu sehen.
»Siehst du, kein Schwein da außer uns!« Bea machte sich obenrum frei und hängte T-Shirt und Bluse an einen Zweig. Nach einem kleinen Zögern zog auch ich mich bis auf den Slip aus. Nachdem wir uns noch mal umgeguckt hatten, staksten wir über

die Kieselsteine ins Wasser, dessen Oberfläche der sanfte Wind leicht kräuselte. Nach ein paar Metern tauchte ich unter und schrie auf. »Igitt, wie kalt!«

Trotzdem schwammen wir eine Runde. Bea planschte herum, ging fast unter bei dem Versuch, mir vorzumachen, wie Hunde schwimmen, und japste nach Luft. Ich drehte mich auf den Rükken und genoß es, von den Wellen geschaukelt zu werden.

Als wir uns mit unseren T-Shirts notdürftig abtrockneten, sagte ich: »Wenn wir die Heldinnen eines Frauenromans wären, hätten irgendwelche Unholde jetzt unsere Klamotten geklaut und zwei dufte Typen kämen mit ihrer Segeljolle vorbei, würden uns ihre schneeweißen Bademäntel zur Verfügung stellen und ...«

»Und uns eine Silberschale mit Raffaello on the rocks in den Rachen werfen, was? Wir sind hier nicht in einem Werbespot, wir sind mutterseelenallein in der bayerischen Wildnis und sämtlichen Unholden, die es auf unsere Klamotten oder unsere Unschuld abgesehen haben, hilflos ausgeliefert!«

Kichernd schlenderten wir zum Auto und einigten uns darauf, den nächstgelegenen Biergarten anzusteuern. Im Handschuhfach gammelten zwar noch zwei Schokoriegel mit Erdnüssen vor sich hin, aber wenn uns der Hunger packte, mußte es schon was Herzhaftes sein. Beispielsweise eine bayerische Brotzeit. Sollte sich doch der markige Typ aus dem Reklamespot mit dem Süßkram mästen! Die Nüsse waren mittlerweile auch bestimmt ranzig, weil die Schokoriegel schon seit dem vorletzten Tankstopp im Handschuhfach lagen.

In einem gemütlichen Biergarten belegten wir einen der mit den obligaten blau-weißen Tischtüchern bedeckten Tische. Ein paar Meter weiter saß ein Grüppchen Japaner, jeder mit einer Fotokamera bewaffnet. Sie redeten und gestikulierten wild durcheinander. Die Blätter der Kastanien hatten schon einen leichten Gelbstich. Voller Wehmut gedachte ich des schwindenden Sommers, aber bevor ich vollends depressiv werden konnte, versprach mir Bea einen heißen Herbst und bestellte wider besseres Wissen zwei Moaß zu unseren Brotzeiten.

»Einmal ist keinmal.« Sie stand auf und holte ihr Karriereköfferchen aus dem Kofferraum ihres Wagens. Die Japaner fragten, ob sie uns fotografieren dürften, und zückten nach einem »Jo mei!«, das mir spielend über die Lippen kam, ihre Kameras. Wir hoben unsere Humpen.

»Wenigstens die halten uns für gestandene Weibsleut!« Hochzufrieden widmete ich mich dem Leberkäse auf meinem überladenen Teller. »Hast du unsere Unterlagen dabei?«

Bea nickte. »Alles an Bord.«

Wir hatten uns schon einen Haufen Notizen zur Revolutionierung der Tamponwerbung gemacht. Da für Tampons offensichtlich nur im Fernsehen geworben wurde – in den Frauenzeitschriften hatten wir ja nichts gefunden –, wollten wir uns neue TV-Spots ausdenken. Ich wischte mir mit der ebenfalls blau-weißen Serviette den Mund ab, trank einen Schluck Bier und sortierte die Karteikärtchen, auf denen wir in Stichpunkten kleine Storys für potentielle Spots skizziert hatten.

Uns war klar, daß völlig neue Spots hermußten, die vom Herkömmlichen abwichen, ohne jedoch die in der Branche vorgeschriebenen ästhetischen Kriterien zu verletzen. Also total innovative Ansätze, wie Paul Nietmann sagen würde. Zwei Stunden und drei Orangensäfte später hatten wir uns auf drei mögliche Varianten geeinigt, die wir zu Hause am Computer text- und layoutmäßig ausarbeiten wollten. Bea lehnte sich zufrieden zurück und streckte ihre langen braunen Beine weit von sich. Sie rülpste so vernehmlich, daß ich Robert gar nicht vermißte.

Viele Küsse überallhin

Kaum hatte ich zu Hause meine Reisetasche abgesetzt, wühlte ich die eingegangene Post durch. Außer der Telefonrechnung, die wieder so hoch war, daß sie den Zorn meines Gatten auf mich lenken würde, fand sich eine handschriftliche Notiz von Paul Nietmann, der offenbar immer noch nicht aufgegeben hatte. Ich hatte große Lust, den Zettel zu zerkauen, gut einzuspeicheln, runterzuwürgen und ihm vor die Tür zu kotzen, unterließ es aber, da ich mich im letzten Moment auf meine Gelassenheit besann. Ein Reisebusunternehmen besaß die Dreistigkeit, mich zu einer Kaffeefahrt ins Sauerland einzuladen, und versprach mir für den Fall meiner Teilnahme eine Heizdecke zu einem außergewöhnlich günstigen Preis.

Da! Robert hatte eine Karte aus dem Zillertal geschickt. Ich steckte mir eine Zigarette an und setzte mich in aller Seelenruhe in den verwaisten Fernsehsessel, um sie zu lesen.

»Hasilein!« schrieb er. Auf seine alten Tage hatte er zu den Ursprüngen der deutschen Sprache zurückgefunden. »Ich vermisse Dich ganz furchtbar, obwohl Dietrich bei mir ist.« Daß Dietrich kein befriedigender Ersatz für mich war, hätte ich ihm auch vorher sagen können. »Wir haben tolles Wetter und machen jeden Tag eine Bergtour.« Hoffentlich nahm er auch jeden Tag ein Kilo ab dabei! »Aber nachts, wenn ich so einsam im Bus liege, habe ich ganz furchtbare Sehnsucht nach Dir.« Welch ein Triumph! »Und morgens nach dem Aufstehen ist niemand da, dem ich einen Gutenmorgenkuß geben kann.« Ach was. Dafür gab sich Dietrich wohl nicht her. Er würde sich bedanken!

Sofort ging ich ins Bad und kontrollierte, ob Robert sein Mundwasser mitgenommen hatte. Hatte er nicht! Auch auf die elektrische Zahnbürste mußte er im Zillertal verzichten. Höchstwahrscheinlich würde bei diesen vorsintflutlichen mundhygienischen Zuständen die Maulfäule oder gar Schlimmeres von ihm Besitz ergreifen. Eine Katastrophe drohte hereinzubrechen! Oder doch nicht? Sollte Robert kapiert haben, daß der Normalsterbliche durchaus in der Lage war, ohne elektrische Zahnbürste zu existieren?

Amüsiert las ich weiter. »Mein Herz, bald bin ich wieder im trauten Heim!« Stimmt. Wenn alles nach Plan verlief, übermorgen. »Viele Küsse überallhin, wo Du sie haben willst, Dein Robert.« Unglaublich, was dieses Oralschwein auf eine Ansichtskarte schrieb! Was sollte unser Briefträger von mir denken?

Frisch erholt brachte ich die Wohnung auf Vordermann und putzte mir mehrmals täglich elektrisch die Zähne, um einen entscheidenden Mundhygienevorsprung vor Robert zu erzielen. Da sollte er mir nur mit seinen dämlichen Plaquefärbetabletten ankommen, diesmal würde ich um Klassen besser abschneiden als er! Am Abend ging ich in den Bachweg zur Meditation, aber Manou war nicht da. Ferdi teilte mir mit, daß er Hals über Kopf die Stadt verlassen habe, um anderswo seine meditativen Fähigkeiten gewinnbringender einzusetzen.

»Wo ist anderswo?« fragte ich wißbegierig.

Ferdi zuckte die Schultern. »Irgendwo umme Ecke, glaub ich. Er baut ein Meditationszentrum auf, macht sich selbständig.«

Wenn das so war, konnte ich mir das Horoskop, das Manou mir erstellen wollte, abschminken. Auch egal, dann würde ich weiterhin auf das in der »Friederike« zurückgreifen.

Gleich am nächsten Morgen kaufte ich mir die neueste Ausgabe und blätterte nach. »Still und heimlich arbeiten Sie auf Ihr Ziel hin. Bald ist mit einem großen Erfolg zu rechnen. Bleiben Sie am Ball! In der Liebe wendet sich das Blatt. Sie erleben im Winter den heißen Flirt, den Sie schon lange herbeigesehnt haben.« Wahnsinn. Da wußte ich doch endlich, wo ich dran war. Klar würde ich am Ball bleiben. Aber auf den heißen Flirt konnte ich ja wohl lange warten! Jetzt war mir mein Guru auch noch stiftengegangen und hatte mich sitzenlassen, ohne mich in die höheren Weihen der Selbstwahrnehmung einzuführen.

Und auch München hatte sich lovermäßig als Flop erwiesen. Angefeuert von Bea, hatte ich Klausis Officenummer angerufen und ein Date mit ihm vereinbart, nachdem es mir gelungen war, seine persönliche Referentin, die mich erst nicht durchstellen wollte, davon zu überzeugen, daß es um Leben und Tod ginge.

Aber wer mir da abends im Hirschgarten unter der Kastanie gegenübersaß, war nicht der betont lässige Jeanstyp vom Klassentreffen, sondern ein overdreßter Schickimicki-Fritze mit Schlips, der unentwegt mit seinem Handy hantierte, statt mich anzuschmachten. Seinen dicken, fetten Benz hatte er im absoluten Halteverbot abgestellt, und alle paar Minuten guckte er auf seine Statussymbol-Uhr, weil er am Abend noch zu einer Vernissage mußte. Das Gespräch plätscherte so dahin. Klausi langweilte

mich unsäglich, indem er langatmig über Börsenkurse und Business-class-Flüge referierte.
Nach dem ersten Bier wäre ich glatt gegangen, wenn er sich nicht plötzlich an mich geklammert hätte, weil der Schäferhund vom Nebentisch angesprungen kam und nach unserem Leberkäse schnappte.
»Damische Töle!« schrie Klausi und krallte sich in meine Bluse. Das Handy machte sich selbständig, flog vom Tisch und fiel dem Hund vor die Pfoten, der es brav seinem Herrchen brachte.
Herrchen feixte. »Broaver Maxl, du!«
Maxl kriegte ein Leckerli zur Belohnung und wedelte mit dem Schwanz. Klausi brüllte: »Ich zeig Sie an, Sie kreuzdamischer Bajuware! Ich zerr Sie vor den Kadi – samt Ihrem Kläffer! Bringen Sie mir sofort mein Eigentum zurück!«
Das Schicksal wollte es, daß das Handy einen dringenden Anruf signalisierte. Klausi flippte aus. Maxl nutzte die Chance und verbiß sich in den edlen Zwirn seiner Designer-Tuchhose. Während der Karrierehengst, der einst mein Klassenkamerad gewesen war, wichtigtuerisch in den Hörer des Handys plärrte, kam zufällig ein Dackel des Wegs und dem Schäferhund unaufgefordert zu Hilfe. Die Bayern an den Nachbartischen lachten sich halb tot, als die Hunde abwechselnd an Klausi hochsprangen, der hochroten Kopfes das Handy in die Höhe hielt. Unser Abschied beschränkte sich auf einige wenige Höflichkeitsfloskeln, und selbst an denen erstickte ich fast.
»Bis zum nächsten Klassentreffen«, sagte Klausi und spielte nervös mit seinem Autoschlüssel.
Ich rang mir ein falsches Lächeln ab. »Ciao, bis dann. War ein netter Abend.«
Um eine Illusion ärmer und eine Erfahrung reicher war ich ins Hotel zurückgekehrt, wo Bea auf mich wartete und mich sofort ausquetschte.
»Besser ein flottes Schäferhündchen als ein lahmes Schäferstündchen!« lachte sie, und damit ich nicht allein im Regen stand, erzählte sie mir von ihrer Nacht mit Helge Glasbruch. Noch so 'n Flop!
Nach unserem Abend im Sidestep hatte er Bea nach Hause ge-

bracht und sich von ihr zu einem Nightcup einladen lassen. Schon auf den Stiegen, die zu ihrer Souterrainwohnung führten, bahnte sich das Fiasko an.

Glasbruch nahm alkoholschwanger eine Stufe nach der anderen, scheiterte aber an der letzten. Er knallte mit voller Wucht aufs Kreuz. Unter Wehklagen ließ er es zu, daß Bea ihn aufs Sofa bettete und ihm kalte Umschläge machte. Was seine Mama natürlich viel besser konnte.

»Und?« fragte ich gespannt. »Euer Nightcup?«

Nach Glasbruchs Arbeitsspeicher wagte ich schon gar nicht mehr zu fragen! Bea verdrehte die Augen.

»Und der will Orthopäde sein! Der Typ ist so was von kreuzlahm, der kam ja kaum vom Sofa hoch.«

Wie sich herausstellte, hatte Glasbruch mit kalten Läppchen auf Stirn und Steiß den größten Teil der Nacht auf Beas Sofa verbracht, von wo aus er über Wirbelsäulenfehlhaltungen, Splitterbrüche und Kreuzbandrisse dozierte.

»Kreuzbandrisse!« rief Bea. »Einen Sprung in der Schüssel hat er, das ist alles!«

Im Morgengrauen hatte sie ihn rausgeworfen. Und voller Genugtuung beobachtet, wie er sich – hinkend wie der Glöckner von Notre-Dame – im Frühnebel im Stadtpark verlor.

Recht getan, Bea! No mercy! Soviel Zucht muß sein.

Gemeinsam misteten wir unser Gedächtnis aus und schmissen die Erinnerungen an diese unseligen Abende in den Mülleimer.

Schnee von gestern.

Aber was war mit morgen? Der Frühling hatte mir keinen Lover auf dem Frühstückstablett serviert, und auch der Sommer hatte sein Füllhorn nicht gerade über mir ausgeschüttet. Das Horoskop versteifte sich auf den Winter. Vorher jedoch galt es, den Herbst mit Anstand zu überstehen.

Im November würde ich dreiunddreißig werden. Und mühelos auf die Vierzig zugehen. Zuerst würden die Jahre sich ziehen wie Kaugummi, um allmählich immer schneller zu verstreichen. In Gedanken sah ich mich zweimal im Jahr einen Friseur aufsuchen, nein, nicht Salon Scheffel, sondern den Damenfriseur Gokkel bei uns umme Ecke, wo man sich beim Haarewaschen noch vornüber beugen mußte, und mir die landesübliche Einheitsdauerwelle verpassen lassen. Sah, wie sich Falten der Verbitterung wie Rinnsale in meine welken Wangen gruben. Wie Robert immer dicker wurde. Und immer reicher. Wie er eines Tages so laut schnarchte, daß ich ihn sogar in meinem Schlafzimmer hören konnte. Das er seit Jahr und Tag nicht betreten hatte. Und schwupps, würde ich eines schönen Tages aufwachen, und wir hätten Silberhochzeit.

Ich gebot meinem Gedankenfluß Einhalt. Ein Depressiönchen pirschte sich an mich heran. Ich mußte es verscheuchen, bevor es mir den schönen Spätsommer versaute. Eilends griff ich zum Allheilmittel aller lebensmüden Frauen und wusch mir die Haare. Frisch gefönt fühlte ich mich gleich besser. Für den letzten robertlosen Abend verabredete ich mich mit Corry im Sidestep, damit ich nicht der Versuchung erlag, mich an ein paar Metern Zahnseide zu erhängen.

Ein Viertelstündchen zu spät betrat ich den Schankraum. Corry saß auf einem zierlichen Barhöckerchen, das unter ihrem Gewicht bebte, wenn nicht gar nachzugeben drohte.

»Hallo!« rief ich erfreut. »Gut siehst du aus!«

Sie gab das Kompliment zurück und erzählte vom Urlaub bei ihrer Schwester in Kiel. Leider hatte Corry nicht viel von ihr gehabt, da sie etliche Kleinkinder zu versorgen hatte und schon wieder schwanger war und dementsprechend unpäßlich.

»Und dein Schwager?«

»Ist nie da. Beruflich unterwegs als Ingenieur, Brückenbau.«

Na toll. Also das Übliche. Ich steckte mir eine Zigarette an. Die Studentin, die hinter der Theke stand, knallte mir das Kölsch, das ich bestellt hatte, vor die Nase. Seit München stand ich auf Bier. Champagner hin, Frascati her. Es ging doch nichts über eine Gerstenkaltschale. Allmählich konnte ich Robert verstehen.

»Und sonst?«

»Was sonst?« Corry wippte mit dem Fuß, der in einer hochhakkigen Stiefelette steckte.

Ich wurde ungeduldig. »Na, was ist mit dem Geschiedenen? Seht ihr euch noch?«
Sie grinste. »Den wirst du heute abend kennenlernen.«
Mir blieb die Spucke weg. »Wie das?«
»Er holt mich um elf ab, mein Auto ist in der Werkstatt. Weißt du, was der Knüller ist?« Auf ihren Wangen bildeten sich hektische rote Flecken. »Wir suchen eine Wohnung!«
Triumphierend sah sie mich an.
»Echt?« fragte ich. »Bloß nicht mit Teppichboden, da saugst du dir den Rücken krumm.«
Diesen Tip war ich Corry schuldig. Aber wie alle Verliebten schlug sie jegliche Warnung in den Wind.
»Ist doch egal. Hauptsache groß. Wir haben keinen Bock mehr, entweder in seinem Zweizimmerappartement oder in meinem Zweizimmerappartement zu hocken. Und ständig hin- und herzufahren.«
»Was ist mit den Flugenten? Die schmeißen dich doch raus, wenn du mit einem Geschiedenen in wilder Ehe lebst!«
»Alles geregelt!« Corry senkte die Stimme. »Nicht weitersagen, du erfährst es als erste: Am sechsten Oktober heiraten wir. Dann bin ich Frau Professor, und die Diakonissen können mich mal am... Abend besuchen! Wenn ich es überhaupt noch nötig haben sollte, mich bei denen abzuschuften.«
Die Nachricht traf mich wie ein Keulenschlag. Nie wieder würde Corry mich über den Männermarkt des »City Journals« auf dem laufenden halten! Statt dessen würde sie sich über die Hausarbeit beklagen und von mir wissen wollen, was sie dem Prof kochen könnte. Ich hatte es ja schon immer geahnt: Hinter ihrer männermordenden Fassade verbarg sich ein Heimchen am Herd. Beziehungsweise eine Matrone an der Mikrowelle.
»Wer kriegt bei euch den Doppelnamen?«
»Ist noch nicht raus.« Corry steckte sich ein Kaugummi in den Mund. »Willst du auch eins? Wir gewöhnen uns gerade das Rauchen ab. Ich habe keine Lust, Lungenkrebs zu kriegen, jetzt, wo das Leben erst anfängt.«
Von wegen! Die Ehe war der Anfang vom Ende. Wenn einer Bescheid wußte, dann ich. Spätestens in drei Jahren würde sie

wieder die Kontaktanzeigen lesen. Aber sollte ich ihr alle Illusionen rauben?
Corry ließ das Einwickelpapierchen ihres Kaugummis in den Aschenbecher fallen. So 'ne Unsitte, Aschenbecher als Mülleimer zu benutzen! Papierchen gingen ja noch, aber es gab echt Leute, die schmissen Apfelbutzen rein.
Unser Gespräch drehte sich um Brautkleider (auf keinen Fall secondhand!), Brautschuhe (der Auserwählte hatte keine Pfennige gesammelt!) und dergleichen mehr. Ich hatte das alles schon hinter mir und harrte nur aus, um den Zukünftigen in Augenschein zu nehmen. Corry erging sich gerade in der Schilderung seiner hausmännlichen Qualitäten – die hatte ich vor Jahren auch Robert fälschlicherweise angedichtet, nur weil er mir mal ein Ei gekocht hatte! – und seines exquisiten Geschmacks bei der Auswahl seiner Garderobe.
Giftig bemerkte ich: »Da bist du ja von deinem altlinken Ideal ganz abgekommen!«
»Aber er fährt einen Ferrari!« konterte Corry genauso giftig.
Rumms! Das saß. Für einen Ferrari hätte ich so manch einen sitzenlassen.
Kurz nach elf entgleisten Corrys Gesichtszüge und nahmen einen dümmlich-verzückten Ausdruck an. Ich schloß daraus, daß der Auserwählte die schäbige Kneipe betreten hatte. Daß das nicht unter seiner Würde war! Betont gelassen drehte ich mich rum und fiel buchstäblich fast vom Hocker. Kein anderer als Jens Gerstenberg kroch auf altersschwachen Beinen auf uns zu! Robert hätte jetzt gesagt: Ei, is dat dann die possibility! Ich sagte vorerst nix. Gerstenberg gab Corry ein Küßchen. Mir gab er artig das feine Händchen und sagte, er freue sich, endlich meine Bekanntschaft zu machen.
»Haben wir uns nicht schon mal irgendwo gesehen?«
Mit dieser dreisten Frage hatte er nicht gerechnet. Eiskalt erwischt, Herr Professor! Er runzelte die Stirn und machte auf nachdenklich.
»Ach!« funkte Corry dazwischen. »Ist doch klar, daß dir ein Ferrarifahrer auffällt. Bestimmt hast du an einer roten Ampel versucht, mit ihm zu flirten!«

»Das wird's gewesen sein.« Im Prinzip war ich ein friedfertiger Mensch. Sollte sie in Gottes Namen hingehen und ihr dreifachdonnerndes »Ja!« in die Kirche kreischen. Außerdem war ja mit Gerstenberg nichts gelaufen. Wahrscheinlich hatte er sich nicht an mich rangetraut, weil er Corry schon in petto hatte. Ach – hatte sie sich etwa klammheimlich mit ihm getroffen? Und nicht mit Robert?

Gerstenberg zog seinen leichten Trenchcoat nicht aus, trank eine Weißweinschorle im Stehen und drängte alsbald zum Aufbruch.

»Morgen ist große Visite, da muß ich fit sein. Komm endlich, Cordula!« Cordula! Der einzige Mensch, der Corry sonst mit ihrem Taufnamen titulierte, war ihre Mutter.

Grinsend schwang ich mich vom Barhocker und ließ mir von Gerstenberg in meine schmuddelige Lederjacke helfen.

»Genau. Komm endlich, Cordula!«

Corry hörte es gar nicht. Sie starrte verliebt in Gerstenbergs stahlgraue Augen.

Roberts Ankunft teilte sich mir schon von weitem mit. Knatternd kurvten er und Dietrich mit dem altersschwachen VW-Bus, den ich schon abgeschrieben hatte, um die Ecke. Dietrich hatte sich aufgerafft und noch mal Hand angelegt. Der städtische TÜV hatte Gnade vor Recht ergehen lassen und – ohne Beamtenbestechung, wie Dietrich glaubhaft versicherte – die begehrte Plakette auf das Kennzeichen gepappt. Robert hatte wahrhaftig den rotz-racing-grünen Erst- und den nachtschwarzen Zweitwagen dafür stehen lassen, um mit dem Dietrich-Mobil und Tempo siebzig ins Zillertal zu zockeln. Wahrscheinlich war das eins der letzten wirklichen Männerabenteuer! Immerhin war der Bus ausgebaut, verfügte über eine halbwegs komfortable Schlafstatt, einen Kühlschrank – fürs Bier! – und einen Wassertank.

Ich hörte, wie Robert sich lärmend von seinem Kumpel verabschiedete und die Bustür zuschlug. Geräuschvoll schleppte er den Rucksack die Treppen hoch. Schloß auf. Trat ein. Schmiß seinen Rucksack – nein, stellte ihn neben der Flurgarderobe ab.

Oha. Hatte die glasklare Luft der Zillertaler Bergwelt ihn geläutert? Warum flog der Rucksack nicht durch den ganzen Flur und landete genau da, wo ich auch hundertprozentig über ihn fallen würde?
Neugierig spähte ich um die Ecke.
»Schatzi!« Robert bot einen ungewohnten Anblick. Er trug eine Krachlederne und ein kariertes Hemd. In Windeseile stürzte er sich auf mich und küßte mich von oben bis unten ab. »Daß ich dich wiederhab! Herrje, was hab ich dich vermißt!«
Er umklammerte mich wie ein Schiffbrüchiger den Rettungsring.
Nach Luft schnappend schob ich ihn von mir weg, um ihn anzuschauen. Gut sah er aus, braungebrannt und sogar ein bißchen verwegen.
»Robert!« Das war alles, was ich rausbrachte. Die neumodischen emotionalen Eruptionen meines Mannes waren echt zu viel für mich. Was hatte Dietrich ihm auf der Rückfahrt eingeflößt? Spanische Fliege? Als Robert mich erneut an sich preßte, roch ich den leichten Duft nach Handwaschmittel und Leder, der von ihm ausging.
»Robert!« hauchte ich erneut, der Ohnmacht nahe. Bei meinem eigenen Mann!
Er schnappte sich den Rucksack und schickte sich an, ihn auszuräumen. Ich schnappte mir einen Zipfel seiner Krachledernen und schleifte ihn in Richtung Schlafzimmer.

Später saßen wir einträchtig in der Küche. Mit einem Taschenmesser, das ich bei ihm noch nie gesehen hatte, schnitt Robert große Scheiben Brot ab und malträtierte eine Wurst, die er mitgebracht hatte. Er schob mir kleine Häppchen in den Mund, den ich aufsperrte wie ein Vögelchen.
»Lecker, was?« Er holte eine Flasche Bier aus dem Kühlschrank. Vorsorglich hatte ich welches kalt gestellt.
Ich streckte die Hand aus. »Gib mir auch eins!«
Der Aufforderung kam Robert gerne nach. »Seit wann stehst du auf Bier?«
»Seit Bayern. Bea und ich haben uns tierisch betrunken.«

Wir stießen an, die Flaschen klirrten. Wir nahmen einen tiefen Zug. Ich mußte rülpsen. Robert amüsierte sich königlich – was die Biermarke ja auch versprach! – und hörte sich meine München-Storys an. Dann erzählte er mir von den ausgedehnten Bergtouren, die er mit Dietrich unternommen hatte.
»Und?« fragte ich und rubbelte das Etikett von meiner Bierflasche. »Stimmt es, daß es auf der Alm koa Sünd gibt?«
»Schatzilein, wo denkst du hin?« Entrüstet guckte Robert mich aus treuherzigen Blauaugen an. »Wie die Mönche haben wir gelebt, ganz asketisch. Keine Weiber, keinen Wein, kaum was zu essen...«
»Wer's glaubt!« rief ich. Und stutzte. Wie konnte ich so blind sein? Litt ich am grauen Star? »Stell dich mal!«
Robert brachte seine hundertachtzig Zentimeter stolz in die Vertikale und lächelte verschmitzt.
»Du ziehst ja den Bauch ein!«
»Gar nicht.« Er tat beleidigt. »Hab ich gar nicht mehr nötig.«
In der Tat. Schwer zu glauben, aber er hatte im Urlaub wahrhaftig abgenommen! Ich holte unsere Waage herbei, die Robert vor unserer Hollandreise unter den Garderobenschrank getreten hatte, weil sie angeblich vorging.
»Stell dich drauf«, bat ich ihn. »Komm, tu mir den Gefallen.«
Wir starrten auf den Zeiger, der ein paar Sekunden hin und her wackelte und sich dann bei knapp achtzig Kilo einpendelte. Es war schier unglaublich. Robert hatte sage und schreibe achtzehn Pfund abgenommen. Ganz ohne mein Zutun!
Ich war richtiggehend stolz auf ihn. Zumal er seine dreckigen Klamotten nicht in der Wohnung verstreute, als er seinen Rucksack dann endlich auspackte, sondern in den Wäschepuff stopfte. Fehlte bloß noch, daß er sich morgen an der Waschmaschine vergriff.

Wir genossen den Rest der Woche. Einmal fuhr Robert in die Praxis, um die Post durchzusehen, aber er blieb nur eine Stunde weg. Die Plüschkatze, die er mir aus dem Zillertal mitgebracht hatte, bekam einen Ehrenplatz auf meinem Kopfkissen. Erstaunlicherweise hatte Robert mir keinen Höhenmesser und auch kein

Fernglas mitgebracht. Obwohl ich es verkraftet hätte, denn ich hatte mich seelisch bereits darauf eingestellt.
Am Samstag brachte ich die Septemberausgabe des »City Journals« und das »Tageblatt« mit, als ich vom Einkaufen kam. Robert war gerade fertig mit Wäschebügeln – kein Druckfehler! –, und wir machten es uns bei einer Tasse Kaffee gemütlich.
»Jetzt bringen die das erst!« entfuhr es mir. Das war mal wieder typisch. Norbert Renner machte stets ein Mordsgedöns um seine Interviews, alles war brandeilig, brandheiß, und dann hingen die Druckfahnen ewig in der Redaktion herum. Unter der Schlagzeile »Mystik der Meditation« folgte eine Reportage über das Meditationszentrum am Bachweg. Gespannt überflog ich die Zeilen, korrigierte im Geiste die Kommafehler, die sich eingeschlichen hatten, und guckte mir dann das Foto von Manou an, der mit erhobenen Händen in die Kamera glotzte.
»Schau mal«, sagte ich zu Robert, »mein Oberguru. Aus dem Meditationszentrum.«
»Hm.« Er faltete das »Tageblatt« zusammen und beugte sich über die Seite, die ich aufgeschlagen hatte. »Was – der?!«
Sein Zeigefinger deutete auf Manou. Stolz nickte ich. Robert sprang auf. »Das kann doch wohl nicht wahr sein! Ich muß sofort zu Hause anrufen.«
Er rannte Richtung Telefon. Was war denn jetzt schon wieder? Wieso hatte er es plötzlich so eilig, bei Hilde-Mama anzuläuten, wo er diese Pflicht doch bislang erfolgreich verdrängt hatte und bis Sonntag aufschieben wollte?
Ich rannte hinter ihm her. Robert knallte den Hörer auf die Gabel. »Besetzt!«
Er ließ sich auf den Schreibtischstuhl plumpsen und fuhr sich mit der linken Hand durchs Haar.
Ich blieb im Türrahmen stehen. »Kannst du mir vielleicht mal erklären, was hier abgeht?«
Er haute das »City Journal« auf den Schreibtisch, daß es knallte. »Dieser langhaarige Laffe ist kein geringerer als mein verschollener Bruder.«
Meine Knie wurden weich wie Wackelpeter. Ich klammerte mich an den Türgriff. »Was?«

Robert nickte. »Manfred. Der verlorene Sohn. Das goldene Kalb. Mamas Erstgeborener.«
Er drückte auf die Wahlwiederholungstaste. Das Freizeichen ertönte. Ich ließ ihn allein, als er »Hallo, Mama!« sagte, und verkrümelte mich ins Bad. Schaute in den Spiegel. Mein Gott, Roberts Bruder! Es hätte nicht viel gefehlt, und ich hätte mich ihm hingegeben. Ich durfte gar nicht dran denken. Womöglich war das Inzest oder doch so was Ähnliches. Was für ein Glück, daß es nicht zum Unaussprechlichen gekommen war!
Muttern warf sich in die Brust und sprach mit belehrend erhobenem Zeigefinger: Siehst du wohl! Und Madonna? Verschwand in ihrer Kammer, ohne auch nur einen Mucks zu machen!
Ich wusch mir das Gesicht mit kaltem Wasser. Robert wanderte rastlos im Flur auf und ab.
Als ich aus dem Bad kam, erstattete er mir Bericht. Manfred Mutz alias Manou – »Daß ich nicht lache!« – machte mitnichten ein Meditationszentrum auf. Völlig abgebrannt hatte er sich bei Hilde-Mama eingenistet! Die ihm die verklebten Federn glattschnäbelte und ihn mästete, während er im gemachten Nest hockte. Hauptsache, er hing wieder an ihrem Rockzipfel.
Mit ein paar hektischen Erklärungen hatte sie Robert am Telefon abgespeist. »Berti, jetzt hab ich keine Zeit. Manni hat eben angerufen, er kommt um sechs heim und bringt 'n Mädel mit. Ich muß noch wat Kartoffelsalat machen! Tschö!« Und aufgelegt.
Manni! Mir drehte sich der Magen rum. Gott sei Dank erwähnte ihn Robert überhaupt nicht mehr. Und ich meditierte überhaupt nicht mehr. Ruhig und gelassen blieb ich nichtsdestotrotz.

Barfuß oder Lackschuh

Eine gewisse Wehmut ergriff mich, als ich eine ausgedehnte Radtour unternahm. Der Fluß hatte sein kühles Blaugrün eingebüßt und wälzte sich einem grauen, glänzenden Stahlband gleich durch die Auen. Die Entchen, die sich mit ihren Eltern am Ufer getummelt hatten, waren ins Teenie-Alter gekommen und ihrem flaumigen Federkleid entwachsen. Auf den Fluten tanzten keine bunten Blüten mehr, sondern vereinzelte gelbbraune Blätter, die die überhängenden Laubbäume abgeworfen hatten. Am aschfahlen Himmel türmten sich dicke Wolken, und ein Regenschauer jagte den nächsten. Dabei hatte ich felsenfest auf einen milden September gebaut!

Mißmutig machte ich mich daran, die Sommersachen in den untersten Schrankfächern zu verstauen. Ich holte die Herbstkollektion hervor, und fast überkam mich ein Weinkrampf, als ich die grobgestrickten Wollpullover sortierte. Mechanisch legte ich T-Shirts zusammen, faltete Roberts halbärmelige Hemden. Ich klaubte die Sandalen vom Schuhregal, putzte sie und brachte sie zum Überwintern in den Keller. Am Briefkasten traf ich Frau von Koransky, die sich im Gegensatz zu mir in einem ausgesprochenen Stimmungshoch befand.

»Guten Morgen, Frau Litzenberg!« grüßte sie und rückte ein Stück zur Seite, damit ich freie Bahn vor den Briefkästen hatte. Ich sperrte unseren Kasten auf, ein weißes Kuvert fiel mir entgegen, das ich sofort vor Frau von Koranskys neugierigem Blick verbarg und in meine hintere Jeanstasche stopfte.

»Guten Tag – der Morgen ist ja wohl gelaufen!« Immerhin war es Viertel vor eins.

Frau von Koransky guckte auf ihr zierliches Ührchen. »Ach je. Wissen Sie«, raunte sie mit Verschwörermiene, »ich schlafe ja immer bis zehn. Um neun kommt meine Frau, die richtet mir das Frühstück.«

Das herrschende Vorurteil, alle Rentner litten an präseniler Bettflucht und würden in aller Herrgottsfrühe ihre ausgemergelten Körper aus der verschwitzten Schlafstatt hieven, die klapprigen Knochen schütteln und im Nachthemd durch die Wohnung geistern, wurde von Frau von Koransky außer Kraft gesetzt. Ich malte mir aus, wie sie am gedeckten Tischchen in ihrem Wintergarten Platz nahm – im rosa Negligé –, aus einem zierlichen Goldrandtäßchen Tee trank und ein Croissant mit Himbeergelee verspeiste. Dann las sie vermutlich in aller Seelenruhe das »Tage-

blatt«, verweilte lange beim Annoncenteil, wobei sie mit ihren scharfen Krähenaugen über den Brillenrand spähte, während sich ihre Frau – ihre Putzfrau, sollte das heißen; anfangs hatte ich immer geglaubt, Frau von Koransky wäre auf ihre alten Tage lesbisch geworden! – mit einem Staubwedel an den Nippesfiguren auf der Fensterbank zu schaffen machte. Nach dem Frühstück richtete sie sich die Haare, klopfte sich Hormocenta ins faltige Vogelgesicht und legte ihre Totalprothese für ein paar Minuten in den Drei-Phasen-Reiniger. Auch in ihrem Alter war man für Werbung durchaus noch empfänglich.
Sie riß mich mit ihrer schrillen Stimme aus meinen Gedanken. »Am Freitag fliege ich! Haben Sie nicht Lust, Donnerstag nachmittag mitzuspielen? Zwei Freundinnen sind zur Kur, und zu dritt sind wir aufgeschmissen.«
Abwartend schaute sie mich an. Ach, was soll's, dachte ich und sagte ihr zu. Dann würde ich halt mit den alten Tucken eine Runde Doppelkopf spielen. Donnerstag war ihr Jour fixe, und Frau von Koransky hatte mal zwischen Tür und Angel geflüstert, daß bei diesem Anlaß gewöhnlich höhere Beträge die Besitzerin wechselten. Vielleicht würde es sogar ganz amüsant werden. Und wenn sie am Freitag nach Mallorca flog, wo sie in ihrem geerbten Bungalow mit Meeresblick überwinterte, kriegte ich sie ein halbes Jahr lang sowieso nicht zu Gesicht.

Schon im Flur riß ich das Kuvert auf. Es enthielt eine stilvolle, auf blütenweißem Büttenpapier gedruckte Einladung zu Corrys – pardon, Cordulas – Hochzeit. Adressiert war sie an Herrn Dr. med. dent. Robert Mutz-Litzenberg nebst Gattin. Das war ich. Insgeheim hatte ich gehofft, Trauzeugin zu werden, und war ein bißchen enttäuscht. Wo doch Corry ihren Doc nur abgekriegt hatte, weil ich gekniffen hatte! Das Ereignis sollte am Samstag, dem siebten Oktober, stattfinden, die standesamtliche Trauung schon am Freitag, aber im allerkleinsten Kreise. Gefeiert wurde auf Schlößchen Schwipp. Klar, daß der Herr Professor mit seinen Beziehungen da dran kam! Normalsterbliche kamen nur selten in den Genuß, sich im feudalen Ballsaal die Füße wund zu tanzen.

Beim Abendessen, das wir jetzt oft in der Küche einnahmen, erzählte ich Robert von dem bevorstehenden Ereignis.
»Wird auch Zeit«, erwiderte er, »daß deine Freundin Corry in den Hafen der Ehe einläuft. War mir außerdem schon lange klar, daß sie sich irgendwann einen Arzt abgreift. Apropros: Läuft eigentlich was mit Bea und Glasbruch?«
Stimmt, die Story kannte er noch gar nicht. Lang und breit schilderte ich das Drama, das Bea mit Glasbruch erlebt hatte.
Robert amüsierte sich köstlich. »Hab ich mir doch gedacht, daß der Typ 'ne Macke hat! Das konnte nur in die Hose gehen. Ich hab mich ja gleich geweigert, noch mal mit dem Fußball zu gucken.«
Er schnitt sich ein Stück Appenzeller ab und machte uns zwei Biere auf. Wir aßen jetzt abends oft kalt, erstens, weil es weniger Arbeit machte, und zweitens, weil Robert nicht wieder zunehmen wollte. Das allabendliche Biertrinken am Küchentisch war seit seiner rühmlichen Rückkehr aus der Zillertaler Bergwelt zu unserem Lieblingsritual geworden, auf das ich mittlerweile nur ungern verzichtet hätte.
»Was ziehe ich zu Corrys Hochzeit an?« Die Frage bereitete mir Kopfzerbrechen, seit ich das Kuvert aufgerissen hatte.
»Das kriegen wir schon.« Robert hatte gut reden. Seine Schrankhälfte hing voller schicker Klamotten. »Geh doch mal los und kauf dir ein schönes Kleid, Schatz, hm?«
So weit konnte ich auch alleine denken. Aber mir grauste davor, mich in den stickigen Umkleidekabinen bei Charles & Antony in unzählige Fummel und Fähnchen zu zwängen. Vielleicht bestellte ich mal was. Ich mußte mir dringend Beas Katalog ausborgen.
Ein anderes Problem kam mir in den Sinn. »Im Schlößchen gibt es einen tollen Ballsaal. Wie ich Corry kenne, engagiert sie ein Orchester, das zum Tanz aufspielt.«
Sorgenvoll schaute ich Robert an.
»Na und!« sagte er ungerührt. Die Tragweite der Problematik schien sich ihm nicht in voller Gänze zu erschließen.
»Wir können nicht tanzen.« Das mußte man in dieser Härte so stehenlassen.

»Dann lernen wir es eben. Wär doch gelacht!«
Robert, der unerschütterliche Optimist, trug mir auf, gleich am nächsten Tag bei der Tanzschule Schleicher anzurufen, die Crashkurse am Wochenende anbot.

Unaufhaltsam näherte sich der Donnerstag. Mittags zog ich ernsthaft in Erwägung, meine Migräne zu nehmen und bei Frau von Koransky abzusagen.
Worauf sich sofort Muttern zu Wort meldete und mir einen Anschiß verpaßte. Madonna keifte: Willst du deine kostbare Zeit damit verplempern, mit den alten Tucken Karten zu kloppen?
Eine Frau, ein Wort. Kurz vor drei schlüpfte ich in meine gediegenste Hose und begab mich ins Erdgeschoß. Vor der Tür, an der ein blankgewienertes Messingschild prangte, atmete ich tief durch und zupfte den Kragen meiner dunkelblauen Bluse zurecht. Kaum hatte ich geläutet – es machte Ding-dong, bei uns machte es immer Brrr –, erschien Frau von Koranskys Vogelgesicht im Türspalt.
»Schön, daß Sie kommen!« rief sie überschwenglich und führte mich in die düstere Diele. »Legen Sie doch ab!«
An der Garderobe hingen zwei Persianermäntel. Auf der Kommode lagen zwei federbewehrte Hütchen. Da ich nichts zum Ablegen hatte, folgte ich der Gastgeberin in einen weitläufigen Wohnraum, in dem zwei Damen, die sich altersmäßig zwischen achtzig und scheintot bewegten, wie Wum und Wendelin auf einem goldfarbenen Brokatsofa saßen. Frau von Koransky plazierte mich auf einem Plüschsessel, wo ich so tief einsackte, daß ich instinktiv meine Fingernägel in die Lehnen krallte und fast die Schonbezüge durchlöchert hätte.
»Das ist Frau Litzenberg«, stellte sie mich vor. Die beiden Damen nickten synchron. Synchron führten sie ihre Goldrandtäßchen zum Munde und spreizten ihre kleinen Finger ab.
»Frau von Furtwengel.« Die linke Dame – Wum nannte ich sie bei mir wegen ihrer riesigen Ohrlappen, die von der Last der Ohrgehänge nach unten gezogen wurden – nickte hoheitsvoll und inspizierte mich voller Neugier. Die rechte Dame – Wendelin, weil sie Beine hatte wie ein Elefant und ihre fleischige Nase so

lang war, daß sie damit fast ins Täßchen tauchte – wurde mir als Frau von Ritterbusch vorgestellt. Sie guckte mich von oben bis unten an und nickte langsam.
Nur zu gern hätte ich gewußt, was Frau von Koransky über mich erzählt hatte! Hoffentlich hatte sie das Damenkränzchen wenigstens darüber aufgeklärt, daß mein Gatte ein angesehener Zahnklempner war und zwei teure Schlitten fuhr. Sonst würde ich es nachholen. Mit irgendwas mußte schließlich die Schlappe mit dem fehlenden »von« wettgemacht werden. Hätte ich mir doch wenigstens den wohlklingenden Doppelnamen unter den Nagel gerissen und ihn nicht kampflos Robert überlassen!
Gottergeben verspeiste ich drei Sahnetörtchen. Kaum hatte ich das Gäbelchen auf den Teller gelegt, sammelte Frau von Koransky das Teegeschirr ein, zerrte die Damastdecke vom Tisch und holte Spielkarten herbei. Wie aus heiterem Himmel stand plötzlich eine Flasche Ekelkirsch vor mir. Bevor die Karten gegeben wurden, schenkte Frau von Koransky uns großzügig ein. Ohne langes Gezatter kippten die drei Damen die klebrige Flüssigkeit in ihre Kehlen, während ich das Gefühl hatte, an dem Zeug ersticken zu müssen. Aber ich traute mich nicht, in dieser erlauchten Gesellschaft nach einem Bier zu fragen.
Die Gastgeberin mußte geben. Laut zählte sie mit, bis jede von uns zwölf Karten in der Hand hielt.
»Hoho!« krächzte sie. »Mann, bin ich fett!«
Niemals, auch nicht in meinen kühnsten Träumen, hätte ich ihr das zugetraut. Sie mußte ein Bombenblatt auf der Hand haben.
Wum hatte das Aufspiel. Sie schnaufte vernehmlich und schmiß ein Kreuz As in die Mitte. Ich konnte es nur mit Mühe erkennen, weil ich meine Brille nicht dabeihatte und kaum aus dem Plüschsessel hochkam, um mir einen Überblick zu verschaffen. Wendelin trennte sich schweren Herzens von einem Kreuz König, ich bediente mit meinem Kreuz As, das ich blank hatte. Es tat mir in der Seele weh. Mit Pokerface legte Frau von Koransky eine Kreuz Neun drauf.
Wum sackte die Karten ein, verlangte nach einem zweiten Gläschen Ekelkirsch und spielte das Pik As auf. Wendelin und ich

bedienten, unsere Gastgeberin stach mit dem Karo As. Sie triumphierte. Wahrscheinlich hatte sie die ganze Hand voller Trümpfe. Wie sich am Ende der Runde herausstellte, hatte ich die ganze Zeit mit Wendelin verloren, ohne es zu ahnen. Uns schrieb Frau von Koransky mit krakeliger Schrift dicke Minuspunkte auf. Zu meinem Leidwesen erfuhr ich, daß jeder Minuspunkt für eine deutsche Mark stand. Am Ende des Kränzchens mußte die Summe an die Gewinnerin ausgezahlt werden.
Gegen halb fünf knipste Wendelin die Tiffanylampe auf dem Sideboard an. Draußen tobte ein Herbststurm, der sich gewaschen hatte. Es wurde stockduster, Hagelkörner krachten gegen die Scheiben. Meine geistreiche Bemerkung über das Unwetter wurde von den Damen weitestgehend ignoriert. Mit gichtigen Klauen mischten sie Karten, spähten mit Adleraugen über ihre Brillenränder und rafften alles an sich, was sie kriegen konnten.
»Kein Stich dem Feind!« krähte Wum, während sie mit einem Karo König trumpfte.
Um sieben brachte Frau von Koransky ein Silbertablett mit Schnittchen. »Hat meine Frau heute morgen vorbereitet.«
Sie entfernte die Zellophanfolie. Ruckzuck waren die Schnittchen weggeputzt, wobei Wendelin über die neue Totalprothese schimpfte, mit der sie nicht richtig abbeißen konnte. Mit schwerer Zunge empfahl ich ihr die Künste meines Gatten, was sie gönnerhaft zur Kenntnis nahm. Die zweite Flasche Ekelkirsch war halb leer, als sie sich entschlossen, auf Sekt umzusteigen, da es ja nun Abend war.
Zu nachtschlafener Zeit wankte ich die Treppen hoch. Die Damen Furtbusch und Ritterwengel, Quatsch, Ritterbusch und Furtwengel waren mit einer Taxe abgerauscht. Dem flachbrüstigen, langhaarigen Aushilfsfahrer stand das Grauen ins Gesicht geschrieben, als er an der Tür klingelte und seine trunkene Fuhre ihm entgegentorkelte. Frau von Koransky hatte mich in leicht derangiertem Zustand verabschiedet und mir noch die Geschichte mit dem pensionierten Regierungsrat aus Wiesbaden gebeichtet, den sie letzten Winter auf Mallorca aufgerissen hatte.
»Mein Gott«, sagte Robert, als ich das Wohnzimmer betrat. Er saß in seinem Fernsehsessel und las die »Zahnmedizinischen Mit-

teilungen«. Bevor ich ins Bad taumelte, um auf ganz und gar undamenhafte Weise den Ekelkirsch wieder von mir zu geben, war ich noch Fraus genug, ihm zu beichten, daß ich hundertvierundzwanzig Mark verspielt hatte.

»Das darf doch nicht wahr sein!« Robert barst vor Schadenfreude. »Haha. Da haben dich die alten Schabracken ja voll abgezockt. Das bezahlst du von deinem Taschengeld!«

Nachts wälzte ich mich in meinem Bett hin und her. Immer wieder tauchten Spielkarten in meinen Träumen auf, die just in dem Moment, wenn ich danach greifen wollte, von einer krallenartigen Hand weggerissen wurden. Das Gekrächze der alten Damen gellte mir in den Ohren.

Als ich am nächsten Morgen gegen elf wieder halbwegs bei Sinnen war, ärgerte ich mich gewaltig über Roberts dämliche Bemerkung. Taschengeld! Wenn ich wenigstens welches hätte! Für meine bescheidenen Bedürfnisse mußte ich Bares von der Haushaltskasse abzwacken. Diese Schweinerei mußte eine andere werden! Nachdem ich drei Tassen Kaffee konsumiert hatte, schleppte ich mich im Frotteeschlafanzug ans Telefon. Trotz meines schweren Kopfes griff ich zu einer Marlboro, um wenigstens den Geschmack von Abenteuer zu haben, wenn ich schon keins erlebte. Gähnend wählte ich Beas Nummer. Am Wochenende würde Robert in Recklinghausen ein Prophylaxeseminar besuchen und bei Mama übernachten. Und bei dieser Gelegenheit das goldene Kalb inspizieren.

»Hallo?« Bea gähnte auch.

»Moin!« rief ich fröhlicher, als es meinem Zustand entsprach.

Sie stöhnte. »Brüll doch nicht so! Mein Kopf ist heute sensibel wie – wie...«

Ihr fiel kein passender Vergleich ein.

»Wie ein freiliegender Zahnhals«, ergänzte ich. Robert hatte mir zigmal dermaßen nachdrücklich die Empfindlichkeit eines freiliegenden Zahnhalses geschildert, daß man meinen konnte, es handele sich um das verheerendste Gebrechen gleich nach Lepra und Beulenpest.

»Hör mal«, sagte ich. »Der Zahnklempner ist am Wochenende

außer Haus. Wir sollten uns mal wieder hinter die Tampons klemmen.«

»Mach ich schon. Ich klemm mir alle paar Stunden einen Tampon rein. Scheißtage!«

Ach, das leidige Frauenleiden war es also, was Bea zu schaffen machte! »Paramenstruelles Syndrom, was?«

Alle Frauen, die ich kannte, litten an menstruellen Syndromen jeglicher Art. Corrys prämenstruelles Syndrom ließ Bauch und Brüste anschwellen, so daß sie an den Tagen vor den Tagen nur auf dem Rücken liegen konnte. Verenas Syndrom setzte beim Eisprung ein, hielt bis zum ersten Tag der Tage an und bewirkte, daß sie in dieser Zeit nur Süßes essen konnte. Sogar Julia hatte mir in unserem bisher einzigen Von-Frau-zu-Frau-Gespräch – zugegebenermaßen waren wir beide sturzbetrunken von ihrem selbstgekelterten Apfelwein gewesen – verschämt gestanden, sie leide an einem postmenstruellen Syndrom. In den Tagen nach den Tagen habe sie dermaßen fettige Haare, daß sie schon kurz vorm Suizid gewesen sei deswegen. Ich selbst knapste immer an meinem prämenstruellen Depressiönchen, das sich beim ersten Tropfen Blut in Wohlgefallen auflöste. Aber nur, wenn ich Schokolinsen aß.

Eigentlich würden mich auch die prä-, para- und postmenstruellen Syndrome namhafter Models brennend interessieren, aber darüber schrieb ja keiner. Schade. Mir fielen auf Anhieb tolle Schlagzeilen ein: Naomi nascht! Linda leidet wie ein Hund! Kate – süchtig nach Kutteln! Claudia kaut Sauerkraut!

»He, bist du noch dran?« unterbrach Bea meine kreativen Gedankengänge.

Wir verabredeten uns für Samstag abend.

»Wir können ja erst was essen gehen«, schlug ich vor.

»Genau! Und bring die Karteikarten mit. Dann setzen wir uns bei mir an den Computer und lassen uns was einfallen. Du kannst bei mir pennen, Gernot ist zu seiner Mama gefahren, die hat Geburtstag.« Wahrscheinlich schenkte er ihr ein Fläschchen 4711. Oder ein Alpenveilchen.

Trotz des klitzekleinen Sonnenstrahls, der sich durch den wolkenverhangenen Himmel mogelte, verschlief ich den gesamten

Nachmittag. Um fünf klingelte Frau von Koransky mich raus und übergab mir ihre Wohnungsschlüssel.
»Frau Litzenberg, könnten Sie einmal die Woche meine Blumen gießen? Es sind ja nicht so viele.«
Was für ein Vertrauensbeweis! »Klar, mach ich doch!«
Ich nahm den Schlüsselbund entgegen und wunderte mich. Frau von Koransky sah taufrisch aus. Wie der junge Morgen! Kein Mensch wäre auf die Idee gekommen, daß sie gestern voll wie eine Haubitze gewesen war. Wie machte sie das bloß? Ob ich mir auch mal ein Tiegelchen Hormocenta kaufen sollte?
»Na, Sie sind noch ein wenig angeschlagen!« stellte sie fest und gackerte los. »Im April, wenn ich wieder da bin, spielen wir jeden Donnerstag. Da können Sie gerne dazukommen.«
Der Himmel möge mich davor bewahren! Innerhalb weniger Wochen würde ich um Jahrzehnte altern, und Robert würde sich über den Verbleib des Haushaltsgeldes wundern. Herzlich schüttelte ich Frau von Koransky die Hand. Sie war richtig goldig, wie sie da stand mit ihrem schwarzen Lacktäschchen und dem Federhütchen auf den ondulierten grauen Haaren.
»Machen Sie's gut«, sagte ich. »Und halten Sie den Regierungsrat bei der Stange.«
»Aber hallo!« rief sie. »Den laß ich mir nicht mehr wegschnappen. Wie sagt doch der dicke Mann im Fernsehen immer: Man gönnt sich ja sonst nix!«
Sie tänzelte die Treppe hinunter. Begeistert sah ich ihr nach. Als ich ins Badezimmer ging, um zu duschen, hörte ich, wie sie mit einem mordsmäßigen Aufheulen des Motors ihren Golf GTI in Gang setzte. Wahnsinn, echt Wahnsinn!

Robert fuhr am Samstag schon um zehn Uhr morgens weg, was zur Folge hatte, daß ich mir mein Frühstück selber richten mußte. In aller Ruhe blieb ich am Küchentisch sitzen und studierte das noch jungfräuliche »Tageblatt«. Jungfräulich, weil Robert es aus Zeitmangel nicht mehr geschafft hatte, es mit aufs Klo zu nehmen und so zu zerpflücken, daß man nicht mehr wußte, wo hinten und wo vorne war.
Ich stopfte einen Haufen Kochwäsche in die Waschmaschine

und schrubbte mit Meister Proper die Küche. Trotz meiner übermenschlichen Anstrengungen konnte ich mich nicht in den Kacheln spiegeln. Auch im Bad schlug der Versuch fehl. Ich törichte Hausfrau! Da hatte ich mich doch glatt wieder in den geschickt ausgelegten Fallstricken der Werbung verfangen. Eigentlich wollte ich den Teppichboden saugen, aber der Staubsaugerbeutel war voll, und ich wußte nicht, wie der neue reinging. Redete ich mir zumindest erfolgreich ein. Sollte Robert sich des Beutels annehmen! Nach seinem Trip ins Zillertal war er wie ausgewechselt gewesen, aber mittlerweile hatte die Alltagsroutine sich wieder eingeschlichen, und alles war beim alten. Gebügelt hatte er auch nur das eine Mal. Wenn das so weiterging, würde ich noch einen Bandscheibenvorfall kriegen. Ich sah mich schon auf allen vieren in Glasbruchs Praxis kriechen. Darauf konnte ich wahrlich verzichten.
Gegen Abend suchte ich die Karteikarten mit den Tamponnotizen zusammen und verstaute zudem ein Nachthemd, meine Zahnbürste und – vorsichtshalber – ein Päckchen Aspirin in meiner abgewetzten Collegetasche. Auf dem Weg zu Bea begegnete mir Norbert Renner auf seinem Rennrad.
»Ey!« schrie er schon von weitem. »Meditierst du noch?«
Das hörte sich an, als hätte ihn meine unvermutete Anwesenheit im Meditationszentrum ein paar schlaflose Nächte gekostet. Er stieg ab und verweilte auf ein Schwätzchen.
»Gibt's irgendwelche Skandale?« fragte ich sensationslüstern. Wenn einer wirklich Neuigkeiten wußte, dann er, das mußte man ihm lassen. Mindestens eines seiner abstehenden Ohren pappte immer am Puls des Geschehens.
Norbert kratzte sich die Glatze. Er war zwar erst vierzig, hatte aber schon lange mit Haarausfall zu kämpfen. Durch seine beschlagene Brille hindurch guckte er mich verschlagen an.
»Den Flattermann hat's gefetzt!« raunte er.
Dr. Flattermann war ein stadtbekannter Stadtrat, der sich mit zwielichtigem Gesindel in schummrigen Bars herumtrieb. Man munkelte, er würde mit Baugenehmigungen nur so um sich schmeißen, wenn man ihm im Vorbeigehen einen Scheck in die Sakkotasche schob.

»Wie – gefetzt?« Ich konnte Flattermann nicht ausstehen. Nach einer Pressekonferenz hatte er mal versucht, mein bestrumpftes Knie zu betatschen. Ich hatte ihm mit Schmackes das zusammengerollte Programm auf das böse Händchen gehauen.
Norbert sah sich gehetzt um und zauderte. »Angeblich hat er in etlichen Fällen die Umnutzung von Wohn- in Geschäftsraum bewilligt. Was ja nicht statthaft ist. Und sich dafür schmieren lassen. Ich recherchiere noch, aber wenn sich das beweisen läßt, kann ihn das den Kopf kosten!«
»Norbert, ich bin stolz auf dich«, verkündete ich und wandte mich zum Gehen. Ich wollte Bea nicht warten lassen. Norbert radelte davon und bimmelte zum Abschied mit seiner Fahrradklingel.
Schade eigentlich, daß beim »City Journal« kein Etat für eine engagierte Redakteurin vorgesehen war. Die Stelle hätte ich sofort genommen, schon allein, um infomäßig immer auf dem neuesten Stand zu sein.

Auf Beas Fußableger stand »Tritt ein, bring keinen Dreck herein!«, und während ich versuchte, den Schlamm vom Weg, der durch den Stadtpark führte, von meinen Turnschuhen zu treten, wurde die Haustür aufgerissen.
»Endlich!« Bea trug ein orangefarbenes Regencape, das toll zu ihren kastanienbraunen Haaren paßte. Sie nahm mir die Tasche ab und stellte sie auf die Flurkommode. »Gehn wir zum Griechen, oder? Das ist nicht so weit, und wahrscheinlich gibt's gleich wieder Regen.«
In der Dunkelheit stapften wir einträchtig durch die Pfützen, die letzten hundert Meter legten wir im Laufschritt zurück, weil die ersten dicken Tropfen des nächsten Regenschauers auf uns prasselten.
Im Akropolis war unsere Lieblingsnische noch frei. Zwei Tische weiter saß Alexis, der Tennislehrer und Schwarm aller Hausfrauen, und hielt Händchen mit einer faltigen Tussi jenseits der Schallmauer, die er mit seinen schwarzen Augen fixierte wie die Schlange das Kaninchen.
Wir bestellten einen Odysseus-Teller und Bifteki. Stavros, der

rotblonde Kellner, der von einer Identitätskrise in die nächste schlitterte, weil ihm keiner den Griechen abkaufte, stand rauchend neben dem Kücheneingang und starrte Löcher in die Plastikfischernetze, die von der ehemals weißgekalkten Decke hingen.

»Der ist genauso erdbeerblond wie Glasbruch«, stellte Bea fest. »So einer kommt mir nicht mehr aufs Sofa. Da heißt es immer, Rothaarige wären so scharfe Nummern. Daß ich nicht lache!«

»Ich finde«, sagte ich, »Stavros sieht aus wie Boris Becker.«

»Wir können ihn ja Bobbele nennen!«

»Dann schmeißt er unser Essen an die Wand«, fürchtete ich. »Das können wir nicht riskieren. Mein Magen knurrt schon seit Stunden.«

Der Koch knallte zwei Teller in die Durchreiche. Stavros zog eine schwarzhaarige Schönheit, die in Begleitung von zwei alten Knackern das Lokal betrat, mit Blicken aus. Er dachte nicht im Traum daran, unser Essen herbeizuschaffen.

Nachdem er einen Ouzo abgekippt und eine zweite Zigarette geraucht hatte, geruhte er endlich, die Speisen aufzutragen. Angesichts unseres ausgehungerten Zustandes schlangen wir das Zeug mit Todesverachtung runter, obwohl die Temperatur von Gyros und Bifteki gegen Null tendierte. Um uns von innen zu wärmen, bestellten wir zwei Ouzo. Mit dem Tablett in der Hand blieb Stavros wild gestikulierend neben Alexis stehen. Sie unterhielten sich auf griechisch. Wir verstanden keine Silbe, aber die Schnalz- und Grunzlaute, die Alexis von sich gab, ließen darauf schließen, daß er seinem Landsmann die Vorzüge seiner Begleiterin schilderte. Stavros lachte so laut, daß das Tablett zitterte und wir Angst kriegten, er würde unseren Ouzo verschütten.

Da wir keine Lust hatten, stundenlang zu warten, bis wir endlich bezahlen durften – unser Freund amüsierte sich vor der Theke mit einem Rudel rehäugiger Griechinnen –, rief Bea mit schriller Stimme: »Bobbele! Bezahlen!«

Stavros ließ fast sein Mokkatäßchen fallen. Wie ein geölter Blitz sauste er an unseren Tisch, auf seiner Schläfe schwoll eine einzelne Zornesader. Es war geradezu beängstigend.

»Du, nenn mich nich nochma Bobbele!« schrie er wutentbrannt.

Ohne lange zu fackeln, kassierte er ab und knäulte unsere Geldscheine gewalttätig in sein Täschchen.
»Na also!« sagte ich. »Jetzt wissen wir wenigstens, wie es zu bewerkstelligen ist, hier essen zu gehen, ohne Wartezeiten wie in Roberts Praxis in Kauf zu nehmen.«
Draußen regnete es in Strömen, und wir wurden naß bis auf die Haut. In Beas Bad rubbelten wir uns mit Frotteehandtüchern trocken.
»Mein Gott, sind die rauh!« Ich hatte das Gefühl, mich mit einem Nagelbrett abzureiben. »Du hältst wohl nicht viel von Weichspülern.«
Bea grinste. »Bin halt keine Lenor-Mami!«
»Das kommt vielleicht noch, wenn du mal Kinder hast.«
»Von wem denn? Gernot läßt sich doch lieber sterilisieren, bevor er mich schwängert.«
Ihr Lebensabschnittspartner verweigerte strikt die Familiengründung. Er hatte bereits drei Kinder aus erster Ehe am Bein und damit sein Soll erfüllt. Bei Bea hingegen tickte die biologische Uhr. Sie war vierunddreißig und händeringend auf der Suche nach einem potentiellen Kindsvater, den sie sofort gegen Gernot eingetauscht hätte.
Wir zogen unsere Nachthemden an. Meins war von meiner Oma, ich hätte dreimal reingepaßt. Weil Beas Souterrainwohnung so fußkalt war, spendierte sie mir ihre zweitbeste Jogginghose und dicke Socken.
Bei einer Tasse Tee warteten wir auf die Inspiration.
Sie kam nicht.
»Ich weiß was!« Bea sprang auf und suchte nach der Fernbedienung. »Wir gucken Werbung, dann kommen wir garantiert in Fahrt.«
Wir hatten Glück. Das Samstagabendprogramm kam kaum voran, so oft wurde es von Werbeblocks unterbrochen. Steffi Graf warb für italienische Nudeln, und ich war – in Gedanken noch beim Griechen – der Ansicht, Bobbele könnte eigentlich Werbung für Schafskäse machen.
»Macht doch schon der Monaco Franze!« Bea war bestens informiert. »Alle Stars machen Reklame für Fressalien.«

Stimmt. Der einzig wahre Winnetou-Darsteller fuhrwerkte immer mit seinem Skalpmesser in einem Rahm-Camembert herum. Und der einzig erotische Entertainer, der uns Frauen vom Fernsehen vergönnt war, schien sich von Gummibärchen zu ernähren, deren Kalorien seinen Knackarsch Gott sei Dank noch nicht in einen Gummiball verwandelt hatten. »Endlich!« Ich seufzte erleichtert auf, als der Tamponspot über den Bildschirm flackerte.

Wir hatten bis zum Spätfilm ausharren müssen, einem Machwerk aus der Reihe »Frauen, die nicht lange fackeln«, in dem eine betrogene Ehefrau rachelüstern die Gespielin des Gatten mit dem Fleischmesser meuchelte. Im zweiten Werbeblock griff die zarte Frauenhand – genauso zart wie diejenige, die im Film mit dem Fleischmesser nicht lang fackelte – zum Tampon und knuddelte das wonnig-weiche Wattebäuschchen mit Hingabe.

Bei Bea brach sich ein ungeahnter Elan Bahn. »Wir fackeln auch nicht lange!«

»Genau!« fiel ich ein. »Wir können auch anders.«

»Wir machen's jetzt wie Ford – wir tun was.« Sie holte ihr Karriereköfferchen.

»Mutti hat früher immer gesagt: Fährt der alte Lord fort, fährt er nur im Ford fort. Gibt ihm die altes Misses schnell noch ein paar Kisses!« Auf mein Gedächtnis konnte ich wirklich stolz sein.

»Bist du in einem Ford gezeugt worden?« fragte Bea stirnrunzelnd.

»Nee – in einem Käfer!« prustete ich los.

Das war natürlich gelogen. Meine Phantasie ging mit mir durch, ich stellte mir Mutti auf dem Rücksitz eines Käfers vor. Tiefdunkle Nacht. Ein unbefahrener Feldweg. Und sie kriegte ihr Strumpfband nicht auf! Oder ihren Hüfthalter! Gelegentlich würde ich sie mal fragen, wo es passiert war. Ein Lied von Hot Chocolate fiel mir ein: Love is on the backseat of my Cadillac...! Ich summte vergnügt vor mich hin. Bea erkannte die Melodie und sang mit.

»Let me take you there, yeah, yeah!«

Dann machten wir uns an die Arbeit.

Lange nach Mitternacht standen unsere Storyboards. Auf weißen Karteikarten hatten wir die Abfolge der ausgedachten Werbespots skizziert.
Zuerst sollte in Zuversichtsgrün – passend zum Verdita-Bändchen! – in schwungvoller Schreibschrift der Text »Sie haben schon genug um die Ohren...« eingeblendet werden.
Für Spot 1 war eine Szene im Office vorgesehen: Zwei Karrieremiezen in schnieken sandfarbenen Designerkostümen hantieren heftig diskutierend am Reißbrett, währenddessen eine dritte im Flanellrock der Farbe Frustriertgrau im Hintergrund still auf einem Bürostuhl sitzt. Nach dieser Szene sollte der Slogan mit »...um auch noch daran zu denken!« fortgeführt werden. Zugleich sollte die bewährt-bekannte zarte Frauenhand ein Päckchen Verdita ins Bild knallen und zeitgleich die Einblendung »Wir lösen Ihr geringstes Problem!« auftauchen. Alle Einblendungen sollten im Idealfall – so unsere Vorstellung – auch gesprochen werden. Aber nicht von einer sonoren Männerstimme wie in den Arzneimittelwerbespots – »Bei Risiken und Nebenwirkungen verbrennen Sie die Packungsbeilage und erschießen Sie Ihren Arzt oder Apotheker!« –, sondern von einer leibhaftigen menstruierenden Frau.
Spot 2 sollte nicht die Karrierefrauen, sondern die Kindsmütter ansprechen. Wir hatten die Szene für diesen Spot vorm Kindergarten angesiedelt: Zwei dynamische Mütter in hellen Hosen springen aus ihren schwungvoll eingeparkten Kleinstwagen und fangen ihre juchzenden Rangen auf. Eine dritte Mutter – trotz des strahlenden Sonnenscheins in einer dunkelblauen Tuchhose – wartet verhalten neben ihrem Wagen. Ihr Kind springt sie nicht an, sondern krabbelt artig auf den Rücksitz. Jede erfahrene Frau würde sofort schnallen, daß diese Mutti keine Verdita-Tampons benutzt. Das arme Kind! Dieselben Slogans wie in Spot 1 sollten auch hier vor und nach der Szene eingeblendet werden.
Mit Spot 3 taten wir uns schwer. Ein eher festliches Ereignis schwebte uns vor, aber auf keinen Fall ein Kaffeeklatsch der Kindsmütter oder ein Bistro-Besuch der Karrierefrauen. Weil ich in einer kreativen Pause von Corrys bevorstehender Hochzeit erzählte, kam uns die rettende Idee: Während einer Feierlichkeit

gehobenen Ausmaßes treffen sich zwei topgestylte Partylöwinnen auf dem Damenklo. Von hinten sieht man, wie die eine ihre blonde Mähne bürstet und die andere sich eine neue Lage Lippenstift auflegt. Sie tragen helle, eng geschnittene Kleider mit gewagtem Rückenausschnitt. Eine dritte Tussi in festlich-fadem Schwarz trippelt in Pumps an ihnen vorbei und verschwindet in der Klozelle.
»Uff!« Bea raufte sich das Haar. »Geschafft.«
»Pah – noch lange nicht! Wir hacken das Ganze noch in den Computer und drucken es aus!« Ich hatte meine Müdigkeitsschwelle überwunden. »Now or never!«
»Ist ja gut.« Bea schaltete den Fernseher aus, der die ganze Zeit im Hintergrund gelaufen war, und ihren AppleMac an.
Wir klemmten uns zu zweit vor den Bildschirm und gaben nicht eher Ruhe, bis jede von uns einen Ausdruck hatte. Einen dritten steckten wir in ein DIN-A-4-Kuvert.
»Und jetzt?« Es war fast sieben Uhr morgens. Bea gähnte.
»Hol mal ein Päckchen Verdita!«
Ich untersuchte die Schachtel und wurde fündig. Die Verdita GmbH hatte ihren Firmensitz in Frankfurt/Main. Zügig schrieb ich die angegebene Adresse auf das Kuvert – »zu Händen des Geschäftsführers« – und klebte Beas letzte Briefmarken drauf.
»Das wird ja wohl reichen, oder?«
»Wenn nicht, zahlen sie halt nach. Das muß ihnen der Spaß wert sein.«
Gemeinsam brachten wir das Kuvert zum nächsten Briefkasten, der sogar sonntags geleert wurde. Bevor ich es einwarf, zögerte ich einen Augenblick.
»Mach hin, es wird hell!« schrie Bea. »Barfuß oder Lackschuh!«
»Sekt oder Selters!« schrie ich und pfefferte das Ding durch den Briefschlitz.
Nachdem wir unser Schicksal gottergeben in die nicht immer ganz zuverlässigen Hände der Deutschen Bundespost gelegt hatten, stießen wir noch mit einem Pikkolöchen an und krochen in die Federn.

Nach dem Prophylaxeseminar trieb Robert einen Zahnkult, daß es nicht mehr auszuhalten war. Er hatte – ungelogen! – vier verschiedene Zahnbürsten in Gebrauch und ein neues Mundwasser der Geschmacksrichtung Limone. Ich probierte es heimlich aus, als ich das Badezimmer saubermachte. Es schmeckte wie unser Duschzeug! Angewidert spie ich es aus und schrubbte das Klo. Kloschrubben war meine absolute Haßnummer. Noch nie hatte Robert sich dazu herabgelassen.

Zudem war – wie so oft – das Waschbecken verstopft. Ich ließ ein halbes Pfund der hochgiftigen Chemikalie Ex & Hopp hineinrieseln, die ich unter der Küchenspüle hinter dem Putzeimer versteckt hielt. Robert war strikt gegen Chemie im Haushalt – auch so ein Tick, den Julia ihm eingeimpft hatte. Und ich konnte dann sehen, wie ich klarkam. Leider wirkte das Ex & Hopp nicht so toll wie im Fernsehen, wo nach einem Zischen und Gurgeln der Abfluß ruck, zuck wieder frei war. Im richtigen Leben mußte ich mit einer Gabel nachhelfen. Fluchend stocherte ich im Ausguß herum, bis sich in den Zinken ein schmieriger Haarballen verfing, der sich bei genauer Analyse als silberblond herausstellte. Also Schwamm drüber.

Jeden Tag rannte ich zum Briefkasten. Auf dem Schreiben, das wir an die Verdita GmbH losgelassen hatten, war sowohl Beas als auch meine Adresse angegeben. Aber die ersehnte Antwort ließ auf sich warten. Wahrscheinlich hatte die Geschäftsleitung sich über unsere dilettantischen Vorschläge zur Verbesserung der Tampon-Spots totgelacht und war nicht mehr in der Lage, einen Brief zu diktieren. Oder die hessischen Postboten streikten. Oder das elektronische Briefleitsystem der Bundespost war zusammengebrochen. Mir wurde schwarz vor Augen, wenn ich die diversen Möglichkeiten durchging, die unser Vorhaben vereiteln konnten. Fast täglich telefonierte ich mit Bea, die genauso auf dem Zahnfleisch ging wie ich.

»Wenn das so weitergeht«, war ihr Standardspruch, »werd ich noch tablettensüchtig. Dann brauch ich Tranquilizer!«

Kein Silberstreifen am Horizont. Außer vielleicht der große Tag von Corrys Hochzeit, der immer näher rückte. Mittwoch abend erinnerte ich Robert daran, daß am Samstag der erste Teil des Crashkurses in der Tanzschule stattfand.
»Als ob ich nicht genug um die Ohren hätte!« Zugegebenermaßen war er spät aus der Praxis heimgekommen, aber das war meines Erachtens kein Grund, dermaßen überzureagieren. Außerdem war die Sache mit dem Crashkurs auf seinem Mist gewachsen. In seinem Zimmer hörte ich ihn vor sich hin grummeln, dann kreischen.
»Wo ist eigentlich meine graue Jogginghose?«
»Weiß ich doch nicht!« kreischte ich zurück.
Lautstark machte ich mir in der Küche zu schaffen, damit ich nicht mit anhören mußte, wie Robert in seiner Bude alles von unten nach oben kehrte. Seine Bude war mir sowieso ein Dorn im Auge. Dem nächsten Besuch würde ich erklären, da drin hause unser pubertierender Sproß, den wir unter der Woche im Internat geparkt hätten. Ich nahm mir felsenfest vor, Roberts Zimmer nie mehr zu betreten, nicht mal zum Staubsaugen.
Ich vernahm ein Türknallen. Robert kam in die Küche und trug eine schwarze Jogginghose.
»Die ist viel zu klein!« Die Hosenbeine endeten kurz unterhalb seiner Kniekehlen. »Ist die beim Waschen eingelaufen?«
»Nee, das ist meine«, versetzte ich trocken.
»Und wo ist meine graue?« Seine Stimme hatte auf der nach oben offenen Quengelskala die Stufe zehn erreicht. Sie weckte in mir die Assoziation an ein Kleinkind, dem der böse Onkel den Lolli geklaut hat.
Entnervt sprang ich auf und vergaß alle guten Vorsätze. Ich spurtete in sein Zimmer und wühlte mit beiden Händen den Klamottenberg durch, der sich auf dem Boden türmte. Als ich dort nicht fündig wurde, riß ich etliche Hemden und Sweatshirts vom Lehnstuhl meiner Oma, den er mir abgeschwatzt hatte. Jedes Wäschestück, das mir zwischen die Finger geriet, schmiß ich auf sein ungemachtes Bett. Zuunterst fand ich das Corpus delicti.
»Und was ist das?« Mit meiner Stimme hätte man ein Stück Edelstahl entzweischneiden können.

»Ach – wieso liegt die nicht in meinem Schrankfach?« Robert grapschte nach der Hose. Ich zog sie weg. Das Spiel spielten wir ein paar Minuten, dann rückte ich die Hose raus. Er zog sie an und machte einen Schmollmund.
»Ich geh jetzt fernsehen.«
Toll, Schatzi, ein unheimlich starker Abgang! Mich ließ er in dem Saustall stehen. Mein Blick blieb an seinen verstaubten Modellautos hängen, an den Gipsabdrücken fremder Gebisse, die sich auf der Fensterbank drängelten, an dem leeren Kasten Veltins, der neben dem Holzregal stand, in dem ein paar alte Asterixhefte lagen. Obendrauf saß Roberts abgewetzter Teddy. Am anderen Wohnungsende erklang die Stimme von Ulrich Wickert. Ich nahm den Teddy in den Arm, hockte mich hin und heulte hemmungslos. Meine Tränen versickerten im teuren Teppichboden.

Der Crashtanzkurs trug nicht wesentlich dazu bei, das Mikroklima unserer Ehe zu verbessern. Samstag nachmittag fanden wir uns pünktlich um sechzehn Uhr in der Tanzschule Schleicher ein. An der Anmeldung füllten wir unter den wachsamen Augen einer brünetten Angestellten im schwarzen Plisseeröckchen ellenlange Formulare aus.
»So!« flötete sie, als ich den Griffel aus der Hand gelegt und Robert den Scheck abgedrückt hatte. »Saal zwo, bitte!«
Ich zerrte den widerspenstigen Gatten hinter mir her. In Saal zwo standen vier Paare und drehten Däumchen. Die Frauen sahen allesamt ganz begeistert aus, wahrscheinlich, weil es ihnen endlich gelungen war, ihre Männer in die Tanzstunde zu schleifen. Die Männer guckten allesamt Löcher ins Parkett oder versuchten, mit der Spitze ihrer Lackschuhe welche hineinzubohren. Robert flüsterte mir ins Ohr, das sei die albernste Idee, die ich jemals gehabt hätte.
Wieso ich?
»Was könnten wir prima zu Hause sitzen und Kaffee trinken! Die Zeitung hab ich auch noch nicht gelesen.«
»Dafür hast du stundenlang die Kontaktanzeigen im ›City Journal‹ studiert!« zischte ich zurück.

»Na und, machst du doch auch!«
Gerade als unser Ehestreit zu eskalieren drohte, stürmte Leo Schleicher, der begnadete Eintänzer und Inhaber dieser Goldgrube, schwungvoll das spiegelblanke Parkett und tänzelte geschmeidig über selbiges, ohne sich auf die Schnauze zu legen.
»Meine Damen, meine Herren, ich begrüße Sie an diesem regnerischen Nachmittag!« Er verbeugte sich galant in unsere Richtung. »Sie stellen sich bitte auf, Damen links, Herren rechts...«
Alles wuselte durcheinander.
»Wir fangen mit dem langsamen Walzer an – English Waltz.« Schleicher klatschte in die Hände. Die Brünette im Plisseerock trabte an und nahm vor ihm Aufstellung. »Meine Assistentin Dany und ich zeigen Ihnen die erste Schrittfolge...«
Musik setzte ein, und Schleicher zählte im Dreivierteltakt: »Eins – zwei – drei, eins – zwei – drei...«
Robert kratzte sich am Hals. Der Mann neben ihm warf seiner Partnerin einen bitterbösen Blick zu, den sie ignorierte und so tat, als interessiere sie sich nur für Leo Schleicher, der die smarte Dany übers Parkett schob.
»So!« rief der Eintänzer energiegeladen, der wähnte, Männlein und Weiblein gleichermaßen die Grundschritte beigebogen zu haben. »Die Herren begeben sich zu ihren Damen. Wir nehmen eine geschlossene Tanzhaltung ein, die Damen stehen leicht links versetzt... und eins – zwei – drei!«
Robert hielt mich so fest im Klammergriff, daß ich befürchtete, er würde mir die Luft abdrücken. Nicht, daß man mich noch künstlich beatmen mußte! Schon bei dem zweiten »drei«, das Schleicher zählte, stand Robert mir auf dem linken Fuß. Ich schrie auf.
»Du Tier!«
Robert tanzte weiter. Oder, besser, tapste umher wie ein blinder Bär, der Honig gerochen hat. Mir blieb nichts anderes übrig, als mitzumachen, wenn wir nicht auffallen wollten. Weil mir der Fuß weh tat, konnte ich mir nicht verkneifen, dem Gatten den spitzen Absatz meiner Pumps zwischen die Zehen zu rammen. Rein zufällig, versteht sich! Robert verzog das Gesicht wie sein

schmerzempfindlichster Patient beim Einstich der Betäubungsspritze.
»Wie du mir, so ich dir!« säuselte ich und wiegte mich im Walzertakt.
Muttern erwog, mir mit ihrem Hausschlappen eins überzuziehen. Madonna wiegte sich ebenfalls im Walzertakt, wobei sie übertrieben mit dem Hintern wackelte.
»Sehr gut!« lobte Leo Schleicher. »Schon ganz hervorragend! Dany!« Die brünette Tanzmaus nahm ihre Stellung frontal vor Schleichers dunkelgrüner Tuchhose und geblümtem Seidenhemd ein. »Und jetzt zeigen wir Ihnen noch den Outside Change!«
Hugo Strassers Orchesterviolinen walzerten, was das Zeug hielt, und wir weideten uns an der Grazie, mit der das geübte Paar übers Parkett schwebte.
»Geil!« sagte die Frau neben uns, und ihr Partner sagte: »So ein Scheiß! Ich glaub, ich bin im falschen Film.«
Unschwer konnte ich daraus schließen, daß er nur unter Androhung roher Gewalt mitgekommen war. Oder sie hatte ihn mit Beischlafentzug erpreßt. Ein altbewährtes Hausmittel, das schon meine Oma kannte!
In der nächsten Übungsrunde ereignete sich der Eklat. Das Paar hörte abrupt auf zu tanzen, blieb stocksteif stehen und schrie sich an. Robert und ich mußten eine Vollbremsung hinlegen.
»Du Idiot!« quiekte sie. »Du kapierst überhaupt nix!«
»Du hirnrissige Kuh! Ich hab dir gleich gesagt, das wird 'n Flop!« Er stampfte mit seinen Lackschuhen auf wie ein Stier in der Arena. Dabei waren wir doch noch gar nicht beim Paso doble.
»Aber, aber, meine Herrschaften!« Schleicher schoß herbei und versuchte zu schlichten. Beruhigend legte er dem Typ die Hand auf die Schulter. Der schüttelte sie ab.
»Fassen Sie mich nicht an, Sie – Sie... halbseidener Homosexueller, Sie!«
Wutentbrannt stob er Richtung Ausgang davon. Seine Partnerin stand wie vom Blitz getroffen, dann rannte sie hinterher. »Aber Muckelmann!«

Robert kriegte einen Lachanfall, der erst aufhörte, als ich ihm meinen knochigen Ellenbogen in die Seite stieß.
Leo Schleicher zuckte die Schultern. »Meine Damen und Herren, keine Panik. Die Disharmonie einer Beziehung kommt oft gerade beim Tanzen ans Licht! Aufstellung, bitte!«
Er blieb ruhig und gelassen. Wahrscheinlich hatte er in seiner langjährigen Tanzlehrerkarriere schon viele Ausraster erlebt. Oder irgendwann in grauer Vorzeit an einem Meditationskurs teilgenommen. Damit die momentane Disharmonie unserer Ehe nicht ausgerechnet vor versammelter Mannschaft ans Licht kam, ließ ich mich – wenn auch widerwillig – von Robert führen, was Schleicher mit einem dicken Lob quittierte.
»Siehst du«, sagte Robert später, »wie toll wir tanzen können!«
Als ob ich mich mit Händen und Füßen gegen den Tanzkurs gesträubt hätte! An den Haaren hatte er mich aufs Parkett gezogen!
»Und das, obwohl du zwei linke Füße hast!« Und auch noch so große!
Er grinste. »Hauptsache, ich kann dem natürlichen Drang des Mannes nach Führung nachgeben! Der Rest geht wie geschmiert.«
Und mit so einem Chauvinistenschwein war ich verheiratet! Immerhin hatte Leo Schleicher es vollbracht, uns langsamen Walzer und Foxtrott einzubimsen, ohne daß ein weiteres Paar getürmt war.
»Ich hab Hunger!« sagte ich und schlug vor, auf ein Saltimbocca alla Romana bei Luigi einzufahren.
Robert wollte lieber zum Chinesen. Auch gut. Er kurvte dreimal um den Block, fand aber keinen Parkplatz. Kurzentschlossen stellte er den Porsche vor einer Ausfahrt ab.
»Du Parksau!«
»Also ich hab keine Lust, kilometerweit hier rumzurennen. Und das nach der ganzen Tanzerei.« Forschen Schrittes eilte er auf das Lokal zu, dessen rote Seidenlämpchen einladend durch die Scheiben leuchteten.
Der Kellner führte uns an einen kleinen Tisch und reichte uns die Speisekarte.

»Ich nehm Schweinefleisch süß-sauer!« Robert war ein Mann von schnellen Entschlüssen. Zumindest, wenn's ums Essen ging.
Ich entschied mich für Huhn in scharfer Soße. Während wir auf die Speisen warteten, erzählte mir Robert von einem neuartigen Gerät, dessen Anschaffung für seine Praxis er erwog. Wenn ich es richtig verstand, handelte es sich um eine Art Sehrohr, das man auf die Zähne der Patienten richtete.
»Und in Großaufnahme können die auf einem Monitor dann ihre Löcher bewundern, klar?« Robert war begeistert. »Wenn die sehen, was sie für Krater im Maul haben, sind sie gleich viel williger, sich einer Totalsanierung zu unterziehen, haha!«
»Du meinst wohl, sich das Geld aus der Tasche ziehen zu lassen.«
»Quatsch!«
»Logo! Du hast doch schon Dollarzeichen in den Augen! Wie Donald Duck.«
»Was hat denn der damit zu tun?« Robert war außer sich.
Ich zuckte die Schultern.
»Weibliche Logik, was?«
Gott sei Dank kam der Kellner und servierte uns Sweinefleis süß-sauel und Huhn in salfel Soße. Robert bestellte ein zweites Bier. Eine Zeitlang aß er schweigend, dann sagte er: »Und überhaupt hast du dich nicht in meine Praxisführung einzumischen!«
»Ach – und warum mischst du dich immer in meine Haushaltsführung ein?«
»Das ist doch was ganz anderes. Ich bin jeden Abend zu Hause, aber du hast mit der Praxis gar nichts zu schaffen.« Ungehalten winkte er einen Pakistani weiter, der rote Rosen feilbot. »Halsabschneider!«
Er häufte sich eine Portion meines Huhns auf seinen Teller. »Hm, auch nicht schlecht.«
Muttern flehte mich an, Ruhe zu bewahren. Madonna feilte ihre überlangen Fingernägel und beschwor mich, mir das nicht bieten zu lassen.
Schweigend starrte ich auf Roberts Teller. Leer. Er rülpste ver-

nehmlich. Der Kellner sprang herbei und servierte uns zwei Pflaumenschnäpse auf Kosten des Hauses. Ich mochte das süße Zeug nicht – es erinnerte mich an den Ekelkirsch –, aber ich hatte einen Schnaps bitter nötig. Mit Todesverachtung kippte ich ihn runter.

»Alte Saufziege«, meckerte Robert.

»Dir brennt wohl der Hut!« schrie ich. »Das fragt sich noch, wer von uns beiden säuft!«

»Ich hab mir jedes Bier sauer verdient. Den lieben langen Tag hänge ich mit krummem Rücken über aufgerissenen Mäulern, und du?«

»Ich schlafe bis eins, sektfrühstücke bis vier, gehe shoppen bis sechs und schmeiß die Kohle mit vollen Händen raus!«

»Na, siehst du!« Robert reckte sich satt und selbstzufrieden. »Hab ich doch geahnt.«

Männliche Intuition, was? Ich hätte es wissen müssen. Ironie prallte an Männern ab wie Wasser an der Ölhaut.

Wir verließen den Chinesen im Stadium erhöhter Angriffslust und Zwietracht, sozusagen im Zustand der Disharmonie. Schönes Wort übrigens, das Leo Schleicher da verwendete. Kurz vorm Ausgang entdeckte ich in einer Nische das Paar, das aus der Tanzschule getürmt war. Muckelmann hielt Muckelfrauchen das Schwitzehändchen, Muckelfrauchen sah Muckelmann tief in die Augen. Auf dem Tisch stand eine einsame rote Rose in einem Seltersglas. Eine Rose von der Sorte, die der Pakistani für fünf Mark das Stück verscherbelte. Für so eine lumpige Rose würde ich keinem Muckel das Frauchen machen.

Den ganzen Sonntag redeten wir nicht miteinander. Robert führte ein geheimnisvolles Telefonat mit Dietrich. Ich hörte, wie sie sich für den Abend im Sidestep verabredeten. Prima, dann hatte ich wenigstens meine Ruhe.

Ich machte es mir auf dem Sofa bequem und klebte die Fotos vom Klassentreffen ins Album. Auf einem Foto legte Klausi den Arm um mich und prostete dem Fotografen zu. Dieser handysüchtige Hundephobiker! Ich riß das Foto in kleine Fitzelchen und schmiß sie in den Papierkorb. Draußen tobte ein Herbst-

sturm, der unsere Jalousien zum Klappern brachte. Irgendwo heulte ein Hund. Ich malte mir aus, ich wäre die Hauptfigur in einem zu Herzen gehenden Romantik-Thriller von Lady Rosalind. Ich lag auf dem Sofa eines Herrensitzes in Cornwall, auf dem Schoß eine Patchworkdecke, in der zierlichen Hand ein Täßchen Tee. Im Kamin knisterten riesige Holzscheite, die ein dienstbarer Geist dort gestapelt hatte, und eine steinalte Erbtante servierte mir selbstlos heiße Pasteten und tätschelte mir mit der alten, lieben Hand, auf der sich schon die Altersflecken abzeichneten, das Haupt. Zu meinen Füßen den getreuen Jagdhund, harrte ich des Eintreffens des Helden, der mich auf Händen durch die sturmdurchtoste Nacht in seinen Jeep tragen und mich ins Moor entführen würde.
Einsame Spitze! Warum war ich nicht in Cornwall geboren? Mutti hatte aber auch auf der ganzen Linie versagt!
Das Klingeln des Telefons verhinderte, daß meine Phantasie mit mir durchs Hochmoor galoppierte. Ich legte das Album zur Seite und stand auf.
»Hallo?«
»Elisabeth!« Mutti! Wenn man vom Teufel sprach! »Bist du das?«
»Nee, hier ist das Au-pair-Mädchen.«
»Seit wann habt ihr ein Au-pair-Mädchen?«
Ich mußte an mich halten. »Mutti, das war doch nur Scheiß.«
»Ach. Was machst du?«
»Ich telefoniere mit dir.«
Mutti seufzte. Meinen Sinn für Humor hatte ich ganz sicher nicht von ihr geerbt. »Hilde hat bald Geburtstag. Hast du schon ein Geschenk?«
Muttern seufzte auch. Kind, sagte sie, mach es euch doch nicht so schwer. Sag einfach ja und amen und sei gleichbleibend freundlich. Madonna hätte am liebsten sämtlichen Müttern und Schwiegermüttern eine übergebraten.
»Das ist doch noch eine Ewigkeit hin. Außerdem soll sich Robert drum kümmern, Hilde ist schließlich seine Mutter.«
Genau. Warum sollte ich mir die Hacken ablaufen?
»Aber Robert hat soviel zu tun!« jammerte Mutti. »Du hast

doch den ganzen Tag Zeit. Kauf ihr ein schönes Seidentuch, das läßt sich prima verschicken!«
Mutti hatte ein ausgesprochenes Faible für Seidentücher. Sie band sie um den Kopf, schlang sie um den Hals, steckte sie in ihre Blazertasche. Sollte sie ihrem Leben je durch Selbstmord ein Ende bereiten, würde sie sich an einem Seidentuch aufhängen. Leider hatte sie auch ein Faible für den zähen Zahnklempner, den armen Kerl, dem das Schicksal so übel mitspielte, seit er den Fehler begangen hatte, auf ihre mißratene Tochter hereinzufallen.
Bevor Mutti mir auch noch die Vorzüge von Broschen und Anstecknadeln aufzählen konnte, beendete ich das Gespräch unter Vorspiegelung falscher Tatsachen. Ich erklärte ihr, ich müßte jetzt dringend Robert abholen.
»Ach«, sagte sie, »ist er noch in der Praxis? Am Sonntag abend? Der arme Junge!«
»Nee, in der Kneipe!« rief ich und knallte den Hörer auf die Gabel.
Da mußte ich erst in den Stand der Ehe treten, damit sich mir der wahre Charakter meiner Mutter offenbarte! Kaum präsentierte man ihr einen Schwiegersohn, hatte man als Tochter ausgedient. Was für einen Narren sie an Robert gefressen hatte! Man hätte meinen können, sie hätte ihn an ihrem Busen genährt, ihm die Windeln gewaschen und ihn auf den Topf gesetzt. Letztendlich sind alle Mütter scharf auf Söhne, und wenn das Schicksal sie ihnen vorenthält, adoptieren sie den Schwiegersohn. So einfach ist das!
Entnervt griff ich zu meinem Zigarettenpäckchen. Leer! Immer wenn ich mich aufregte, mußte ich dringend eine rauchen. Ich schaute auf meine Armbanduhr, es war erst zehn vor elf. Beste Kneipenzeit. Schnell zog ich Jeans an, schlüpfte in die Gummistiefel und kramte ein paar Märker aus meinem Portemonnaie.
Dann kam mir ein Gedanke. Hektisch wählte ich die Nummer meiner Eltern. Das Freizeichen ertönte. Minutenlang ließ ich das Telefon klingeln. Sicherlich hatten sie den Fernseher wieder so laut gestellt, daß sie sonst nichts hörten. Mit der freien Hand

nestelte ich eins von Roberts zuckerfreien Kaugummis aus dem Papierchen und steckte es in den Mund. Das Papierchen warf ich in den Aschenbecher. Endlich wurde abgehoben.
»Litzenberg?«
»Mutti, ich bin's! Ich muß dich dringend noch was fragen.« Kauend wartete ich ab.
»Ja?« erklang es zögerlich.
»Du, sag mal«, druckste ich rum, »wo habt ihr mich eigentlich gezeugt?«
»Was?!« Nach diesem erschreckten Ausruf herrschte Totenstille am anderen Ende der Leitung.
»Also, ich hab neulich darüber nachgedacht, wo es passiert sein könnte«, quasselte ich weiter. »Und da fiel mir ein, ob es wohl im Auto war. In einem alten Käfer vielleicht.«
»Ach?« Mutti hatte die Sprache wiedergefunden. Dann hörte ich, wie sie mit meinem Vater konferierte, der sich zwar nie ans Telefon bequemte, aber vor Neugier schier verging, wenn seine Frau telefonierte und er nicht wußte, mit wem. Ich hörte meinen Vater lachen.
»Elisabeth, hörst du?« fragte Mutti. »Damals hatten wir noch kein Auto.« Sie kicherte. »Kannst du dich an unser altes Ehebett erinnern?«
»Ja, klar.« Eiche massiv. Karierte Bettwäsche. Das unvermeidliche Engel-Schäfchen-Jesus-Bild überm Kopfende.
Na bravo! Das war's dann wohl. Meine Oldies hatten mich auf herkömmlichem Wege im ehelichen Federbett angesetzt. In der Missionarsstellung. Licht aus, Decke drüber. Und mir zu allem Unglück diesen fürchterlich spießigen Vornamen verpaßt, nur weil Muttis geliebte Patentante auch Elisabeth hieß.
»Danke, gute Nacht«, murmelte ich.
Aber Mutti hatte schon aufgelegt.

Durch den strömenden Regen spazierte ich durchs Viertel. Das Pflaster glänzte und spiegelte verschwommen die Lichtkegel der Straßenlaternen wider, einmal rannte eine tropfnasse Katze über den Bürgersteig und huschte durch die Eisenstäbe eines Gartenzauns. Ich mußte höllisch aufpassen, nicht auf den vielen Blättern auszurutschen, die herumlagen. Als ich die schmierige Glastür vom Robinson aufdrückte, dröhnte mir der Lieblingssong des Besitzers entgegen, irgendwas mit einem horse with no name. So what? Wo war das Problem? Besser namenlos als phantasielos, Elisabeth.

Ich streifte die Kapuze meiner Regenjacke runter und ging schnurstracks auf den Zigarettenautomaten zu, der rechts neben dem Tresen hing.

Als ich mich wieder durch die Reihen der Gäste drängelte, zupfte jemand an meinem Ärmel.

»Hey, Ellen!«

Ich drehte mich um. An der Theke saß Andreas, der Spanischlehrer vom Volkshochschulkurs.

»Hola!« rief ich. Das war so ziemlich das einzige, was mir an Spanisch im Hirn hängengeblieben war.

Andreas schien sich immens zu freuen, mich zu sehen.

»Komm, senorita, leiste mir Gesellschaft. Ich spendiere dir ein Glas vino tinto!«

Ui! Eigentlich wollte ich ja nur Zigaretten holen – aber mit Robert war in den nächsten Stunden sowieso nicht zu rechnen, und mit Andreas hatte sich's schon immer nett plänkeln und plaudern lassen. Wenn das nicht so gewesen wäre, könnte ich viel besser Spanisch.

Ich zwängte mich auf den Hocker neben ihn. Wo ich gestanden hatte, war eine Pfütze. Andreas half mir aus der Regenjacke und bestellte zwei Gläser Rotwein. Robinson, der Wirt, der seinen Spitznamen dem Umstand zu verdanken hatte, daß er kurz vor Feierabend in angetrunkenem Zustand immer erzählte, wie er damals mit seiner Jolle auf einer einsamen Insel gestrandet war – was ihm niemals einer glaubte –, schob eine neue Kassette in den Recorder und drehte sich eine Zigarette, bevor er wahllos nach einer Flasche griff und dunkelroten Fusel in zwei Gläser schüttete.

»Salute!« Andreas hob sein Glas. »Auf unser Wiedersehen!«

Wie sich herausstellte, unterrichtete er jetzt an einer Privatschule Französisch und Spanisch und hatte den Job bei der Volkshochschule geschmissen.

»Eigentlich schade«, frotzelte ich, »sonst hätte ich mich glatt dazu überreden lassen, einen Auffrischungskurs zu machen.«
»Kannst du doch auch so!« Er legte seine Hand auf meine. Unter seinen Fingernägeln bemerkte ich Trauerränder. »Wir Lehrer haben bekanntlich viel Tagesfreizeit. Vormittags geh ich zu den Gören, nachmittags könnte ich zu dir kommen!«
Diesem Ansinnen konnte ich leider nicht nachgeben. Männerbesuch war mir nicht vergönnt. Es hätte ja sein können, Robert käme urplötzlich aus der Praxis heim, weil ihn ein Patient versetzt hatte oder seine Helferinnen streikten. Andererseits konnte ich Andreas unmöglich erzählen, daß ich in der klassischen Ehe-Falle zappelte. Er hielt nicht viel von Verpflichtungen im allgemeinen und verdammte die gegenseitige Anspruchshaltung in der bürgerlichen Ehe im besonderen. Andreas war ein freiheitsliebender Mensch.
»Bei mir sind im Moment, äh, die Handwerker«, stotterte ich. Sicher hatte ich einen hochroten Kopf.
Er machte keinerlei Anstalten, mich zu sich einzuladen. Statt dessen schlug er vor, daß wir uns nächsten Sonntag abend wieder im Robinson treffen könnten. Offenbar konnte er nur sonntags. Da ich befürchten mußte, hier eines schönen Abends dem Gatten in die Arme zu laufen, schlug ich als Treffpunkt das Koma vor, eine Kneipe, die meilenweit von unserem Viertel entfernt war und in die sich Robert im Leben nicht verirren würde.
»Bueno!« sagte Andreas. »Da isses ganz gemütlich.«
In Anbetracht seiner alten Jeans, seines Dreitagebartes und seiner schwarzen Haare, die sich im Nacken ringelten und sich schon lange nicht mehr unter der scharfen Schere eines Friseurs gekrümmt hatten, glaubte ich ihm aufs Wort. Ich schaute ihm ein letztes Mal tief in die grünbraunen Augen, bevor ich die Kneipe verließ. Draußen vor der Tür atmete ich tief durch. Das Treffen mit Andreas hatte mich meine guten Vorsätze über den Haufen werfen lassen. Aber als ich die Wohnung betrat und Robert immer noch nicht daheim war, wich der Anflug schlechten Gewissens. Pah! Wer wußte schon, wo er sich mit Dietrich herumtrieb! Wahrscheinlich ließ er auch nichts anbrennen.

Und an unser Bubbelbad hatte er keinen Gedanken mehr verschwendet. Die Flasche parfümierten Badeschaums, die ich gleich nach unserem Holland-Trip bei Betty Beauty erstanden und gut sichtbar auf dem Badewannenrand plaziert hatte, war noch nicht zum Einsatz gekommen. Ein Wink mit dem Zaunpfahl reichte bei Robert offensichtlich nicht aus. Da mußte man schon die rote Karte ziehen!

Im Lauf der Woche hob sich meine Laune beträchtlich. Das lag zum einen daran, daß die schaurigen Regenfälle schlagartig aufhörten und der September zum Ende hin doch noch richtig mild wurde. Zum anderen versetzte mich ein Besuch von Bea in einen Zustand euphorischer Ekstase.
Sie rief Donnerstag mittag an, und in meinem Bemühen, schnell ans Telefon zu gelangen, verhedderte ich mich in der Staubsaugerschnur und ging fluchend an den Apparat.
»Hallihallo!« schrie Bea. »Du wirst es nicht glauben!«
Ich versetzte dem Staubsauger einen Tritt. »Spuck's aus!«
Sie holte tief Luft. »Also – wir haben heute einen Brief von der Verdita GmbH gekriegt.«
Der Ohnmacht nahe, klemmte ich mir einen Stuhl unter den Hintern und suchte mit der freien Hand fahrig nach einer Zigarette. »Und?«
Fast versagte mir die Stimme.
»Bist du zu Hause?«
»Wo denn sonst! Mach's nicht so spannend, Mann!«
»In zehn Minuten bin ich bei dir.«
In Windeseile rollte ich die Staubsaugerschnur auf und kochte eine Kanne Kaffee. Die würden wir gleich brauchen.
Bea rannte keuchend die Treppen hoch, nahm zwei Stufen auf einmal und wedelte mir mit einem blaßgrünen Kuvert vor der Nase herum. Atemlos ließ sie sich auf den nächstbesten Küchenstuhl plumpsen. Als ich zwei Tassen aus dem Schrank nahm, schrie sie mich an.
»Ja, spinnst du denn!«
Und holte aus einer Behrens-Tüte eine Flasche Champagner. »Gläser auf den Tisch! Es gibt was zu feiern.«

Ich klaute ihr das Kuvert und riß das Anschreiben der Verdita GmbH heraus. Mir zitterten die Hände, als ich den Text laut vorlas.

»Sehr geehrte Frau Brettmann, sehr geehrte Frau Litzenberg!

Haben Sie herzlichen Dank für Ihr Schreiben vom 16. September d.J., das wir leider erst jetzt beantworten können. – bla ... bla ... – Schon länger tragen wir uns mit dem Gedanken, eine neue Agentur mit den Werbespots für unsere Tampons, die ja nur einen kleinen Teil unseres Sortiments ausmachen, zu betrauen. – bla ... bla ... – überzeugend auch der innovative Charakter und der anspruchsvolle Approach der von Ihnen vorgeschlagenen Kampagne. – bla ... bla ... – Bitte melden Sie sich umgehend telefonisch, damit wir einen Gesprächstermin vereinbaren können, um das weitere Procedere und die Realisation der Spots durchzusprechen ... – bla ... bla ... –

Mit freundlichen Grüßen, Mark Mayer-Erkenrath, Creative Director, Verdita GmbH.«

Sorgsam faltete ich den Schrieb wieder zusammen. Wir wagten kaum zu atmen. In der Küche hätte man eine Feder fallen hören können. Dann kreischten wir wie auf Kommando los, fielen uns in die Arme und tanzten eine wilde Polka auf Roberts teuren Keramikfliesen.

»Heissa!« schrie ich im Überschwang der Gefühle und ließ den Korken knallen. Das kostbare Naß lief über, rieselte über den Küchentisch und tropfte auf den Boden. Wir stießen feierlich an und gaben uns dem wohlverdienten Genuß hin. Nach dem ersten Gläschen rief Bea bei Mark Mayer-Erkenrath an – solange wir noch nüchtern waren! – und vereinbarte einen Termin für den zwanzigsten Oktober.

»Und?« quetschte ich sie aus. »Was hat er gesagt?«

Wie sich herausstellte, war der Creative Director der Verdita GmbH heilfroh gewesen, daß wir ein Quentchen unserer kostbaren Zeit für seine lausige Tamponkampagne erübrigen konnten. Vermutlich hielt er uns für die Chefinnen einer florierenden, professionellen Agentur, deren Terminkalender überquoll. Wie sollte der Ärmste auch wissen, daß wir nur zwei überdurchschnittlich kreative Kohlenpottpflanzen waren, die bei ihren diversen Versuchen, eine Bilderbuchkarriere hinzulegen, die eine oder andere Bauchlandung hatten hinnehmen müssen!

»Das isses!« Bea legte die feinbestrumpften Beine hoch und massierte ihre Waden. Mittlerweile waren wir ins Wohnzimmer übergewechselt, und sie hatte es sich auf Roberts Fernsehsessel bequem gemacht. »Ich rieche schon den Duft der großen weiten Welt!«

»Aber hallo!« Wir waren auf den Cognac für besondere Anlässe umgestiegen, den sonst immer Vatter Franz trank, wenn er zu Besuch war. Ich schwenkte die goldfarbene Flüssigkeit im bauchigen Glase. Vor meinem geistigen Auge sah ich uns in anthrazitfarbenen Karrierekostümen first class mit der Lufthansa nach Tokio fliegen. »Wahnsinn. Wenn das Robert erfährt, kriegt er einen Anfall.«

Als Robert es erfuhr, hatte er schon einen Anfall. Gegen halb acht kam er aus der Praxis und traf uns im Stadium heiteren Frohsinns an. Oder – wie er es nannte – im Vollrausch. Er tobte so lange, bis ich es schaffte, ihm den Verdita-Wisch in die Hand zu drücken. Stirnrunzelnd las er, was da geschrieben stand. Wortlos ging er zum Schrank und kramte eine zweite Flasche Cognac aus einem Versteck, von dem ich nichts geahnt hatte. Nachdem er einen großen Schluck getrunken hatte, fragte er: »Ist das euer Ernst?«

Bea prustete los. »Nö, unser Mark!«

»Wie du siehst«, betonte ich, »machen Männer mit Noppeldamen, äh, Doppelnamen, offenbar immer Karriere.«

Robert schloß gequält die Augen.

»Ihr seid mir schon zwei Noppeldamen«, stieß er hervor. Und dann rang er sich noch ab: »Na dann, gratuliere.«

Verstauch dir bloß nicht die Zunge, Junge! Wir nahmen seinen sparsamen Glückwunsch huldvoll entgegen und boten ihm einen Job als Berater an, falls wir einen Zahnpasta-Werbespot erfinden sollten. Oder einen Kukident-Spot.

Aber Roberts Gedanken kreisten bereits um ein schwerwiegenderes Problem. »Und wer bügelt meine Hemden, wenn du jetzt Karriere machst?« Ohne eine Antwort abzuwarten – die ich ihm sowieso nicht hätte geben können, weil mir soviel Dreistigkeit selbst im Vollrausch die Sprache verschlug –, trank er in aller Seelenruhe seinen Cognac aus, ließ das leere Glas stehen, uns sitzen und ging ins Bett.

Klar geht der Trend zum jüngeren Mann

Wie ich später von Bea erfuhr, hatte es auch Gernot nicht für nötig befunden, anläßlich des Karriereschubs seiner Lebensabschnittspartnerin in Begeisterungsstürme auszubrechen. Bea hatte ihm die Neuigkeit verkündet, und Gernots einzige Reaktion war gewesen, den Kühlschrank aufzureißen und zu brüllen: »Wieso ist eigentlich schon wieder kein Pastetenaufschnitt da?«

Woraufhin Bea ihm gekündigt hatte. Und zwar fristlos.

»Das mußt du dir mal vorstellen«, lamentierte sie am Telefon. »Fast zwei Jahre wohnt er bei mir. Für lau! Und rührt keinen Finger, es sei denn, daß er am Computer herumspielt. Und läßt sich durchfüttern! Und dann so was. Ich hab ihn sofort vor die Tür gesetzt. Mit Sack und Pack!«

Robert hatte sich unterdessen wieder beruhigt. Eines Abends, als ich meine Nachtcreme aufgetragen hatte und zu Bett gehen wollte, saß er mit dem Taschenrechner in seinem Sessel.

»Was machst du da?« fragte ich neugierig.

Er fluchte und nahm einen Bleistift zu Hilfe, weil seine Dentistenfinger zu dick waren, um auf den winzigen Rechnertasten Zahlen einzutippen. »Ich mach mir Gedanken, wie wir dein Geld anlegen.«

Der Rechner ratterte. Ich wußte, daß es Roberts Hobby war, sich Gedanken über Geld zu machen. Wahrscheinlich hatte er Angst, ich würde die ganze Kohle, die bei dem Verdita-Auftrag raussprang, für hochwertige Haute Couture rausschmeißen, ohne ihn mit einem mehrstelligen Scheck zu bedenken.

Corrys kirchliche Trauung fand an einem goldenen Oktober-

tag statt. Wie immer, wenn wir irgendwo total pünktlich sein mußten, schafften wir es nur mit Mühe und Not.
Am Morgen frühstückten wir in aller Ruhe. Ich war zeitig aufgestanden und hatte den Tisch gedeckt, Kaffee und Eier gekocht. Alles, damit Robert sehen konnte, daß ich trotz meines neuen Status als Karrierefrau meine hausfraulichen Pflichten nicht vernachlässigte.
Nach dem Frühstück fuhr Robert den Jaguar durch die Waschstraße, während ich im Salon Scheffel unter der Trockenhaube ausharrte, bis meine neue Dauerwelle gar war. Frischgelockt holte ich Roberts mitternachtsblauen Anzug aus der Reinigung und kaufte mir unterwegs noch einen neuen Lippenstift im Farbton Frühreife Pflaume, denn meine Recherchen auf der Schminktips-Doppelseite in der »Friederike« hatten ergeben, daß diese Farbe der absolute Herbst-Hit war. Außerdem würde Frühreife Pflaume toll zu meinem funkelnagelneuen taubengrauen Satinkostüm passen, das ich bestellt hatte und das gestern – gerade noch rechtzeitig zur Hochzeit! – eingetroffen war.
Beschwingt eilte ich nach Hause. Robert war noch nicht zurück. Ich nutzte die Gelegenheit und stellte mich unter die Dusche. Just als ich mich von oben bis unten eingeseift hatte, gab der Brausekopf gurgelnde Laute von sich, tropfte noch ein paarmal und versiegte.
»Scheißding!« wimmerte ich und drehte an allen Wasserhähnen gleichzeitig. Es tat sich rein gar nichts. Ich hörte, wie die Tür aufgeschlossen wurde.
»Ey!« rief Robert und klimperte mit seinem Autoschlüssel. »Wir können nicht duschen! In der Straße ist ein Wasserrohrbruch, das Wasser ist abgestellt bis um drei. Wo steckst du denn?«
So ein Mist! »Hier!«
Er öffnete die Badezimmertür. »Ach, du liebes Leben!« entfuhr es ihm. »Bleib so, ich weiß was!«
Zwei Minuten später kam er mit der Blumengießkanne zurück. Und mit der Blumenspritze. »Sind beide voll«, sagte er, und als ich ihn zornig anfunkelte: »Komm, stell dich nicht so an!«
Er spülte mir mit der Kanne den Schaum ab. Das Blumenwasser war eiskalt, ich schrie wie am Spieß.

»Hier, auf dem Rücken ist noch Schaum!«
Robert wollte jedoch das Wasser in der Blumenspritze zum Zähneputzen aufheben. Hätte ich mir ja denken können. Ich sprang aus der Dusche und klaubte den Badeschal von der Heizung. Zähneklappernd entfernte ich die Haarklemmen, mit denen ich meine frische Dauerwelle hochgesteckt hatte. Welch glückliche Fügung, daß ich schon bei Scheffel gewesen war! Fürs Haarewaschen hätte das Wasser nicht mehr gereicht.
»Und du?« fragte ich Robert. »Gehst du jetzt ohne vorherige Ganzkörperreinigung zu Corrys Hochzeit?«
»Ich fahr zu Dietrich und dusche da.« Er verstaute ein Handtuch, Duschzeug und Shampoo in einer Plastiktüte. Ich stand nackend im Bad und zitterte wie Espenlaub.
»Schatzi, ich glaube, ich muß dich erst wärmen!«
Eine halbe Stunde später war mir so heiß, daß ich erwog, im ärmellosen Sommerfähnchen loszuziehen. Robert küßte mich heftig und sagte stolz: »Siehst du, alles könnt ihr Superweiber doch nicht alleine!«
Ich schleuderte ihm ein Kissen hinterher, traf ihn aber nicht.
Ein Blick auf den Wecker sagte mir, daß es allerhöchste Eisenbahn war. In Windeseile schlüpfte ich in Rock und Bluse, zerrte die widerspenstigen Feinstrumpfhosen über meine Beine und machte mich auf die Suche nach den Pumps. Hoffentlich hatte ich sie nicht in der Garderobe der Tanzschule liegenlassen. Beim zweiten Teil des Crashkurses hatte Leo Schleicher uns Jive und Cha-Cha-Cha eingetrichtert.
Schließlich fand ich die Pumps unter der Flurkommode, wo ich sie beim Heimkommen wutentbrannt, weil Robert beim Jive nicht im Takt geblieben war, hingekickt hatte.
Unterdessen war es halb zwei. Um halb drei sollte die Trauung stattfinden! Und wir mußten achtzig Kilometer fahren! Wo blieb Robert?
Nervös wählte ich die Nummer von Dietrich und Julia. »Hallo, hat Robert fertig geduscht?«
Julia erklärte mir lang und breit, daß sie schließlich in einer Wohngemeinschaft wohnten und daß sie diesen Samstag Putzdienst habe und daß sie den unmöglich verschieben könne.

»Du glaubst doch wohl nicht, daß ich alles liegen- und stehenlasse, nur weil Robert unbedingt duschen will?«
»Doch!« schrie ich wutentbrannt. »Genau das glaube ich! Robert muß ja auch die anderen Patienten mit aufgerissenem Maul sitzen lassen, wenn du mit einer rausgefallenen Plombe angekrochen kommst!«
Keuchend warf ich den Hörer auf die Gabel. So eine blöde Kuh! Putzdienst hatte ich tagtäglich, egal, ob Robert duschte oder schiß.
Aufgebrezelt saß ich vorm überquellenden Aschenbecher, als Robert endlich wiederkam. Seine Haare waren noch naß. Ruck, zuck sprang er in seinen Anzug. Als er sich bückte, um seine Lackschuhe zuzubinden, sagte er: »Willst du mit der Laufmasche weg?«
Fluchend zog ich die Feinstrumpfhose aus und fand zum Glück auf Anhieb eine andere, die zwar schon getragen war, aber keine Laufmasche hatte. Es war zehn vor zwei. Wir hasteten die Treppe hinunter.
»Das Geschenk!« rief ich.
Flitzte wieder hoch. Stürmte zum Wohnzimmerschrank. Kramte das Geschenk raus. Und flitzte wieder runter, wo Robert schon den Jaguar aufheulen ließ.
Atemlos erreichten wir kurz vor knapp das romantische Dorfkirchlein, in dem Corry dem Herrn Professor das Jawort zu geben gedachte. Die Zeremonie hatte noch nicht begonnen, weil die Braut sich verspätet hatte. Robert tippte auf eine Laufmasche.

Ich hatte noch das Dröhnen der Orgel im Gehörgang, als wir im Schlößchen an der Kaffeetafel saßen. Am Kopfende thronten die Hauptdarsteller, auf der einen Seite die Statisten der Sippe Gerstenberg, auf der anderen Seite die der Sippe Holmann. An den toten Enden des Hufeisens hockten die Komparsen.
Robert vertilgte sein viertes Tortenstück, wie ich mißvergnügt registrierte. Bald würde er wieder einen Rettungsring um die Taille haben. Stau am mittleren Ring. Na ja, solange sich sonst nix staute.

Er stutzte, holte einen Kirschkern aus seinem Mund und legte ihn auf das Tellerchen. »Mist, diese Schwarzwälder! Kann man sich glatt ein Inlay rauskauen!«
»Wenn das deine größte Sorge ist!«
Ich beobachtete, wie das Pärchen gegenüber einen Zungenkuß tauschte. Igitt, mit den ganzen Kuchenkrümeln im Mund! Das würde Robert nie machen.
Nach dem Kaffeetrinken klatschte Corry in die Hände und jagte uns alle raus. Auf dem Kies vorm Schlößchen lauerte ein Profifotograf. Mehrmals lichtete er die Hochzeitsgesellschaft ab, dann postierte er Corry mit ihrem frisch Angetrauten vor dem Springbrunnen. Sie mußte sich auf den Rand setzen, und Gerstenberg mußte stehen bleiben und ihr mannhaft den Arm um die Schultern legen. Corry quiekte. »Nicht, daß ich reinfalle!«
Das wär doch mal was! Der Fotograf gab nicht eher Ruhe, bis er die Schleppe des Brautkleides malerisch auf dem Brunnenrand drapiert hatte. Corry gab nicht eher Ruhe, bis sie sicher sein konnte, daß der Brilli ihres Eherings auch wirklich mit aufs Bild kam. Den Strauß – ein Traum aus Chrysanthemen und langstieligen Baccara-Rosen – preßte sie an ihre voluminöse Brust, die sich heftig hob und senkte. Mit geschürzten Lippen starrte sie in die Kamera, während Gerstenberg Mühe hatte, sich zu konzentrieren. Sein Blick fixierte seine greise Mama, die eigens angereist war, um der zweiten Hochzeit ihres Sohnemannes beizuwohnen. Sie trug einen riesigen Hut und ein knallviolettes Kleid und krallte ihre gichtigen Finger in den Arm des Gerstenberg-Sprosses aus erster Ehe.
Nach der Fotosession stand der Nachmittag zur freien Verfügung. Robert und ich lustwandelten im angrenzenden Park. Ständig begegneten wir anderen Gästen, die ebenfalls lustwandelten. Manche hatten eine Horde Kinder im Schlepptau, ein Typ Marke Westentaschen-Westernhagen hatte eine Dogge dabei, die ein weißes Halstuch trug.
»Sitzt der nicht neben dir?« fragte Robert.
»Was – der Hund?« Das wäre mir doch aufgefallen.
»Der Typ!« Ich konnte mich nicht erinnern, weil ich immer das züngelnde Pärchen beobachtet hatte.

»Tolles Wetter!« sagte ich. »Weißt du noch, was wir für ein Pißwetter hatten?«
Robert tätschelte meinen Po. »War doch witzig!«
An dem Maitag, an dem wir standesamtlich getraut worden waren, hatte es in Strömen geregnet. Weder wir noch Dietrich, Roberts Trauzeuge, oder Bea, meine Trauzeugin, hatten einen Schirm dabeigehabt. Patschnaß waren wir geworden, als wir vom Standesamt zum Sektfrühstück rannten. Robert hatte mir in einem akuten Anfall von Verliebtheit alle Regentropfen aus dem Gesicht geschleckt, wobei er leider auch mein Make-up mit abgeleckt hatte, so daß ich auf unseren Hochzeitsfotos etwas farblos wirkte. Bea, die fotografiert hatte, konnte wirklich nichts dafür.
In Gedanken versunken, sammelte ich ein paar Kastanien auf. Robert sprang behende hinter jeden Wasserspeier, an dem wir vorbeikamen, und äffte ihn nach. Ich wollte mich ausschütten vor Lachen. Einmal erwischte uns ein ernstes Paar, das gemessenen Schrittes durch den Park stolzierte. Er guckte amüsiert, und ich hörte, wie sie sagte: »Das Kind im Manne bricht doch immer wieder durch.«
Beim festlichen Dinner brach nicht das Kind, sondern das Tier in meinem Manne wieder durch. Mehrmals ließ sich Robert von einem kooperativen Kellner Schweinsbraten auflegen.
Ich trat ihn ans Schienbein.
»Autsch!« schrie er. »Was machst du da?«
»Pssst! – Hau doch nicht so rein, man könnte ja meinen, du kriegst zu Hause nichts.«
»Blödsinn!« Seine Kiefer mahlten. »Schließlich müssen wir das Präsent wieder reinkriegen.«
Das Präsent war ein handbemalter Porzellanteller, auf dem zwei Reiher miteinander schnäbelten. Sein Erwerb hatte nicht nur mich drei Tage meines Lebens gekostet, sondern auch hundertvierzig von Roberts sauer erbohrten Märkern. Corry hatte das Präsent unausgepackt auf den Geschenkberg gelegt, der sich hinter dem Sitzplatz des Brautpaares türmte.
Das Pärchen gegenüber war von der Knutscherei abgekommen und schmiedete jetzt Heiratspläne. Wie langweilig. Links von

mir saß eine angemalte Tucke und kratzte in ihrem Eisbecher herum. Zum Glück saß sie nicht neben Robert, sonst hätte er sich womöglich noch erdreistet, schamlos mit ihr zu schäkern. Neben der Tucke saß der Halter der Dogge, die hinter seinem Stuhl lag und pennte. Woher kannte Corry solch illustre Gestalten? Oder waren es Freunde von Gerstenberg? Der Typ trug ein Halstuch – weiß, farblich auf das der Dogge abgestimmt – und ein reinseidenes Wams. Neben seinem Teller lag ein Handy. Seinen linken Ringfinger verunzierte ein mordsmäßiger Siegelring, und der Duft des Bratens kam gegen den seines aufdringlichen Eau de toilette kaum an.

Zu späterer Stunde – die stramme Sitzordnung hatte sich gelokkert, ebenso die eine oder andere Krawatte – spielte eine Drei-Mann-Combo zum Tanze auf. Robert und ich wagten einen Walzer, was relativ glattging, und versuchten uns an einem Jive, der so schnell war, daß wir nach ein paar Takten japsend aufgaben.

»So 'n schnellen Jive hatten wir bei Schleicher aber nicht!« stöhnte Robert und ließ sich ein neues Bier kommen.

Ich fächelte mir mit meiner Platzkarte Luft zu. Neben mir saß jetzt der Typ und telefonierte. Die Tucke war nirgends zu sehen. Robert unterhielt sich mit einem Tischnachbarn über steuerliche Vergünstigungen beim Immobilienkauf.

»Kenn ich Sie nicht von irgendwoher?« quatschte mich der Typ an. Er hatte sein Handy hingelegt und polierte mit einem Sacktuch aus feinstem Linnen seinen Siegelring.

»Ich wüßte nicht.« Meine Stimme klang schnippisch. Der Blödmann hatte mir gerade noch gefehlt.

»Wie schade!« sülzte er. »Zum Glück läßt sich das nachholen.«

Welch Schmus! Welch schwüles Geschwätz! Wahrscheinlich erwartete er, daß ich jetzt dahinschmolz wie Butter in der Sonne!

»Tanzen Sie einen Blues mit mir?«

Die Combo spielte »Red roses for a blue lady«. Aber so blau, daß ich mit diesem Vorstadt-Casanova getanzt hätte, war ich noch lange nicht! Ich ignorierte ihn und fummelte eine Zigarette aus dem Silberetui, das nur bei besonderen Anlässen zum Einsatz kam.

»Geben Sie mir Zeit!« rief der Casanova.

Robert dachte nicht daran, mir aus der Patsche zu helfen. Er hielt einen Monolog über die Zinssätze Luxemburger Banken und merkte in seinem Übereifer nicht, daß seine eigene Frau fast vergewaltigt wurde. Sonst platzte er beinahe vor Eifersucht, und ausgerechnet jetzt überließ er mich dem abgestandenen Charme dieses ausgemachten Weicheis!

Nervös kramte ich nach meinem Feuerzeug.

»Geben Sie mir Zeit! Gleich...« Das Weichei wühlte in einem Männerhandtäschchen und beförderte ein wuchtiges Platinfeuerzeug der Marke Protz-Blitz ans Kronleuchterlicht. »...wer sagt's denn! Darf ich Ihnen eine feuern?«

Der Casanova hielt sich wohl für ausgesprochen geistreich. Vermutlich hatte seine Tucke die Gelegenheit genutzt und sich auf Nimmerwiedersehen verabschiedet. Vor meinem geistigen Auge sah ich, wie sie in aller Eile einen großen Koffer packte, den klotzigen Ehering durchs Klo spülte, sich kurz übergab und in die nächste Taxe sprang.

Ehe ich mich versah, hielt der Casanova meine Hand, die ihrerseits die Zigarette hielt. Sein Feuerzeug funktionierte nicht. Meine Hand wurde ganz schwitzig. Endlich, nach einer Ewigkeit, wie mir schien, flackerte ein armseliges blaßblaues Flämmchen auf.

»Bitte, gnädige Frau!«

Als meine Zigarette brannte, bedankte ich mich. »Ganz schön mickrig, Ihr Flämmchen...«

Er starrte mich aus wasserblauen Augen an.

»...wenn man bedenkt, wieviel Zeit Sie hatten! Kochen Sie immer auf Sparflamme?«

Das saß! Pronto verstaute er das Platinding wieder in seinem Beischlafutensilienkoffer und hielt sich an seinem Handy fest.

Muttern faselte nicht gerade übereifrig was von Unhöflichkeit, aber Madonna sprang meterhoch, streckte ihrem Spiegelbild die Zunge raus und konnte sich vor Spaß kaum einkriegen.

Mein Gatte knuffte mich in den Arm und gab mir ein Küßchen.

Die angemalte Tucke kam vom Klo – einige Nuancen angemalter als vorhin – und drängelte sich zwischen mich und den Casanova. Einträchtig und händchenhaltend lauschten Robert und ich, als der Typ unseren Tischnachbarn von seinem Bungalow auf den Bahamas und seiner Jacht erzählte, die irgendwo in der Ägäis vor sich hin dümpelte. Ich wünschte mir nichts sehnlicher, als daß er eines Tages damit absaufen möge. Schön langsam. Panik auf der Titanic!

»Mein Gott, bist du gehässig!« sagte Robert. Offenbar hatte ich laut gedacht. »Eine Jacht in der Ägäis hätte ich auch gern!«

Klar, das fehlte noch. Er würde am Ruder sitzen und den Käpten spielen, und ich würde das Deck scheuern. Oder in der Kombüse stehen. Alles, was recht war, aber eine Jacht kam mir nicht ins Haus!

Lange nach Mitternacht gelang es mir endlich, ein paar Worte mit der frischgebackenen Frau Professor Holmann-Gerstenberg zu wechseln. Wir süffelten ein Sektchen.

»Wohin geht die Hochzeitsreise?« forschte ich nach.

Corry verdrehte die Augen. »Wir fahren mit dem Sohnemann ein langes Wochenende in die Berge. Mehr ist nicht drin, Jens muß zu einem Kongreß nach Madrid fliegen.«

Wie wichtigtuerisch sie das sagte! Sie würde sich noch umgukken.

»Sag mal«, fragte ich, »wer ist eigentlich der Zuhälter-Verschnitt, der neben mir gesessen hat?«

»Der? Oh, mit dem muß ich dringend tanzen! Das ist der Topmanager von Medipharm, der Firma, die unsere Hochzeit sponsert.«

Der Herr Professor ließ sich die Fete von der Pharmaindustrie bezahlen! Die hatten wahrscheinlich schon für seine erste Hochzeit gelöhnt. Zum Dank würde er an unschuldigen Patienten ihre Produkte testen. So was las man sonst nur in der Zeitung! Daß Corry sich nicht schämte!

»Übrigens«, raunte sie, »müßte ich mich ja eigentlich noch bei Robert bedanken.«

»Wofür das denn?«

»Robert hat wesentlich dazu beigetragen, daß wir geheiratet ha-

ben!« antwortete Corry und hauchte ein Küßchen in Roberts Richtung. Er bemerkte es und hob sein Bierglas. »Immerhin hat er mich abends nach der Sprechstunde drangenommen, um meine Jacketkrone wieder reinzukleben. Das war vielleicht ein Scheißtag! Erst stundenlang beim Friseur, und dann das Malheur mit der Krone. Weißt du, an dem Abend hatte ich ausgerechnet das erste Date mit Jens. Schwör mir bei allem, was dir heilig ist, daß du es keinem erzählst: Ich hatte auf seine Kontaktanzeige im ›City Journal‹ geantwortet!«
Sie trank einen gewaltigen Schluck Sekt. Ich schwor. Das war ein leichtes, denn mir war nichts heilig. Und außerdem würde Corry in nüchternem Zustand diese Aussage sofort dementieren. Bislang hatte sie das Gerücht geschürt, sie hätte Gerstenberg im Foyer des Schauspielhauses aufgegabelt, als er sich nach ihrem runtergefallenen Handtäschchen bückte.
Um vier in der Früh chauffierte ich Robert im holy rotz-racinggrünen Jaguar heimwärts. Er war viel zu betrunken, um an meinem Fahrstil herumzukritteln, so daß unsere einvernehmliche Stimmung anhielt. Alsbald schnarchte er auf dem Beifahrersitz, und während ich den Wagen durch die klare Nacht lenkte, dachte ich darüber nach, daß ich ihm völlig unbegründet ein Verhältnis angedichtet hatte, wohingegen er sich doch lediglich um das Lebensglück meiner Freundin verdient gemacht hatte. Dein Zahnklempner, Retter der Witwen und Waisen und ledigen Jungfern! Hoffentlich warf sich Corry ihm nicht irgendwann aus Dankbarkeit vor die Füße, sonst würde er von mir noch verlangen, daß ich ihn Robin nannte.

Nach unserem Frühstück, das wir gegen halb eins einnahmen und dessen Krönung ein Aspirin-Longdrink darstellte, erwog ich, die Verabredung mit Andreas abzusagen.
Muttern bestärkte mich darin und hielt einen langen Monolog über die Vorzüge meines Mannes. Madonna zog einen Flunsch und verkroch sich enttäuscht in ihren Lieblingssessel, von wo aus sie mich mit funkelnden Augen beobachtete.
Aber nachmittags braute sich ein Gewitter über uns zusammen. Dietrich rief an und wollte dringend mit Robert sprechen.

»Was habt ihr für Geheimnisse?« fragte ich Dietrich. Seine Stimme klang konspirativ. Und irgendwie traurig.
»Männerkram!« Er zog es offenbar vor, mich nicht mit seinem Kummer zu konfrontieren. Dabei hätte er so schön von meinen Psychologiekenntnissen profitieren können!
Ich reichte ihn wortlos an Robert weiter, der mir die Tür vor der Nase zuknallte und mit Dietrich tuschelte. Nach dem Telefonat war Robert plötzlich sehr umtriebig. Er packte drei Flaschen Weißwein in eine Tüte und schickte sich an, die Wohnung zu verlassen.
»Und ich?« rief ich empört.
»Kümmere du dich um deine Karriere!« Ruck, zuck! war er im Treppenhaus verschwunden.
Darauf konnte er Gift nehmen, daß ich mich kümmerte! Zwar nicht um meine Karriere, aber um Andreas. Wenn mich der Gatte am Sonntag abend so schnöde sitzenließ, brauchte er sich nicht zu wundern.
Madonna frohlockte und sprühte sich ein Pfund Haarlack in die wallende Mähne. Muttern wollte ihren Senf dazugeben, aber ich ließ sie sicherheitshalber nicht zu Wort kommen.

Um neun betrat ich das Koma, eine angegammelte Studentenkneipe, in der hauptsächlich Ewiggestrige rumhingen, die seit achtundsechzig auf die Revolution warteten. Als sich meine Augen an die Dunkelheit gewöhnt hatten, kämpfte ich mich bis zum Tresen durch. Ich erspähte Andreas, der bei einem Altbier saß und sich mit dem Wirt über die Selbstbestimmung des Individuums unterhielt.
»Jawoll«, hörte ich ihn sagen, »das ist unerläßlich, daß du nur das machst, worauf du auch wirklich Bock hast.«
Der Wirt, ein wachsbleicher Widerling mit Tätowierungen an den Unterarmen, nickte.
»Grüß dich!« rief ich und blieb neben Andreas stehen. Es war kein Hocker mehr frei.
»Senorita!« Andreas saß wohl schon länger hier, seinen Deckel zierten bereits drei Striche. »Wolltest du nicht um acht kommen?«

»Nö – oder?«
Der Wirt stellte mir ein frischgezapftes Pils hin. Gottlob hatte er wohl zufällig Bock gehabt, eins zu zapfen. Es hätte ja auch sein können, er fühlte sich durch meine Bestellung fremdbestimmt. Er legte eine verkratzte Platte von den Doors auf. Hier liefen nur die uralten Scheiben, die Erfindung der CD war an dem Laden spurlos vorbeigegangen.
»Boh, Wahnsinn!« rief Andreas und sang mit. »Riders on the storm...«
Er war eindeutig nicht auf dem neuesten Stand. Wahrscheinlich war er völlig ausgelastet mit seinem Schulkram und damit, sich vor unwillkommenen Verpflichtungen zu retten. Da blieb ihm unmöglich Zeit, das Auf und Ab in den Charts zu verfolgen. Immer noch singend, wühlte er seinen Rucksack nach Tabak durch, fand keinen und schnorrte bei mir eine Zigarette. Die nächsten zwei Stunden verbrachte ich damit, ihm interessiert zuzuhören. Oder zumindest so zu tun. Er setzte mir auseinander, daß Besitzansprüche die beste Beziehung ruinieren könnten und daß die Freiheit des Individuums jederzeit über den Interessen des Partners stehen müsse. Ab und zu nickte ich, weil es mir zu anstrengend war, gegen Doors und Konsorten anzuschreien. Außerdem beschlich mich das dumpfe Gefühl, daß Andreas lediglich von der Freiheit des männlichen Individuums sprach.
Gegen elf drängelte sich eine nervöse junge Frau zu uns durch. Sie würdigte mich keines Blickes, sondern zupfte Andreas am Pullover.
»Du, der Karl Maximilian ist krank! Kommst du bitte mit nach Hause?«
Andreas drehte sich um. »Was?«
»Ich tippe auf Masern. Oder Röteln. Der hat überall rote Flekken, und der Hans Sebastian schreit. Vielleicht kriegt er Zähne!«
Sie schrie mittlerweile auch. Die Ohren der Ewiggestrigen wuchsen durch ihre langen, zammeligen Haare, damit ihnen bloß nichts entging. Andreas war es sichtlich peinlich.
»Äh, du«, sagte er zu mir, »ich muß mal eben heim. Du siehst

ja, die Mutter meiner Kinder kommt ohne mich nicht klar, dem muß ich mich stellen.«
Gewiß. Hauptsache, er fühlte sich in seiner individuellen Freiheit nicht beschnitten. Völlig selbstbestimmt rutschte er vom Hocker, kramte in seinen Jeanstaschen nach Geld und legte einen zerknitterten Zwanzigmarkschein auf die Theke. Obwohl die Kindsmutter ihn zur Eile antrieb, bat er mich umständlich, auf ihn zu warten. Klar – es konnte sich ja nur um Stunden handeln.
Zusammen verließen sie die Kneipe.
Ich hörte mir noch eine Zigarettenlänge das Gewäsch des Wirtes über die Ohnmacht der Männer und die Macht der Frauen an, gab ihm demonstrativ kein Trinkgeld und entschwand in die Nacht.
Das Wetter war wieder umgeschlagen, und auf dem Heimweg fing es an zu regnen. Ich verfluchte meine Stiefeletten, mit deren Absätzen ich auf dem nassen Laub ausrutschte, und verfluchte alle Männer. Ausnahmslos alle! Keiner war auch nur einen Deut besser als der andere. Am besten stopfte man sie in einen Sack und haute drauf. Nie würde man den Falschen treffen.
Muttern und Madonna lächelten sich verständnisinnig an.
Und wenn randy Andy dachte, ich würde mir den Po plattsitzen und auf ihn warten, war er schiefgewickelt. Zudem vermutete ich, daß er mit der Kindsmutter verheiratet war, weil ich an ihrem rechten Ringfinger einen schmalen Goldreif bemerkt hatte. Und dieses verkommene, verantwortungslose Subjekt soff sich die Hucke voll und ließ seine Familie im Stich. Pfui Deibel!

Eines idyllischen Abends – Robert hatte sich wie üblich vor der Glotze eingeparkt, ich blätterte eher desinteressiert die neue »Friederike« durch – rief Hilde-Mama an. Da ich nicht wußte, daß sie am Apparat war, hob ich ab.
»E-li-sa-beth! Ihr habt euch ja seit Wochen nich gemeldet«, quäkte sie mir ins Ohr.
Stimmt. Seit der verlorene Sohn wieder aufgetaucht war, rief Robert nicht mehr jeden Sonntag in Gelsenkirchen an. Seit er während des Prophylaxeseminars bei seinen Eltern gepennt hatte,

hatte er die Faxen dicke. Hilde-Mama, so hatte er mir erzählt, machte dermaßen viel Gedöns um Manni, daß Berti sich völlig fehl am Platze vorkam. Ich latschte mit dem Telefon ins Wohnzimmer und drückte Robert den Hörer in die Hand. Die Zwischentür ließ ich natürlich offen, damit ich mithören konnte.
»Ach, du bist's, Mama«, stellte Robert fest. Echt clever, dat Kerlchen! Dann kam er eine Zeitlang nicht zu Wort.
Nach etwa zehn Minuten, in denen Mama monologisierte, sagte er: »Ihr habt sie ja nicht alle! Wieso denn das?«
Seine Stimme klang entrüstet. Irgend etwas mußte vorgefallen sein.
»Nö, auf keinen Fall! Das kann er sich abschminken.«
Wer konnte sich was abschminken? Ich hatte meine Ohren aufgestellt, sie reichten fast bis zur Zimmerdecke.
»Nein, hab ich gesagt!« Seit wann sprach Robert so mit seiner Mama? »Wir brauchen unser Geld selber, Mama!«
Genau. Das fand ich aber auch.
»Wir kaufen nämlich ein Haus. Und damit basta. Tschö!«
Sichtlich genervt versetzte er dem Telefon einen Tritt, daß der Hörer runterflog und das Freizeichen ertönte. Dann schaltete er den Fernseher aus und ging in die Küche. Ich folgte ihm auffällig.
»Was ist los?«
Robert suchte im Kühlschrank nach Eßbarem, fand einen Camembert, der kurz vorm Verfallsdatum war, und riß ihn aus der Alufolie.
»Sag doch mal!« quengelte ich. »Und wieso kaufen wir ein Haus? Davon weiß ich ja noch gar nichts!«
Ich war mir nicht sicher, wie ich das finden sollte. Eigentlich erwog ich seit Monaten die Scheidung, für den Fall, daß es mir gelingen würde, einen passablen Auswechselspieler für Robert zu finden. Aber ein Häuschen im Grünen wäre auch nicht zu verachten. Vielleicht würde ich doch mit ihm verheiratet bleiben. Bislang hatte noch keiner mehr geboten.
Robert hatte sein kärgliches Mahl beendet. Er goß sich einen Fernet Branca ein. »Du auch?«
Jawoll, ich auch. Ein paar magische Kräfte konnten niemals

schaden. Robert räusperte sich. »Unglaublich, was bei meinen Alten abgeht. Da taucht Manfred auf, quartiert sich sang- und klanglos ein und lebt wie die sprichwörtliche Made im Speck.«

»Bist du sauer?« Der Fernet rann mir so scharf durch den Schlund, daß ich husten mußte.

»Sauer ist gar kein Ausdruck. Vor ein paar Tagen hat Manfred geheiratet, eine Witwe mit zwei Kindern. Und mit der will er jetzt einen Campingplatz in Italien kaufen. Und dreimal darfst du raten, von welchem Geld.«

»Von unserem?«

»Von meinem, wenn schon! Und von dem meiner Eltern. Die haben ihm ihr ganzes Erspartes in die Rippen geschmissen, fast vierzigtausend. Und sie kriegen einen Bausparvertrag raus, den wird er auch noch abkassieren!«

Das Geld juckte mich nicht. Aber ich war völlig fertig mit der Welt. Da hatte mein Exguru, den ich für erleuchtet und erhaben gehalten hatte, nichts Besseres zu tun, als sich schwuppdiwupp eine erzbürgerliche Existenz aufzubauen. Wahrscheinlich meditierte er nicht mal mehr. Und schlug sich mit Hilde-Mamas Sauerbraten den Ranzen voll. Der scheinheilige Fleischverächter! Meine weibliche Neugier ließ mich eine Frage stellen, die Robert auf die Palme zwang.

»Wie heißt denn die Witwe?«

Zwei Stunden später hatte er sich abgeregt. Ich erfuhr, daß die Witwe vier Jahre älter war als Manni, Frauke hieß und Friseuse war. Mich wunderte gar nichts mehr. Von mir aus konnte sich Manni auch noch einen Manta kaufen.

Die Sache gab mir schwer zu denken. Auch Manni war nur der Prototyp eines Mannes. Ich kam zu dem Schluß, daß alle Männer nur das eine wollten: zurück in den Mutterschoß – egal in welchen. Wenn das so weiterging, mußte ich bis ans Ende meiner Tage bei Robert bleiben. Etwas Besseres als diesen Ehemann würde ich wahrscheinlich nicht auftreiben. Obwohl der Titel des neuen Frauenbuchs, das Bea sich in einem Anfall von Konsumrausch gekauft hatte, das genaue Gegenteil behauptete.

Müßig, darüber nachzudenken. Ich hatte sowieso im Moment keine Zeit, mich um die Männerfront zu kümmern. Jeden Abend kungelte ich mit Bea. Wir hatten viel zu besprechen, denn der Termin bei der Verdita GmbH rückte näher und näher. Robert machte sich über uns lustig.

»Ihr seid doch viel zu unbedarft für die Branche«, pflegte er mir vorzuhalten, »und überhaupt, daß die ausgerechnet auf eure Spots abfahren!«

Mittlerweile hatte er unsere Storyboards gelesen und fand sie ausgesprochen dämlich. Natürlich nahmen wir seine Kritik nicht ernst, weil er nur ein Mann war und weil Männer nachgewiesenermaßen keine Tampons brauchen.

»Du gehörst ja gar nicht zu unserer Zielgruppe!« gab ich meistens zurück und ließ es dabei bewenden. Ich hatte keine Lust, meine Energie in fruchtlosen Diskussionen über Sinn und Zweck des Tampons zu verschwenden.

Einen Tag nach Hilde-Mamas denkwürdigem Anruf trudelte ein dicker Brief ein. Ich schlitzte ihn mit einem Küchenmesser auf. Ein halbes Dutzend Farbfotos fiel mir entgegen: Manni und Frauke vorm Standesamt. Er in schwarzem Zwirn mit feierlicher Fresse, sie in einem pastellfarbenen Kostüm von Peter Gardine. Manni und Frauke im schwiegerelterlichen Garten unterm Apfelbaum. Manni und Frauke an Hilde-Mamas Kaffeetafel. Und so weiter. Das schlimmste war, daß Manni auf allen Fotos kurze Haare hatte, ein Indiz dafür, daß er endgültig mit seiner Vergangenheit als Guru gebrochen hatte. Ohne die langen Haare ging ihm jegliches Charisma ab. Er sah aus wie der Mantafahrer von umme Ecke.

Robert lachte sich buckelig, als ich ihm abends die Bilder zeigte. Mittels einer Lupe unterzog er das gebleckte Gebiß unserer frischgebackenen Schwägerin einer eingehenden Inspektion.

»Alles Jacketkronen!« trompetete er.

Welch ein Trost! Wenigstens war es auch dem Erstgeborenen nicht gelungen, eine Frau mit reinweißen Beißerchen abzugreifen.

Vom schlechten Gewissen getrieben, kümmerte ich mich verstärkt um haushaltliche Belange. Ich riß alle Gardinen runter und wusch sie. Einen halben Tag brachte ich damit zu, den heiligen Teppichboden einzuschäumen und abzusaugen. Es gelang mir sogar, den großen Fleck wegzukriegen, der entstanden war, als ich mit einem offenen Joghurtbecher – Heidelbeer, um genau zu sein! – nach Robert geworfen hatte. Keine Ahnung übrigens, wieso. Vielleicht hatte er wieder seinen Lieblingswitz erzählt: Warum haben Frauen eine Gehirnwindung mehr als Kühe? Damit sie nicht in die Küche kacken. Bisher hatte ich mich damit begnügt, einen Blumenkübel auf den Fleck zu stellen.
Der Herbst ließ auch unseren Balkon nicht unverschont. Die drei armseligen Reben, die der Müller-Thurgau hervorgebracht hatte, waren Robert nicht aufgefallen. Mit meiner gelben Hekkenschere beschnitt ich den Wein, den Efeu und den Knöterich. Die Geranien, die in den Terrakotta-Kästen vor sich hin gammelten, begrub ich im Bio-Eimer. Statt dessen pflanzte ich Heidekraut. Bei diesen Arbeiten kam ich in eine trübsinnige Stimmung. Das letzte, was ich brauchen konnte, war eine ausgewachsene Herbstdepression!
Nicht nur der Termin in Frankfurt lag mir im Magen, den würde ich gerade noch überstehen, wenn ich mich am inneren Riemen riß. Was mir wirklich zu schaffen machte, war, daß in Riesenschritten auch der achtzehnte November nahte, mein Geburtstag. Der dreiunddreißigste! Sollte ich eine Fete feiern, oder sollte ich mich klammheimlich drum herummogeln, wie ich es in den Vorjahren gemacht hatte?
Schon am Morgen meines dreißigsten Geburtstags war ich weinend am Küchentisch zusammengebrochen. Erstens, weil ich im Badezimmerspiegel urplötzlich eine Unzahl neuer Fältchen entdeckt hatte, die am Vorabend garantiert noch nicht dagewesen waren. Zweitens, weil Robert mir keine dreißig rote Rosen geschenkt hatte. Und das mit der fadenscheinigen Begründung, so früh hätten die Blumenläden noch nicht auf und später sei er sowieso in der Praxis. Ungerührt hatte er mit angesehen, wie ich sein Geschenk – einen Tischstaubsauger – verschmähte, und genauso ungerührt war er pünktlich um Viertel nach acht in die

Praxis gefahren, statt mir am fürchterlichsten Tag im Leben einer Frau beizustehen. Von wegen in guten wie in schlechten Tagen! Verrat, dein Name sei Mann! Ich hatte den Tag am Telefon zugebracht, um die Anrufe scheinheiliger Gratulanten entgegenzunehmen, die fragten, wie man sich mit dreißig fühle. Ich hatte sie alle nach Strich und Faden belogen und »Toll!« gerufen. Abends wollte Robert mich zu Luigi ausführen, um das Ereignis angemessen zu feiern. Auch rote Rosen schleppte er an; sicherlich hatte eine seiner Helferinnen sie in ihrer knappen Mittagspause besorgen müssen. Ich stopfte sie lieblos in die Kristallvase meiner Oma, schrie Robert noch ungefähr dreihundertmal grundlos an – er hätte auf die Glückwunschkarte, die zwischen den Rosen steckte, wirklich nicht »Jubilarin« schreiben dürfen! – und verkroch mich schließlich im Bett.
Das Komische war: Als ich am nächsten Morgen vorm Spiegel stand, konnte ich keine einzige Falte mehr entdecken.

Schnell fegte ich den Balkon, räumte die Heckenschere weg und duschte, als müßte ich den Dreck der letzten drei Jahrzehnte abwaschen. Dann schlüpfte ich in mein neues Kostüm. Ich kramte mein Scheckbuch aus der obersten Schreibtischschublade und raffte alles Bargeld zusammen, das ich in der Wohnung auftreiben konnte. Es galt, das Stimmungstief so schnell wie möglich zu vertreiben. Frau Dipl. Psych. Ute Schlumberger empfahl in solchen Fällen innere Einkehr und Aufspüren des Depressionsauslösers, aber die Psychologin auf der Ratgeberseite der »Friederike« riet zum Konsumrausch, und diesen Rat wollte ich befolgen. Und zwar schleunigst.
Schon besser gelaunt flanierte ich durch die Konsumrauschmeile der City und schaute mir die Schaufenster an. Bei Betty Beauty wollte ich mir Quenty forty kaufen, traute mich aber dann doch nicht und schwenkte im letzten Moment auf einen grauen Kajalstift nebst passendem Lidschatten um. Im Lederwaren-Center erstand ich ein handliches Karriereköfferchen in Aschgrau, das toll zu meinem Kostüm aussah. Der schlaksige Verkäufer bediente mich mit der Ehrerbietung, die mir nun als Karrierefrau zustand, und erhobenen Hauptes verließ ich das Geschäft.

Im März, als ich für Robert eine Brieftasche zum Geburtstag kaufen wollte, hatte er mich stundenlang warten lassen, um einer alten Dame, die von oben bis unten mit Klunkern behängt war, ein Handtäschchen aus Ziegenleder aufzuschwätzen, obwohl sie erst nach mir das Geschäft betreten hatte. Mich hatte er nur abschätzend gemustert und mich mit Blick auf meine alten ausgefransten Jeans mit einer Mischung aus gnädiger Herablassung und schlecht verhohlenem Ekel bedient. Und nur drei Brieftaschen hatte er mir gezeigt! Kleider machten eben doch Leute!

Das merkte ich auch in der Nobelboutique Elegantia, an deren Schaufenster ich mir zwar schon so manches Mal das fettige Näschen plattgedrückt, mich aber nur einmal hineingetraut hatte. Forschen Schrittes – ganz selfmade-woman-mäßig – steuerte ich den Ständer mit den Seidenblusen an. Woraufhin eine der überkandidelten Schicksen, die damals tratschend vor den Umkleidekabinen herumgestanden und Kundschaft, die nach weniger als zehntausend Mark Monatsgehalt aussah – wie beispielsweise meine Wenigkeit –, gar nicht erst wahrgenommen hatten, prompt angestöckelt kam und sich vor Dienstbeflissenheit schier nicht mehr einkriegte.

»Gnädige Frau, haben Sie einen besonderen Wunsch?«

Mich ritt ein kleiner Racheteufel. »Ihr Sortiment an Seidenblusen läßt aber zu wünschen übrig!«

»Oh...!« Bestürzt schürzte sie die schockrosa angemalten Lippen und stemmte nachdenklich die Hände in die Hüften. »Suchen Sie eine bestimmte Farbe?«

»Möglichst Karrieregrau.« Scheinbar sachkundig ließ ich meine Finger über die dargebotene Ware gleiten. »Aber das führen sie offenbar nicht.«

Verzweifelt wühlte sie den Blusenständer durch. Schockrosa überwog, gefolgt von Donaublau und Kackbraun.

»Momentchen bitte!« Sie stöckelte von dannen und konferierte mit ihrer Kollegin. Dann verschwand sie hinter einem Vorhang. Nach ein paar Minuten tauchte sie wieder auf, den Arm voller grauer Blusen.

»Sind eben gerade eingetroffen!« rief sie.

»Ach?«

Verkaufsgeil hängte sie die Blusen auf den Ständer, wobei ihre wasserstoffblonden Locken nur so flogen. Sie sah aus wie eine zum Leben erweckte Barbiepuppe. Ich probierte vier graue Blusen an, eine in Schockrosa – nur so zum Spaß, aber sie stand mir nicht, ich sah aus wie Baby Bonbon – und eine in Kackbraun, die mich innerhalb von Sekunden um zwei Jahrzehnte altern ließ. In der Umkleidekabine verursachte ich ein Chaos wie ein Erdbeben der Stärke acht, bevor ich mich dazu herabließ, mich gnädig für eine verditabändchengrüne Seidenbluse zu begeistern. Barbie atmete erleichtert auf.

»Zahlen Sie bar?« Sie entfernte das Preisschild. Wie konnte sie es wagen? Frauen meiner Zunft zahlten niemals bar! Ich stellte einen Scheck über die läppische Summe von hundertzweiundneunzig Mark aus. Dummerweise besaß ich keine Kreditkarte, die ich aus dem Rockbund ziehen und ihr vors gepuderte Näschen knallen konnte. Mit stolzgeschwellter Brust nahm ich eine der begehrten Elegantia-Tüten entgegen. Barbie eilte mir voraus und riß die Tür auf.

Hochbefriedigt und strahlender Laune genehmigte ich mir im Capri einen Cappuccino. Ein graumelierter Herr, der einige Tische weiter saß und im Magazin »Management und Marketing« blätterte, inspizierte mich interesseschwanger. Bis hierher konnte ich riechen, daß er nicht nur nach Après-Ski, dem neuen Herrenduft, stank, sondern auch nach Geld. Wahrscheinlich hatte er den Bogen wirklich raus. Ich vertiefte mich in die »Wirtschaftswoche« und rührte gedankenverloren in meiner Tasse. Als ich mir eine Zigarette anstecken wollte, sprang er Gott sei Dank nicht auf und rief »Geben Sie mir Zeit!«, sondern blieb sitzen und las weiter. Ich dachte gerade darüber nach, ob ich von den plumpen Annäherungsversuchen des Pharmamanagers ein Trauma davongetragen hatte, als eine sonore Männerstimme fragte: »Ist hier noch frei?«

Verstört blickte ich auf und gewahrte Paul Nietmann, die alte Nullnummer, der – keuchend, den unvermeidlichen Pudel im Schlepptau – Anstalten machte, sich an meinen Tisch zu setzen.

»Eigentlich erwarte ich noch wen«, gab ich kühl zurück und

konzentrierte mich auf die »Wirtschaftswoche«. Dreist, wie er war, ließ sich Nietmann trotzdem auf dem freien Stühlchen nieder.
»Bißchen anstrengende Lektüre für so ein leckeres Frauchen!« Er bestellte einen schwarzen Tee.
Das Tor schrie nach einem Gegentor.
»Bißchen anstrengend für einen älteren Herrn, das ganze Gerenne mit dem Dackel!«
»Pudel! Das ist ein Pudel! Außerdem bin ich erst vierundvierzig!«
Ich hatte Nietmanns Achillesferse anvisiert und getroffen. Heißa! Blattschuß! Was wären die Waidmänner von »Keiler und Köter« neidisch gewesen, wenn sie das mitgekriegt hätten.
»Eben.«
Darauf schwieg er still und wartete auf seinen Tee. Was mich dazu veranlaßte, einen weiteren Pfeil abzuschießen.
»Tee ist gut gegen Magengeschwüre, woll?« fragte ich und gab meiner Stimme den Anstrich von Besorgnis.
Der Pudel kläffte den Kellner an, der das Glas Tee balancierte und dermaßen erschrak, daß er beim Servieren kleckerte. Ich bezahlte meinen Cappuccino, raffte meinen Kram zusammen, schmiß alles ins Karriereköfferchen und stand auf.
»Ach, willst du schon gehen?« fragte Nietmann.
»Wollen? Ich muß. Business, du verstehst.« Ich schwenkte das Köfferchen. »Ciao, Paul! Wie heißt es doch so schön: Abwarten und Tee trinken!«
Gequält verzog er das Gesicht. Hinternwackelnd stelzte ich von dannen.

Als Bea an diesem Abend anrief, um zum x-ten Mal die Klamottenfrage für den Verdita-Termin zu erörtern, erzählte ich ihr, wie ich Paul Nietmann heruntergeputzt hatte, daß er in keinen Schlappschuh mehr paßte.
»Oh, bist du gemein!« ereiferte sie sich. »Der Ärmste!«
»Bitte?« War sie von allen guten Geistern verlassen? Mitleid mit irgendwelchen Männern im allgemeinen und mit Paul Nietmann im besonderen erschien mir denkbar unangebracht.

Bea erzählte mir, sie wisse aus zuverlässiger Quelle, daß blabla Communications ein Konkursverfahren am Hals hätten.
»Kein Wunder«, erwiderte ich, »wo die doch so mit ihrem Spesenkonto aasen.«
Bezüglich unseres Frankfurt-Termins einigten wir uns auf Kostüm und Köfferchen. Wir würden uns übermorgen am Hauptbahnhof vor dem Zeitschriftenladen treffen.
»Hast du das Hotelzimmer bestellt?«
»Klar«, antwortete ich. »Oder glaubst du, ich will mit dir unter einer Mainbrücke pennen?«
Sie seufzte. »Bis dann. Sei pünktlich! Ich stell mir den Wecker auf halb vier!«
Gute Güte! Der Zug fuhr um sechs Uhr siebenundzwanzig! Wahrscheinlich würde Bea noch ihre unvermeidliche Avocadomaske auftragen und sie besonders lange einwirken lassen.

Die Fahrt im Intercity machte einen Heidenspaß. Jedenfalls am Anfang. Kaum hatten wir mit unseren Pumps das Treppchen vom Bahnsteig zum Zug erklommen, ohne daß uns das enge Röckchen überm Allerwertesten aufplatzte, entfuhr Bea auch schon ein Juchzer angesichts der geballten Ladung Busineß-Men, die den IC bevölkerte.
Wir quetschten uns in ein Abteil, in dem ein paar besonders ansehnliche Exemplare dieser Spezies herumsaßen. Keins half uns, die Köfferchen hochzuwuchten. Da konnte man mal wieder sehen, daß die vielbesungene Ritterlichkeit der Männer ein Ammenmärchen war! Hatte zwar meine Oma schon gesagt, aber ich hatte es nicht geglaubt.
Bea machte es sich auf ihrem Sitz bequem, wobei sie den ihr am nächsten sitzenden Jungmanager im kontaktlinsengeschärften Auge behielt. Ich saß ihr gegenüber und betrachtete beiläufig das Männersortiment. Hoffentlich merkten die Kerle nicht, daß ich über den Rand meiner »Wirtschaftswoche« schielte.
Links neben mir saß ein Typ, der aussah wie die Ölmagnaten in amerikanischen Fernsehserien. Neben ihm versuchte ein Michael-Douglas-Imitator, einen Computerausdruck zu entziffern. Ihm gegenüber zupfte ein dynamischer Enddreißiger imaginäre

Flusen von seiner staubfarbenen Tuchhose, während er versuchte, so lange wie möglich auf meine Beine zu stieren, ohne Anstoß zu erregen. Der Jungmanager neben Bea las in »Alle meine Aktien« und würdigte uns keines Blickes. Alle hatten Handys, die abwechselnd fiepten und sie aus ihrer Lethargie rissen. Und alle sahen aus, als hätte man sie heute morgen aus dem Neckermann-Katalog geschnitten, aufgezogen und mit einem Fußtritt ins wirkliche Leben gekickt.

Bea gelang es nicht, ihren Nachbarn in eine Konversation zu verstricken. Nach einem kurzen Wortwechsel über den Wetterwechsel – draußen war es für die Jahreszeit zu warm; ich fürchtete, mein Deo würde versagen! – wandte er sich wieder allen seinen Aktien zu. Anscheinend stand er nicht auf Frauen, sondern war lediglich geldgeil. Kein Wunder, daß er nach Bankfurt reiste!

Draußen raste die herbstliche Landschaft vorbei. Abgeerntete Weizenfelder schimmerten in der Oktobersonne, ein Fluß wälzte sich träge durch Wiesen, die ihr sattes Grün endgültig eingebüßt hatten.

Um mir die Zeit zu vertreiben, stellte ich mir vor, wie unsere Abteilgenossen morgens in aller Eile aufgebrochen waren. Im Stehen schlürften sie eine Tasse Kaffee, während die Gattin – noch im Satinmorgenrock, Spuren von Anti-Age und porentiefer Resignation im Gesicht – den Sakko mit der Kleiderbürste traktierte. Dann banden sie die Krawatte, gönnten der Gattin einen hingehuschten Kuß und stürzten zu ihrem BMW oder Mercedes, der blankpoliert in der Garage stand. Der Kleinstwagen der Gattin stand zur Freude des herabfallenden Laubs am Straßenrand.

»Frankfurt Hauptbahnhof! Alles aussteigen!«

Die Stimme des Schaffners brachte mich in die rauhe Wirklichkeit zurück. Die Herren der Schöpfung drängelten, als würde einer auf dem zugigen Bahnsteig Schering-Aktien verschenken. Ohne Rücksicht auf Verluste machten sie Gebrauch von ihren Ellenbogen. Ich warf dem einen oder anderen Mitglied der Handy-Gang einen bitterbösen Blick zu, und Bea fauchte ihren Sitznachbarn an, weil er mit seinen Lederslippern Größe sechsundvierzig auf ihrem linken Fuß stand.

»Die walzen alles platt!« sagte sie.

»Hoffentlich ist Mayer-Erkenrath nicht auch so 'n Typ.« Das war meine größte Sorge. Wenn der auch so ein Karrierehengst war, konnten wir einpacken. Es gab einfach keine Kavaliere mehr, keine klassischen Männer. Wie Clark Gable. Nur Karikaturen.

Es war zwanzig vor zehn. Um halb elf sollten wir bei der Verdita GmbH antanzen. Wir winkten einer freien Taxe, sie hielt auch, aber der Jungmanager schnappte sie uns vor der Nase weg und wedelte wild mit seinem Handy.

»Ob wir uns schnell eins kaufen?« sinnierte ich.

»Keine schlechte Idee!« Bea fand Gefallen an dem Vorschlag. »Obwohl – uns ruft doch keiner an, das ist blamabel. Dann lassen wir es lieber bleiben.«

Wir ließen uns von der nächsten Taxe durch die City chauffieren. Der Taxifahrer nahm jede Ampel bei Blutorange, obwohl wir ihm glaubhaft versicherten, so eilig hätten wir es denn auch wieder nicht. Schließlich lagen wir nicht in den Wehen, kurz vor der Niederkunft. Und schließlich wollten wir im Vollbesitz unserer Gliedmaßen bei Mayer-Erkenrath ankommen. Doch der Mann, ein Macho Mitte Vierzig mit schwarzem Schnauzer und Schiebermütze, raste weiter. Von Frauen nahm er keine Befehle an. Wo komme mer denn da hin?

»Gib dem bloß kein Trinkgeld«, befahl ich Bea, die ihre Brieftasche schon bereithielt.

»Wo denkst du hin? Keinen Pfennig!«

Sie hielt ihr Versprechen. Der Macho murmelte so was wie »knickerige Zimtzicken« in seinen Schnauzer und riskierte einen Blitzstart. Wir kicherten. Dann standen wir auf dem Trottoir vor dem Skyscraper herum, in dessen elfter Etage die Verdita GmbH logierte.

»Wir sind zu früh dran«, konstatierte ich. Es war erst kurz nach zehn.

»Ganz schlecht!« rief Bea. »Das sieht aus, als hätten wir zuviel Zeit. Laß uns lieber noch einen Kaffee trinken!«

Zwei Bürohochhäuser weiter fanden wir ein Café. Es schien, als hätten sich ausgerechnet alle Männer aus dem IC hier verabredet. Das Handyfiepen ging mir allmählich tierisch auf den Wekker. Und Karriereköfferchen konnte ich gar nicht mehr sehen, ohne daß mir speiübel wurde.

Punkt halb elf standen wir im eleganten Vorzimmer des Creative Directors. Eine mütterlich anmutende Sekretärin betütelte uns.
»Möchten Sie einen Kaffee?«
Wir lehnten ab, weil unser Puls sowieso schon auf hundertfuffzig war. Noch einen Schluck Kaffee, und ich würde heftigste Herzrhythmusstörungen kriegen.
»Herr Mayer-Erkenrath muß jeden Moment kommen, er weilt noch in einer Sitzung.«
Die Sekretärin lächelte uns entschuldigend an und machte sich an einem Manuskript zu schaffen. Das Telefon schwieg still.
Mayer-Erkenrath entpuppte sich als windelweicher Softie. In seinen Jeans vom Modell »Wegen Mangel an Arsch Hose zu verkaufen« und dem gestreiften Sweatshirt – irgendein No-name-Produkt – wirkte er auf mich wie ein Pennäler. Seine randlose Nickelbrille war zweifelsohne ein Kassengestell. Die Grübchen in seinen Wangen waren echt, nicht geschminkt. Er wirkte wie ein harmloser Hase, ein Eindruck, der durch seine leicht vorstehenden Kauwerkzeuge noch verstärkt wurde. Überbiß, hätte Robert jetzt messerscharf diagnostiziert.
Seine Sekretärin fragte, ob er nachher ein Schinkenbrot wolle, was er freudig bejahte. Es fehlte bloß noch, daß sie ihm über den hasenfarbenen Haarschopf strich! Fast hätte ich ihn vorhin schon gefragt: Was ist denn Ihr Friseur von Beruf?
Der Hase bat uns in sein Allerheiligstes. Alles war picobello aufgeräumt! Von wegen kreatives Chaos! Davon konnten sich blabla Communications mal eine Scheibe abschneiden!
Wir durften uns auf ein Ikea-Sofa lümmeln, was wir erleichtert taten. Am liebsten hätte ich die Pumps ausgezogen. Mayer-Erkenrath holte unser Schreiben herbei und lobte unsere Spot-Ideen.
»Wirklich gut, was Sie sich ausgedacht haben!«
»Und erst der absolut innovative Charakter!« ergänzte Bea.
»Nicht zu vergessen der total neue Approach!« ergänzte ich.

Mayer-Erkenrath brach in brüllendes Gelächter aus. »Das war heftig, was? Aber in den Geschäftsbriefen muß ich das so formulieren. Der Chef bekommt einen Schlaganfall, wenn unsereiner nicht diese Werbebranche-Worthülsen benutzt.«
Er wurde mir immer sympathischer. So ein netter Junge! Der Traum jeder Schwiegermutter! Bei dem kriegte ja sogar ich mütterliche Gefühle.
Bea nicht. Ihre Gefühle waren eindeutig anderer, ganz und gar unmütterlicher Natur, wie ich sehen konnte. Ihre Augen glänzten, sie himmelte den Hasen an. Und wie ich hören konnte, tickte ihre biologische Uhr gerade jetzt ganz besonders laut. Hoffentlich hörte Mayer-Erkenrath es nicht auch.
In Anbetracht der Tatsache, daß unser Verhandlungspartner ein Mensch aus Fleisch und Blut war und kein computergesteuertes Karrieremonster, gingen wir aufs Ganze und beichteten ihm, daß wir keine Profis waren.
Das erheiterte ihn noch mehr. »Macht doch nix«, sagte er, »wir werden das Kind schon schaukeln.«
Und er verklickerte uns, daß die Verdita GmbH sowieso ein eingespieltes Werbefilmteam engagiert habe, das unsere Ideen in die Tat respektive in den Tamponspot umsetzen würde.
»Wenn Sie erlauben... ach, Quatsch, also wenn Sie wollen, dachte ich, gehen wir heute abend mit Clemens Cool, dem Regisseur, essen und besprechen den ganzen Krempel.« Abwartend schaute er uns an. Besonders abwartend schaute er Bea an. Egal, heute abend würde für mich auch ein Mann abfallen. Hoffentlich war dieser Clemens so cool, wie sein Name versprach!
Hoffentlich bist du endlich mal so cool, den abzugreifen! Und wenn's nur für die eine Nacht ist! rief Madonna. Muttern rannte hinter ihr her und trachtete danach, ihr das Kehrblech ins Kreuz zu schlagen.
Wir verabredeten uns für zwanzig Uhr in einer Ebbelwoikneipe in Sachsenhausen, ganz in der Nähe unseres Hotels.
Als wir aus dem Hochhaus kamen, wußten wir nicht so recht weiter.
»Un nu?« alberte ich.

Bea gähnte. »Ins Hotel, ausziehen, pennen. Mann, ich hab vielleicht ein Schlafdefizit!«
Ich hingegen war topfit. Komisch eigentlich. »Was hältst du vom Senckenberg-Museum?«
»Was? Hengstenberg-Museum? Soll ich mir alte Sauerkrautfässer angucken?«
Ruhig und gelassen klärte ich Bea über die Highlights des Senckenberg-Museums auf. Aber sie wollte partout keine ausgestopften toten Tiere angucken. Und auch keine Föten im Glas.
»Und Zoo? Sollen wir in den Zoo?« Ich ließ nicht locker. Schließlich war ich nicht alle Tage in Frankfurt.
»Ich – will – Kühe!« schrie Bea. »Mein Gott, du bist ja genauso nervtötend wie diese TUI-Göre! Also gut: Zoo. Aber nur zwei, drei Stunden. Dann ist Schönheitsschlaf angesagt.«
»Okay. Also nichts wie weg hier.«
Und wir fuhren mit einem Taxi zum Klo, Blödsinn, zum Zoo.

An diesem denkwürdigen Abend aß ich zum ersten – und, wie ich gleich hinzufügen muß, zum allerletzten – Mal Handkäs mit Musik. Der Käs ging ja, aber die Musik! In meinem Bauch rumorte es gewaltig. Wenn das so weiterging, würde ich auf dem Rückweg eine Notdienst-Apotheke aufsuchen müssen. Verdammt, wie hieß gleich noch mal das Zeug, das den Magen aufräumt?
Inständig hoffte ich, daß mein Gegenüber mein Bauchgrollen nicht hörte. Clemens Cool sah gar nicht so aus, wie ich mir einen leibhaftigen Werbefilmregisseur vorgestellt hatte, nämlich mit Hawaiihemd, das Einblicke ins Brusttoupet gewährte, Halbglatze, Miami-Vice-Sonnenbrille, Goldkettchen, Maserati. Statt dessen war er ein distinguiertes Bürschchen Ende Zwanzig. Sein Maßanzug war leicht angeknittert, seine schwarzen Haare standen zu Berge. Er verfügte über ausgesprochen gute Manieren und hatte schon den gesamten Spot im Kopf. Wir brachten uns zwar ein, indem wir die Models bestaunten, deren Setcards Cool herumzeigte, aber wir konnten es uns endlich sparen, angestrengt auf Karrierefrau zu machen.
»Wann ist eigentlich Drehbeginn?« fragte Mayer-Erkenrath.

Clemens Cool wühlte sich mit der freien Hand durchs wirre Haar. »Mal sehen.« Er warf einen Blick auf den Terminplan. »Am Montag! Top Timing, was?«
»Allerdings!« Mayer-Erkenrath war begeistert. »Sehen Sie«, sagte er dann zu uns, »klappt alles wie am Schnürchen. Echte Profis, das Team von Clemens. Da brauchen Sie sich keine grauen Haare wachsen zu lassen!«
Und Cool ergänzte: »Wär auch verdammt schade!«
Nein, was waren die jungen Herren so charmant! Das ging runter wie Öl. Die Kellnerin kam an unseren Tisch und fragte nach unseren Wünschen.
»Wolle mer dann noch was esse?«
Wir verneinten.
»Aach nix drinke? Noch e bißsche Ebbelwoi, die Herrschafte?«
Mayer-Erkenrath bestellte eine Runde. Als die Kellnerin die Bembelscher brachte, bezahlte er auch gleich. Bar.
Ich wurde mißtrauisch. »Spesenkasse, was?«
Hoffentlich gingen die nicht auch pleite wie blabla Communications. Das hätte uns noch gefehlt. Clemens Cool lachte und hob sein Glas. »Also dann – danke für die gute Zusammenarbeit!«
Und Mayer-Erkenrath versprach: »Ich gebe Ihnen sofort Bescheid, wie das Shooting gelaufen ist. Und dann teile ich Ihnen die Sendetermine mit, okay?«
Wir stießen an. Ich würde es kaum abwarten können, den ersten Spot am Bildschirm zu verfolgen. Die Verdita GmbH versprach sich eine enorme Absatzsteigerung.
»Eigentlich können wir uns auch duzen«, schlug Mayer-Erkenrath vor. »Wo wir doch gleichaltrig sind.«
Das hatte er schön gesagt. Plötzlich fühlte ich mich Jahre jünger. »Also ich heiße Elisabeth – oder Ellen, wenn ihr wollt!«
Wie immer, wenn ich meinen Vornamen beichten mußte, kriegte ich rote Ohren.
»Ellen?« fragte Clemens und schaute mich ungläubig an. »So'n Quatsch! Wer hat sich denn das ausgedacht?«
Ich konnte mir gerade noch auf die Zunge beißen. Das ging die beiden schließlich gar nichts an, daß eine so dynamische Frau wie ich eine einfallslose Mutter und einen ebenso einfallslosen

Zahnklempner zu Hause hatte. Daß ich mich aber auch unbedingt einem an den Hals werfen mußte, der den ganzen Tag Gebisse machte. Puh! Robert war meine Leiche im Keller!
Bea trompetete wohlgelaunt: »Ich nenn sie manchmal Miß Elly!«
Ich warf ihr einen Salzsäureblick zu, der sogar Robert alle Ehre gemacht hätte.
Clemens nahm meine Hand. »Ein charismatisches Wesen wie du braucht einen charismatischen Namen. Warum nennst du dich nicht Liz? Liz Litzenberg. Klingt doch prima!«
Ich schluckte. Das war die Lösung! Und sie lag auf der Hand – warum war ich da selber nicht drauf gekommen? Alle waren begeistert. Und Mark mußte doch noch eine Runde Ebbelwoi springen lassen. Scheiß aufs Spesenkonto! Aber er streichelte Beas Hand und versicherte uns, er bezahle die Runde aus seiner privaten Portokasse. Ein feiner Mensch!
»Und jetzt führen wir euch zum Tanzen aus!«
Er war ja gar nicht mehr zu bremsen! Mir brannten die Augen, ich hatte viel zuviel geraucht, und in meinen Eingeweiden arbeitete etwas, das nicht mehr lange in mir verweilen würde. Bea sah mich messerscharf an. Also gut. Aber nur ihr zuliebe! Damit sie ihre Chance bei Mayer-Erkenrath kriegte, in Gottes Namen. Wenn das keine echte Frauenfreundschaft war!
Clemens chauffierte uns mit einem altersschwachen Karmann Ghia Richtung Flughafen.
»Ich dachte, wir gehen tanzen!« moserte Bea. »Oder fliegen wir erst 'ne Runde?«
Sie lümmelte sich auf dem Rücksitz, und die fuhrwerkbedingte Platzknappheit ließ es zu, daß sie sich ohne falsche Scham in den Kurven an Marks Möchtegern-Männerbrust sinken lassen konnte. Ich saß neben Clemens und gähnte herzhaft. Wir glitten auf der regennassen Fahrbahn dahin. Die Scheibenwischer übten eine hypnotisierende Wirkung auf mich aus. Wenn das so weiterging, würde ich bald einschlafen.
Im Dorian Gray, der Flughafendisco, war für unter der Woche ganz schön was los. Wir fanden einen freien Tisch in der Nähe des Discjockeys.

»Wahnsinn!« schrie Bea und stürzte auf die Tanzfläche, als er einen alten Song von Barry White spielte. Mark stürzte hinter ihr her. Ich stürzte zur Toilette, weil des Handkäs' Bleiben in mir nicht länger sein sollte. Als ich wieder zurückkam, sah mich Clemens besorgt an. In einem Zug trank ich mein Mineralwasser aus.
»Puh!« stöhnte ich. »Eure Nationalspeise hat mir ganz schön zugesetzt!«
»Ei, gelle«, alberte Clemens, »hast wohl aufs Örtsche gemußt?«
»Ei un wie isch aufs Örtsche gemußt hab!«
Was ich ihm nicht sagte, war, daß ich schon wieder aufs Örtsche mußte. So eine Scheiße – im wahrsten Sinn des Wortes. Einmal traf ich einen wirklich gutaussehenden Mann, die Gelegenheit war günstig wie noch nie, Robert weit genug weg, und dann hatte ich Durchfall. Das durfte ja wohl nicht wahr sein!
»Clemens«, sagte ich, »entschuldige, ich muß mir mal das Näschen pudern.«
Gemäßigten Schrittes stolzierte ich erneut Richtung Damenklo. Kaum war ich aus seinem Blickfeld verschwunden, rannte ich, was das Zeug hielt. Ich legte eine goldmedaillenreife Leistung hin.
Als ich zurückkam, standen Bea und Mark einen Stehblues. Kurz darauf tauchten sie wieder am Tisch auf. Es entging mir nicht, daß Bea einen Blusenknopf mehr aufgeknöpft hatte als vorhin.
Im Morgengrauen lieferten uns die jungen Herren vor unserem Hotel ab.
»Gute Nacht! Und erhol dich gut, Liz!« rief Clemens und gab mir zum Abschied einen kleinen Kuß.
»Wir telefonieren!« versprach Mark. Und schaute Bea in die Augen. »Gleich morgen.«

Wir mußten den Nachtportier wecken, um an unseren Schlüssel zu kommen. Er war über einem Kreuzworträtsel eingeschlafen. Im Fahrstuhl streifte Bea ihre Pumps ab. Ich zog erleichtert den Reißverschluß meines Rocks auf. Unsere Blicke trafen sich im

Spiegel; erst mußten wir lachen, dann lag Bea auf einmal in meinen Armen und heulte wie ein Schloßhund. Was war denn jetzt los?
Vorsichtig zerrte ich sie aus dem Lift, sperrte unser Zimmer auf und bugsierte sie irgendwie da rein. Ihre Wimperntusche rann in Sturzbächen die Wangen runter und versickerte in den zarten Falten, die sich trotz Avocadomaske neben ihren Mundwinkeln abzeichneten.
»Mann, Mädel!«
Sie warf sich quer über unser Doppelbett. »Huhuuu!«
Heilandsack! Wir waren im siebten Stock. Sie würde mir ja wohl hoffentlich nicht aus dem Fenster springen! Schon sah ich ihren verdrehten Leichnam auf dem nassen Asphalt, hörte die Polizeisirenen. Ich stellte mir vor, wie ich mit ihr in einem Zinksarg im Intercity zurückfahren mußte.
»Ei, Mädsche«, versuchte ich es wieder, »heul doch net so!«
»Elly!« Geräuschvoll putzte sie sich die Nase. »Tschuldige, Liz – aber er ist doch sechs Jahre jünger als ich!«
Da lag also der Hase im Pfeffer.
»Was soll denn nur daraus werden?« Verdächtiges Schniefen.
Ich hieb ihr ins Kreuz. »Eine super Wochenendbeziehung, was denn sonst! Die paar hundert Kilometer sind doch keine Entfernung. Mensch, wir leben im Zeitalter uneingeschränkter Mobilität!«
»Die paar hundert Kilometer gehn ja noch. Aber die sechs Jahre! Das sind Lichtjahre!« Sie heulte wieder los. »Liz, das mußt du dir mal vorstellen: Als ich das erste Mal, na, du weißt schon, da hat der noch mit Legoklötzchen gebaut.«
Dem Argument konnte ich mich nicht verschließen. Die Tatsache lag auf der Hand und war nicht so einfach wegzudiskutieren. Ich versuchte es auf der Emanzenschiene.
»Bea«, sagte ich mit Nachdruck, »überleg mal. Das ist doch toll! Erst neulich habe ich gelesen, daß der Trend eindeutig zum jüngeren Mann geht.«
Das stimmte sogar. Im »Friederike«-Dossier hatten etliche Frauen jenseits der Schallmauer von ihren jugendlichen Lovern geschwärmt, und eine angesehene Analytikerin hatte sich dar-

über ausgelassen, wie positiv sich so ein Youngster auf das Seelenleben einer beispielsweise Sechzigjährigen auswirken würde.

»Ehrlich?« Bea wischte sich eine letzte Träne aus dem Auge. »Verkohlst du mich auch nicht?«

»Großes Ehrenwort, daß nein.« Ich hob die Hand zum Schwur.

Klar ging der Trend zum jüngeren Mann! Fast glaubte ich es selber. Mittlerweile bedauerte ich sogar ganz gewaltig, daß ich mir diesen Clemens nicht an Land gezogen hatte. Der war nämlich garantiert auch vier Jahre jünger als ich, und ich hätte voll im Trend gelegen. Mit Robert lag ich voll daneben. Der ging ja schon auf die Midlife-crisis zu.

Du auch! schrie Muttern. Madonna zuckte mit den Schultern. Wenn schon!

»Ja, und wieso hast du nicht?« Bea konnte es gar nicht glauben, daß ich diese Blume ungeknickt am Wegrand stehengelassen hatte. »Das ließ sich doch alles so gut an!«

Ich erzählte ihr von dem Streich, den mein Magen-Darm-Trakt mir gespielt hatte. Nachdem sie mich gebührend bedauert hatte, knipsten wir die Nachttischlämpchen aus.

Die Chance

Der November gab sich alle Mühe, noch widerlicher zu sein als sein Ruf. Meine Laune sank auf den absoluten Nullpunkt. Ich hing den halben Tag am Fenster und starrte in den Nachbarsgarten. Die beiden großen Ahornbäume waren kahl, auf dem kurzgeschorenen Rasen stand ein verwaister Gartenstuhl, ein roter Farbklecks im tristen Graugrün. Die andere Hälfte des Tages verbrachte ich mit Fernsehgucken und Fressen. Im Jogginganzug fläzte ich mich in Roberts Fernsehsessel, zappte mich mit der Fernbedienung von einer Seifenoper in die nächste und nahm

keine richtig wahr. Ständig gelüstete es mich nach deftigen Delikatessen, und ich schlang Dillschnittchen aus dem Glas in mich hinein. Dann wieder war mir eher nach was Süßem, und ich wühlte den Küchenschrank nach vergessenen Schokoladentafeln durch. Der reine Frustfraß! Wenn das kein Ende nahm, würde ich bald die Boutique für Übergrößen aufsuchen müssen. Dann hätten sie mich bei Elegantia zum letztenmal gesehen.
Meine Haare hingen zottelig herunter, das Silberblond war am Rauswachsen. Ich schleppte mich zum Telefon und vereinbarte einen Termin im Salon Scheffel. Ich durfte mich nicht so gehenlassen. Vielleicht hatte ich ein Trauma erlitten, weil ich keinen jungen, leckeren Lover abgekriegt hatte. Vielleicht kam ich vorzeitig in die Wechseljahre. Vielleicht litt ich auch nur an meinem prämenstruellen Depressiönchen. Gelangweilt blätterte ich bei Sigmund Freud herum, fand aber keine befriedigende Erklärung für meine Symptomatik.
Robert hatte ich beigebracht, mich »Liz« zu nennen. Es fiel ihm sichtlich schwer, sich mit meiner neuen Identität abzufinden, aber er gab sich geschlagen, als er feststellte, daß ich auf »Ellen« oder »Schatzi« nicht mehr hörte.
Als ich mit Mutti telefonierte und es mir endlich gelang, zu Wort zu kommen, nachdem sie mir ein neues Rezept für ein Essen, das Schnitzeltopf hieß, diktiert hatte – zu meiner Schande muß ich gestehen, daß ich es nicht mitschrieb, obwohl ich tat, als ob –, informierte ich sie darüber, daß sie sich demnächst die vier Silben von »Elisabeth« sparen könnte. Sie war schlichtweg entsetzt und behauptete steif und fest, weder sähe ich aus wie Liz Taylor, noch hätte ich mit ihr irgendwas gemeinsam, schon gar nicht das Geschwader abgenutzter Ehemänner.
Nach diesem denkwürdigen Telefonat überlegte ich stundenlang, wer wohl wen abgenutzt hatte. Robert mich oder ich ihn. Ich stellte mir vor, ich wäre ein alter Stoffhase, abgewetzt und abgeliebt. Wann würde mich Robert zu dem Teddy ins Regal setzen? Oder würde er mich irgendwann in die Ecke schmeißen?
Dann machte ich mich auf zu Scheffel, um zu verhindern, daß ich in suizidaler Absicht Roberts Plaquefärbetabletten schluckte.

Ein Friseurtermin war immer ein Erlebnis. Diesmal war der Kommandante selbst nicht zugegen, und ein charmanter Coiffeur im besten Mannesalter stürzte sich auf mich. Eigenhändig band er mir das Lätzchen um und machte sich an meinem Haar zu schaffen.

»Oje!« rief er.

Ich guckte in den Spiegel, um zu gucken, wie er guckte. Das Entsetzen stand ihm ins Gesicht geschrieben.

»Das hat aber lange keine Packung mehr gesehen.«

Stimmt. Aber dafür Amsterdam, München, Frankfurt. Das war nicht jedem Haar vergönnt. Fieberhaft suchte ich nach einer Ausrede. Beim Friseur hatte ich schlimmere Schuldgefühle als beim Zahnarzt.

»Keine Zeit!« stammelte ich. Was strackweg gelogen war. Und was er mir auch nicht abkaufte, denn er zog die Augenbrauen hoch, bis sie fast in seinem Haaransatz hingen, und schüttelte den goldblonden Lockenkopf. Wahrscheinlich machte er jeden Abend eine Packung.

»Un nu?« fragte ich.

»Spliß!« zischte er über meinen Kopf hinweg und knetete eine meiner dünnen Haarspitzen. »Fortgeschrittenes Stadium! Da muß einiges runter.«

Inzwischen war ich einem langanhaltenden Weinkrampf nahe. Ich erinnerte mich an einen Friseurbesuch vor etlichen Jahren, damals noch bei Scheffel senior. Ein naßforscher Assistent mit Bürstenschnitt hatte die Behauptung aufgestellt, ich hätte Bandhaare. Mit nassem Kopf und ohne zu zahlen war ich getürmt, was nicht weiter tragisch war, da es sowieso in Strömen goß. Bis heute war ich nicht dahinter gekommen, was Bandhaare waren. Auf einer Geburtstagsparty von Corry hatte ich mal eine Friseuse kennengelernt, die wußte es auch nicht.

Blödsinn! Weshalb sollte ich mich aufregen?

»Na und?« gab ich dreist zurück. »Runter mit dem Gelümps! Kein langes Gezatter!«

Neue Zeiten waren angebrochen. Zeit, sich von alten Zöpfen zu trennen. Entschlossen krallte ich mich in die Armlehnen, während der Coiffeur an mir herumschnippelte. Haar ohne Wieder-

kehr! Eine feuchte Strähne nach der anderen klatschte auf den Fußboden, und das Lehrmädchen fegte sie zusammen. Es würde sie in den Kehrichteimer kippen. Und kein Hahn würde danach krähen. Es gelang mir, eine einzelne Strähne zu retten. Ich stopfte sie mit Wehmut im Herzen ins Portemonnaie.
»Ja, ja, da gehn sie hin«, sagte der Haarabschneider. »Aber der neue Look wird Ihnen gefallen, warten Sie mal ab!«
Er hatte wahrlich nicht zu viel versprochen. Aus dem Spiegel starrte mich eine neue Frau an! Ein flotter Stufenschnitt rahmte ihre klassischen Züge ein. Und sie sah jünger aus!
»Wahnsinn!« hauchte ich.
Der Haarabschneider war sichtlich stolz. »Und jetzt hau ich Ihnen noch eine Tönung drauf, Naturfarbe, voll trendy!«
Er zögerte keine Sekunde.
Als ich Salon Scheffel den Rücken kehrte, ging ich schnurstracks zu meinem Lieblingsmetzger Metzel und kaufte ein Viertelpfund Hackfleisch, halb und halb. Erstens, um heute abend Spaghetti bolognese zu kochen, zweitens, um mich in Metzels Spiegelwand zu betrachten. Zu meinem Entzücken gewahrte ich ein filigranes Frauchen mit femininem Schick, sonnenbraun und saharablond. Hochzufrieden packte ich das Hackfleisch ein und eilte heimwärts.
Felsenfest hatte ich mit Roberts Donnerwetter gerechnet, weil er immer so auf lange Haare abfuhr. Er merkte sogar schon beim Nachtisch, daß ich beim Friseur gewesen war.
»Na«, konstatierte er launig, »hast ja abbe Haare! Süß, meine Lizzy!«
Ich grinste. »Schon mal was von Spliß gehört?«
Robert grinste auch. »Karies profunda ist schlimmer.«
Das hätte ich mir ja denken können. Das einzige, was mir an meiner neuen Haartracht wirklich zu schaffen machte, war, daß ich mich in den nächsten beiden Jahren garantiert nie wie die Gard-Powerfrau die Gangways internationaler Flughäfen herunterwiegen und beim Aufsetzen der Designer-Sonnenbrille meine lockere Lockenpracht schütteln würde. So schnell wuchs mein Haar einfach nicht.
Wir machten uns einen netten Abend im Wintergarten. Ich war

ziemlich müde, wahrscheinlich weil ich den halben Nachmittag bei Scheffel gesessen hatte. Robert brachte mir ein Glas Grog und nötigte mich aufs Rattansofa. Fürsorglich breitete er eine schäfchenweiche Veloursdecke über sein filigranes Frauchen und erzählte mir die schönsten Schwänke aus seiner Praxis.

»Weißt du«, sagte er, »heute mußte ich einem Achtjährigen schon den Sechser füllen. Ich glaube, der hatte in seinem Leben noch keine Zahnbürste gesehen.«

»Dafür aber jede Menge Schokolade«, vermutete ich. »Ach – hast du noch welche im Schrank versteckt?«

Robert stand auf und wühlte in seinem Geheimfach. »Nö, nur Spekulatius!«

Wir tranken Grog und knabberten Gebäck. Draußen war es klirrend kalt, wahrscheinlich würde es heute nacht den ersten Frost geben. Wir diskutierten über das kindliche Gebiß, oder vielmehr hielt Robert einen Vortrag darüber, und ich hörte zu. Am Ende waren wir uns einig, daß die Bälger ihre Zähne gefälligst dreimal täglich zu putzen hätten.

»Mit einer elektrischen Zahnbürste?« fragte ich. Zuzutrauen war es ihm.

Robert lachte. »Ach was, muß doch nicht sein. Es gibt ganz goldige Kinderzahnbürsten.« Und nach einer Pause setzte er hinzu: »Bei uns im Bad hätte auch noch eine Platz.«

Auf dem Ohr war ich stocktaub. Ich überhörte den Wink mit dem Zaunpfahl. Robert überhörte meine Zaunpfahlwinke auch immer. Schon gestern hatte ich mich über ihn gewundert, weil er die frisch eingetroffenen Babyfotos vom Junior seines Cousins Oskar so eingehend betrachtet hatte. Die heilige Johanna hatte uns aufdringlicherweise einen ganzen Haufen Fotos zugeschickt. Und weil sie gern Porto sparte, praktischerweise auch gleich die obligaten bestickten Weihnachtsdeckchen und den selbstgebastelten Strohstern. Nee, nee, Nachwuchs kam mir nicht ins Haus, gerade jetzt, wo ich mühsam die ersten Stufen der Karriereleiter erklommen hatte. Sollte Robert lieber erst mal einen Baum pflanzen und ein Haus bauen, dann würde man weitersehen. Wobei mir einfiel, daß er das Haus mit keiner Silbe mehr erwähnt hatte.

»Wann kommt eigentlich jetzt euer Tamponspot im Fernsehen?« fragte er.
»Übermorgen auf RTL, Punkt zwanzig nach neun.« Gestern hatte Mark Mayer-Erkenrath bei Bea und bei mir angerufen und uns Bescheid gegeben. Der Countdown lief. Nun würden wir bald wissen, was es mit unserer Kreativität auf sich hatte. Die Möglichkeit, daß die Verkaufszahlen von Verdita-Tampons in den tiefsten Kohlenkeller sanken, sobald der Spot ausgestrahlt wurde, verdrängte ich hartnäckig aus meinen Gehirnwindungen.
Robert blätterte im Fernsehprogramm der Illustrierten, die er donnerstags bekam, freitags durchblätterte, wochenends mit Kaffeeflecken versaute und montags den Patienten in die angstschweißfeuchten Hände warf.
»Da läuft ein Film aus der Reihe...«
»Frauen, die nicht lange fackeln?« Tolle Serie, hatte mir gut gefallen.
»Women today!« las Robert vor.
Das mußte die neue Reihe von Frauenschicksalsfilmen sein, von der mir Bea erzählt hatte. Der Sender hatte sie in den USA eingekauft, und die Filme handelten von tüchtigen Tussis, die Kinder, Küche und Karriere unter einen Hut brachten. Und den Ehemann untern Pantoffel. Spitze! Das war genau die Zielgruppe, die wir angepeilt hatten.
Ich riß Robert das Programmheft aus der Hand. »Zeig mal her!«
Aufgeregt überflog ich den Text, der sich lang und breit über den Inhalt des ersten Films der Reihe erging. Dann ließ ich mir unser neues Handy bringen und telefonierte vom Rattansofa aus mit Bea, die mit ihrem neuen Handy in der Badewanne lag, auf dem Gesicht die unvermeidliche Avocadomaske.
»Ich halt's nicht mehr aus bis dahin!« stöhnte sie. Ich hörte ihr Badewasser gluckern. »Wir sind aber auch zu blöde. Wir hätten uns die Spots neulich doch angucken sollen! Notfalls mit vierzig Fieber!«
Mark hatte uns zur Präsentation der abgedrehten Spots eingeladen, aber Bea hatte mit ihrer ersten Herbstgrippe im Bett gele-

gen, und allein wollte ich auch nicht nach Frankfurt fahren. Roberts ungemein großherziges Angebot, mich zu begleiten, hatte ich abgelehnt. Auf keinen Fall sollte er Clemens Cool über den Weg laufen! Über diese verpaßte Gelegenheit war ich immer noch nicht weggekommen. Vielleicht gab mir das Schicksal ja eine neue Chance.

»Paß auf«, schlug ich vor, »wir gucken den Film zusammen und halten Händchen, wenn der Spot kommt, abgemacht?«

Bea war Feuer und Flamme. »Auf jeden Fall! Was anderes kommt gar nicht in die Tüte. Bei dir oder bei mir?«

»Ich komm um acht zu dir«, versprach ich und legte auf. Robert schmollte.

»Ich dachte, wir stoßen auf den Spot an«, grummelte er. Ich vertröstete ihn auf den zweiten Spot, der ja auch irgendwann zum erstenmal gesendet werden würde.

»Immer hängst du mit Bea rum!« nölte er weinerlich. Wahrscheinlich war er eifersüchtig auf sie, auf unsere innige, kreative Frauenfreundschaft. So was gab es ja unter Männern nicht. Höchstens oberflächliche Kumpeleien, die meist im gemeinsamen Vollrausch gipfelten. Oder im Austausch von Blondinenwitzen oder sonstigem frauenfeindlichen Gewäsch.

Um ihn abzulenken, fragte ich nach Dietrich. Robert erzählte mir, daß Julia ihn verlassen habe. Verlassen! War sie nach Thüringen auf und davon?

»Quatsch!« sagte Robert. »Sie hat endlich einen Job ergattert, in irgendeinem Institut in Berlin.«

Und kaum daß sie Morgenluft gewittert hatte, war Dietrich abserviert! Ratzfatz! Mein lieber Scholli.

Ich bohrte weiter nach. Robert verging vor Mitleid mit seinem Kumpel und zählte die Schimpfwörter auf, die Julia Dietrich an den Kopf geschmissen hatte. Einen schäbigen Schrauber hatte sie ihn genannt! Einen Kohlenpott-Romeo! Der arme Kerl. Dabei war er der einzige Mann, dem in meiner Gegenwart nie ein Chauvi-Spruch über die rissigen Lippen gekommen war.

Als ich im Bett lag, dachte ich darüber nach, daß es ja eigentlich ein ausgesprochenes Armutszeugnis für mich war, wenn Robert auf meine beste Freundin eifersüchtig war. Wenn schon, dann wenigstens auf einen kernigen Kerl, Marke Cool-Water-Mann. Ich würde weiter daran arbeiten müssen – keine Frage. Die Nacht der Nächte war noch nicht gekommen.

Am Freitag zog ich meine Winterboots an, weil es nach Schnee roch, wickelte mir meinen dicksten Schal um den Hals und legte den neuen Ohrenschützer an, den ich bei Charles & Antony erworben hatte. Der neue Look hatte den entscheidenden Nachteil, keine Winterfrisur zu sein. Ständig fror's mich an den Ohren.

Obwohl mich Frau von Koransky im Rahmen unserer Treppenhausschwätzchen schon immer vor vagabundierenden Vergewaltigern und ehrlosen Exhibitionisten gewarnt hatte, die sich – wenn man ihr Glauben schenken konnte – in der früh einsetzenden Dämmerung zu Dutzenden im Stadtpark tummelten, bog ich in den schlecht beleuchteten Fußweg ein. Ich konnte mir nicht vorstellen, daß bei dieser klirrenden Kälte irgendein Kerl sein Geschlechtsteil freiwillig entblößte. Es wäre ihm glatt abgefroren.

Ich hangelte mich von Lichtkegel zu Lichtkegel, und als mir wirklich ein Mann entgegenkam, kriegte ich fast einen Angina-pectoris-Anfall.

Als ich nach einer schier endlosen Viertelstunde den Park endlich hinter mir ließ, atmete ich auf. Die letzten paar hundert Meter war ich so gerannt, daß mir der Schweiß in Strömen lief. Bei Bea klingelte ich Sturm.

Sie machte sofort auf. »Was is'n mit dir los?«

Keuchend zog ich die Schuhe aus und kroch in ihr Wohnzimmer, wo ich mich aufs Sofa fallen ließ.

»Puh, ich bin fix und fertig!« stöhnte ich entkräftet. »Unterwegs kam mir ein Typ entgegen, der sah aus wie der leibhaftige Sexgangster.«

Damit Bea nicht auf die Idee kam, ich litte neuerdings an Verfolgungswahn, klärte ich sie über die Zusammenhänge auf. Sie wälzte sich vor Lachen auf ihrem fleckigen Teppichboden, der beileibe nicht so heilig war wie der unsere, und juchzte: »Das hätte die wohl gern, die Koransky, was?«

»Das hat die gar nicht nötig. Sie hat ein Verhältnis mit einem Regierungsrat aus Wiesbaden, den trifft sie auf Mallorca.« Bea staunte Bauklötze.
»Ich hab den Sekt schon kalt gestellt!« rief sie.
Wir igelten uns auf dem Sofa ein und guckten »Women today«. Der Pilotfilm der Sendereihe handelte von einer attraktiven Anwältin, die einen Prozeß nach dem anderen gewann. Vor den Gerichtsterminen chauffierte sie in einem riesigen Cadillac ihre vier kids zur school, holte sie nach den Gerichtsterminen wieder ab, fuhr mit ihnen zum shopping in den nächsten supermarket, ohne auch nur eine Miene zu verziehen. Brauchte sie auch nicht, denn sie kriegte immer einen Parkplatz, obwohl sie nicht mit einem klitzekleinen Kleinstwagen herumgondelte, sondern mit dem Riesenschiff. Kaum at home, schob sie eine hochwertige Mahlzeit in die Mikrowelle, schmiß die Waschmaschine an, die Spülmaschine, führte das doggy aus – das von dem bulligen Bernhardiner gespielt wurde, der seit seiner Hauptrolle in »Ein Hund namens Beethoven« eine steile Karriere gemacht hatte –, brachte die kids zu Bett, las ihnen geduldig diverse good night stories vor und diskutierte mit dem mittlerweile heimgekehrten Gatten, der natürlich Richter war, über Neuerungen im Zivil- und Strafrecht. Nicht einmal zog sie ihre Stirn in häßliche Falten oder popelte in der Nase.
Dann kam der erste Werbeblock. Der Cool-Water-Mann sprang ins kalte Wasser, so kalt, daß seine Brustwarzen standen. Die Locken der Gard-Grazie flogen mittags in Madrid noch genauso toll wie morgens in London. (Bei diesem Spot fühlte ich ein leichtes Ziehen in der Magengrube, außerdem fror's mich an den Ohren.) Die munteren Hausfrauen vom Maggi-Kochstudio zauberten im Handumdrehen ein Chili con carne. Die Karrieremieze kam abends heim und fütterte ihre Hausmieze mit Sheba, wofür das Tier sie mit einem wohligen Schnurren belohnte. (Bei diesem Spot zog sich mein Magen abermals zusammen, was er auch immer bei Werbung für Witzkatz oder Kittikatz machte. Robert und sein Scheißteppichfimmel!)
Nach der Werbung mußten wir mit ansehen, wie der ehrenwerte Richter seine ebenso ehrenwerte wie vielseitige Gattin mit einem

ausgebufften Flittchen betrog. Und damit nicht genug! Das Flittchen war auch noch so schamlos, das doggy zu entführen. Dieser Schicksalsschlag entzweite das ehrenwerte Paar, weil der Richter nicht bereit war, für die Töle auch nur einen Dollar Lösegeld abzudrücken. Zur Strafe mußte er in ein einsames Penthouse über den Dächern von Manhattan ziehen. So lonely war er, daß ihm ein paar tears über die welke Wange tropften.
Voller Ungeduld verfolgten wir, wie sich der Zeiger von Beas Wanduhr allmählich auf zwanzig nach neun vorschob. Endlich war es soweit, der zweite Werbeblock wurde gesendet.
Die ersten beiden Reklamespots nahmen wir gar nicht richtig wahr. Ich holte Gläser aus dem Schrank, Bea entkorkte die Sektflasche. Wie gebannt starrten wir auf den Bildschirm. Und dann kam er: Unser Spot! Der mit den Partylöwinnen im Damenklo! Wir hielten den Atem an, aber alles war genauso, wie wir es uns vorgestellt hatten.
»Juchhu!« schrie Bea und goß die Gläser voll.
»Juchhu!« schrie auch ich.
Nach dem ersten Schluck Sekt wurde mir speiübel. Ich stolperte in Beas Bad und entehrte ihre Kloschüssel. Sie pochte an die Tür.
»Liz!« Sie hatte sich an den neuen Namen gewöhnt, und meine neue Frisur nannte sie den »Liz-Look«.
Ich drückte auf die Spülung. »Ist schon in Ordnung!« rief ich. »Ich glaube, das ist der ganze Streß.«
Als ich vom Klo kam, hatte sie mir einen Tee gekocht. Und nach dem Film – der Richter hatte cash gezahlt und durfte wieder im sweet home antanzen, das doggy mußte nach dem traumatischen Erlebnis, bei dem es fast noch ein Ohr eingebüßt hätte, zum Hundepsychiater – weigerte sich Bea hartnäckig, mich laufen zu lassen.
»Auf keinen Fall«, sagte sie ganz mütterlich, »läufst du zurück. Ich fahr dich heim. Keine Widerrede.«
Sie hatte recht. Meine Knie waren ganz wackelig.
»Vielleicht krieg ich ja jetzt die Herbstgrippe«, sagte ich, als ich in ihre Rostlaube kletterte.
»Weiß der Teufel, was du kriegst!« sagte Bea. Und schimpfte

gleich darauf wie ein Kesselflicker über die vereisten Scheiben ihres Kleinstwagens.

Die nächsten Tage verbrachte ich im Bett mit Kamillentee und Kriminalromanen. Ich las mich durch eine Serie von Krimis, in denen ein charmanter Inspektor, sein hypochondrischer Sergeant und ein degenerierter Adliger Mordfälle aufklärten, die sich allesamt in unzugänglichen Gefilden Großbritanniens zutrugen. Das Wetter war genauso schlecht wie bei uns, und ich konnte mir richtig vorstellen, wie der eiskalte Wind durch die Ritzen der zugigen Herrensitze wehte, die Schauplatz der Verbrechen waren.

Mutti rief an und bedauerte mich gebührend, was ich sehr genoß. Sie nannte mich »armes Kleines«, wahrscheinlich, weil sie »Liz« nicht über die Lippen brachte. Ich jammerte beträchtlich, erfuhr aber eine ruckartige Besserung meines Gesamtzustandes, als sie ihr Kommen für den Fall meines körperlichen Zusammenbruchs androhte. Vor meinem geistigen Auge sah ich sie in der Küche stehen, die Keramikfliesen putzen und Haferschleim kochen. Kaum hätte ich den vertilgt, würde sie mit einem Wadenwickel aufkreuzen und darauf bestehen, am Bett zu sitzen und mir aus einem Roman von Hedwig Kotz-Malheur vorzulesen.

»Nee, Mutti, laß mal«, beschwichtigte ich sie. »So schlimm isses nun auch wieder nicht!«

»Na gut«, gab sie sich geschlagen, »dann sieh mal zu, daß du zu deinem Geburtstag wieder gesund wirst. Was wünschst du dir denn?«

Sollte ich das wirklich alles aufzählen? Einen leckeren Lover, eine eigene Werbeagentur, ein halbes Dutzend Katzen...

Madonna machte den Vorschlag, Muttern und sie könnten zusammenlegen und mir eine Monster-Buttercremetorte schenken, aus der beim Anschneiden der Cool-Water-Mann sprang. Muttern weigerte sich und strickte weiter an meinen Socken.

»Och, nix!« log ich. »Hast du eigentlich endlich mal unsere Werbespots gesehen?«

»Kind, aus dem Alter für Tampons bin ich doch raus!« Sie klang entrüstet. Trotzdem fand ich, sie könnte ihr Interesse für mein

berufliches Vorankommen erheblich steigern. Die Welt drehte sich schließlich nicht um Schnitzeltöpfe und Schonbezüge. Oder zumindest nicht nur. Oder etwa doch?
Ich wälzte mich auf die andere Seite und starrte aus dem Fenster auf das graue Zipfelchen Himmel, das neben dem Giebel des Nachbarhauses hervorlugte. In drei Tagen war mein Geburtstag. Ob Robert diesmal an ein Röslein rot denken würde? Es dürften auch ein paar mehr sein, keine Frage. Wir hatten überhaupt noch nichts geplant, da wir nicht wußten, wie es mir am Samstag gehen würde. Vielleicht hatte der Zahnklempner ja mal eine Überraschung parat?
Kreislaufgeschwächt schleppte ich mich aufs Klo und wusch mir Gesicht und Hände mit kaltem Wasser. Dann trank ich in der Küche eine heiße Milch mit Honig und aß einen Zwieback. Versuchsweise – so nach dem Motto: Drei Tage war das Mädel krank, jetzt raucht es wieder, Gott sei Dank! – steckte ich mir eine Zigarette an, drückte sie aber nach zwei Zügen wieder aus. Die Zeit war noch nicht reif dafür. Gelangweilt schlenderte ich durch die Wohnung und schnappte mir die Novemberausgabe des »City Journals«, in die ich bisher keinen Blick geworfen hatte.
Mit einem neuen Wärmfläschchen ausgestattet und wohlig im Bett sitzend, das dicke Federkissen im Rücken, überflog ich die Selbstbeweihräucherungsartikel von Norbert Renner und Konsorten. Über die Schmiergeld-Affäre, von der er mir erzählt hatte, stand nichts drin. Wahrscheinlich hatten seine Recherchen nichts ergeben. So war das immer: Die Leute tuschelten alle hinter vorgehaltener Hand, aber wenn es dann zur Sache ging und man druckreife Statements von ihnen wollte, kriegten sie die Maulsperre. Das hatte ich selbst schon zu oft erlebt.
Das Meditationszentrum hatte keine Annonce mehr drin. Offenbar ging es damit den Bach runter, seit Manni den Abgang gemacht hatte.
Ich blätterte zu den Kontaktanzeigen um. Irritiert las ich ein Inserat, das mit der Zeile »Back in town. Wild old man …« anfing. Nanu! Entweder hatte irgendein einfallsloser Einfaltspinsel aus einer alten »Journal«-Ausgabe den Gerstenbergschen Annon-

centext geklaut und abgekupfert, oder der Doc hatte Corry schon nach einem Monat Ehe dicke und war erneut auf Frauenfang.
Eilig wählte ich ihre neue Nummer, um mich nach dem Stand der Dinge zu erkundigen.
»Und – alles im Strumpf?« fragte ich fröhlich, als sie sich mit ihrem frischen Doppelnamen meldete.
»Alles im Arsch!« keifte sie.
Das hörte sich nicht nach siebtem Himmel an.
»Corry!« sagte ich.
Sie schluchzte.
»Komm, kotz dich aus.«
»Ach, Mist!« schniefte sie durch den Hörer. »Ich könnte die Wände hochgehen. Auf Drängen von Jens hab ich meinen Job aufgegeben, die Flugenten waren aber auch so widerlich geworden, als ich auf einmal Frau Professor war. Und Jens wollte nicht, daß ich in der Uni-Klinik anfange. Das hätte ich nicht nötig, daß mich seine Kollegen herumkommandierten, sagt er.«
Erneutes Schluchzen.
»Und?« fragte ich.
»Nichts und. Ich spiele die Hausfrau und nehme ab und zu einen Repräsentationstermin mit dem Herrn Professor wahr. Essen mit Pharmareferenten oder mit anderen Profs und ihren vertrockneten Vetteln. Die sind alle hundert Jahre älter als ich!«
Das hätte ich ihr auch gleich sagen können. Aber sie hatte es ja nicht anders gewollt. Und sie hatte ihren Willen gekriegt.
»Den ganzen Tag hänge ich in der Bude! Mutterseelenallein! Du kannst dir das nicht vorstellen.«
Und ob ich mir das vorstellen konnte. War mir doch genauso gegangen. Klassisches Hausfrauensyndrom. Zu Sigmund Freuds Zeiten hatte es so was noch nicht gegeben. Er würde sich im Grabe rumdrehen, wenn er ahnte, welch tolle Syndrome und Neurosen ihm entgangen waren. Wenn er das wüßte! Er würde in den reinsten Analysetaumel verfallen.
In Anbetracht der zugespitzten Lage in der Ehesache Gerstenberg konnte ich mich nicht dazu überwinden, Corry nach der

Kontaktanzeige zu fragen. Zu gegebener Zeit würde ich das nachholen. Schließlich mußten wir Frauen zusammenhalten.
Ich blätterte eine Seite um und las oberflächlich ein paar andere Annoncen, bis ich an einer hängenblieb.
»Junggebliebener Mittdreißiger, selbständig, pflegeleicht, lokker und liquide, gutaussehend und gewinnorientiert, mit einem Hang zum kühlen Blonden, sucht coole Blonde mit Charisma und Sinn für Humor.«
Sack und Asche! Daß ich das noch erleben durfte! Es konnte sich nur um die neue Chance handeln, um die ich das Schicksal so inniglich angefleht hatte. Schlagartig gesundete ich.
Madonna vergaß prompt ihre fiebrige Erkältung, die sie auf die abgeschabte Matratze gezwungen hatte, und wusch sich die Haare.
Ich duschte abwechselnd heiß und kalt, um meinen Kreislauf wieder ans Laufen zu bringen, gönnte mir eine Kurzmassage mit dem Luffa-Handschuh und schmierte mir eine Portion Pferdemark ins Haar. Das letzte, was ich riskieren wollte, war eine erniedrigende Sitzung bei Scheffel. Nie wieder sollte es vorkommen, daß ich mich wegen Spliß in Grund und Boden schämen mußte. Während der zehnminütigen Einwirkzeit formulierte ich ein bißchen auf einem Zettel herum. Diesem Prachtexemplar von Mann mußte ich sofort schreiben. Auch wenn er schon ein paar Tage älter war. Aber junge, leckere Lover hatten sowieso nicht inseriert. Sicher kriegte das Prachtexemplar waschkörbeweise Post von willigen Weibern! Zum Glück rückte Gabi, die Sekretärin vom »City Journal«, die für die Kleinanzeigen zuständig war, keine Adressen raus, sonst wäre seine Wohnung sicher in Bälde sehr belagert.
Nachdem ich mir das Pferdemark ausgespült und die Haare gefönt hatte, setzte ich mich an meinen Schreibtisch und kritzelte den Entwurf in Reinschrift auf mein bestes Briefpapier. Hilde-Mama hatte es mir letztes Jahr aus dem Harz mitgebracht. Irgendwie war es sicher nicht richtig, das Geschenk ausgerechnet für Antworten auf Kontaktanzeigen fremder Kerle zu mißbrauchen, aber darauf konnte jetzt keine Rücksicht genommen werden.

Noch in derselben Stunde pilgerte ich zum nächsten Briefkasten. Es war so kalt, daß mir fast die Nase zufror, aber Opfer mußten eben gebracht werden. Ich ging bei Metzger Metzel vorbei, ignorierte meine rote Nase in der Spiegelwand und kaufte Hackfleisch. Zu Hause stellte ich mich in Hochstimmung in die Küche und kochte ein tolles Chili unter Zuhilfenahme des neuen Produktes aus dem Maggi-Kochstudio.

Robert kam pünktlich heim und hatte mir sogar einen neuen Krimi mitgebracht. Prima, den würde ich morgen lesen! Von den Frauenromanen war ich ganz abgekommen, nun, da ich alle Höhen und Tiefen eines Frauenschicksals am eigenen Leib erfahren hatte. Oder doch wenigstens fast alle.

»Lizzy-Kind!« rief er begeistert. »Da hast du dich extra hochgerappelt, um deinem Göttergatten was zu kochen. Das wäre doch nicht nötig gewesen!«

Genau das hatte Madonna auch gesagt. Aber Muttern hatte darauf bestanden. Und keine Widerworte, Kind!

Robert bestand darauf, daß ich mich zu schonen hätte, und trieb mich auf das Rattansofa. Wir spielten den ganzen Abend Scrabble, und mir unterliefen einige Freudsche Fehlleistungen. So legte ich »Trieb« statt »Dieb«, obwohl ich auch ein D gehabt hätte. Und einmal legte ich »Lover«, obwohl wir vereinbart hatten, auf fremdsprachige Ausdrücke zu verzichten. Was nicht weiter schlimm war, da es Robert nicht auffiel. Er war nur neidisch, weil das V auf einem Feld für dreifachen Wortwert lag. Zum Glück hatte er noch nie in meinem Freud gelesen. Ja, so gesehen war es wirklich besser, wenn er bei seinen »Zahnärztlichen Mitteilungen« blieb.

Blind date – das Prachtexemplar

Mein Geburtstag stand unmittelbar bevor. Am Freitag abend ging ich früh zu Bett. Ich hatte keine Lust, Punkt zwölf mit Robert anzustoßen – lieber wollte ich am Geburtstagsmorgen aufstehen und gucken, wie das neue Lebensjahr sich anließ. Das war bestimmt leichter zu ertragen, weil ich dann schon seit Stunden dreiunddreißig sein würde.

Am Samstag hörte ich Robert in aller Herrgottsfrühe aufstehen. Er pfiff beim Rasieren vor sich hin, ließ seine Zahnbürste nicht so lange kreisen wie gewohnt und verließ die Wohnung. Nanu? Eilte er etwa auf den Wochenmarkt, um das ersehnte Gebinde herbeizuschaffen? Erwartungsvoll überlegte ich, ob ich liegenbleiben oder aufstehen sollte. Ich entschied mich für ersteres, schlich mich aber kurz ins Bad und suchte mein Antlitz nach neuen Falten ab. Keine da. Erleichtert hübschte ich mich ein bißchen auf, zog meinen schönsten Pyjama an und kroch wieder ins Bett.

Fast zwei Stunden mußte ich ausharren, bis Robert zurückkam. Meine Güte, wo hatte er denn die Rosen gekauft? Die gab's doch an jeder Straßenecke! Dieser Umstandskrämer! Er murmelte im Flur vor sich hin. Entweder hatte er einen unliebsamen Gratulanten im Schlepptau, oder er führte Selbstgespräche. So was Albernes! Ich spitzte die Ohren. Er wuchtete mittelschwere Gegenstände hin und her. Ich hatte es geahnt. Es hörte sich an, als ob er Sandsäcke stapelte. Aller Voraussicht nach würde er mir also den Kombipack des Katastrophenschutzes schenken. Damit ich für alle Zeiten gegen Hochwasser und Hurrikane gerüstet war. Robert war alles zuzutrauen. Vielleicht schenkte er mir ja nächstes Jahr einen atomtestsicheren Bunker.

Als ich mitkriegte, daß er sich auf meine Tür zubewegte, kniff ich die Augen ganz fest zu und tat, als ob ich schliefe. Ich schaffte es sogar, ein leichtes Schnarchgeräusch vorzutäuschen. Schließlich hatte ich in Robert einen guten Lehrmeister.

»Liz?« flüsterte er und setzte sich vorsichtig auf die Bettkante. »Schläfst du noch?«

Nee, du Knalldepp! Ich bollere glotzwach durch die Wohnung. Herrje, Männer!
»Hm?« Ich räkelte mich und gähnte. An mir war eine erstklassige Schauspielerin verlorengegangen.
»Überraschung! Aufwachen!« rief er und ließ irgendwas auf die Bettdecke plumpsen. Das Irgendwas war kein Sandsack, es war leicht wie eine Feder. Neugierig schlug ich die Augen auf. Das konnte nicht wahr sein!
»Robert!« Mein Stimme überschlug sich. Mit zittrigen Fingern griff ich nach dem federleichten Etwas und drückte es an meinen mittlerweile dreiunddreißigjährigen Busen.
Robert beobachtete mich voller Stolz. Da war ihm doch wirklich mal was Originelles eingefallen. »Er ist genau zehn Wochen alt.«
»Er?«
Vorsichtig drehte ich das Kätzchen um und guckte unter sein Schwänzchen. Wahrhaftig! Zwei winzige Hoden waren deutlich zu erkennen.
»Hat er einen Namen?« fragte ich leise und strich dem Tierchen über das seidenweiche Fell. Es fing sofort an zu schnurren. Es sah aus wie der Butler einer hochgestellten Persönlichkeit: Sein Bauch war schneeweiß, der Rest rabenschwarz, als hätte es einen Frack an.
Robert schüttelte den Kopf. »Den mußt du dir ausdenken.«
Das Katerchen kroch zurück auf meinen Busen und tretelte. Dann bahnte es sich zielstrebig einen Weg unter die Decke und wühlte sich bis zu meinen Füßen durch. Ich war in höchstem Maße entzückt. Und ausnahmsweise mal sprachlos.

Etwas später offenbarte sich mir auch die Erklärung für Roberts Poltern. Im Flur stand ein gefülltes Katzenklo mit Deckel und Schlupfloch, im Bad ein Zwanzig-Kilo-Sack Katzenstreu. Für alles war gesorgt. Während wir am festlich gedeckten Küchentisch frühstückten, schlabberte das Katerchen Milch aus einem Schälchen, auf dem »Kitten« stand. Gleich nach dem Frühstück fing Robert damit an, den Kratzbaum, der noch in Einzelteilen in einem riesigen Karton verstaut war, zusammenzubauen.

Ich thronte derweil – immer noch im Pyjama – in seinem Fernsehsessel, mein Geburtstagsgeschenk schlafend auf dem Schoß, und nahm die Glückwünsche entgegen, die sich per Telefon über mich ergossen. Mutti rief an und sagte, der Scheck sei unterwegs, ebenso die selbstgestrickten Socken. Hilde-Mama sang »Happy birthday« ins Telefon und drohte ihr Kommen für die Vorweihnachtszeit an. Dann sollte ich mit ihr shoppen gehen und mir ein neues Kochbuch aussuchen. Bea rief an und fragte, ob der raffige Robert die Größe besessen habe, mir einen Brilli zu schenken.
»Du weißt doch«, sagte sie, »diamonds are a girl's best friend!«
»Erstens bin ich nicht die Monroe«, kicherte ich, »und zweitens hat mir Robert einen Hausfreund geschenkt.«
»Was?« Bea konnte es nicht fassen. Ich klärte sie über meinen neuen Bettgefährten auf, der sich wohlig auf meinem Schoß reckte und streckte. Wenn er gähnte, konnte ich seine winzigen, spitzen Zähnchen sehen. Eine Woge von Zärtlichkeit schlug über mir zusammen.
»Na, Wahnsinn!« Bea war platt. »Dann werden wir ja wohl demnächst Werbespots für Witzkatz schreiben, oder?«
Corry rief an und gratulierte förmlich, wie es sich für eine Frau Professor gehörte. Der Gatte weilte im Ausland und stand einem Krebskongreß vor. Als ich ihr von Roberts Geschenk erzählte, sagte sie nur: »Da hast du ja was am Hals.«
Verena hingegen war begeistert und holte ihren Papagei ans Telefon, der »Herrrrrlichen Lückwuns!« krächzte. Sie hatte es ihm extra beigebracht.
Ich war rundum glücklich und zufrieden.
Abends ließ Robert ein Menü vom Italiener kommen, da wir den Familienzuwachs nicht allein lassen wollten.
»Wo hast du ihn eigentlich her?« fragte ich und stocherte in meinem Salat herum.
Robert grinste. »Frau Moll hat mir erzählt, daß ihre Mizzi mit vier Jungen niedergekommen ist. Und da hab ich eins für dich ausgesucht!«
Frau Moll war eine ältere Patientin, die zum erstenmal in Roberts Praxis gekommen war, weil sie ihre Unterkieferteilpro-

these verschluckt hatte. Sie lebte allein in einem abbruchreifen Haus und hatte eine Unmenge Katzen, die ihr ganzer Lebensinhalt waren.

»Und was für eins!«

Mit Besitzerstolz beobachtete ich, wie unser Junior den Kratzbaum erklomm. Er krabbelte auf das oberste Podest und schaute mit seinen gelben Augen auf uns runter.

»Mau!«

»Und sprechen kann er auch schon!« feixte Robert. »In ein paar Wochen ist er aus dem Gröbsten raus. Da hab ich dir was eingebrockt! Wahrscheinlich wird er ein dicker Despot, der dich den ganzen Tag tyrannisiert.«

»Mit dicken Despoten, die mich tyrannisieren, kenn ich mich ja zu Genüge aus«, erwiderte ich anzüglich.

Das Katerchen sprang vom Kratzbaum, wühlte in der Blumenerde unserer Yucca-Palme und verteilte die braunen Krümel auf Roberts Allerheiligstem. Dann entweihte es den Teppich vollends, indem es pietätlos ein Pfützchen neben Roberts Füße setzte.

»Es pieselt!« schrie Robert und machte einen Satz. Das Katerchen versuchte, das Malheur zu verscharren. Robert hob es vorsichtig hoch und trug es in sein Katzenklo, wo es sofort heftig weiterscharrte. Kurz darauf kam es zurück und guckte uns treuherzig an.

»Tja, das war's dann wohl«, seufzte Robert und rubbelte mit einem nassen Lappen das Katzenpipi aus dem Teppichboden. »Aber man kann ihm ja nicht böse sein!«

Ich fragte mich allmählich, ob hier nicht ein tyrannischer, dicker Despot in Gestalt eines zweiten endlich seinen Meister gefunden hatte.

Ende November erhielt ich einen geheimnisvollen Brief in einem weißen Kuvert. Sobald ich es aufgerissen und zusammengeknüllt hatte, kam Johann angesaust und wollte damit Bällchen spielen.

Nach langen Diskussionen, in denen ich Robert alle möglichen Namen von toten Despoten – wie beispielsweise Nero – ausre-

den mußte, hatten wir uns auf Johann geeinigt. Der Name paßte einfach zu gut zu Katerchens Frack, und in allen Witzen, die ich kannte, hießen die Butler Johann. Robert gab sich geschlagen, weil der Butler von Graf Yoster auch so geheißen hatte. »Graf Yoster gibt sich die Ehre« war seine Lieblingssendung gewesen, als er noch Truckerfahrer oder Baggerführer werden wollte und keinen Gedanken an seine Kauwerkzeuge verschwendete, geschweige denn sie putzte.
Während Johann das Papierknäuel unter die Flurkommode fegte, sich hinterherschlängelte, es anfauchte und weitertrieb, las ich, daß das unbekannte Prachtexemplar aus der Annonce sich nach einem Treffen mit mir geradezu verzehrte. Der Brief wirkte ein bißchen geschäftsmäßig auf mich, ein Eindruck, der dadurch verstärkt wurde, daß das Prachtexemplar ihn auf dem Computer geschrieben und ausgedruckt hatte. Hoffentlich hatte der Typ nicht Hunderte von Exemplaren ausgedruckt und in Umlauf gebracht.
»Lady!« stand da. »Ich habe mich sehr über Ihre Zuschrift gefreut. Um Sie kennenzulernen, würde ich Sie gerne zum Italiener ausführen. Als Termin schlage ich Freitag, den achten Dezember, vor. Bitte kommen Sie um zwanzig Uhr zu Luigi. Es wäre schön, wenn Sie es ermöglichen könnten. Gruß, Ihr ...«
Die Unterschrift war leider unleserlich. Aber was machte das schon? Mittlerweile hatte ich ja Erfahrung mit blind dates. Das wäre immerhin mein drittes. Erst der popelige Prof, dann der leidende Lyriker und jetzt das Prachtexemplar.
Johann kam angerannt und sprang nach einem Miauen auf meinen Schoß, von wo aus er mich mit großen Augen ansah. Ich kraulte ihn selbstvergessen hinter den Ohren und dachte scharf nach.
Eigentlich hatte ich mir ja geschworen, die Suche nach einer prickelnden Affäre abzublasen. Wo doch Robert weder Mühen noch Kosten gescheut und mir so ein schönes Geburtstagsgeschenk gemacht hatte! Er war auch längst nicht mehr so despotisch wie früher und akzeptierte ohne Widerworte, daß Johann vor ihm das Fressen serviert kriegte.
Andererseits war die Gelegenheit günstig, weil er seit einigen

Wochen freitags immer mit Dietrich Squash spielte. Robert hatte sich fest vorgenommen, das errungene Idealgewicht zu halten. Vor elf kam er nie heim. Ich konsultierte meinen Terminkalender. Beim achten stand »Mariä Empfängnis«. Hoffentlich war das kein schlechtes Omen.

Am Montag abend rief mich Bea an und fragte, ob wir uns im Sidestep treffen wollten. Ich sagte zu und zog den gefütterten Seidenparka an, den ich mir vom Geburtstagsscheck meiner Eltern gekauft hatte.
Ein Blick ins Wohnzimmer verriet mir, daß alles in Butter war. Robert schlief in seinem Sessel, und Johann schlief auf Robert. Ein Bild des Friedens! Auf Zehenspitzen schlich ich raus, nachdem ich den beiden einen Zettel hingelegt hatte. Ich würde nicht lange bleiben, da ich momentan immer ziemlich müde war. Johann hielt mich ganz schön auf Trab. Oder meine Herbstmüdigkeit ging nahtlos in den Winterschlaf über.
Den Weg zu unserer Stammkneipe legte ich im Laufschritt zurück, um keine kalten Füße zu kriegen. Bea war schon da und saß am Tresen.
»Was trinkst du?« fragte ich. Vor ihr stand ein Glas mit einer trüben, dampfenden Flüssigkeit.
»Heißen Apfelwein«, sagte sie. »Solltest du auch mal probieren, davon wird dir echt warm.«
»Nee, lieber nicht.« Ebbelwoi – egal in welchem Zustand – würde ich nie wieder anrühren. Ich hatte das Gefühl, schon vom bloßen Hingucken Durchfall zu kriegen. Lieber bestellte ich einen Orangensaft. »Liegt irgendwas an?«
Bea druckste rum. »Ich weiß gar nicht, wie ich's dir sagen soll.«
»Versuch's doch einfach mal!« ermunterte ich sie.
So schlimm konnte es ja wohl nicht sein. Vielleicht hatte sie Mayer-Erkenrath den Laufpaß gegeben und sich Gernot wieder in die Bude geholt. Das wäre zwar ein gewaltiger Rückschritt, aber ich würde nicht daran zugrunde gehen.
»Du weißt ja, daß Mark und ich jedes Wochenende zusammen verbringen?«

Ich nickte. Klar wußte ich das. Ein Wochenende kam er hoch, ein Wochenende fuhr sie runter. Die klassische Wochenendbeziehung. Freitag nacht bis Sonntag nachmittag.
»Na, und gestern beim Frühstück hat er mich gefragt, ob ...«
»Er hat dir einen Heiratsantrag gemacht?« Ich wurde ganz zappelig. Vielleicht würde ich jetzt endlich mal Trauzeugin werden.
»Also, das nun gerade nicht.« Bea schob ihren Deckel auf dem Tresen hin und her. »Aber er will, daß ich nach Frankfurt übersiedle... und mit ihm zusammen eine Agentur aufmache. Puh, jetzt ist es raus!«
Sie sah mich mit gemischten Gefühlen an. In der letzten Zeit hatten wir uns immer ausgemalt, wie toll es wäre, wenn wir zusammen eine Agentur aufmachen würden. Bei unserem letzten Treffen im Sidestep hatten wir die ganze Sache sogar schon mal durchkalkuliert.
»Und – was wirst du tun?«
»Keine Ahnung. Ich kenne ihn ja noch nicht so lange. Was würdest du denn machen?«
Ich überlegte. Warum sollte eigentlich immer das Weib dem Manne nachfolgen? »Wie isses denn umgekehrt? Ich meine, kann er denn nicht hierher ziehen? Wir könnten doch auch zu dritt einen Laden aufmachen!«
Das war eine tolle Idee! Mark hatte sicher einen Haufen Connections, die uns von Nutzen sein könnten. Bea seufzte.
»Das hab ich ihm ja auch vorgeschlagen. Aber seine Mutter lebt in Frankfurt, die kann man nicht mehr verpflanzen.«
Ich lachte, weil ich mir Marks Mama – die distinguierte Frau Mayer-Erkenrath, deren einzige Verfehlung darin bestanden hatte, einen Knaben zu gebären, als ihr Gatte schon zehn Monate unter der Erde war – als Alpenveilchen vorstellte, das sich gegen das Umgetopftwerden sträubte. Und weil auch Bea die Überdosis Schwiegermutter nicht erspart bleiben würde, an der ich alle paar Wochen mal würgte.
»Mach, was du für richtig hältst!« sagte ich. »Du kannst ja erst mal deine Wohnung hier untervermieten, nur für den Fall, daß es in die Hose geht.«

»Mann, bin ich froh!« Bea drückte meinen Arm, daß es weh tat. »Ich hab schon gedacht, du wärst sauer.«
Na ja, begeistert war ich nicht. Aber ich wollte ihrem Lebensglück nicht im Wege stehen.
Wir hechelten noch ein paar Skandale durch und lästerten über einen Typen, der neben uns am Tresen stand und immer näher rückte, wobei er versuchte, möglichst viel von unserem Gespräch mitzukriegen. Ich erzählte Bea von dem blind date am Freitag.
»Dieses Prachtexemplar nehme ich noch in Augenschein. Entweder Top oder Flop! Bei Flop war's das. Dann muß ich halt mit Robert meinen Lebensabend beschließen.«
Bea meinte auch, ich sollte diese Chance nicht erneut ungenutzt verstreichen lassen.
Wir trennten uns in bestem Einvernehmen.

Um allen möglichen Erkältungskrankheiten vorzubeugen – damit ich am Freitag nicht krank daniederlag –, trank ich jeden Tag ein Glas mit löslichem Vitamin C. Am Mittwoch morgen suchte ich meine Lieblingsapotheke auf, um mir ein neues Röhrchen Vitamintabletten zu kaufen. Während die Apothekerin Nachschub aus einem Regal im hinteren Trakt der Apotheke kramte, hielt ich Ausschau nach Sonderangeboten aller Art und entdeckte eine Tube Vitamin-E-Hautbalsam zum Probierpreis. Ich legte sie auf den Verkaufstresen. Die Apothekerin legte das Röhrchen Vitamintabletten dazu und tippte die Beträge in die Kasse ein.
Plötzlich traf mich fast der Schlag: Hinter der Kasse hing ein Plakat, das für einen Schwangerschaftstest warb. Was im Prinzip nicht weiter schlimm war. Wenn mir nicht just in dem Moment siedendheiß eingefallen wäre, daß ich seit Menschengedenken meine Tage nicht mehr gehabt hatte. Schweiß trat mir auf die fahle Stirn.
»Ist Ihnen nicht gut?« fragte die Apothekerin. »Soll ich Ihnen ein Glas Wasser bringen?«
Ich verneinte. Wasser würde im Ernstfall auch nichts mehr nützen.

»Äh – mir ist nur gerade eingefallen, daß ich was vergessen habe. Also – ein Päckchen Aspirin und... wie teuer ist dieser Test?« Ich zeigte auf das Plakat.

»Neunzehnneunzig!« kam es wie aus der Pistole geschossen. Der Test wurde wohl gerne gekauft.

Ich schleppte mich mit der Apothekentüte nach Hause. Achtlos warf ich das Vitamin C in eine Schublade des Küchenschranks, das Aspirin und die Hautcreme stellte ich ins Bad. Johann umtanzte mich und maunzte, dann entdeckte er die leere Tüte und kroch hinein.

Ich riß die Packung des Schwangerschaftstests auf und studierte die Gebrauchsanweisung. Es klang, als könnte selbst die dämlichste potentiell Schwangere nichts falsch machen. Dann zog ich meinen Terminkalender zu Rate. Bis einschließlich September hatte ich die Pille genommen, die mir Schallemacher damals verschrieben hatte. Und ich hatte noch nicht mal was davon gehabt.

Im Oktober und November war soviel Aufregendes passiert, daß ich völlig vergessen hatte, meine Tage im Kalender mit Kreuzchen zu markieren, wie ich es sonst immer mit einem roten Filzstift tat.

Ausgerüstet mit einem Plastikbecher, begab ich mich ins Bad. Johann kroch aus der Tüte und verfolgte mich. Er wuselte mir um die Beine. Nachdem ich das Teststäbchen aus der Zellophanfolie gepfriemelt und griffbereit auf dem Badewannenrand deponiert hatte, setzte ich mich aufs Klo, um vorschriftsmäßig in den Plastikbecher zu pinkeln. Diesen Moment nutzte Johann gnadenlos aus. Flink sprang er auf den Wannenrand, angelte mit der linken Vorderpfote nach dem Teststäbchen, warf es runter und sprang hinterher.

Am Ende fraß er das Ding noch! Ich sah mich schon beim Tierarzt sitzen, während dieser dem Kater eine Magenspülung verpaßte. Er würde wahrscheinlich peinliche Fragen stellen, und ich müßte ihm schamgeschüttelt beichten, daß das Viech einen Schwangerschaftsteststab verkostet hätte. Allmächtiger!

»Johann! Laß ab! Pfui!«

Johann scharrte heftig und pieselte auf das Stäbchen, wahr-

scheinlich aus Solidarität. Leider war er noch nicht stubenrein. Und wie sich herausstellte, war er auch nicht schwanger.
Ich wischte das Pfützchen weg und versteckte das ganze Testgelümps unter den gebrauchten Tempotaschentüchern im Abfalleimer. Johann verfolgte mich in mein Zimmer, wo ich mit zittrigen Fingern Schallemachers Telefonnummer heraussuchte und in seiner Praxis anrief. Die Arzthelferin behauptete steif und fest, vor Weihnachten keinen Termin mehr frei zu haben, schob mich aber sofort ein, als ich genauso steif und fest behauptete, hochschwanger mit Drillingen zu sein. Mein schlechtes Gewissen beruhigte ich, indem ich mir versicherte, es handele sich um einen Notfall. Wenn ich nicht bald Bescheid wußte, würde ich zum Schatten meiner selbst.
Um ihn nicht unnötig aufzuregen, erzählte ich Robert nichts von meinem Verdacht. Entweder würde er sofort die Scheidung einreichen, weil das nicht in seine Lebensplanung paßte, oder er würde Johann an einer Autobahnraststätte aussetzen, um nicht drei hungrige Mäuler durchfüttern zu müssen. Oder er würde losziehen und sinnlos Geld für einen riesigen rosa Teddybären verplempern. Das alles galt es vorerst zu verhindern.

Mit gespaltenen Gefühlen sah ich meinem blind date entgegen. Ich überlegte sogar, ob ich überhaupt hingehen sollte, aber als Robert sich gegen sieben seine Sporttasche schnappte und sich auf den Weg zu Dietrich machte, um ihn abzuholen, verwarf ich diese Überlegung wieder. Warum sollte ich mir keinen netten Abend machen? Zumindest konnte ich mir kostenlos die Hucke vollfressen. Ich gönnte mir ja sonst nix.
Lange stand ich vorm offenen Kleiderschrank. Nach reiflicher Überlegung entschied ich mich für Jeans und Kaschmirpullover. Ich zog Stiefeletten an und den Seidenparka und machte mich auf den Weg. Robert hatte den Porsche mitgenommen, und die Jaguarschlüssel konnte ich nicht finden. So blieb mir nichts anderes übrig, als zur nächsten Bushaltestelle zu latschen.
Außer mir stand nur noch ein alter Mann da.
»Wat'n Wetter!« brummte er und schneuzte sich vernehmlich in sein Sacktuch.

Ich pflichtete ihm bei. »Da jagt man ja keinen Hund vor die Tür!«
Ein Schneetreiben hatte eingesetzt. Ich streifte meine Kapuze über den Kopf, damit der Liz-Look nicht ruiniert würde. Ungeduldig trat ich von einem Fuß auf den anderen. Endlich kam der Bus. Die vollautomatischen Türen gingen zischend auf und spuckten einige wenige vermummte Gestalten in die Nacht. Ich ließ dem alten Mann den Vortritt. Langsam kämpfte er sich die Stufen hoch.
Mach schon, dachte ich. Auf einmal ging die Tür wieder zu, ich hämmerte dagegen, aber es war zu spät. Der Fahrer konnte es wohl nicht abwarten, Feierabend zu haben.
Notgedrungen mußte ich auf den nächsten Bus warten, der in Richtung Luigi fuhr. Ich inspizierte den Fahrplan. Scheiße, noch eine Viertelstunde.
Das Schneetreiben wurde immer heftiger. Es war der erste Schnee der Saison, und ich beobachtete, wie die dicken Flocken vom Himmel taumelten, sachte auf dem nassen Asphalt aufkamen und anfangs wegschmolzen, bald aber liegenblieben. Wenn es die Nacht durch schneite, würde WDR ZWO morgen die Autofahrer vor der geschlossenen Schneedecke warnen. Hoffentlich kam Robert gut nach Hause.
Am liebsten wäre ich auch wieder heimgegangen. Aber ich hatte keine Lust, mutterseelenallein auf dem Sofa zu liegen. Johann verschlief den halben Abend auf Roberts Sessel, die kleine Plautze, die er sich angefressen hatte, dem wohlwollenden Betrachter entgegengestreckt. Ab und zu schmatzte er im Schlaf oder zuckte mit den Pfoten. Gegen elf pflegte er aufzuwachen und im Flur auf und ab zu sprinten, um seine Spielstunde einzuleiten.
Endlich tuckerte der Bus heran, und diesmal ließ ich mich nicht ablinken. Obwohl mich eine alte Dame in einem Pelzmantel, der nach Mottenpulver roch, rüde beschimpfte, drängelte ich mich an ihr vorbei und kletterte in den Bus.
Als ich ausstieg, schneite es noch immer. Ich atmete die klare, kalte Luft ein. Von weitem sah ich die heimelig erleuchteten Fenster von Luigi. Hoffentlich kamen Robert und Dietrich nicht auf

die Idee, sich nach dem Squashspielen die verlorenen Kalorien wieder anzufuttern. Und falls doch, nicht ausgerechnet bei Luigi. Bloß nicht! Lieber an einer Pommesbude.
Sicherheitshalber ließ ich meinen Parka an und ging langsam zwischen den Tischreihen hindurch, auf der Suche nach einem Prachtexemplar, das einsam an einem Tisch für zwei Personen saß. Fehlanzeige.
Luigi selbst bog mit einem vollbeladenen Tablett um die Ecke, schlug einen eleganten Haken um mich und kam zum Stillstand.
»Buona sera, Signora!«
Er hatte mich erkannt. Und nicht nur das.
»Gehen Sie durch nach hinten, vorletzter Tisch – prego!«
Komisch.
Am vorletzten Tisch saß das Prachtexemplar. Mit dem Rücken zum Eingang. Komisch – von hinten sah es aus wie Robert.
Ich räusperte mich. »Hallo.«
Das Prachtexemplar drehte sich um. »Hallo.«
Auch von vorne sah es aus wie Robert. Kein Zweifel – ich hatte ein blind date mit meinem eigenen Mann! So blind konnte auch nur ich sein.
Ich schluckte. »Was machst du denn hier?«
»Dasselbe wollte ich dich auch gerade fragen!« Er lächelte listig. »Setz dich doch – Lady!«
Luigis linke Hand, Gianni, half mir aus dem Parka und schob mich auf den freien Stuhl. Nervös steckte ich mir eine Zigarette an. Wen hatte ich erwartet? Einen gutaussehenden Mann Mitte Dreißig – selbständig – liquide – locker – Biertrinker – Blondinenliebhaber. Stimmte ja alles. Wenn man es realistisch sah.
Mir dämmerte Schreckliches.
»Robert?«
»Hm?«
»Sag mal, war die Annonce von dir?«
Gianni servierte zwei Tomatensuppen. Robert griff zu seinem Löffel, tauchte ihn ein und pustete.
»Ich war entzückt über deine Zuschrift!« Er grinste. In seiner rechten Wange gewahrte ich ein Grübchen, das ich vorher nie bemerkt hatte.

Am liebsten wäre ich in den Boden versunken. Wortlos widmete ich mich der Suppe.

Muttern machte »tststs« und schwenkte ihren überdimensionalen Zeigefinger. Madonna legte die Stirn in Falten und dachte scharf nach.

Robert schob den leeren Teller zur Seite und nahm meine freie Hand.

»Weißt du«, sagte er, »ich hab schon gemerkt, daß du immer die Kontaktanzeigen im ›City Journal‹ gelesen hast. Einmal hast du sogar eine angestrichen – von einem Individualisten.«

Ich dusselige Kuh! Sogar zum Fremdgehen war ich zu blöde! Wenn ich das Bea erzählte, würde sie mich nie mehr für voll nehmen. Das Geheimnis mußte ich mit ins Grab nehmen.

Gianni brachte das Hauptgericht, Saltimbocca alla Romana. Ohne Rücksicht auf Stil tranken wir ein kühles Blondes dazu.

»Ach?« Was sollte ich auch sonst sagen? Statt Sigmund Freud hätte ich mal lieber Knigge lesen sollen. Mit Freud war ich aufgeschmissen, aber Knigge hätte vielleicht einen heißen Tip für geziemliches Verhalten in brenzligen Situationen in petto gehabt.

»Und da hab ich mir gedacht, ich ködere dich mit einer Annonce – bevor du dich womöglich irgendeinem Macho an den Hals wirfst!«

Irgendeinem Macho! Alles, nur das nicht!

Triumph schwang in Roberts Stimme mit. Gute Idee, das mußte ich ihm lassen. Hatte ja auch geklappt.

Fieberhaft überlegte ich. Die Novemberausgabe vom »City Journal« hatte er mir mitgebracht und sogar auf meinen Schreibtisch gelegt, kurz bevor ich krank geworden war.

»Bist du nicht sauer?« Das Kalbfleisch blieb mir fast im Halse stecken. Robert hingegen hatte seinen beträchtlichen Appetit nicht eingebüßt. Seine Kiefer mahlten wie eh und je.

»Nö. Vielleicht hab ich's ja verdient.« Woher die plötzliche Anwandlung von Selbstkritik? »Ich war nie da, und wenn, dann ...«

»...bist du vor der Glotze eingepennt!« ergänzte ich. Nun war der Triumph auf meiner Seite.

»Aber nur aus Notwehr, weil du sowieso jeden Abend mit Bea am Telefon herumgetratscht hast!«
»Ich hab aus purer Langeweile telefoniert, weil du dich immer gleich nach dem Essen vor der Glotze eingeparkt hast!«
»Na gut«, sagte Robert. »Wir schaffen das Telefon und die Glotze ab!«
Das war nicht die Lösung, die mir vorschwebte. »Nur, wenn du dann in deiner fernsehfreien Zeit das Klo schrubbst!«
»Och, Liz!«
Dann eben nicht. Blieb das Klo halt ungeschrubbt! Für solchen Firlefanz hatte ich keine Zeit mehr, schließlich stand der lukrative Auftrag eines namhaften Eau-de-toilette-Herstellers ins Haus.
Gianni brachte unseren Espresso. Wir schlürften das heiße Getränk aus den kleinen Täßchen und sahen uns an.
»Ab Januar hab ich einen Kompagnon in der Praxis, Dr. Rottmann, Mathias Rottmann«, sagte Robert.
Prima Name für einen Zahnklempner. Er würde die Karies im Kohlenpott ausrotten. Komplett.
»Hast du den auch mit einer Annonce geködert?«
»Ja, in den ›Zahnmedizinischen Mitteilungen‹. Wir haben dann von morgens acht bis abends acht auf, full service, verstehst du? Die Arbeitszeit wird gesplittet, so daß ich viel öfter at home bin. Wir können ja den kleinen Johann nicht vaterlos aufwachsen lassen!«
Was hatte ich doch für einen kreativen Mann! Und was er für innovative Marketing-Ideen hatte! Service rund um die Uhr für alle Zahnkranken der Stadt. Das mußte ihm erst mal einer nachmachen. Wahnsinn! Ob der Bundesgesundheitsminister das gutheißen würde?
»Außerdem steht morgen der Jaguar im ›Tageblatt‹, der wird verkloppt!« Robert war echt anzeigensüchtig. »Du kriegst den Porsche, und ich kauf mir einen Kombi!«
Au ja! Und mich verkaufte er dann mitsamt dem Porsche, oder was?
Mißtrauisch fragte ich: »Was hast du noch für Anzeigen aufgegeben?«

»Bisher keine. Aber vielleicht sollten wir wirklich ein Häuschen auf dem Lande suchen. Damit unser kleiner Johann einen Garten zum Rumtollen hat!«
Ahnte er irgendwas von meinem Dilemma? Womöglich hatte er den Badmülleimer durchgewühlt! Mein Herz raste, ich schwitzte in dem dicken Kaschmirpullover.
Robert bezahlte und zog den Reißverschluß meines Parkas zu.
»Come on, Lady!« rief er.
Vorsichtig, damit der Porsche auf der geschlossenen Schneedecke nicht ins Schleudern kam, fuhr er durch unsere Nacht. Wenn er nicht schalten mußte, hielt er meine linke Hand. Die letzte Ampel an der Abbiegerspur in unser Wohnviertel war rot. Robert beugte sich zu mir rüber und gab mir einen dicken Schmatz.
»Alles okay, Lady?« fragte er fröhlich.
Ich nickte. Alles okay.
»Du Prachtexemplar!« sagte ich amüsiert.
Die Ampel schaltete auf Grün. Bald würden wir zu Hause sein. Home, sweet home.

Montag morgen. Wartezimmer Praxis Schallemacher. Alle außer mir trugen Hängerchen oder Latzhosen und saßen anständig – Rücken rein, Bauch raus – auf ihren Stühlen. Ich suchte mir ein freies Plätzchen am Fenster, formulierte einen Werbeslogan für Pascha, den neuen Herrenduft, und kritzelte ihn in meinen Memo-Block »Pascha – der ganze Kerl im Mann!« Dann sah ich verträumt dem Tanz der Schneeflocken zu, bis ich aufgerufen wurde.

HAPPY-END?

Anna Johann

Geschieden, vier Kinder, ein Hund, na und?

Band 11118

Es war einmal eine Liebe – so fangen viele Geschichten an, so auch die von Anna. Es war eine Liebe, neben der nicht mehr viel Raum für andere Dinge, andere Interessen, andere Menschen blieb und die selbstverständlich ein ganzes Leben lang dauern sollte. Und dann ist diese Liebe plötzlich verschwunden – ohne großes Trara, ohne Tellerschmeißen und Morddrohungen. Sie wurde ausgelöscht durch eine große Fremdheit, die Anna zu Anfang nicht wahrhaben wollte und gegen die sie gekämpft hat. Und doch ist er plötzlich da, dieser Tag, an dem sie allein dasteht, die Erinnerung an diese Liebe noch im Kopf, den sichtbaren Beweis – vier Kinder – vor Augen. Sie nimmt diese Herausforderung an, auch in ihrem Beruf, und beginnt, sich langsam Stück für Stück zu einem eigenständigen Wesen zusammenzusetzen, will ihr Leben auf die eigenen Füße stellen. Sie hat Angst, aber sie merkt auch, wie diese Angst kleiner wird und welche Freude jeder Schritt in ihr auslöst, der sie ein kleines Stück weiterbringt.

Fischer Taschenbuch Verlag

fi 1992 / 2

Anna Johann

Ich liebe meine Familie - ehrlich

Roman

Band 13082

Anna Wagner hat allen Grund, stolz auf sich zu sein. Sich nach einer Scheidung beruflich durchzusetzen und dabei auch noch für vier Kinder, einen Hund und eine Katze sorgen zu müssen erfordert neben dem Quentchen Glück, das ihr geschenkt wurde, sehr viel Energie und Zähigkeit. Doch jetzt hat sie es geschafft. In ihrem Beruf als Journalistin ist sie erfolgreich. Größere Katastrophen mit ihren Kindern sind ihr erspart geblieben, wenn auch vier hoffnungsvolle Sprößlinge immer wieder für Überraschungen gut sind. Zwar sorgt die unverhoffte Begegnung mit einer alten Liebe für einige Turbulenzen, doch grundsätzlich gestaltet sich auch ihre Beziehung zu Fritz, ihrem Lebensgefährten, sehr positiv. Daß Fritz die Familie um seine Tante bereichert, nimmt Anna dankbar an. Sie, die früh ihre Mutter verlor, entwickelt eine starke Zuneigung zu dieser alten Dame, die erwidert wird. Und so kann sie mit Recht behaupten: Ich liebe meine Familie. Daß dieser Satz zu einem Stoßseufzer wird, liegt nicht zuletzt an dem sehr eigenwilligen Charakter des neuen Familienmitglieds. Tante Johanna hat ihre eigene Meinung über das Leben im allgemeinen und die rätselhaften Vorgänge, die sich in dem Seniorenheim, in dem sie lebt, ereignen, im besonderen. Ihre kriminalistische Neugier ist nicht ungefährlich, wie sich bald zeigen wird. Und auch Anna wird in die Ereignisse hineingezogen.

Fischer Taschenbuch Verlag

fi 2085 / 2

Fern Kupfer

Liebeslügen

Roman

Aus dem Amerikanischen von Bruni Röhm

Band 12173

Die feministische Literaturwissenschaftlerin Frau Meltzer hat ihre beste Freundin Julia Markem immer beneidet: Julia und ihr Mann Tyler, ein Philosophieprofessor, führen ein wunderbar harmonisches Leben. Seit Jahren waren sie glücklich verheiratet, hatten zwei entzückende Kinder und machten gemeinsam Karriere am Stimpson College in Grandview, Illinois. Dann aber entdeckt Julia, daß Tyler eine Affäre mit einer Studentin hat und er keineswegs zum ersten Mal fremdgegangen ist. Ein Schock für Julia. Als Tyler auf dem Campusgelände auf mysteriöse Weise ums Leben kommt, gerät sie – auch wenn zunächst alles auf einen Unfall hindeutet – unter Verdacht. Fran versucht ihrer besten Freundin zu helfen und nimmt die Suche nach dem oder der Schuldigen selbst in die Hand, denn weit mehr Menschen als Tylers Frau Julia hätten, so zeigt sich, einen Grund gehabt, ihm den Tod zu wünschen. Daß Fran bei ihren Recherchen schließlich selbst in Gefahr gerät, ist zu erwarten. Ob Detective Rhodes, in den sich Fran verliebt hat, den Fall ohne ihre Hilfe lösen wird und ob die Freundschaft zwischen Fran und Julia Bestand haben kann, wird hier jedoch nicht verraten.

Fern Kupfer

Zwei Freundinnen

Roman

Aus dem amerikanischen Englisch
von Michaela Huber

Band 12173

Sharon und Barbara sind berufstätig, verheiratet und Mütter von Töchtern. Beide sind beste Freundinnen und doch sind sie grundverschieden. Während Sharon Konflikte am liebsten vermeidet, zufrieden mit ihrem eher anspruchslosen Job ist und entschlossen, ihre recht glückliche Ehe mit Jesse nie zu gefährden, ist die attraktive Barbara sehr selbstbewußt, ehrgeizig in ihrem Beruf und eher locker im Umgang mit Männern. Als Barbara eines Tages beschließt, sich von ihrem Mann zu trennen und mit ihren Töchtern zu Andrew nach Kalifornien zu ziehen, ist Sharon zunächst schockiert. Doch trotz ihrer Zweifel an Barbaras Entscheidung begleitet sie ihre Freundin auf deren Bitte hin quer durch das Land in ihr neues Leben. Die Reise, der zwei so grundverschiedenen Frauen, wird zu einer Reise zu sich selbst. In vielen intensiven Gesprächen lernen sie einander und auch ihr eigenes Ich besser verstehen und wissen am Ende der langen Fahrt, wie wichtig sie füreinander sind und wie sehr sie sich gegenseitig brauchen.

Fischer Taschenbuch Verlag

fi 2089 / 2

Sabine Deitmer

Kalte Küsse

Kriminalroman

Band 11449

Alles beginnt an einem ganz normalen Samstag im Juli. Mit Paaren, die heiraten, ganz in Weiß, mit grölenden Fußballfans, mit Familien auf dem Weg zum Feuerwerk im Park, mit Katzen, die Mülltonnen plündern und der alltäglichen Gewalt, die zum Wochenende wild eskaliert. Mit einer Kriminalkommissarin, die ihren Liebhaber frustriert und eine nicht mehr ganz taufrische Leiche findet... Kein ganz normaler Einsatz in Sachen Mord für Kriminalkommissarin Beate Stein. Sie hat mehr als eine Leiche gesehen. Doch was sie an diesem Samstag zu sehen bekommt, zieht ihr die Magenwände zusammen. Kaum vorstellbar, daß das einmal ein Mensch war, ein Mann. Wer hat ihn umgebracht und so zugerichtet? Und vor allem, warum? Hinter den Türen ganz normaler Familien stößt sie bei ihren Ermittlungen auf Fragen, die ihr eine Gänsehaut über den Rücken jagen. Der Schmutz, den Beate Stein bei sauberen Familien findet, bereitet ihr unruhige Nächte. Alles deutet in eine Richtung... Schafft sie es, ihre Pflicht als Polizistin zu tun, ohne sich selbst dafür zu hassen? Gelingt ihr der Drahtseilakt, sich in einer Männergesellschaft durchzusetzen, ohne abzustürzen?

Fischer Taschenbuch Verlag

fi 2084 / 2

Sabine Deitmer
Auch brave Mädchen tun's
Mordgeschichten

Band 10507

Auf den ersten Blick haben die Frauen, die Sabine Deitmer in den Mittelpunkt ihrer Geschichten stellt, wenig gemeinsam: Da ist zum Beispiel die Kindergärtnerin mit den üppigen Formen, die ihr Leben mit Champagnertrüffeln und verheirateten Liebhabern versüßt. Die Karrierefrau mit dem Topjob, die zu sehr liebt. Die Friseuse im Ledermini, die nach Feierabend ihre rollende Disco aufbaut. Die Hausfrau, die mit Vierzig schwimmen lernt und eine Schwäche für Goldfische entwikkelt. Oder die Witwe, die mit einem dreißig Jahre jüngeren Mann die Liebe entdeckt. Es sind ganz normale Frauen. Brave Frauen. Und doch entsprechen sie nicht so recht dem Bild, das man(n) sich von Frauen macht. Sie sind eine Spur zu eigenwillig, zu aufmüpfig, zu stolz und zu störrisch. Sie wollen sich nicht bescheiden. Eigensinnig beharren sie darauf, von ihrem Leben alles zu erwarten. Sie wollen lieben und lachen, spinnen und Spaß haben. Ihre Talente lustvoll ausleben und ihren ganz eigenen Weg zum Glück gehen. Für dieses Ziel tun sie alles. Wenn es sein muß, morden sie sogar. Männer, die sich ihnen in den Weg stellen. Einfach so.

Fischer Taschenbuch Verlag

fi 1999 / 2

Tina Grube

Männer sind wie Schokolade

Roman

Band 12689

Linda, emsig arbeitende Werbeagenturfrau, gerät immer wieder und überall in die unmöglichsten Situationen. So kämpft sie gegen Auftragsberge, einen cholerischen Boß und die täglichen Attacken auf die kreativen grauen Zellen. Aber auch privat ist sie ständig den Tücken des Schicksals ausgesetzt. Eigentlich möchte sie sich in ihrer kostbaren Freizeit nur das Allerbeste für die Seele gönnen. Den langersehnten tollen Mann zum Beispiel. Oder die heißgeliebte Schokolade. Allerdings: Mit dem unbeschwerten Genuß ist das immer so eine Sache. Kein Wunder, daß es noch aufregender wird, als die Agentur einen neuen Kunden gewinnt. Anfangs als Verkörperung typisch männlicher Arroganz voller Verachtung abgelehnt, wird er allmählich zur lockenden Versuchung. Männer sind wie Schokolade... Wie schön, daß es da auch noch Freundinnen gibt, die Linda in allen Lebenslagen mit weiblicher Raffinesse unterstützen.

Fischer Taschenbuch Verlag

fi 2082 / 2

Tina Grube

Ich pfeif auf schöne Männer

Roman

Band 13320

Das chaotisch-hektische Leben der Werbefrau Linda findet in diesem Roman seine Fortsetzung. Manchmal hat Linda einfach die Nase voll. Ihre Long-Distance-Liebesbeziehung mit Mike ist eigentlich schon kompliziert genug. Plötzlich überrascht er sie aus heiterem Himmel auch noch mit der Eröffnung, daß er eine fünfjährige Tochter hat, deren Herz es zu erobern gilt. Was gar nicht so einfach ist. Auch Lindas Job in der Werbeagentur zerrt heftig an ihren Nerven. Der Streß will nicht enden und die Agenturkollegen tragen mit Profilneurosen und Macho-Gehabe einiges dazu bei. Linda beschließt, ihr Schicksal selbst in die Hand zu nehmen. Veränderungen sind angesagt. Jawohl! Sie kündigt und will sich auf eigene Füße stellen. Da ist ihr gerade recht, daß ein Fotograf sie umwirbt und ihr ein neues Betätigungsfeld anbietet. Linda greift zu und schon ist sie drin in der internationalen Szene der Modeleute, Schauspieler und Fotomodelle. Sie reist zwischen Hamburg, Mailand, Hollywood und Frankfurt hin und her und lernt bei einem Foto-Shooting den gutaussehenden Regieassistenten Pierre kennen, einen bezaubernden, langwimprigen Franzosen. In Hollywood verwirrt sie ein durchaus ansehnlicher Amerikaner und es begegegnen ihr einige männliche Models, Stars und Sternchen. Bei so viel Schönheit könnte es einem ganz schwindlig werden - wenn, ja wenn Mike nicht wäre, der »Schokoladenmann« aus Roman Nr. 1...

Fischer Taschenbuch Verlag

fi 2081 / 2

Dorit Zinn

Mit fünfzig küssen Männer anders

Roman

Band 12939

Marie ist eine Frau, die Zeit braucht, sagt Dietrich gönnerhaft. Klar, denkt Marie vor ihrer ersten Ausstellungseröffnung, ich bin erst fünfzig und hab noch viel zu wenig ausprobiert – nicht mal den Seitensprung. Was soll ich denn sagen, stöhnt Anna, Udo bemerkt mich längst nicht mehr. Vielleicht fliege ich mit Karl nach Lanzarote, ab fünfzig ist doch alles erlaubt... Dietrich, der Forschungssüchtige, ein Perfektionist beim Geschirrspülerfüllen, Pulszählen und Serviettenfalten, strebt plötzlich in eine Männergruppe, um seine Grenzen zu erkunden. Während er sich gemeinsam mit Udo im Überlebenstraining von Gänseblümchen und Regenwürmern ernährt, beschließt Marie, die Gelegenheit zu nutzen. Trotzig und lustvoll erprobt sie die Liebe und das Küssen neu, mal resignativ an Eugens Seite in den Bergen, mal rauschhaft mit Kevin unterm Pflaumenbaum. Dabei vergißt sie aber nie, Dietrichs Hemden zu bügeln... Mit Witz, Spottlust und Ironie zeichnet die Autorin den Lebensalltag der Vierzig- bis Fünfzigjährigen, die zwischen Torschlußpanik und egozentrischem Genuß, zwischen Überdruß und dem Drang, »es noch einmal wissen zu wollen«, hin und her pendeln. Langjährig erworbene Marotten blähen sich zum Tick, man weiß es, pflegt und hegt sie – na wenn schon...

Fischer Taschenbuch Verlag

fi 2087 / 2

Dorit Zinn

Küß keinen am Canale Grande

Roman

Band 13458

Anna und Marie befreien sich von ihren Alltagsmännern und hoffen aufs kleine Abenteuer in Venedig. In München kaufen sie für alle Fälle gondelschwarze Spitzenwäsche. Nach schlaflos durchlachter Nachtfahrt sitzen sie mächtig aufgepeppt und erwartungsfroh an der Rialtobrücke. »Wenn jetzt rein zufällig zwei smarte Signori auftauchen würden«, meint Marie, »mit denen man über Kunst reden könnte oder so...« Schon stehen Vittorio und Freund Candido, zwei Gockel aus Murano, bereit, die beiden Frauen durch Gassen und Kanäle zu locken. Doch »Traummänner küssen anders«, finden Anna und Marie. Sie trösten sich mit phantastischen Erzählungen über verflossene Lieben, z. B. von Maries erstem Pianisten... Regen in Venedig. An der Tür des Café Florian lehnt ein Mann – ein kurzer Blick und Marie ist hypnotisiert, doch Anna zieht sie aus dem Gefahrenbereich. Bald liegen sie wieder in ihren Hotelbetten und graben alte Geschichten aus: Als Anna in Tortes Armen lag und... Nachts sehnt sich Marie, hellwach am Fenster, nach dem Mann vom Café. Da steht er plötzlich hingezaubert unten auf dem Platz. Küssend taumeln sie zum Canal Grande... Abends auf dem Bahnhof, in grellem Neonlicht: Anna ernüchtert, Marie traumverloren. »Küß keinen am Canal Grande!« sagt Marie und kneift Anna lachend in die üppigen Hüften. »Gleich erzähl ich dir meine neueste Geschichte, die Geschichte der letzten Nacht!«

Fischer Taschenbuch Verlag

fi 2083 / 2

Lea Wilde

Männer aus zweiter Hand

Roman

Band 13084

Sarah Urban ist frisch geschieden und kennt die Männer. In der Ehe schlaffen sie ab und außer Haus sind sie feurig funkelnde Liebhaber. Kurzerhand beschließt die selbstbewußte Solo-Mutter, den Spieß umzudrehen. Fortan funkeln bei ihr zwei Leihmänner in Wechselschicht: Ein grundsolider (verheirateter) Arzt liebt Sarah werktags, ein flotter (verheirateter) Starfotograf peppt ihre einsamen Mutter-&-Kind-Wochenenden auf. Anfangs weiß Sarah nur, was sie nicht mehr will: nie mehr einen Ehemann, der an ihren Koch-, Putz- und Erziehungskünsten herummäkelt und bei anderen Frauen den Paradiesvogel markiert. Sie glaubt, ihr Allheilmittel in den Männern aus zweiter Hand gefunden zu haben. Die lassen ihren Alltag zu Hause und bescheren Sarah ein paar glückliche Stunden. Alles läuft nach Plan, bis eine der beiden Ehefrauen als Kochbuchautorin Karriere macht. Sarah soll deren Mann, Tochter und Musterküche nun rund um die Uhr übernehmen. Doch sie pfeift auf den Dreierpack und greift statt dessen auf ihre alte Liebe zurück, einen begnadeten Hobbykoch und feurig funkelnden Solo-Vater, den sie nur mit vier Kindern teilen muß.

Fischer Taschenbuch Verlag

fi 2007 / 2